一个人的故乡

YI GE REN DE GUXIANG

席平均 著

陕西新华出版
太白文艺出版社·西安

图书在版编目(CIP)数据

一个人的故乡 / 席平均著. —2 版 . —西安 : 太白文艺出版社,2017. 9(2024.1重印)

ISBN 978 – 7 – 5513 – 1246 – 2

Ⅰ. ①一… Ⅱ. ①席… Ⅲ. ①散文集 – 中国 – 当代 Ⅳ. ①I267

中国版本图书馆 CIP 数据核字(2017)第 185368 号

一个人的故乡

YI GE REN DE GUXIANG

作　　者　席平均
责任编辑　李明婕　林 兰
封面设计　张亚娜
出版发行　太白文艺出版社
经　　销　新华书店
印　　刷　天津旭丰源印刷有限公司
开　　本　787mm×1092mm　1/16
字　　数　257千字
印　　张　17.75
版　　次　2016年11月第1版
　　　　　2017年9月第2版
印　　次　2024年1月第4次印刷
书　　号　ISBN 978-7-5513-1246-2
定　　价　49.00元

联系电话：029-81206800
出版社地址：西安市曲江新区登高路1388号（邮编：710061）
营销中心电话：029-87277748　029-87217872

散文的诗意

——《一个人的故乡》序

陈长吟

散文的写法，有偏重纪实的一类，也有偏重抒情的一类。重纪实的从事入手，工笔白描，细致勾画，逐次展开，讲究纹理的显现。重抒情的以情提领，思维跌宕，气脉起伏，恣意汪洋，追求诗性的充盈。

中国古代的散文家，司马迁是纪实的鼻祖，一部《史记》，犹如高山大河，垂立苍茫。而欧阳修的《秋声赋》，则把情景交融推向高潮，让人不能忘怀。

台湾的两个散文大家，王鼎均善用春秋笔法，从容简练，是素衣老道。余光中喜爱抒情吟诵，振袖呼啸，是舞剑仙翁。

花开两枝，各携灵气。

我读席平均的散文，常常能感受到他的诗人气质。情绪跃动，目光横扫，词语纷呈，意象层出，让读者的视线跟着文字跳荡，接受渲染。席平均喜用短句，语感新奇，比喻鲜活，这也是诗人的特征。他的散文《打马江南千年醉》是历史的沉吟，《槐花最是故乡甜》是家园的赞歌……他不陶醉于故事的描述和画面的精雕细刻，而是专注于情感的倾诉和襟怀的抒发。

我最关注的，还是席平均的几篇超过万字的长散文。短文好把握，费时不多，可以一气呵成，但长文要分段写，气韵的贯通、情绪的掌控、词语的铺排、意境的承接很关键。我没有失望，在《城市的意义》中，席平均像个古典诗人，穿行于街巷之中，边徘徊边咏叹，时而历史时而现实，情思绵绵。虽然他在开头，就主观地给城市生活下了定义：“那是忙碌的人群，那是嘈杂的社会，那是烦乱的世界，那也是机械的时代，这就是城市人的生活。”但他在文章里，却仍然写了许多有趣的事儿。在这儿，情感大于意志，作者只好信马由缰了。还有《在春天，说一些话》，作者的心情时而被雨淋湿，时而又被阳光晒暖，这是诗人的自我敏感和反应。乡愁由眼前的情景激发，由过往的细节组成，被个人的孤独发酵，莫名的感叹就出来了。最长的那篇《谁在那儿挥手》，写得更私密，像是呓语，完全系心灵游走，触处叹息。这种结构，也只有篇幅稍长的诗意散文能够承载。

读了席平均的作品，使我意识到，当代的诗性散文，其实还有很大的开拓空间。

认识席平均，是他的乡党、朋友、诗人赵凯云介绍的。这两位年轻人的作品，都给我留下了很深的印象。他们虽然操弄着不同的文体，可我觉得，赵凯云是用诗写散文，他的诗中（尤其是长诗），有着散文的意境和容量；席平均的散文（尤其是长篇散文），有着诗歌的激情和象征。

从他们的作品中，我体会到：彬县这块历史悠远、野风飘荡的土地，容易产生出哲人和诗人。

我去过彬县，还会再去。

2016 年 4 月 15 日于西安南郊吉祥村

（陈长吟，陕西安康人，中国散文学会副秘书长，中国散文网总编辑，陕西省散文学会会长，陕西省社科院文学研究员，西北大学现代学院文学院院长、教授。出版文学、摄影、旅行著作 17 部。曾获中国散文突出贡献奖、全国冰心散文奖。）

谁在那里独自吟唱

——读席平均散文集《一个人的故乡》

周瑄璞

这是语言堆积的锦绣，这是一个人的吟唱。壮硕的西北汉子，将自己化为一只春蚕，倾吐柔美纤细的文字，绞成语言的丝线与锦缎。他在这语境之中沉浸，百转千回，不愿醒来。

这是一部关于人与心灵，人与故乡，人与大地的生命之书。

故乡，是一个人永远的精神归宿，不论你身居何处，永远梦回那里；母亲，又是故乡的象征，母亲的怀抱与身畔，总是温馨之所。“我就想，母亲就像太阳，我就是向日葵，我也和向日葵一样是个执着的孩子”。每一个游子，都在远方和家乡之间徘徊，在路的尽头守望，时时想远走高飞，又随时准备回到家乡，回到母亲身边。《打马江南千年醉》，是那颗离家的心，期待漂泊，期待坎坷，甚至渴望受虐。不知这是为赋新词，还是对生命的深切热爱，有待于我们从书中细读出内心深处的那个自己。

作者更多状写情绪，书写意象。明了和不明了的意绪，好说或不好说的心事，如散文诗一般，无限繁殖，密密分布。清晨、傍晚、阳光、柴门、行囊、远方，这些属于诗的字眼，被他密度吟用，达到迷恋的程度，有时激情，有时低婉，构成一幅虚幻的意境。他似乎不是在写实实在在的生活——朝九晚五、春种秋收的人间，不写柴米油盐，不写真实钟表的脚步，他更钟情于世外的事物，向往江湖，或者将世俗装扮成他所渴望的那个江湖的模样。“雨滴砸疼了一条小河”“谁把窗棂推开放跑了幽梦”“一棵香樟树的静默和歌唱”……这些小标题，诠释着作者对美学的追求，对文字的珍重，甚至看出他的细细斟酌，在克制与泛滥之间辗转权衡。

我们说，散文的前提是真实，可这本书中，我们似乎看到了更多的虚构；抑或说，他将真实写成了虚构，用别样文字给他笔下世界蒙上莫测的面纱。作者对语言有一种深切的迷恋，怀抱语语惊人、字字用心的执念。“晨光掠过的墙外”“生了稀稀落落几个枣子的树，有一些暗红”“我们都生在柔软的疼痛里”，这样的语言，随处可见，细细密密织起文本的底色，使作品有一种稳定而雅致的格调。

虽是写了那么多的远方，那么密的心事，但毕竟书名是《一个人的故乡》，最终的目的，还是写乡情乡韵，写故乡的一切。或者那所有的远方与虚幻，是以故乡的地平线为起点。于是枣树、鸟儿、菊花、柿子、秋色、炊烟、晚归的人，成为时常出现的场景和意象。恰是这些，构成了一个人的生命根基，使得我们在坚硬的世界常常满怀柔情。他还写到生计、现实，写到安居乐业的梦想，写到更远的地方，于是有了《篱居》《又篱居》。取暖、房租、水电、孩子上学、一日三餐、左邻右舍，细腻温情而又忧伤无奈。人在生活面前，最终适应成为乖顺的孩子。读罢会心哑然。噢，就是搬家，再搬家啊，直说呗，却用了如此别雅的字眼，似乎要与“采菊东篱下”有着什么关系的。经历种种辗转迁移，从艰难而琐碎的生活中，最终悟出，“其实人很多时候的离开，就是一种回归，如同生命的终结即是另一次的绽放”。这不失为一种珍贵的收获，我们的生命因此而从容和沉静。

生命是一个圆，我们每个人走在圆周上，用自己的方式，探索和领悟。偶然相遇、相互阅读的人，道一声珍重与祝福。

2016年11月23日

（周瑄璞，作家，出版《多湾》《夏日残梦》《曼琴的四月》《骊歌》《房东》《故障》等著作。）

目录
CONTANTS

第一辑

行走天下

打马江南千年醉

“我打江南走过
那等在季节里的容颜如莲花的开落
我嗒嗒的马蹄是美丽的错误
我不是归人，是个过客……”

这是一首散发着淡淡幽怨的芳香的诗，伤怀间似乎仍能聆听到那渐行渐远的马蹄声……

尽管，我的笔墨饱满，也不敢奢想轻触那人间仙境的江南，因为那是剔透的露珠一滴；尽管我的诗情婉转，也不敢贸然咏叹那如梦如幻的江南，因为那是隽永的诗书一卷。但是啊，我仍然用我流光的双眼，深情地将你顾盼，用我奔涌的诗行将你念想，因为就是那一抹马蹄的留香，我已沉醉千年，诗意地栖息着的，你是我的江南。

江南好，碧荷水中央；江南媚，前世去，今生犹未还，不忍下江南。美丽的错误，寂寞的城，马蹄声尽处，人物依稀，桃花依旧，瘦尽霓裳一世愁，回眸清泪婆娑中。

由此，如诗一样幽怨的我，打马启程，去往那梦中的江南。

烟花流溅，草长莺飞。穿过塞北的丛峰峡障，漫过茫茫的戈壁尘沙，背着芳香的书匣，我溯水而来，飘入了你的视线，嵌入了你的画卷。由此，江南的桃花水岸多了一个风尘仆仆但神采飞扬的牵马的人，还有那一袭褴褛的衣衫。在这清丽的画卷里，满眼的绿揉碎了我，成了一只翠蝶；

扑鼻的香迷醉了我，成了一瓣桃花、一枝丁香；连同风餐露宿的马儿乖顺地、湿漉漉地鲜活在南疆的柔波里。

那些只有天堂才有的胜景，每走一步都在抓扯着我的神经，眼睛乐此不疲，不忍放过每一片树叶、每一池绿波、每一处城郭。任由马蹄缓缓，踩着浅花杏雨，踱过绿水栈桥，穿过亭台楼榭，流连在深邃的园林、清幽的书院、古朴的小镇、静谧的矮巷。小坐于石阶，静静聆听雨落的碎响、花绽的声音，细细感受柔美和雅致，默默追寻历史蹁跹的踪迹。走过一座桥还是一座桥，出了一条巷还有一条巷，水伴着桥，绕着屋舍，桥接着城郭。望不尽江水迢迢，阅不尽楼榭渺渺，此起彼伏的江南烟花，步步在画中，时时在梦里。

我，还有我的马儿便失落在了这里，迷失在这水乡泽国。

我们怎么就迷失在这里呢?

风，摇落了堤边的柳絮，蒙眬了我望江的双眸；青梅，涩涩的耀眼，采一只便醉倒在树下。冰清的栀子，娇嫩的樱桃，醉在江南有何妨？醉卧片舟，头枕鉴湖的碧波，看重山舞蹈；温一壶老酒，闲坐船头看渔舟唱晚，听巷间越韵吴音。瞬间，温软在这淡泊的古色古香的域里，停止在时光的流里。思绪游弋在水草丰茂、河网如织的水乡，梦里梦外都是水。太湖的水，西湖的水，吉安的水，周庄的水，乌镇的水，秦淮河的水，黄浦江的水……荡漾在江南这样的水乡里，情愿幻化成一尾鱼、一块石、一束草、一叶舟、一座桥、一笔墨花、一片瓦当或闲云，静静幽幽地栖于这绵延千里的画卷中。

打马在江南的画卷，便蹚入了唐诗宋词的河里。这条河承载着千年的历史沉浮、如烟往事，更承传着羁旅官宦、文人墨客和僧侣雅士的精神之邦。采撷一束杏花雨，翻开这些绮丽的散发幽香的丝绢，便徜徉于诗湖词泊。长江流域的河流文化，在越文化、吴文化、楚文化以及扬州文化、徽州文化、金陵文化的大汇聚、大交融中成就了瑰丽的江南文化，成就了那些文人士大夫，也成就了那些经典隽永、百诵不衰的诗词歌赋。在这样的河流里，便与太白同游天竺三寺，与少陵再登岳阳楼，看“星垂平野阔，月涌大江流”，与乐天打马钱塘，与诚斋共赴秋山，携东坡共赏空闲，与三变醉听笙箫，与羲之研书，公望论画，寄情山水田园，放歌万里江天，心神便飘逸着，灵动着，鲜活了……

你是唐诗，你是宋词吗？你是我打马而来的江南！

你是天堂，你是仙境，你是我心灵深处的一扁舟、一碗酒、一把伞、一棵树，你更是闺怨、伤别、离痛，和羁旅中那一束被梅雨濡湿的寂寞和哀愁。诗意地栖息着，流光溢彩千年，残月如钩，关山烟雨透。“街前酒薄醉易醒，满眼春愁消不得。”那满江的寂寞怎能樽酹得尽？

自古悲情多寂寥，浮华过处是笙箫。怅默默，淋湿在清愁如发的江南，披一件蓑衣，临水而立，看雨点纷飞，烟花羞掩，千山凝翠，舟歇船家退，灯烛独微微，思如暮雪寂寞成堆。手牵一枝柳，思飘江天外，我的寂寞的江南。

寂寞，在繁华殆尽，在晓月冰悬，那种“未老莫还乡，还乡须断肠”的忧思，怎么也望不尽，扯不断理还乱，蓬头迷双眸。寂寞，在潇潇雨帘，在白帆远逝，那种“别离若向百花时，东风弹泪有谁知”的愁情怎么也掩不住，泪涟涟湿衣袖，哽咽堵心眼。寂寞，在流年飞度，在孤衫抱暖，那种“今宵帘幕扬花阴，空余枕泪独伤心”的孤寂怎么也驱不远，更相近独欢悲，浊泪洒空榻。

啊，我的寂寞的江南！

和我消瘦的马儿，寂寞地对影婆娑在驿桥上。忽然，在那银光流泻处，衰草残荷畔，柳永牵着和我一样消瘦的马儿婉约轻吟：“一叶扁舟轻帆卷，暂泊楚江南岸。”胡笳怨，平沙雁，旋惊散，画屏展，黛眉浅，年光晚，当愁眼，旅魂乱，残照满，断云远。“脉脉人千里，念两处风情，万重烟水。雨歇天高，望断翠峰十二。尽无言，谁会凭高意？纵写得，离肠万种，乃归云谁寄？”……

柳兄，我寄——

一语惊鸿，瘦马萧萧。人去境残，复怅惘，累添愁绪。

桨声灯影里，秦淮至灯船梭流，乌衣巷丝竹渺渺。看流中灯盏，哪个为我放送？惊回首，金粉楼台，画舫凌波处，一人花间语断肠：“往事只堪哀，对景难排。秋风庭院藓侵阶。一任珠帘闲不卷，终日谁来？金剑已沉埋，壮气蒿莱。晚凉天净月华开。想得玉楼瑶殿影，空照秦淮！”……

李兄，我已来——

灯火阑珊处，画舫曳曳。语尽气绝，抚阑干，秦淮水凉。

恍惚中，“一梦经年瘦”，弦断几参差，不忍下江南。

晨曦破，光华穿林间，望天上燕，知是伊人来。那美如芦花般的江南女子在溪水畔，“婀娜松髻，轻盈淡薄妆。”素雅端庄；在荷中央，“见人羞不语，回艇入溪藏。”娇柔妩媚；在琴瑟间，“手如柔荑，肤如凝脂。”翩若惊鸿，婉若游龙。在这样的江南，注定要不期而遇的，那江南清丽灵动的女子，那绿荇碧荷样的柔情。

你是我的佳人吗？牵马打你的身边擦肩而过，流盼的美眸涤荡了我疲惫的心房，驻足在你流光的芬芳里，闭眼静歇。睁开眼，如瀑的秀发拂过我的脸庞，轻盈着婀娜而去，像一片云彩，留下了孤孤的我，望云悠悠切切……

结缰于桂树，依着我的马儿，坐在河水淙淙的古桥边，望着桥下舟船行云流水，桥上过客流水行云地来往。石阶边，缓缓的柔波吻舔着墨绿的岸，浆洗衣衫的女子影倒水面，秀发流霞般飘逸在胸前。憨憨的石凳、油亮的竹椅、淡淡的茶香和那闲谈的慈祥的阿公阿婆、快活嬉戏的小弟小妹，都让这水乡古镇分外温馨，恬淡，祥和。

沉醉在古镇，这里生息着我江南的佳人和美好的时光。多情而寂寞的江南啊，我多么想让时光停息，化成你绿水边一块青石、白墙上一抹绿苔、老树上一只鸟雀，静静地和你留守着岁月流长。可是啊，我不能。因为我不是归人，是个过客，我也终将是你美丽的过往。

可是，我还是想要说，如梦的佳人啊，你可愿和我一起牵着马儿到天涯？

多情的江南，我的忧伤的江南，你怎么能让我如此寂寞？我怎么就走不进你的心上？不忍下江南！

流连在江南，看芳华万千，任这般轮回，风情最闹处，人到寂寞时。浮华尽，人堪黄花云水去，何事不蹉跎？涩泪洗面，忍回头，浮云一片空悠悠。再回首，“忍把浮名，换了浅斟低唱”，挥挥手，“楚天千里清秋，水随天去秋无际。可惜流年，忧愁风雨，树犹如此！红巾翠袖，英雄泪！”那个我曾打马而过的江南。

碧沃千里的秀山茂水，那梦幻般的姑娘，千年韶华。而我的江南呢，你又在哪里？你可知我已随你千年，回首千年，至今仍没有走出来！

“桂子月中落，天香云外飘。”梵音渺渺，檀香袅袅。在去往大香林的路上，和我一样枯瘦的马儿，静寂地行走在水幕丝雨中，与那些发黄的诗行，潮湿了念想，留下了一行行惆怅和雨的苍凉。

蓦然回首，烟雨纷飞中，我依稀望见——

“撑着油纸伞

独自彷徨在悠长、悠长

又寂寥的雨巷

一个丁香一样的

结着愁怨的姑娘……”

（此文首发《延安文学》总第199期，2011年6月；《衮雪》总第164期，2011年10月；入选《2011年度中国散文年选》，李敬泽、王兆胜主编）

我的向日葵

这是一个热烈的美丽夏天。

不经意间，却常常会去想一种植物。那是花，生着金黄色的羽箭，盘盂似的密匝镶嵌着可食用的籽实。人们都叫它向日葵。它总像一个和善的人伸长着脖颈听你说话，很虔诚地听，不言不语，直到低下头沉默，把一切都掩埋进怀抱。

我不知道为何去想，想些什么，只管在这个长满向日葵的夏天开始，把目光交给它，去看着那个《向日葵》。我看到了平静，热烈，愤怒，温暖，冰冷，凝重，轻浅，黑暗和光明。那是法国南部的一个孩子。我，包括在窄街道边坐着喘气的大胡子老人也知道。在阿尔勒，他种下了 11 棵向日葵，然后把自己深深地埋下去，在故乡的土里的夏天，美丽的夏天，有麦香弥漫的燥热田野。还有树叶红透的山冈。那天，他终于在松软的小草上安静地睡着了，就像妈妈的怀抱。于是，这个夏天，我也一直地在想那第 12 棵向日葵，它或许已经开花，结籽，有松鼠在偷窥。然后，在午后金色麦垛旁边的小屋外面，坐着长凳子望秋，听河对面树上“布谷布谷”的声音。

在这个夏天，我也还在想，那个透明的瓶子里已经装满了我的目光。那个能让向日葵呼吸的瓶子，塑料的或者玻璃的。

这算是一个有向日葵的夏天了。这就是我现在的全部生活。是的，我接受着这样的日子，我已经喜欢这样的日子，包括忧伤。

记得以前的那个夏天，母亲从很远的城街回来，是要翻山，蹚过一条故乡的河。那些水是明净柔美的，那些路是曲折蜿蜒的。经过它们，母亲方能回到蔽着蒿草的家，家门前的树下是流眼泪的孩子。树是老槐树，树上有毛茸茸的鸟儿和闪着金辉的细叶儿窝。母亲是早上起来洗把脸就走的，我等到了夕阳染山。当她穿着粗布衣裳，迈动大脚，由山下一点点，汗涔涔地到我身边，顾不得擦汗喝水就抱起我，用袖角擦擦我脸上的泪痕，拉着手欣喜地说，别哭，我不是很快就回来了吗？看我带了啥。说着，拉开布袋，打开一包扁棱形的小米豆，一粒粒倒在我手上，剩下的给衣衫兜子里面装。她说，这是瓜子，嗑开皮就能吃。看着我捏一颗放嘴巴里面嚼，母亲欢喜地问，好吃不？我使劲地点头说，嗯。母亲很开心。

那个夏天起，我便知道有这样的籽实，可以用牙齿嗑，听清脆的声音。很多时候就想，母亲何时又去城街？有很多很多的瓜子该多好。那时的我其实全然不知母亲出行一次的辛苦，也不知那些瓜子从何而来。可确实的是，它让我的童年有着多么美好的时光和记忆。很多的时候，坐在门道的横坎上，看鸟雀在雨帘里疾飞，或静听蝉在密林间潜鸣。那些夏天，我感觉母亲和我很快乐。

后来的一天，母亲说瓜子一直是向着太阳的，可以种下来，成熟了就可以吃了。那时我方知道瓜子原来是花儿，叫向日葵—— 一棵执着逐日的植物。我就想，母亲就像太阳，我就是向日葵，我也和向日葵一样是个执着的孩子。这样的向日葵，因为母亲、太阳，还有我，生活处处充满了小幸福。其实，想想也是，每个人都如同一棵向日葵，从根植土壤的那天起，就已经在编织梦或告别梦，活着或死去，时光也就从鲜活到了枯萎，丧失了色彩。这是规律。而向日葵终有自己的夏天，收获籽实。我们的夏天该是如何的过？我们又会收获什么？于是，那些夏天，我又是多么的忧郁。

在一个初夏的清晨，朝阳流泻到窑洞，能看见金色的光芒在绿毯上跳舞。母亲修整好了院子的周落，挖了小坑，把一粒粒瓜子埋下，说今年就有瓜子吃了。我在想，母亲这下就不用出那么远的门了。我也便生了很多的惊喜和希望，像瓜子一样期待着发芽破土、抽叶蹿茎与开花结实。那一天起，我和向日葵一起生长。我也懂得了人因为什么才会努力地活下去。

我想母亲是知道我懂她的。

起初那些小坑坑里钻出了两片小叶芽，其间是歪着面颊、带着残壳的小豆芽。它已经发生了从瓜子到芽的蜕变。我知道，它将会就这样慢慢地长大。后来，在每日里观望中，那些芽和叶片渐渐长成了指头粗细的小植物，小手腕般的茎和手掌大的蒲叶。再后来，它的高度超过了我，我可以经常站在宽大的蒲叶下把它当作伞，就像依偎在母亲的身旁。直到有一天，我看见了偌大的花盘，四周开满了奶黄色的瓣。随着时日推移，小黄花渐失，蜂蝶随之匿形。它慢慢地低下了头颅。那时，母亲必会搞些塑料纸缠绑在花秆中间。那是要提防松鼠和其他小动物的偷袭。但那样也不奏效，每个花盘都被攀缘高手们光顾而残缺不堪。最后，花盘索性被母亲用塑料袋包住了，等着生长，等我采摘。

那个夏天，我尝到了母亲亲手栽植抚育的向日葵。籽粒饱满的向日葵，沉甸甸的，面朝大地，朴素无语。那也是和偷袭者们抗争了的夏天。我目睹了它们的成长，也感受到了沉甸甸的爱，无言的沉默的爱。那个夏天，母亲进城的次数很少。那个夏天，我贫瘠的故园很美。那个夏天，我和向日葵一样，时光很灿烂，日子很幸福。也是那个夏天，我知道了葵花落地，夏天死去。那一棵棵突兀的枯干，厚实的蒲叶用余温把秋天点燃。我和母亲便和向日葵一样从夏天走出，没有带走一片花瓣。那个时候起我发现，母亲逐渐老去。我快乐而忧郁地活着。

知道了很多关于向日葵的事情。那是很美丽的故事。那是我和我的孩子们在一起的日子。他们每天都能随时吃到向日葵的籽实，或小卖店、超市都可见到各色各味的陈列品以供选择。不同的是，他们却没有了过多的期盼和奢望、惊喜和幸福。那些籽实，于他们算是习惯了的事情，可以忽略，可以忘记。我是经常为他们的这些习惯暗自伤感的。房子里桌椅上，果盘和包装袋里，那些选购回来却屡遭冷落的向日葵籽。我也悄悄地曾多次地从丢落物里捡回了它们。我算是伤心了几次的，孩子们却出奇地漠然。那个世界，我知道，他们没有来过。这个我是知道的，但我还是暗自伤感。我常问自己，这样的习惯根底是怎么生出来的？我又何故这么的伤感？这些让我伤感的向日葵！

我想讲很多向日葵的故事，让他们听；我也想种很多的向日葵，让他们守望。因此他们知道了海洋女神克吕提厄的凝望，克丽泰和国王女儿的羽化，以及冢上黄花的向往。孩子们被这些美丽动人的故事所吸引。他们感动地流泪，他们更获得了坚强、忠诚和勇敢。他们拥有了追求美好未来的方向和力量。

我不想说，这是关于 sunflower。至少他们的心不再那么浮躁，尽管这是一个不乏丛生浮躁的世界。他们的生活也不再荒芜，人生就有了方向，那是向着太阳的方向。

孩子啊，当我看到你们眼角晶莹的泪光，在滚落之后撤离“习惯的围墙”，你可知道，我是多么欣喜，多么怒放！你们这些让我快乐又让我忧的向日葵！

我知道，在这个世界上，很多时候，很多人都是无辜的。于是，在一个夏日的周末我带着孩子们回了趟乡下。

城市没有这样的土壤，我知道。天未亮去挤票，坐硬座，换汽车，改乘三轮摩托车，风餐露宿、跋山涉水和走路过桥的经历于他们是少之甚少的，这个我也知道。还有沉沉的行囊，风尘仆仆，行色匆匆，车马劳顿，我想我是要给他们这个机会的。不知道他们知道不知道。一路上我坚持自己走过，走过这熟悉的亲切味道的过往。我没有掉队，我们一个也没有掉队。一直跟着太阳行走，向着故乡的方向，找到亲人的味道。

父母已是古稀之年，虽做不了活计，但心底是看得出、觉得到的。他们的容颜，使我心酸，我知道他们很早就步入了秋天里，满地花黄。我想到了那些低垂着头颅的向日葵。我也想到了我，在他们面前，我这个年纪的人，更多的无法隐藏少年，却仍然被老人们以孩童待看。温暖又不安的我希望就这么在一起，一年一年。因为我知道，我们都是彼此的太阳，我们都愿意陪伴着一天一天。

母亲责怪了我，说孩子们历经的少会不习惯，我也已年岁不小。我感觉到了心疼与爱怜，笑了笑说，孩子们似乎倒喜欢这样的旅程，他们让我想到了一朵朵金黄鲜亮的向阳花。

翌日清晨，我把孩子们拽出了被窝，他们都说故乡的月色真美，故乡的清晨真好，鸟叫的声音真妙。我和他们一起拿起农具，在母亲居住的庭前屋后、渠边地头，拔草，翻地，平整土壤，挖开小坑，撒下三两颗向日葵籽粒，覆土。坐在阳光柔美的垄上，看翠绿的树叶闪耀金光。等待小苗破土，心中植下了希望，这样的等待是那么迫切而美好。孩子们一个个问着很多的问题，都是关于向日葵籽粒什么时候发芽，长叶子，开花，结果实，等等。我内心充满了喜悦，说等等吧，有下雨的日子，它们就会破土见到阳光和你们。孩子们都开心地笑着，期盼着。童年真好。

这个夏天是他们的了。我想。

人是无法选择人世的，生活却可以被选择。难得的是，怎样的生活才是应该选择的，这个要清楚。可生活却总是弄人，无法完美无缺。可贵的便是拥有一个好心态了。可惜，大多数人都没有，大多数人都缺憾着，大多数人都没有充实自然地活着的方向。我在想，我该不该是那些大多数中的某个人。我想说的是，我至少不希望孩子们成为那个“大多数”，倒更能正确地选择自己的生活，少些弯路的成长。充实自然地去到这个方向，以阳光的心态、快乐的心情，勇敢地追求自己的幸福。这样的幸福，也就是我的幸福。不管这个幸福大不大，多不多。

我想他们会懂我的，这个夏天，和今后更多的时光。

那个夏天，孩子们和我一样的欣喜。他们说，长着很多很多向日葵的地方就是奶奶的家，是温暖美丽的故乡。他们品尝着亲手栽植、饱满丰收的向日葵，很开心，很欣慰，很幸福。那个夏天，孩子们和奶奶说了很多的话。奶奶应允着每天都会拉着小凳，坐在院子里看护向日葵慢慢地长大。她常在电话里给孩子们说，那些小动物们害怕我，都不敢去偷向日葵。孩子们也在周末一起回到乡下，挑水，拔草，施肥，精心呵护。于是，那个夏天，向日葵的金色花很鲜艳，枝干很粗壮，叶子像绿伞，时光很美好。后来，向日葵一个个就成熟了。孩子们把成熟的向日葵搓下来，晾干了装了很多袋子。说分给家乡的小伙伴吃，给爷爷奶奶，给爸爸妈妈，给街坊四邻。

母亲对我和孩子们说，这个夏天她很快乐，很幸福。我知道，我和母亲也一样。我曾问孩子们喜欢故乡还是城里，他们的回答是一样的。我知道，他们已经懂得了感恩，他们并没有离开故土。他们一直在。

这本该就是一个热烈的美丽夏天。

这个夏天充满着对向日葵的记忆和眷念。于是，走出阁楼站在了田野。站在了被秋色浸泡的落叶上面，再上面是圆润通红的太阳。我长时间地向着太阳，便看到了夕阳。

人活着，都在希望和期盼，都很珍惜这仅有的一次旅行。那个人，也一样，用自己的画笔浓墨重彩地表达了这一主题。一种是像向日葵一样活着始与终的牵念，一种是对于活着和存在的热切追逐，最后都离太阳很近，很近地看到了自己和自己一样的人们，后来便把自己收藏。我一直在想，其实每个人活着真正需要的并不多，他其实也要的并不多。他只要一点点温暖，哪怕只是一点点，但最终没有，没有要到属于他的那一片阳光。于是，那个山冈有了清脆的枪声，清脆的若鸟的尖叫，有羽毛跌落，和红山果。于是，那个山冈遍地黄花，朵朵清艳。于他，这个世界美好得如此冰冷和寂寞，离开或者跌落也许是最好的选择。所以他走了，世界安静了。相反，很多人还活着。尽管真正需要的都要用一生去换取，但仍在路上奔跑。麻木的或者清醒的，活着眼睛就睁着，世界就醒着。所以，别忘了奔跑。

那个种《向日葵》的人走了，他倦了。我真诚地理解他，还有你。不是吗？

我也在想，写这篇文字到底要告诉自己，孩子们或者你，我的朋友们一些什么。人的出世若同秋天一般这样自然，只是很多人看到的更多的是绚烂、静美和笑颜。当秋风扫落叶的冷脆和入世求生之茫然时，我们谁人又能安然、坦然？

每日里别错过看夕阳，常对自己说。每次伫立，她都把自己埋藏将黑暗交给大地。每当这个时候，我们都成了黑色的向日葵，耷拉着头，在自己的背影前耷拉着头。像向日葵一样，我知道，我怒放过，就站在生养自己的村庄。这个时候，我也知道人毕生追求和寻找的最温暖的阳光、最美好的麦田、最鲜艳的向日葵不在天边，就在父母，就在儿女，就在身边，就在故乡。这是最好的选择和理解，也是最后的记忆与念想。其他，都是空的。你说呢？

搬一只小凳，坐在秋叶纷坠的小院，身边是粗糙的高大树木和枯皱着叶片的向日葵、花盘被摘掉的秃秆，阳光从午后开始把我照耀。摊开《向日葵》，落下的几片叶子在它上面，我感觉自己蜷缩着被泼墨涂染。看着它，我看到了自己，看到了自己站在田野的秋里，一边愉欢笑舞，一边寂寞静冷，再也没有出来。

这真的是一个热烈的美丽夏天。孩子们已越夏而去。我知道我应该高兴，可我却独生忧伤，像一棵树一样灰头土脸。我对自己说，天凉了。

这个夏天，当我俯下头，黑夜穿行在这些文字里的时候，它已跃过院墙，木然望我不辞而别。今夜，我就想，如今的我已成了这般模样，那些恼人的松鼠，你们都去了哪里，在哪里？

那天，经过葱郁的苞谷地，我闻到了秋风的味道，看到了老乡甜蜜的笑脸和满车的金棒子。我也看见，山那边的丛林不知何时被谁已经点燃，火光四起。在这样的午后，有一个金色的红木屋，外面的长凳子上一个人坐着。他搂抱着一个生着向日葵的玻璃瓶不说话。看到我，他站起来吃惊地嚅动着有着杂乱胡须的嘴巴对我说，他种下了第 12 棵向日葵，他在等待夏天的热烈天气……

我想说很多话。我看着他的蓝眼睛，哭了。

此时，河对面树上的布谷鸟已不知去向。

我在等待夏天……

（此文首发《延安文学》2014 年第二期，总第 218 期，2014 年 2 月）

一个人的故乡

走了这么多年，还是回到了这个地方，一个名叫故乡的地方。就是这么一个普通得近乎遗忘的地方，让多少人魂牵梦萦，也就是这么一个简单的词语让多少人热泪盈眶。而今，我回来了，满脸胡茬地就站在她的面前，激动得像一个做错事的孩子，更快活地依偎在她的身旁，欢欣地流泪。

故乡，请接受我这个流泪的孩子吧！

一遍一遍地看这看那，一次一次地哽咽欲语，感受久违的温馨味道，捕寻尘封的如烟往事。轻轻地打开窗，时光便幸福地流淌。

故乡是画。从来没有一幅画能那么历久弥新，也从来没有一幅画让心一生牵挂，可故乡就是，水墨丹青，依稀永驻。记得在小学的课堂上，老师让我们画自己的家乡。我们一双双稚嫩的小手，在画画本上认真地描摹着自己美丽的家乡。一座青山，一座小桥，一缕炊烟，一条小河，一棵老树，还有那盛开的小花，就构成了可爱、美丽的家乡。那一幅幅画线条尽管不优美，色彩也不鲜艳，影像也不是很清晰，但在孩子的心灵深处，没有什么东西比家乡更美丽！因为家乡给了我们太多的童趣、开心和快乐。也尽管那些画很粗糙很简单，但那一枝一叶、一草一木都是我们可爱的家乡。

家乡的美质朴、简单、清新，毫无雕饰。这幅画永远铭刻在每一个人的心中，一生享受。

故乡是歌。从牙牙学语到如今，我们都没有停止过歌唱，乡音未改，乡情依旧。在记忆的最深处，故乡永远是深情的、舒缓的、静美的，又是欢快的、激昂的。当早春的柳条随风起舞的时候，白杨树枝条泛绿的时候，伙伴们吆喝着一个个猴儿似的，蹿上了树，折下了新枝，“扭咪咪”（方言，做柳笛，拧动枝条嫩皮，抽出滑嫩的木质部分，把剩下管状的树皮筒两端剪齐整，一端抠掉绿皮，捏成扁平状含在口中吹）吹，乡村一下子到处响起了一支支小喇叭、小唢呐的清脆鸣声，整个村落洋溢着快乐浓浓的童趣。那些大一点儿的孩子，随便捏一片树叶，贴上嘴唇就能吹出一曲童谣，惹得小不点儿们围着咂舌羡慕。

夕阳下的故乡，是一曲金色的壮歌，锦绸般的彩霞斑斓着故乡午后的每一个音符，牛羊草木，断墙矮屋，栈桥静溪都是歌。每当这个时候，金色的山谷鞭声阵阵，羊群簇拥着上了一个又一个梯畔。农人们扛着锄头，也离开田间地头，踏着余晖，三三两两地笑谈着回家。可爱的牛儿不紧不慢地默默跟在后面，惬意而温馨。疯了一天的伙伴们静静地趴在炕头，屏息凝视着用绳子缚住脚的知了，知了喊了一天也累了；我和几个伙伴坐在炕柜旁，两三个横笛一遍遍百吹不厌地反复着老师刚教的新歌，书包和课本满炕都是。笛声悠悠，飘满山乡，和着溪边的蛙鸣虫语，简单而恬静，舒心而甜蜜。

啊，那诱人的柳哨，悠扬的笛声，醉人的蛙鸣，快乐的小伙伴，都是歌！歌一样的故乡，在我流泪的心上欢快流淌。“故乡的歌是一支清远的笛，总在有月亮的晚上响起。”在这生长乡愁的晚上，我一遍遍动情地歌唱。

故乡是酒。一晃多年的北漂生活，让自己多了一份成熟和自信，多了一份坚强和自立。尽管忙碌、机械的日子使我一天天近乎麻木的老去，也尽管都市的天空充满了过多的无奈和艰辛，但我已忘记了疲惫和累，充实地在人生的激流中挺进。在漂泊的日子里学会了喝酒，虽喝得不多，却经常醉，醉在他乡，而心却总在故乡的梦里，醒来后泪水染湿了漫漫长夜，真是“故乡何处是，忘了除非醉”。从此，我便拥有了很多醉人的日子，见到了日思夜想的故乡。

“悲歌可以当泣，远望可以当归。”每当清晨的朝阳喷薄于都市东方的时候，我都会登到最高处，远远眺望，想想故乡的早晨是否现在一样也阳光灿烂，故乡的集市是否也开始了一天的喧闹和繁华。望着远方，在惊喜和怅惘之中我满眼泪花。走在茫茫的人海，看着来来往往的匆匆脚步，我都会习惯地驻足寻望，看那过往的人群中是否有着乡人的影子，可否捎来家乡的消息。因为我深深地知道，“君自故乡来，应知故乡事”。然而，我又是多么的踌躇，又怕“近乡情更怯，不敢问来人”。尽管这般的迷惘，但我还是在热切地寻望。真是“年年春日异乡悲，杜曲黄莺可得知。更被夕阳江岸上，断肠烟柳一丝丝”。思乡之情怎么就一个劲儿地疯长?

都市的繁华迷乱了我的眼睛，找不到了自己，可故乡依在。纵使你在某个城市开心快乐地生活着，但在心灵深处，总有一条无形的东西牵引着你，一头在故乡那边，一头结实地拴在心底，一扯就痛。特别是久别故乡的人，也特别是夜深人静的时候，故乡这杯酒就愈香醇，故乡的影像就愈清晰，香醇得不想醒来，清晰得叫人心疼。“离恨恰如春草，更行更远还生。”就是因为这纵使走到天涯海角也解不开的乡情和乡愁，才让漂泊的我们得以慰藉，让流浪的心不再孤寂。

思念啊，让所有的旅人和游子心殇!

故乡啊，就让我一醉方休!

故乡是娘。有一个地方人们都称之为娘，也只有一个地方能叫我泪流满面，匍匐跪拜，那就是故乡。生与斯长于斯，贫穷中相依存，苦痛中共患难。哺育我长大，养育我成人，故乡给予了我一生受用不尽的恩和情，她和娘一样的亲。

那年那月的那一天，当慈祥的母亲佝偻着身子在天蒙蒙亮之前，为我备好鼓鼓的行囊时，眼含泪水的我知道她已经一夜没有合眼。尽管满眼疲惫，但她仍说着一些叮咛的话，手脚忙个不停，生怕把什么落下了。真是“慈母手中线，游子身上衣。临行密密缝，意恐迟迟归。谁言寸草心，报得三春晖”。懵懂的眼睛涩涩的我在那个飘雪的午后，踩着冰碴，踏上了北去的列车，把故乡和母亲丢在了飞雪的风里。

在那个冬末，虽然春已来到，但我和我的灵魂被冻僵了。那一年我都沉寂在冬的望乡之中。想母亲，字字句句都是泪；念故乡，滴滴点点都是情。每每念，每每暖，又每每伤。故乡啊，娘！你怎么忍心把我抛在了一条叫思念的船上?

“露从今夜白，月是故乡明。”在新月如钩的夜里，当我第一次给母亲打电话的时候，母亲哭了，说，孩子，想家了就回来。暖暖的乡音，哽咽的言语，抽泣的思念，儿行千里母担忧，母距千里儿更愁！我的思念又算得了什么，怎能让母亲哭泣？母亲别哭，我一切都好，会照顾好自己，你也要好好的。

从那以后，我没有回家，也没有打电话，更没有诉说一丝离愁，只是发短信问安，报平安，为的是不要母亲哭，让母亲心安。离开故乡和娘亲的我经历了风雨锤炼，已经慢慢长大，从一个稚气的少年长成一棵坚强自立的白杨。想家的时候，就抬头望望天，看看月，那里有故乡和母亲的慈爱容颜；想家的时候，就挥汗如雨，努力地工作，把思乡的泪化作动力，酿成甘甜的庆功酒。灿烂的奖杯，捧给故乡和娘亲。

“若为化得身千亿，散向峰头望故乡。”故乡啊，娘亲！你可知道，纵使皓月再圆，再美，岂能望得够，望得尽，望得穿？

故乡是根。从来就没有从故乡的泥土里拔出来，也从来就没有蜕尽那熟悉的乡音乡情。因为，故乡是有根的，我们走多远，根就会延伸多远。甜不甜家乡水，亲不亲故乡人。无论身处何方，故乡永远是我精神的家园，心灵的归宿。

“羁鸟恋旧林，池鱼思故渊。”自呱呱坠地，在故乡的这头生命便开始了旅程，日暮残阳，在遥远的他乡，生命已开始了枯萎，包括我的精神和身体。可是故乡啊，你却紧紧地系着我们生命的这头和那头，就像树根和树叶，葱茏是因为精神的给予，飘零是感恩的报答，生死不离分。

不知不觉间，秋深叶黄，日尽山凉，青丝殆尽，枯木成行。辗转数十年，人生到斜阳，身不行，思念归故乡。而今，我且能成行，并已站在故乡，一个人的故乡，一个相依为命又相随的故乡，听落叶簌簌，欢泪汤汤。

和故乡一样沧桑的我望着依旧的庭院，依旧的矮墙，依旧的磨盘和石凳，依旧的老屋温馨时光。所幸的是这些都没有改变，都那么恬静，那么淡雅，那么闲适。唯一改变了的就是如同我满腮胡茬的草束，一簇簇坚强地生长着，帮我陪伴着老屋和那些失去的美好时光。看着草木簇拥的老屋，我才深深地知道，在我离走的日子里，故乡竟然和我一样的孤寂，一样的思念，一样的充满着离愁。感动中，我挽起袖子，将房前屋后的草蔓一一细细拔除，老屋又焕发出了青春，回到了从前的模样。徒然我又感觉，老屋反而又多像自己的孩子，拎着他进了趟理发店，而这多年，我又遗弃了多久，以致和我一样草木萧萧？

我们这两个孩子，两个好伙伴，今天起将不会再流浪。

走了这么多年，还是要回到这个地方—— 一个名叫故乡的地方。因为树高千尺，终要落叶归根。纵使不能成行，盈泪的双眼也会热切地投向故乡的方向，一纸灯烛幻化成灰，亦会飘到梦萦的故乡。而今，我一个人回来了，正如我一个人的离去。繁华的世界，缤纷的岁月毕竟没有留住我，那些属于或者不属于我的城郭。只有故乡，唯有故乡才会懂得，释化我的孤独和思念、喜悦和忧伤。

在那开满野花的山冈，埋葬亲人的地方，落满鸟雀的大树，依偎着郁郁葱葱。

一个人的故乡，一世的念想。

（此文首发2011年6月新华网陕西频道·读书，入选《世界华文》）

龟蛇山散记

人们都说上有天堂，下有苏杭，天下胜景在江南。只缘滔滔长江，八达水系，网织星布，润泽绵延，富甲天下。向来以水连贯，丰茂独占之地，必发达四方，多了秀气、灵气、大气和人气，也就多了风水藏潜。然，非独江南如画，亦有塞北如卷，不尽黄河天水为源，厚土丛莽，戈壁雄浑，自有北国风光。一个秀美绮丽，一个苍茫深邃，柔悍雅犷，尽显华夏锦绣。居江南得天地独厚，处塞北濯日月光华，非是无慕，只因青藏有高原，秦岭为障，关山不度。也皆因一汪绿水、一缕晓风、一练冰石，便风生水起，云卷云舒，万象更生，道法自然，留得世人足履成苔，眉目为虹。

概勿论江南或北国，凡中国之地大象无象，草木皆画，石水成卷，遍地胜景。

我们且可走看一番，山水为伴。

先是必要去一下武汉的。1927 年春，中国时局阴云密布之际，毛泽东于武汉登高赋词《菩萨蛮·黄鹤楼》，得以绝唱“烟雨莽苍苍，龟蛇锁大江”。亲睹长江之流突断龟蛇横锁，汤汤劲涌，如拨迷雾。诗中言说的龟蛇即为龟山和蛇山。龟山伏于汉阳，蛇山盘于武昌，天地造势，象形于状，隔长江以对峙。30 年后的深秋，在万里长江上修建的第一座铁路、公路两用桥梁——武汉长江大桥建成通车。其横跨蛇山和龟山之间，铁证主席神语，了却千年守望，坦途仙架。

此龟、蛇二山，远非空穴来风，乃大有名堂，是为“山不在高，有仙则名”。龟山记史起于三国，两江环绕，数易其名，史遗巨厚，势形之重，为武汉之睛。蛇山亦始于三国，历代沉积，名胜纷纭。山峰之巅，当首数黄鹤，天下绝景，令多少行者汗湿衿。由此可知，南下多秀水，名胜不为鲜。然西行更有川，奇山多峭峰。与此龟蛇比之，亦有同名者，天然成势，鬼斧神工，谓为奇绝，当是必去往一下帝都咸阳之重镇的公刘故里、诗经之乡——彬县不可了。

彬县位于咸阳市西北部，属渭北旱塬塬梁沟壑区，全县平均海拔 1108 米。县城距西安 150 公里、咸阳 130 公里，是陕西十强县、煤化重镇。史载为“颛顼之墟、帝喾之邑”，称古豳国，周之源头，后稷曾孙公刘建邦之地。《诗经》中《豳风·七月》即为豳人生产生活之写照。秦时设漆县，西魏为豳州，唐开元为邠州，民国撤州易县至建国为彬县，彬彬有礼，礼仪天下之意义。

在彬县这片诞生远古传说，又孕育现代文明的神奇土地上，无有磅礴大江，亦无绮丽山水，就是那连绵起伏的沟沟峁峁，西风丝路，便成就无数奇观，引来无数仁杰，缔造无数奇迹。斯认为，“水不在深，有龙则灵”。

无有大水，实则有一条河，泾河。泾河是黄河的三级支流，发源于宁夏六盘山东麓，入陇进秦，汇至渭河而分明。全长 4551 千米，流域面积 4.54 万平方千米。其自西而东斜贯彬县全境，流长 104 公里，分为南北两塬一道川，是谓母亲河，润泽万民。就是这一水连穿，便千回百转，造势山川，多了十分灵性，增添无限神奇。行走彬县，大常两线。即西可参佛，谓为佛都，是北宋始，盛唐兴，凿壁而就的关中第一大佛之大佛寺；东可祭祖，是为周朝发端，豳国王公刘葬穴之公刘里宝地。其他胜物，繁累自不言说，且于佛无赘言，自可问道。至于东行当归，就可一闻“龟蛇舞长河”了。

彬县龟蛇山在城东之塬龙高镇，史为豳国城池之域，屯兵之重镇。其属龙高镇富仁村辖，距县城 44 公里，公刘墓冢 5 公里。泾河自西向东，缭绕丝带，曲折迂回，迤逦而行，因山引水，水绕山环，自然天成，蔚为奇观。居北俯瞰，南面巨山连绵蜿蜒伸延入川，阻水盘旋，曲脖成蛇；脚下为塬，山梁俯延入水，引颈成龟，象形仙造，是为龟蛇山。此龟蛇山非彼龟蛇山，不以孤名，形象神似，以引群山载舞，以召数岭归统，浑然天成，特色显独。加之白练千转，飘逸遒劲，动感异常；首首召应，似酣战正勇，如嬉耍当迷，图构卦象，无以为叹。且山居高不过百余，止无杂物，更不说名胜，无论碑冢和名花美树，不与武汉同。相形之下，俱为俗花凡草，低树闲鸟，空窑荒院，是为先人迹，显得清寡淡然，原生天然，自得佳境。

是为佳境，必往。春日偶得一闲，与友人聚，欣然于野，便得龟蛇山一游。从县城驱车东行，俯仰上塬，于落日时分到达古豳城邑。但见，青苗拔节，绿树飞雪，雀鸟绕巢，流霞过山，青烟四起。穿过索桥，步入长廊，便立于山头崖岸，目揽九天。只见，遥望群山一线天，俯瞰大谷龟蛇现，足下生辉。斯是人间五月天，龟蛇舞翩跹。金带飞练，芳草漫山，碧树如盖，菜花织锦，黄绿相间，胜似桃源。龟蛇山下，泾水之畔，浅云淡绕，飞红流翠，那是桃开三枝，密匝篱笆，屋舍几座，人牛阡陌，不嫌居寡，只羡清宁。能得此天合之地，神仙忘云。

由此，便留得相片无数，观群山俯仰，布龟蛇神工，不虚行程。也由此得辨，彬县龟蛇山之于武汉龟蛇山，虽各显千寻，然更慕居世无染，此神来之笔天地造化。虽无以香火名节，但千年不易其象；虽无以雅士鹤集，然百代人脉兴旺。居城池，东望周墓蟠龙，公刘衣冠今犹在，怀舞龟蛇，伸臂断山，太极湾里星月悬。举目西望，丝路晓月，佛都巍巍，泾流指点。七星天梯通瑶池，有路无路，龟蛇为证。勿论居四时，处何境，以观龟蛇，俱为不同，是有蛇目森森，龟睛霍霍，象形之极，清明可辨，蔚为奇观了。

凡大水成江，大土成山，龟蛇山形成久远，历 3500 多年时光。1988 年考古发迹，其山地现大量周代墓葬群，由陶片、石器等物得论，是为汉族远古先民之龙山文化遗存。阅典籍，证为公刘居豳时期，文化积淀厚重。山由河谷隆起，冲沟蚀之而成，属白垩系洛河组地层。南宋祝穆《方舆胜览》云：“豳山，岩壑崎嵚、委曲百白、瀑飞溅溅。”是为山地流泾，便脉断水折，形势参差，众象万千，奇狭百余距，得豳谷美名，最为龟蛇山大峡谷。唐少陵书《北征》有诗言兴：

邠郊入地底，
泾水中荡潏。

猛虎立我前，
苍崖吼时裂。
菊垂今秋花，
石戴古车辙。
青云动高兴，
幽事亦可悦。

李谪仙行豳州会兄李粲，挥毫《豳歌行上新平长史兄粲》亦言：“豳谷稍稍振庭柯，泾水浩浩扬湍波。”俱以行此，见山以势立，水因曲秀，杂树生花，梨枣谷馥而叹为行吟，是为真的福地、圣地、宝地了。时公元2010年庚寅秋，豳谷沟深壁绝，穿岩透石，10公里数峡谷激流跌宕，舟筏蜿蜒象形第一山，开天辟水，穿峰过仞，创泾河流域第一漂，试与龟蛇舞苍黄，壮哉，美哉！

域勿论南北，山水自有天成。凡足踏之处，经岁月光泽，必生出众多神话传说来，留下佳话，自有奇妙之处。斯为龟蛇象形，是为身居其中，移步太虚，算是神游仙走一番了。

龟蛇于上古时奉为神兽，灵异之物待之，其渊源纷纭众说，各有妙义。龟，生坚甲，形龙首鳌背麒麟尾，能御敌侵，可赴冥间问卜，吞吐气息，长生不老。其居水渊，鲧化灵龟，处玄冥之位，亦言玄武水神，司北方云雨潮汐。至于真武道尊云云，概不多言，是为后话。蛇，灵性圣物，传奇颇多。自盘古开天，延俱人首蛇身，龙子生蛇云行，权杖伏，旌旗显，百年为蛟，千年为龙，是谓渊源久深。其常龙蛇居之，是有“深山大泽，实生龙蛇”，亦有千年蛇恋，古今传唱。

龟蛇分叙，各有佳话，合而为之，便复生神语，当有别说了。龟蛇，俱云玄武，乃四大灵兽之一，龟蛇合体而成。东汉魏伯阳《周易参同契》有言：“关关雎鸠，在河之洲，窈窕淑女，君子好逑，雄不独处，雌不孤居，玄武龟蛇，纠盘相扶，以明牝牡，毕竟相胥。”其言明鉴，龟蛇一体，阴阳和合，生生不息。故传，鲧卒后化三足龟，其妻修巳即蛇，龟蛇和合玄武始得禹。时历唐至宋于明，玄武之说人性累化一一树鼎，是为真武之身，得道为峰，众皇族龙脉推拥，建殿堂如羽，三三香火绵延，教化训世之极。其貌可窥，为披发跣足，黑衣蔽躯，金甲玉带，足踏龟蛇，威猛摄魄。此难怪四方八域，皆以真武为修，概为元始北帝是大有源头的了。

斯是龟蛇，玄武之说，俱为神降，履落云端，划地为涧，见得龟蛇山。望云悠悠，见水翩跹，山无言，立千年，虽是片语只言，非是有无，物证人间。

在长江之南，武汉龟蛇二山，美丽相传。龟、蛇本原为水、火妖魔，常祸患人间，真武受命以降，列为天门二将，是为龟蛇二将由来。亦有言说真武在武当修行不食谷粱，肚内脏腑不安，遂烦躁生急，破膛取物弃野，因汲取道法，肠肚幻变蛇龟，后涂炭生灵，其一一收服，封"龟蛇二将"，并为座下骑。至于龟山、蛇山，亦与此二将有牵。传说东海龙王麾下龟将军、蛇将军经常自捧，吵闹不宁，搅和龙宫不安，王遂大怒，旨令下尘于长江之汉阳和武昌以思过，便一思千年，化就龟山、蛇山，对峙山头怨犹固。吕祖纯阳子算知二将仍图东山，恐江水有患，便银锄断蛇山，龟山耸禹庙，从此二将不复出，江水汤汤，黄鹄悠悠，两山相望无望了。其亦言传，帝颛顼曾孙大禹治水得龟、蛇二将助力，龟驮息壤，蛇辟江洪，终洪兽尽，九州分，龟蛇二将各矗江岸，成龟蛇二山。

且说北冥之地的古豳国，龟蛇山亦传说名扬，溯时上古。时帝尧命鲧治水落败被殛后，目不瞑，三年尸不腐，火帝祝融吴刀破腹而禹生。另一说为鲧卒后在古豳国化苍龟与修巳合为玄武山，产子禹，以承父志。禹与伏羲众，退洪治疆，终成大志。亦有说为豳国公刘死后，泾河黑龙移巨山，引洪毁冢，伏龙山邻及龟、蛇、牛头、马面等诸仙阵助，后俱化山川，阻流断波，水终无力，公衣冠得保。溯时更远也传共工与颛顼斗而兵败明志，怒撞不周山，江河易流，洪兽醒。女娲彩石补天，鲧走禹至，擒洪兽治泾水，俱为豳之始源。故以北冥之地，神降龟蛇奇山，中国玄武之地源初当在北冥古豳之地了，即真正的龟蛇山地。至于他方之地和传说，演绎和杜撰的多多矣。不同的是，龟蛇相形日渐瘦，黄鹤无云亦悠悠，香火日盛。然豳州之龟蛇山，纵是日月茫苍，仍显神像玄武面，天地同寿。

其实，众人皆知，传说缘于混沌，问史亦难周具，穷心当知寄寓之意。至于天下之山，聚土成势，地理使然，龟蛇之象，不分伯仲亦俱为我巍巍华夏河山。能齐名呼，是为天地之缘，踪往览胜，亦是为仙履奇缘了。

是为奇缘不假，在龟蛇山地有豳王公刘巨冢，高61米，宽500米，长

1500 米，曰“周墓蟠龙”，可谓奇大。故，龟蛇山域古来居王族龙脉之风水宝地，不负盛名，客至无不叹奇。文坛奇人贾平凹先生游龟蛇山时，审山看龙，亦为之动容，叹赞不已，是为龟蛇锁龙脉。其北背依绵延长山巨冢，青龙逶迤回抱有情，白虎颔首伏，龟蛇含河，朱雀舞太极，溪溪有情，明堂阔茂，王气十足。概观五行相配，八卦生气，是为极上之风水宝地。统观中国名胜之地，龟蛇之象穿贯，皆为藏风聚水之穴，缘在止求帝王将相之灵气，窥天地之机造化天下。

水悠悠不尽，山巍巍不易，人随水复云不老，天堂地坛，关山有龟蛇，丝路长沙，佛都是岸。一汪绿水，一缕晓风，一卷书香，一片盛情皆在中国西部的咸阳彬县，一个风生水起、云卷云舒、万象更新的地方。

居陋室难辨子丑，处寡无以阅天下。勿论短长，走吧，行走彬县，山水有伴……

观水记

或许是北方人的缘故，处久了缺湖少泊的山地，便会对水产生特殊的感情。于是，便倾慕那水乡泽国的江南，梦想那浩瀚澎湃的大海，追寻那一汪碧绿的湖泊。由此，便因一机缘，得以瀛湖之行，观得大水，见到了闻听已久的陕西之“千岛湖”盛景，领略到了秦巴汉水之旖旎风光，灵山秀水的神韵魅力。这个神韵源于汉水，美在瀛湖。她是汉江这位神女最美丽可爱的女儿，是秦巴之域最灵动的眼睛。

其时风和日丽，天高云淡。在0240号柴轮之上，一把竹椅坐于船头，听机器轰鸣，看浪花飞溅，便油然生出金色犁铧翻飞的幽香沃土，感受到了清新拂面，水香浸润。于是，带着向往与激越行涉江上，便满载了畅游洪波的洒脱和欢愉、俊逸与淋漓。

这样的水，我喜欢，因为她的浩瀚。说是湖，我想是因为岛屿的缘故吧。因为也见过几个湖，可这里的湖当是湖中之最了。因为这里还有岛，数以千计的岛。因故这里的水就美了，讨人喜欢了。

这里的岛似连非连，非断非续，浮潜绵延，水域连天。近观，两山迎送，不可量测此岸彼岸；远眺，岛水衔吞，难以知晓水尽未尽。这浑然大水，浩瀚之物，唯有天地造化，只有千岛能详穷尽。壮哉！有此一境，自是福源之所，惠泽无疆了。

这样的水，我喜欢，因为她的清幽。大家刚跳上泊岸的轮船，都找绝佳的观光位置落座。这种急切之情主要是期待于水的。看得出，要是知晓水之深浅，定会有人早于他人扑通入水的。

起先抢于船头，观浪花勇退，但无有抓捏之物，惧怕颠簸起落，渐退于船侧，落一小椅，待抓住舷杆心方安之。此时，船已出得浅水驰于阔地，飞溅千堆雪，斧劈万重波，风生水起，心旷神怡，一江呼啸。船行健，静以观水。但见远岛皆绿树，映倒湖镜，万顷碧绸，幽光潋滟，清纯无染，浓淡均匀，蔚为壮观。此时，大船犹在一巨幅绿缎上游弋，风舞船飘，人物画卷，起落沉浮，心神银河。这如幻若梦的水呀，岛行云走，水天一色，无分上下；绿水滔滔，幽波荡漾，难辨里外。此时，眼望流水若云，悄然疾逝，生百般怜爱，只可目触，见澈透才明浊浑。真愿漂泊于此间，观水打鱼做蓑翁，不再问烟火。

这样的水，我喜欢，因为她的柔美。去瀛湖旨在观水，而先于途中遇到了生长于斯的瀛湖人。一个是刚到瀛湖的地接导游，黑框眼镜女孩。她文静秀气，声音甜美，满腔真诚，说起安康如数家珍，好客之情溢于言表。另几个是午餐之时，尽管略显疲意，却仍热情大方端菜递汤，不辞辛苦的饭店服务生。她们年龄不一，但都勤快细心，竭诚服务，理解关照之情令身在异乡之人无有生疏却倍生温暖。再另几个是在栈桥回廊处路遇。年少者恬静丽质，眉清目秀；年高者散货顾主，慈祥安和。还有几个是在景区所见的摊贩。他们或烤着肉肠鱼片聊天，或摆着贝壳玩货静观，见到游客投以善目，微笑招呼叫卖。这些共饮汉江水的人们都无闲散之色、市侩之气，亦无酸涩之状、粗野之形，都若山之沉稳，给人以实诚；如水之柔美，给人以秀气。不由得叹喟这里的灵山秀水之造化了。

荡舟湖上，绿云游水，山岛成画，一个个连绵起伏的柔波细浪轻声呢喃。她们趴到船舷边搭话，到山脚边吐言，到浅水湿地呓语，美好可爱之极。此情此景，扶着栏杆的我凝思翩跹。如此柔美之天馈，怎教匆匆流走？真想瞬生秀发千丈，浸润一湖柔波。船做妆台水做镜，濯尽光华映白霜，不负柔情满江。此时，突感船单影只。望千岛，青山依旧水长流，唯物之恒久；叹人间，皆为过客来去无，奈何不过三万天。风萧萧，衣袂飘，青丝缭绕，纵有风情万种，只盼鱼尾摇，你可听我说。

这样的水，我喜欢，因为她的清宁。晚游汉江是离开瀛湖，在住处稍作休整后，步行穿过几条街道，才到达江边的。此时，星汉灿烂，独倚栏杆，静流恒远。虽已夜垂，但仍有泳者试水，滑鱼沉浮，优哉游哉，其乐趣也源于这支大水。有遛狗者各色聚集，江边玩嬉，远离“三横三竖”的嘈杂与浮躁。品茗者，三两聚之，轻声低语，若水潺潺缓缓。吃酒者，烧烤与江风共燃，流香飞歌。还有那摇滚与民谣的疯狂和幽婉，把一个个旱冰飞人的情愫点燃，惬意而刺激；把一对对恋人情侣的缠绵唤醒，愉悦而美好。此时的我，已被江风熏染，如痴若醉。望彼岸，缤纷的色彩，把繁华巨绘。在想，这仅此而隔的距离，因为岸，却各自有着不同的世界。你有繁华一夜，而这迷离的水啊，却独有寂寞连城。尽管是在同一个时光里，却是两个迥异的流，无相待望。你还是你，纵有长夜酒声喧，可她还是不语一言勇向前。这样，我倒突感平静。我愿意舍弃那一把临水的椅、溢香的樽，放下五彩的灯和缤纷的城，化为这过往中一束清流、一片行云，和她共享和坚守这份默默的清宁了。

这样的水，我喜欢，因为她的甘甜。喜欢，就会亲近。这满眼的清波是乐坏了我们这些北方汉的。看着慕，走着说，闭上眼睛就想，算是把这一湖汪洋往死里爱了。尽管这样，自离开瀛湖都没掬一口湖水尝尝，或洗把手。我想，那会把手也染成绿色的，会亵渎了那一江圣洁。然而仔细想想，初来乍到的午餐就已食用了汉江的水，下榻酒店洗漱用的就是汉江的水，这是早已亲近了的。有人说，多喝水，这里的水质好。原本就是慕水而来的，所以大家都开怀畅饮，还大瓶小杯地盛装，更当茶一样品鉴。随行的女同志窃笑曰：喝水又不是喝茶，还评论不休。可实际是大家都尝出了味道，那就是观色晶莹透亮，品味甘甜清润，如泉水沁泽脾肺，似琼露滋养心田。且看，山岛云集，林森浩瀚，湿地成海，遍地灵秀。这么庞大的过滤系统，丰富的天然水系，就一定会有清纯玉液，一定会有健美人生和幸福生活的。

因船在湖上往返是要一个多时辰的，便有了和船老大闲聊的机会。他是一个皮肤黝黑，面容消瘦，憨厚纯朴的五十多岁汉子。我是船上唯一和他拉话的渡客。当两根烟燃起时，就成了两个老友，倾心交谈。他和我拉家常，讲开船方法，我谈第一次畅游瀛湖的体验。在拉话中得知一艘十多万的轮船是由公司租赁，他已在这个湖上漂泊十多年。最好的一天跑五六趟，要给公司缴大部分费用，留给自己的可以凑合生计。孩子已经成家务工，与老伴相守故园。他说尽管收入不高，也算是有个营生，有个糊口活着的法儿。他说他们很幸福。看到他黝黑的脸上知足而幸福的笑容，我感觉我很幸运更幸福。我知道，骄阳似火，秋风如刀，风飙浪高，船颠叶飘，生活和幸福是该如何去打捞？还好，今天的湖水如同安康这个名字一样安详温和，船老大的幸福生活就像这瀛湖水甘醇甜美。

完成摆渡任务后，道别。在远去的孱弱背影里，我虔诚地望水生情。其浩浩汤汤，繁茂一方水土，养育一方生灵，衍生一方烟火，真是莫大的善，莫厚的德。我祝福他。

可以说，没有哪儿的水是教我的心灵如此感颤。或许，我到过的有水的地方太少，也或许是我的心底就这样如水般柔软。到了这里，心湖泛滥成泽，怎么也放不下这一瓢之物。看到这样的水和山，你会突然间由喧嚣归于平静，浮躁止于沉稳，浑浊止于清明。山的静默无言，水的平和含蓄，都让人张扬无由，骄傲无物，沉淀岁月，思省人生。由此，我想到了孔子，曰：水有五德，所以君子遇水必观。老子云：上善若水，水利万物而不争。若想，这观水者常怀五德，自会知晓水之道理。而水恩泽无尽，其善行无穷，柔韧坚隐，自会不息古今。因此，观水学法，性澄似水，做人如水。从容、谦恭、坚守、持恒，水蕴含着大智慧，人是要好好向水俯首请拜的。切莫失之德行、胸襟和气度，掉了价格。身在这灵山秀水间，不觉会有“水唯能下方成海，山不矜高自及天”“海纳百川，有容乃大；壁立千仞，无欲则刚”的幡然之醒。由此悟得做人当如水，做事当似山，踏实、诚信、虚怀、坚韧，才是做人为事处世之法道，也是人生的大境界和大情怀。

涉江之途，还去了两个地方，一个是鸟岛，一个是金螺岛。

这个鸟岛谓为野生动物救助站及生态保护区。此时花草繁茂，五彩缤纷，拾级而上便听到了百鸟唧鸣。入得园内，随处可见密网或栏筐，里面是两三只、五六只不知名的鸟，或其他的动物。然而它们大多毛发凌乱，表情慌张，烦躁不堪，与想象有很大的差距。在观看驯鸟的过程中，那一只只脚上带有铁链的鹦鹉虽已深谙人语，但听到那凄厉的叫声，心里却不是滋味。那种声音是剜人心肉的。我是伸不出手掌，呐喊不出声音的。

尽管石榴花红艳高贵地盛开，可那些鸟儿在笼子里面飞撞，狂奔的土鸡、憔悴的孔雀、龙钟老态的鸵鸟，还有那一只貌似秃鹫的大鸟，耷拉着翅膀用尖嘴拧咬密网的画面让人很压抑。我在想，树林是鸟儿的天堂，这里花香烂漫，却没有鸟语啁啾。如此情状，这个岛不去也罢。

金螺岛形似一只大海螺，上面有一座五层的塔，唤作螺峰塔，可登高望远。有关于金螺女和杨娃的爱情故事，都在一个个“爱情保鲜柜”中锁藏尘封。还有太上感应碑，清代碑石，传为老子著文，铭文可辨但雕工平平。行右侧见一廊阁，匾曰：吃春楼。两侧楹联一曰：岂不知秀色可餐；又一曰：莫再问春归何处。推敲之，似懂非懂。此时至夏仲，可不问春归，也罢。

我在想，斯是旅游景点，当有文化元素。至少可以说，在这里是缺了这个元素的，是难以承载和支撑的。若能让旅游文化说话，把水文章做大，就会迎来“接天莲叶无穷碧，映日荷花别样红”的大气象，实现鱼米丰收赛江南的大未来，让安康真正成为大西安的“后花园”。当然除了文化元素，还有管理的问题，鸟岛就是个典例。

瀛湖观水，不虚此行。人生的旅途是漫长的，也像瀛水之行是短暂的。然而，“请君试问东流水，别意与之谁短长?”在这样一个美好的时节，去到这样一个美好的地方，慕水，访水，问水，拜水，是多么美好、值得留恋和铭记的事情啊！故临行难免会生出几多惜情。可我知道，这脉脉的湖水，绵绵的江流并没有因为我的离绪而停息。她依然在那里，不增不减，不急不缓，不愁不怨，让我空有“大江流日夜，客心悲未央”的叹惋。

在归途中，穿山越岭，峰回路转，总会见到一丛或者一束绿水清波迂回曲折，潜行流深。不由慨叹，这水不惧险阻，从不停息，终得千溪万河归大海是多么不易。而人呢？是要识得水的精髓，食得人间百味，才能求得人生真味。其实，我们每个人又何尝不是在人生的旅途中向自己的“大海”挺进？或许到了尝得百味的时候，才会真正懂得“真水无香”的寓意，就会明白水的情怀和水的境界，明白做人的道理和人生的意义了。

群山翠流成浪，林海碧波荡漾。疾驰中，那“一畦春韭绿，十里稻花香”的江南水乡正扑面而来……

（此文首发 2015 年《豳风》）

槐花最是故乡甜

5 月是花的海洋，到处洋溢着醉人的馨香。在这醉人的 5 月，故乡的槐花开了，开得那么香甜，那么芬芳。

槐树，是故乡分布最多的树种。或漫山遍野，或河渠沟畔，不用稀奇也无须惊讶，随处可见一株株、一丛丛的槐树，像一个个朴实无华的农人一样，宁静安详地坚守着故乡的恬淡时光。

5 月的故乡是欢腾的，因为槐花开了。春的小手掀开了槐树的绿衣，打破了乡村的宁静，让漫山遍野的槐树热闹欢歌起来。你看，绿裳深处，一簇簇一朵朵，如霜似雪，云蒸雾霭，尽情绽放，故乡变成了槐花的海洋。每一棵槐树都不闲着，开得忙忙碌碌，开得热热闹闹。在枝叶间，一朵朵一串串，悄悄地吐蕊，静静地盛开，淡淡地溢香。那些苍劲嶙峋的老槐，枝叶细细的、圆圆的；新槐则枝干颀长，叶片肥厚，但繁密的花儿都鼓囊囊、整齐地排列着，簇拥着，熙熙融融地盛开着。故乡的槐花，大都是白色的，只有极少极少的粉墨或者淡红色的花相间点缀，让 5 月的乡村显得越发缤纷。真是："槐林五月漾琼花，郁郁芬芳醉万家。春水碧波飘落处，浮香一路到天涯。"

开得最艳的槐花应该数向阳的地方。因为那里光照充足，气温偏高，所以槐花比其他地方都开得早。洁白的花朵，嫩嫩的花瓣，淡淡的花香都为春天增添了一分素雅和美丽。相反，那些迟开的花骨朵，像一个个小铃铛，挤挤挨挨挂满了枝头，鼓鼓的含苞待放。

漫步故乡的槐林，人们无不惊诧于大自然的鬼斧神工，而更仰慕于这无处不在的沁人馨香。

槐花是醉人的。故乡的槐花开了，无论站在哪个角落都会被花香折醉，无论在哪个时刻都会神心迷离。特别是早晨起来听着悦耳的鸟鸣，呼吸着清新的槐花香味的空气，是多么美的一种享受！晚上更是特别。天上繁星闪烁，河堤蛙虫唧鸣，丝丝晚风吹拂，阵阵幽香袭来，淡淡的、幽幽的，此起彼伏，沁人心脾，让人情不自禁地想多闻几下，陶醉其中。

站在盛开的槐林，细细聆听花开的声音。那些蜜蜂蝴蝶扑翅徘徊，雀跃纷飞，在艳艳的槐花里匆匆忙碌，汲取芬芳。静谧的山谷，清幽的草地，温馨的时光，蓊蓊郁郁，嘤嘤嗡嗡，细细的、碎碎的，让人迷醉其中而流连忘返，便勾起了许多儿时的美好回忆。

故乡的槐花开了，迎来了远方的客人。每年的 5 月槐花盛开时，天南海北的养蜂人都会到故乡的槐林来。选择一片槐树林，成箱成箱地将蜂箱搬到开阔的地方，有序排列，放蜂酿蜜。还有的养蜂人为了赶花期，提前搬来住下，等待花开。这些远方的客人大都是用卡车运来蜂箱之后就走了，留下几个人安营扎寨，和蜜蜂为伍，与山林做伴，看花开花谢。每当看到山畔炊烟袅袅时，就又多了一个追赶花开的人，多了一个养蜂人的家。

槐花飘香的 5 月，养蜂人和蜜蜂像鸟儿自由、尽情地在繁花间辛勤劳作。醉人的花香在蜜蜂忙碌的身影里，在养蜂人艰苦而充实的岁月中摇曳、沉淀，酿出了甘甜的蜂蜜。听养蜂人说这种槐花蜜是最好的春蜜，营养价值很高，还可以入药。每当蜂蜜酿成的时候，养蜂人都会招呼老乡们前去品尝，把春天里最美好、最甜蜜的东西与大家一起分享。

刚酿的槐花蜜清澈如水，如琼浆玉液，舀一勺万缕千丝，尝一口甘甜爽口，沁人心脾。然而，只要尝了一口，就不敢再来第二口，因为太甜了，甜得舌头都动不了。尝着槐花蜜，嘴里甜丝丝的，看着槐花，心里美滋滋的。就是这极其普通的故乡的槐花，却把美丽给了整个春天，把甘甜、芬芳和清白无私地给了人间。不由得想起了源林烟的《槐花香》：“五月槐花开，如雪似蝶徘。微微风簇浪，串串浮阳台。阵阵清芳沁，翩翩天使来。问君为何事？还世一清白。”

我爱故乡的槐花，槐花最是故乡甜。

故乡的槐花可餐。槐花不光以特有的芬芳吸引着人们，还成为大家桌上的美餐。当槐花开了，人们就会走到山野去，或爬上树，或带着长竿钩子，拎个篮子、袋子去采摘槐花。采槐花人们一般喜欢选择尚未盛开的花苞苞，因为这样的槐花苞做的菜肴更筋道，更爽口。采来的槐花用清水洗涤之后，和点儿面粉，放点儿盐巴等调味品，然后搅拌均匀，焖蒸之后就变成了甜美爽口、不油不腻而且筋道可口的“槐花麦饭”了。还有人用槐花包饺子，做槐花饼子、槐花粥，味道独特，是农村人喜爱的美食。如今，正是槐花盛开的时节，故乡的槐花已经从山林走出，进了超市，上了千家万户的餐桌。

故乡的槐花开了，春意更闹了。槐花蜜、槐花饭，故乡的味道，走不出这5月的故乡的时光。

故乡的槐花开了，迷人的槐林、诱人的芬芳，醉了农家小院，醉了山川城乡，也醉了游子的心房。

人间五月最芳菲，槐花最是故乡甜。

（此文入选咸阳市初中升学模拟试题·现代文阅读）

寻雪记

期待一场雪降，如同等得故人归或盼佳期至，是感念也是怀恋。从今天开始探寻，剥开记忆的老茧，拥抱飞雪扑面的岁月，在这北方的山城，当雪已成往事。

1

20 世纪 80 年代后期的小学四、五年级，我骑坐在父亲的肩头涉水爬山看了一场电影。那时的露天电影场在隔河而望的对面山坳。当随着赶集一样的人群，蹚过河，爬上山，到了电影场，我跳下父亲肩头时，父亲就顺势坐在了地上。他抓着我的手说，人多，别乱跑。然后就仰头大口喘气。我知道，自跨到他的脖子上，他就迈开大脚，一刻也没歇息，一路超越了很多人，一口气将我驮到了放映场。话没说完，他又爬起来，抱起我挤进了人群。

电影正式放映，是北影摄制的《笨人王老大》。讲的是农村，农民，小王庄，生产队，李永绪，王老大，大翠和乡亲们；是公社，胡书记，批斗会和凛冽的北风寒冷的雪。剧中主人公是王老大，憨厚实诚，中国传统式纯朴农民。他在我年少的心灵里烙下了深痕。特别是为了寡妇大翠，拖儿带女，能度过严冬，当几个孩子一排排在热炕上熟睡之时，他一个人顶着风雪上山砍柴。漫山大雪，渺无人迹。王老大想着大翠和娃娃他心里很幸福，因为有了柴火孩子们就不会挨冷受冻了。可就在王老大砍好柴火，背着柴捆下山的途中，在大翠的焦心等待中，他却在风雪交加中滑下山崖遇难。当大翠和孩子在哭号中见到王老大的时候，他只能冰凉地躺在村口的庵棚之中。这一幕，催人泪下。我的父亲一只手抱紧我，另一只手在使劲地擦眼泪。我不知道为何心里很难过，王老大很可怜。令人愤恨的是，就王老大因为私自砍了山上的柴这个莫须有的罪名，死了还要被批斗！批斗会现场，雪若鹅毛，那一幕震撼心灵。生产队队长李永绪为还死者王老大的尊严，替“罪”受批。他衣衫单薄，被押着，神情凝重而凛然。大翠和孩子们恸哭不止，撼天动地。乡亲们忍着悲伤，不惧寒冷，纷纷脱掉棉袄外衣为母子驱寒。雪更大了，含泪凝噎的大翠撕碎了布票。父亲更用力地抱紧了我。我听到了人群的哽咽。雪更大了，布票大小的碎片纷飞。

那年冬天的雪、王老大躺在平板车上裸露的大脚、批斗会和纷飞的布票，这些画面一直在我的脑海浮现。冬雪之后就是春天，小王庄迎来了十年之后的新天。我们看到了欢庆的秧歌社火、灿烂的笑脸，还有叫一声同志泪流满面、暖流涌怀的重逢。这是新生活，是从乡村到城市，从冬雪到春花的脱胎巨变。

说不清小时候的记忆中如何对雪有着这样深切特殊的印记。或许因为王老大的遭遇，或因那个风雪无情的残冬，我算是懂得肤浅了。可父亲不同，那个年代的伤痛是彻骨的。

当雪已成往事，心依然苏醒。

2

小时候能读到书并喜欢，总结起来主要有两个原因：一个是农村的孩子没有多少样式玩耍，故羡慕那些有连环画绘本的孩子，这成了一个幼时的梦想；另一个是自己生性内向，不善言辞，读到了书就会为友做伴。书也很少，除了借经常是赖着大户人家孩子不走，求得书观后讲述与他，自然高兴不嫌。初读小说是曲波的《林海雪原》。莽林雪域，侦察英雄杨子荣与威虎山座山雕匪帮斗智斗勇的情景依然如在眼前。初读武侠小说是金庸的“射雕三部曲”之一《射雕英雄传》。书中人物剑胆琴心、义薄云天的浩然之气每想起都会激荡精神。而在金庸先生众多的武侠小说中，最难忘的是既读了小说，又看到了电视剧的就是《雪山飞狐》。多年来，那情那景仍记忆犹新，堪称经典。

首先想说的是两个版本的电视剧主题曲和片头曲唱词。1978 年香港佳视版粤语《雪山飞狐》主题曲中有词：

与你情如白雪，永远不染尘
谣传常常是噩梦，不可心惊震
你看见雪花飘时，我这里雪落更深
寂寞两地情要多信任，明了真心爱未泯
寒梅仍能傲雪，你更加胜别人
谣传从来莫信任，真心早共印
我看见雪花飘时，对你的爱更深
日后我回来，最好证实，原来真心爱未泯

台视 1991 版片头曲《雪中情》中有词：

寒风潇潇，飞雪飘零。长路漫漫，踏歌而行。
回首望星辰，往事如烟云。犹记别离时，徒留雪中情。
雪中情，雪中情…… 雪中梦未醒。痴情换得，一生泪印。
雪中行，雪中行…… 雪中我独行。挥尽多少英雄豪情，
唯有与你同行，与你同行，才能把梦追寻。

看到这些词，竟触到心的柔软地，便怀旧伤情，生了冲动。这些歌词都与雪有关，人物都被情牵。雪花洁白无瑕，情真意切无期。在这两者之下，观者感怀暖心，情愫内发便成涓涓细流。因此，无论何时何地，只要目及必心触，就要唱两句出来，就像贪吃以解馋欲，贪杯以过酒瘾。我以为是有两个原因的。一是缘于雪。苍穹有大雪，天公神馈，惊诧自然杰作，以纯洁比污垢，掩陋迹，天下无痕。这大白之物，如此佳妙，怎能不使人心生欢喜，爱意无限？二是缘于情。在雪域极境，当绝美佳人和潇洒侠士相遇，就会侠骨柔情，爱恋绝世。因故，“与你情如白雪，永远不染尘”，“你看见雪花飘时，我这里雪落更深”。这是最美的遇见，如同对漫天飞雪一样的爱慕和依恋。然而，一声嗟叹，儿女情长，英雄气短，江湖

恩怨，回首是岸。胡一刀与苗人凤，雪域“挥尽多少英雄豪情”；胡斐与袁紫衣、程灵素和苗若兰，红颜离歌情深几许雪无垠，“犹记别离时，徒留雪中情。雪中梦未醒，痴情换得，一生泪印。”无论乱世英雄还是绝代佳人，他们都是“雪山飞狐”，是狐仙，演绎旷世奇缘，留下不老记忆。

其次想说一点儿的是片尾曲《追梦人》。尽管这首词中并没有太多的雪的影子，但却成为经典传唱不休。若要找个原因的话，或许它更能表达出剧中人物的儿女情长、恩怨情仇。“冰雪不语，寒夜的你那难隐藏的光彩，看我看一眼吧，莫让红颜守空枕，青春无悔不死永远的爱人。”这种“宿命里安排”和“前尘红世的轮回”，岂能“让红颜守空枕”？无奈的是，英雄殇，红颜泪，云烟千山，爱若飘雪无言。这当是人生一憾，凄美之至了。我在想，现在的我们是否能够相惜情缘，若相爱，好好爱，莫伤害，珍惜遇见，不放手，莫让红颜守空枕，到白首。当我们唱起这首歌，也或许，在我们的那个岁月，正是青春激扬、放飞理想的时候，我们心中都有梦，都是“追梦人”。所以，还有另外一个原因那就是对逝去的飞雪时光和青春年华的怀念吧。

朋友，你是否现在和我一样怀恋往昔？你看，长白山的雪一定还在飘，熟悉的旋律也一定还在回荡。

3

关于中学时代的记忆是很多的，有些还很清晰，比如在初二午休的时候和几个同学去山上偷绿杏。尽管全班同学都尝了鲜，我们落了好，可结果被班主任罚打扫清洁区一周。当然也有些记忆已很模糊，斑驳不堪，提起来会东拉西扯。这里想说的是那一年初三的雪。

记得刚入冬不久，同学们已穿上臃肿的棉袄，戴上火车头帽子，脚上穿了棉窝窝鞋子。由于冷，课间大家就在教室后面靠着墙一个挨着一个“挤油油”。男生一溜溜，女生在鼓掌，现场尘土飞扬，叫声四起，矮小弱的被在中间挤夹得怪叫，高大胖则大声嬉笑。

突然的一天早晨，窗外洋洋洒洒地飘起雪花。那些漫天飞舞的雪花慢悠悠地都不知道该落哪儿好。同学们则跑到室外，追着喊着，下雪了！下雪了！然后张开嘴巴让雪落进去。瞬时校园里像炸开了锅，欢呼雀跃，有同学的火车头帽子在空中飞来飞去和雪花共舞。就在这一天，语文老师给我们教了毛泽东的词《沁园春·雪》。原文为：

北国风光，千里冰封，万里雪飘。
望长城内外，惟余莽莽；大河上下，顿失滔滔。
山舞银蛇，原驰蜡象，欲与天公试比高。
须晴日，看红装素裹，分外妖娆。
江山如此多娇，引无数英雄竞折腰。
惜秦皇汉武，略输文采；唐宗宋祖，稍逊风骚。
一代天骄，成吉思汗，只识弯弓射大雕。
俱往矣，数风流人物，还看今朝。

语文老师说，天降大雪之日适逢教《沁园春·雪》课文，实为机缘巧合。应不枉天意，当深刻领会，朗朗诵读，以感受毛主席广博大气之胸襟，领略诗词磅礴深远之特色。于是，随着老师声情并茂的带领，室内洪亮高歌，窗外飞雪飘扬。此种情境荡气回肠，心神激越，回味无穷。

"夜深知雪重，时闻折竹声。"尔后的几天，大雪剧增，天地一色。就连刚扫过的校园路，一会儿工夫就被大雪覆盖。校园内诵读之声替代了课前歌唱不绝于耳。特别是当朗诵到"俱往矣，数风流人物，还看今朝"的那个"朝"字时，众口齐声，如雷震撼，窗外苹果树上的积雪哗哗落地。

记得有一日天未亮就去上学。当迎着风雪，几个人连滚带爬地从雪海"飘"到学校时，看门大爷的灯还没亮。我们几个就在校门口背诵起了"北国风光，千里冰封……"刚背诵到兴致处，哐的一声闷响，推开窗的大爷光着秃头大喊，弄啥哩，都到教室去！此时能看到透出金黄灯光的窗子，大片的雪花直往进涌。大爷，开门！我们喊道。哐的一声，窗户关上。片刻，矮小的大爷推开门，裹着大棉袄慢悠悠走到了铁门前。哐当一声，铁锁打开，雪落满地。我们和大雪一起拥进了门内。大爷嘟囔着说，好大的雪啊！

一课间，某同学提议，找一个很高的地方去朗诵《沁园春·雪》，一定更能感受这首诗词的气氛。于是，大家选择了教学楼的楼顶，因为几乎没人上过楼顶。第二天早读的时候，几个人溜出教室，跑到三楼从一个盖着铁板的口子上到了楼顶。好壮观啊！大家都惊奇地叫起来。远山，丛林、工厂、河流、村庄，银装素裹，天地无二，都分不清、说不准哪儿是哪儿。距离学校很近的二虎家，现在也不见了。他说家里老房子很低矮，是不是被雪埋了？大家都哈哈笑起来说二虎是个瓜娃，雪再大能把房子埋了？接着，大家齐声朗诵起来。在抑扬顿挫中，诗词中的“北国风光”近在眼前，“山舞银蛇，原驰蜡象”的磅礴气势令人心潮汹涌，不由得为祖国的壮丽山河而自豪骄傲。好大的雪！这美丽壮阔的画面怎能不让人引吭高歌？这纯洁美好的青春怎能不让人豪情万丈？

那个时代是美好而难忘的，因为有雪的我们的记忆。尽管那年之后的6月我们都各奔东西，但雪花飘飘的那个年代至今仍觉得最温暖，最快乐。我想说，亲爱的同学，让我们再爬一次楼顶，再来一次高歌！你在吗？

日子久了会被尘封忘却，相对于中学时代，也会被岁月冰封。但只要心中有春天，你和我还等什么？去河边吧，我们的时光的河流已经解冻。

4

忽然忆起著名作家唐敏的《雪》。在上海的屋脊瓦檐，那些雪在等雪来，然后一起归去。我在想，一定在一扇幽静的小窗里有人在望，也在等。她在等她的雪下。而这样的雪，也正如我们在繁华纷杂的都市一样的等待和盼望。当然，雪是纯净默然的，是热烈滚烫的，也是寂寞倔强的。它直到消融，像暴雨般淋漓奔涌。因此，我在想，我也曾经或者现在也该有那么一扇幽静的小窗。只不过不知道是从什么时候起的，等了多年，直到多年以后的今天，在夏日的夜有被风卷着的残雨突然将窗棂敲响。于是，推窗见疾雨，青丝千丈白，方知花开花谢，朱颜催，素裳天下。

有朔风袭来，不由拢紧薄裳，叹人世枉生一腔情怀。冷怅惘，人生短长岂一个等字了得！望南疆落白，不敌一夜晓风，只为窗剪明月；看北国风寒，不悔万里关山，只为雪染残阳。等是一种状态，等雪是一种情怀。其实，人生有太多的等待，让我们春等花开，夏等雨斜，秋等草黄，冬等雪来，可终了却是阁楼依旧人不在。因故，这人间事无常人无常，何不随缘待之？若等不起不若不等，不若相忘于江湖。就如同这雪，天公由之，人心奈何？那些来的自会来，去的终会走，随它去吧。能安妥心神，自会云卷云舒。亲爱的朋友，此时的你是否发现，火已燃，酒可温，何不推盏几杯？勿默然，关上窗，下得阁楼，把自己放出去。走吧！春渐近，冰已破，江可舟，洞箫几声，山水心中，何患有无！

期待雪，实在是因为现如今的冬天没有了模样，就像故人好久未能相谋熟悉的音容。尽管不悲不切，但教人心空若失，不得欢愉。或许也该这样想，我们现如今的日子，我们自己的现在，是否和这冬一样漫长，漫长于繁复的日月重叠，也像现时的冬一样没有了雪，而缺少了什么。因为缺少，所以寻找，就会期待新的光亮、新的你我、新的生活。一个冬天无雪，是残酷而不完整的，一个人这样的日子则一定是可怕的。尽管每个人都有过去，我们都还会怀念，可“人生到处知何似，恰似飞鸿踏雪泥”。今年的雪在哪里？明天的你我是否还能这样怀念，这样困惑忧愁？这恼人的困惑，这美丽的忧愁！

当雪已成往事，那就从现在开始吧！关上窗，下阁楼，把自己放出去。

5

在一个寂静的夜晚，听到了窗外青竹的脆响。

我的世界下雪了。大雪覆城。

朋友，你那里下雪了吗？

当雪已成往事，在这个北方山城。

6

当站在阳台，望着窗外飞雪欣喜若狂的时候，家乡来人了。他说，这场雪把年味都带来了。他是进城采购年货的。他带来了家乡的蔬菜，他还高兴地说仅有的一亩多麦子解渴了！

今天是北方的小年。

（此文首发《西北文学》2015 年第四期）

第二辑

人物影像

春天，聆听塬上的歌唱

2013 年 3 月 5 日，是一个非常难忘而又弥足珍贵的日子。

这一天，我见到了仰慕已久的中国作家协会副主席、当代著名作家，《白鹿原》的作者陈忠实先生。

因作协创办《彬县作家》，受众会员期盼，特邀陈主席赠言题词，以作勉励。考虑陈主席身体及事务原因，年前此事未能成行。至 3 月的一天下午，我从外面买饭回来，病床上的母亲说，谁给你打电话了，你看看。我拿起手机一看，原来是中国作家协会副主席陈忠实先生的来电。激动的我抓起电话拉开病房的门就往外跑。母亲见状问，谁的电话把你高兴的？我说，妈，回头再给您说。在楼道一僻静处，我激动地拨通了陈主席的电话。很快，电话那边传来了干涩而略带沙哑的声音，哪位？我说，陈主席，您好，我是彬县作协的小席。哦，你好！那个题词我写好了，你们过来取吧。要不，让省作协的杨主任带过去，你们取一下，我这里比较偏僻，可能不方便找。我说，陈老师，我们过来取吧。您在百忙之中为我们题词，是对我们基层作协最大的关心、支持和鞭策。我们一定要看望您，我们一定要感谢您！陈主席爽朗地笑了笑，就询问了从彬县到西安的路途情况。然后说，那好吧，你们来吧。接着，他详细地给我说了地址，约好第二日相见。

电话之后，我便迫不及待地将电话打给了县作协主席曹立，传达了这个激动人心的信息。年逾古稀的曹主席也非常激动，在电话中安排了相见事宜。随后，我便也告诉了母亲。母亲说，要去的，放心去吧，这是个好事，大家的事就要办好。

翌日，当金色的朝阳温软地洒落大地时，曹主席并副主席秦宝平和我乘车一道向陈主席住处赶去。9时，我们如约到达了陈主席的楼下。按了门铃，拾梯而上，进得门来。但见一瘦削脸庞、稀疏头发的戴镜老人映入眼帘。我们终于见到了陈主席！顿时，阵阵暖流浸润心间。陈主席和蔼亲切的第一句话就是，彬县的客人到了，便一一握手问过。进门，看座，请茶，如同老乡故交，温暖而幸福。

这就是那个“踏过泥泞五十秋”，终成史诗《白鹿原》，“震撼了我们国人灵魂，成为中华民族生活缩影”的作者，那个西安灞桥塬上爱看球赛、喝酽茶、喜抽雪茄、下棋、吼秦腔的老汉，那个从十五岁就把一生付于文学的关中汉子。他是和我们一样热爱文学的人们敬仰与追慕的楷模。

落座。陈主席的房内沙发、桌椅、角落到处堆满了书籍与资料，高摞过首。茶几上摆放着酽茶，猴王牌雪茄和云烟。中央五套正播放着体育赛事。从他疲惫的神情里感觉昨晚他又睡得很晚，眼圈有点儿发灰，但与我们谈笑风生时依然精神矍铄，才思敏捷，妙语连珠，毫无倦意。特别是谈到农村、农民和过去生活的记忆，他非常动情，谈到文学创作时，饱含深情厚望。谈话间，他不时地用中指和食指揉搓着眉宇，但始终是认真诚恳地和我们交谈。看着眼前这位中国当代文坛的巨匠，在中国文学史上“垫棺作枕”，做出巨大贡献的关中农民，作为一个文学青年，对他的敬仰和爱戴之情溢于言表。陈主席从五十著述《白鹿原》，到年逾古稀仍身不离案，手不释卷，笔耕不辍，为中国文化文学事业燃烧不止，奉献光热，怎能不使我们动心、动情、动容？

听着诚挚的教诲，看着慈祥的容颜，我激动盈眶，感动涌怀。我们都心疼地对他说，您要保护好身体和健康。他说，自己的身体近年来还算可以，今年精神比去年好了很多。以前在一所大学做讲座时，瞬间没有了知觉，用手撑着额头停了下来。过了两分钟，才回过神来。下面的听众都以为他在深思什么，想什么问题。其实，这两分钟头脑是空白的。说完，他还是乐观朴实地爽朗一笑。曹主席说，听说您还一个人骑自行车？陈主席笑着说，那是以前的事情了。骑自行车那是在农村，感觉技术还不错，可以放心地骑。到了城里就不行了，骑车子的技术没有城里人溜，骑不得。说后，大家都被他风趣的话逗笑了。说着，他燃起了一支雪茄。在烟火明灭中，香香地抽起烟来。

与陈主席的交谈始终融洽而轻松。这位在中国当代文学史册上书下浓墨重彩的关中汉子，以深情热爱文学创作，倾情中国农村现实，朴实真诚立人的情怀，给我们留下了永不磨灭的印象，给了我们用之不竭的鞭策和力量。

酽茶香味浓郁，这是有生以来喝得最为珍贵、最为幸福的一杯茶。尔后，曹主席提议说，陈主席，我们想和您合个影，留个念想。他爽快地说，照就照么，咱照，现在就照。起身。我们走进了他的书房，一一和他合影，留下了宝贵的影像。照毕，陈主席说这是为你们写的题词，内容是“传承古豳文化，培养文学新人”。说着，小心叠好，装入信封，递给我们。在接到题词的瞬间，感激和崇敬之情油然而生，便是紧紧而温暖地握手。这珍贵的题词和紧紧地握手，饱含着中国作协对基层作协、一位德艺双馨的艺术家对文学青年、一位慈祥望重的老人对晚辈无限而巨大的关怀与期望、关心与希冀。在倍受鼓舞和鞭策的同时，我们深感责任的重大和使命的光荣。

此时，朝阳如锦，温馨的书房格外鲜亮。窗外柳细烟浮，已是春光天下。

出得书房，征得陈主席的同意，我们如获至宝地用相机拍下了他书房盈尺三许的书稿、墨香扑鼻的书作，还有那满屋金辉与几束兰草的洒脱与率然。目睹满目的书籍资料，不觉又一次肃然起敬。这不是简单的堆积，而是无穷的宝藏。完成一篇篇、一部部作品，得要翻阅多少资料，逝去多少朝暮，付出多少汗水！言谈间，他和我们谈起了彬县的过去和现在。听了我们的汇报，他说以前去过彬县，印象他非常深刻。得知彬县今天已跻身陕西十强，城乡发生巨变，特别是县委、县政府高度重视文化发展，积极推进文化建设，大力支持文学创作，县作协有了经费、创办报刊等情况后，他非常高兴，非常赞赏，并嘱咐我们，有政府的大力支持和坚强保障，把作协的工作要做好，把会员发展好，为作协的发展和会员的成长创造条件，做好服务。同时，希望作协带领大家多关注农村，关注社会，扎根生活，体验人生，为人民群众创作出更多优秀的精神食粮。

临了，他起身步入隔屋，拿出三本书，问了姓名，一一签名，赠予我们。此书是《寻找属于自己的句子〈白鹿原〉创作手记》，19 万字，上海文艺出版社出版。这透着墨香、沉甸厚重的珍贵礼物，充满着老一辈文艺工作者对我们无限的勉励之情。谈话之间，不断有客人叩门。为了不搅扰陈主席的事务，不影响他的休息，我们起身作别。他和我们一一握手挚言道别。

此时，楼前墙角的几株柳树已生出细嫩的叶芽。春风律动，春光晴好，庭落温馨，岁月静好。我们的心更加温暖，路更加坚定。

这是一个不会忘记的日子，更是一个非常重要的事件。2013 年 3 月 5 日，尽管只有四十分钟，但受用一生。在这个日子，我们亲耳聆听了一位塬上行者的歌唱，实现了我们作协会员盼望已久的夙愿。也从这一天开始，从春天开始，我们的路，我的路便温暖着挺进，温暖着延伸……

写下以上文字的时候，这所医院的楼道寂静安然。夜风冷冷地从很远的窗口走过来。我坐在租来的竹床上正翻开那本签名的《寻找属于自己的句子〈白鹿原〉创作手记》，第十一章，题目是“我的剥离”。

2013 年 3 月 6 日凌晨 2 时
于咸阳二纺医院楼道

永远的怀念
——深切悼念陈忠实先生

这是一个让人心痛的季节。尽管万木绽绿，百花翘首，但却因为一个人的离去，让人徒有悲伤，失魂落魄。这个人是当代著名作家、中国作家协会副主席，《白鹿原》就是他写的，获第四届茅盾文学奖。这个人是一个普通的农民，把一生热血泼洒在了生死热恋的关中大地，以对人民的忠诚，用手中的笔为人民代言，为历史证言，为时代高歌。他谦和朴素，正直厚道，慈善仁爱，淡泊名利，树立了人间正气，赢得了举世敬仰。

这个人就是陈忠实。他在这个春暖花开的季节走了，把我们撇下，一个人走了。人们在春风中不寒而栗。

那个早晨，我僵固在电脑旁。眼前总是浮现着那个满脸被风刮出沟壑皱纹的瘦削老人，那个慈祥和善，抽着四棱棒子卷烟，微笑着，沙哑着声音说话的老汉。

他说："我近日身体还可以，谢谢你及大家的牵挂。你的散文集我同意推荐。贾主席你去找，他人也好，相信也会推荐。我这里你就不来了，医生最近不让我见人。等我这段时间撑过去了，我们再见。"

这是陈忠实先生在电话中对我说的话。这些话一直在耳边回响。"……撑过去了，我们再见。"这句话让我心痛，眼泪盈眶。没想到先生最后对我说的话竟成了遗言。残酷的病魔让他没能撑下来，好起来，留下了永远的遗憾。

年初整理好自己20多万字的散文集《一个人的故乡》，想送请陈主席批阅。于是，就在2月27日前后给他发了短信。不久，在激动和惊喜之中接到了他的电话。电话那边的声音低沉而沙哑。他一字一句地说着，我认真地听着、应着，生怕漏掉一个字、一句话。我说，您一定会好起来的！他连声说着谢谢。

电话挂了之后，我除了感动和幸福，更担忧的是他的健康，心底里为他老人家默默祈福。现在医学这么发达，相信他一定会好起来。我满心期待……

陈忠实先生是我非常尊敬和仰慕的大作家。1992 年上彬县师范的三年，我几乎在学校阅览室里读完了他已出版的所有作品。他的作品丰满了我们文学青年执着追求文学的梦想，真正把我们引领到了文学的圣殿，成了我们文学青年学习和成长的精神食粮，为以后的文学创作奠定了坚实基础。

2013 年，因作协《彬县作家》报创刊，去西安请陈忠实老师题词。这是我平生第一次在家里见到了仰慕已久的陈忠实先生。那天我们谈协会、谈创作，拉家常、谈生活，相处了近一个小时。先生为人朴实率真的品格和热情真诚关怀基层作家、团队的情怀深深温暖并感动着我们。后来为铭记这次珍贵的经历，我创作了《春天，聆听塬上的歌唱》以记录我们的相约。从那以后，我就再也没有见过先生。谁知道这竟是我和先生最珍贵的，也是最后一次见面。

陈忠实先生对彬县有着深厚的感情。他曾多次到过彬县，为彬县的文化事业繁荣和发展做出了贡献。作为一个彬县的青年作者有幸和他相识，是一份难得的机缘。他温暖的关怀关心和真诚的鼓励帮助，对文学青年是巨大的鞭策和鼓舞。在残酷的现实和浮躁的社会，这是多么的难能可贵！文学依然神圣，这是文学精神的一种传递，彰显了先生坦荡无私、宽广无疆的人文情怀。在与先生的交往中，我觉着他更像是父亲，是兄长，是故友，是乡人，永远温暖灵魂，点亮迷途，充满力量，教人奋进，终生难忘。

如今，恨苍天，叩问大地，为何在这人间最美的 4 月天要无情地拽走这位可亲可敬的老人？把人们的心掏空，把大家的魂牵走？先生啊，您仓促离去，可知有多少双眼睛把您寻找，有多少颗心把您惦念？数日前咱俩的通话，我一遍遍回想，一次次难过。我知道，要憎恨那病魔，哭您已无泪，天已黑，悲伤如夜。先生啊，走了，就走吧！走了就再不受疼痛折磨，不念人间疾苦，不问世道辛酸，不挂苍生冷暖，到原上去，到故乡里去，静静地把心安放。

在陈忠实先生病逝的第二天，4 月 30 日中午，通过传真我们作协发了唁电，带去了一个基层协会对先生的敬仰和哀思。随后，我和几个同志驱车去省作协先生的追思堂敬送花圈并参加悼念。到省作协大院的时候已是下午 5 时。此时的作协大院满目花圈，无数挽幛和挽联，处处肃穆哀伤。来自全国各地各界的吊唁者仍络绎不绝。灵堂中先生的遗像微笑如昨，我们深深地鞠躬，表达无限哀思。“千秋犹唱白鹿原绵绵实意撼天动地，一世不变赤子梦耿耿忠心披肝沥胆”，“关中正大人物”，“文坛扛鼎角色”的挽联，对先生的辛勤一生、高贵的人格和巨大的贡献高度褒扬。省作协全体人员正常上班，省青年文学会全员认真接待，精心组织。大家都在陪着先生，先生和大家在一起。

在作协办公楼下，我们遇到了一个年过六旬的阿姨，她眼眶浮肿，泪眼婆娑。她说她和老陈是多年的好邻居，听到病逝噩耗，得知在这里设了灵堂就赶过来吊唁。老陈啊，你一路走好……边说她边用袖子擦眼泪。我们说着安慰的话，心里一阵阵发酸，也抑不住泪流。在走出省作协大门的时候，先生微笑的容颜还一直在眼前浮现。我知道，那个关中的老汉一直对着我们笑呢。他在看着我们呢。他并没有离去，他永远活着。

就要离开这里了，我们站在路的对面，久久地看着一拨一拨前来悼念的人们。我还在想，先生没有走，他在人们的心里永生。这时，头顶高空三条电线上飞来了几只鸟。它们倏地飞起又落下，不时发出苍凉的叫声。最后，只剩下了一只独自落在电线上寡然不语。我又想到了那个关中的老汉。

5 月 5 日，先生的遗体告别了生于斯长于斯的三秦大地，离开了眷恋的山山水水、亲人朋友。凤凰涅槃浴火重生，相信先生的忠魂会长眠原上，大地必将葱茏蓬勃，河山壮丽。

这些天，故乡的槐花开了，漫山遍野，肃穆和怒放，这都是为祭奠一个人而开。

先生啊，一路走好！

与贾平凹先生走豳国

大凡读中国现当代文学作品的人，都绕不过一个人，都是读着他的作品过来的。这个人就是被人们称为“奇才”“鬼才”“怪才”，享誉中外文坛的陕西省作协主席、当代著名作家贾平凹。可以说从20世纪80年代后期开始，我是读着贾平凹先生的散文集《月迹》，小说《商州》《浮躁》《妊娠》《废都》《怀念狼》《秦腔》《高兴》，再到洋洋64万字的巨著《古炉》，一步步走来的。从热爱到痴迷，从痴迷、崇拜到自己创作，都受到先生作品的激励，给了我信心和动力。因此，作为一个陕西人，一个喜欢读书的人，一个热爱文学的人来说，能拜识贾平凹先生，受到教诲，是一件幸事，更是一个梦想。

应陕西省彬县县委、县政府邀约，陕西省文艺界名家相约公刘故里——彬县，开展笔会、采风活动。我有幸与彬县人大副主任李忠堂先生、县文联副主席王应涛先生作陪贾平凹先生，与大师同行，畅游古豳国，亲睹大师风采，圆了心中梦想。

贾平凹之初印象。初见贾平凹先生是在欢迎宴会上。朴素的衣着，敦厚的外表，低矮的身材，随和的举止，都让人难以与大作家、大学者、作协主席以及那些享誉文坛的大著作、脍炙人口的大作品联系起来。然感觉先生普通、平易得更像是一位父亲、兄长，抑或是田间耕作的农夫，质朴而谦逊，亲切而随和，低调而不张扬。席间，恳谈交流，杯来盏往，合影作念，不愠不烦，尽显谦和、儒雅风范，俨然是故人，是老乡，和气而真诚，融洽而豁达，令人敬慕而亲近。独坐、抽烟的空隙，沉思，睿智，静深如无旁物，冷峻而肠热，坦荡如砥，止余敬仰。

贾平凹之翰墨缘。以前拜赏过贾平凹先生的书法作品，独特的艺术魅力令人百赏不厌，倍受熏染。然甚幸，今亲睹大师挥毫献宝，翰墨飘香，是彬县的缘，亦是我们的福。握笔落墨，凝神聚力，起落沉健，挫顿有度，天然呵就，题赠“豳风流芳雄州焕彩”。但见，字字形似憨拙，却无浮躁之风、媚俗之态、张扬之气，率真、厚诚、劲道、秀雅，如大师文，更如其人，赏不够，读不透，回味无穷。

贾平凹之山水情。很早就了解到贾平凹先生对中国易学、堪舆甚有研究，造诣十分深厚，他是中国当代最早把风水文化写进小说的作家。本次豳国之行，那风水奇秀的彬县山水着实让贾平凹先生眼前一亮，特别是彬县独有的神奇山水和自然地貌，给先生留下了深刻印象。山环水绕的太极湾，风水相宜的龟蛇山，玄妙环生的程家川，极具价值的民俗馆，都引起了贾平凹先生的极大关注。每到一处，李忠堂、王应涛先生都如数家珍，细细讲解，先生听得认真，很是满意。特别对龟蛇山、程家川的风水地貌、人文风情，先生产生了浓厚兴趣，李忠堂先生敬赠了自己的著作《图说程家川》，以示详情。

贾平凹之大境界。与贾平凹先生缓步古民居村落，看到峭壁上自然形成的“老君显相石”和山间潺潺流水，他不禁欣喜起来。然后步至老君庵，聆听讲解，了解掌故，严谨而细密，待众人散去便焚香作揖，匍匐礼拜，文昌、药王一一俱到，虔诚之至，令人敬仰。由此感知到，贾平凹先生不仅喜好清静，亦尤敬神灵。在《答刘春生·方英文问》中，他曾说过，敬神其实是敬自己，也是一种平和自己心态的做法。这也许就是贾平凹先生多年来创作的心路，因为心沉下来了，所以才进入了创作的最佳状态，情思亦就会飞扬起来。也正是这种物我皆忘、脱俗超常的人生境界，使得先生的作品充满了大境界、大智慧、大视野。

7 月天长，却怨与大师同行的光景太短。看古豳巨变，赏山水田园，大师携灵气以渲太虚，洒墨香以濡山岳，古豳焕彩。与贾平凹先生相伴，是一次文化之旅，亦是读人读文，书香自溢，雅诚俱获，匪浅。

后知贾平凹先生携病访豳，又倍生敬仰之心。夜深《古炉》在案，书香绕梁，既得感受，谨记于怀，算是与大师为友，与大师相伴和同行了。

（此文在 2011 年首届“新一代”文学作品大赛中获二等奖）

母 亲

母亲，史姓，汉族，1956 年生人，陕西彬县籍，在家务农，中国公民。

这就是母亲的简历，一个平凡的农村妇女所有的档案资料，一个普通女人，在这个世界上仅有的和大多数人相似的信息。相似得可以忽略，简单得可以遗忘。可是，就只是这些，纵使相似也在心底，纵使简单也在心底，纵使平凡也还在心底，勒石成碑，永不磨灭。

母亲一生育有三子，无有姑娘。确切点儿说，是三子一女。那个苦命的丫头——我的姐姐，在两岁的时候严重脱水，因条件受限，不幸夭折。现在算来，有的话长我四岁，也该是四十岁载，美满家庭。且于我们仨来说，大姐如母，那该又是多么幸福而美好的事情。现在大姐远逝，伤情悄遁，然三子都家室已就，儿女绕膝，对于母亲也算是个告慰吧。

在那年那月，各行各业纠正“左”倾思想，农村经济疲软显萧敝的时期，母亲见到了在这个世界上她的第二个孩子——全家人视如至宝的我。那时的爷爷卧榻不起，奶奶颠着小脚忙于家计；那时的父亲在公社饲养组、菜园子上工；那时的我脖颈上佩戴着粗壮的红布锁子（用红布缠裹成项圈，配以铃铛，北方谓为值钱娃、宝贝蛋），被抱着、捧着；那时的母亲白天上劳，晚上持家，在食不果腹、青黄不接中苦度时月。凡偶有白馍细面，俱积于子食，无论自己饿得昏花，疲惫不堪，只为炕头那个娃娃。两岁余，祖籍陕西乾县的奶奶步爷爷后尘而病卒，乃至今不辨其容，更不说名姓。大家常说，生前的奶奶贤惠一生，探故不过一二，后碍于途远不便，终亦未能告故，至今遗憾满胸。欣慰的是，大家都说现在的二姑特像她老人家，故每见到风烛瘦削的二姑，都倍感敬重而又温暖，大家都会想念那个逝去的慈祥老人。母亲每言奶奶，都会洒泪湿巾，欲语千言。这个时候，我都会想那个永远的奶奶，母亲的婆母，和母亲一样的老人。

母亲和父亲结婚的那年前，大姑、二姑嫁到了山庄里。两个姑爷人都很好，族里人丁兴旺，地多粮丰不怕饿。后来，唯一小姑嫁到了河滩县城脚边，虽少了地大粮多之慕，但近得小本行当，过活勉强。愁怕小女饿了肚肠，爷爷总是放不下手脚。父亲和三个姑姑其四人之命道，都是遵了爷爷训愿，算是妥当安排。就我的名号，落地就已受训，称旁人勿改之，与舅父长子“太平”皆为“平”字辈，取平安顺当之意。后族亲直辈皆为守约，无违老人愿。故我的“平均”之意，更显老人良苦用心，愿望美好之至了。至今我以此名立世行走从无更改，虽字俗意浅，但明了响亮，且无论谁唤都辨得出来，应声见人；母亲常唤，唤得习惯，习惯一生，唤儿心暖，不虚此名。

父亲为独子，总享得长辈、姐妹怜护，儿时经困苦之遭居少。至年少进过学堂，读书习字几年后，终因缘故止学回家，孝道高堂料理门户。待母亲进门，三口土窑，两方板柜，一椅一箱，终为一家，勤俭本分渡难关。那时的日子，成家先糊口。父亲在公社饲养过牲口，种菜、卖菜、掏厕所，后来下煤窑背煤块，进砖厂干苦力，直至下岗又回归土地，三分薄田养活众老少。在那些逝去的时光里，总生长着父亲鲜活的记忆碎片。油黑的工作服和斑驳的矿灯帽，诚挚朴实的众工友，发到工资拎着鸡蛋、扛回面粉的喜悦……

那些时光是不易的，更是终生难忘的。母亲操持着家里一切的活计。

故乡的山多为石头山，是青石层和红砂岩。只有山脖子以上覆着可以生长万物的黄土，听说更远的以前，这里属深海地貌。儿时的故居就坐落在山脖子上的郁树间，山脚下坚硬的青石板，上面有许多深深浅浅的脚窝印子，故乡的老井就在山根的河渠边，旁边丛生着凹凸起伏的荒冢和断碑乱石。这就是母亲和我们生息的地方。那时的母亲总是忙完地里的活计，又挑着满笼子的衣物下山去河渠浆洗，堤岸边是捉蜻蜓、抓泥鳅玩闹的我。母亲洗好一些衣物，就晾晒在身后的大石头上。玩累了，我就躺在衣服的阴影下睡觉。当母亲收完最后一件晒干的衣服，才把我从睡梦里唤醒，担着衣服拉着我的手踏着落晖上山。最是家里的两口大缸，总是满满溢溢，全都是母亲一桶桶一担担挑回来的。那些石阶山路虽有脚窝，但突陡不平，搁不得水桶。从水出井口，扁担上肩就再也不得停歇，一口气挑到缸前，其艰辛艰难之状可想而知。那年的深秋，树木萧瑟之时，母亲患阑尾炎，父亲拉着板车带着我去县城给母亲医治。术后，母亲瘦弱不堪，接回来的那天，是父亲背着上山的，邻居四坊心疼得掉泪。那时的母亲对我说的最多的话就是，妈不疼，别怕，想吃啥喊你大去买。

在以后的日子里，添了二弟、老三，年岁彼此相差三四。那时我稍稍懂事，多照顾俩弟，替母亲分担。随母出行，我亦能田地干简单活计，老小伏于背，二弟绳于墙，劳作完毕方能回还。三子中我好动，也常随邻居孩童无有时间、远近约管，漫山遍野跑去，害得母亲到处找寻。二弟牛犟，母亲常训教无法，忙累不计，耐心软话相哄，上学之间，哭闹无度，母亲哄送无间。加之尿床，母亲前后奔走寻找良方，整宿不眠，挪换地方，怀抱度夜。老三多疾，隔三岔五总会被母亲抱着或背着去求医问药。中医老王一家总奚落母亲不会管带娃娃，个个面黄肌瘦，患病不断。母亲听后总是噙着泪水一声不吭，继续抱着、背着没黑没明远近奔走。当时，有些人家子多难熬，就将孩童托付亲戚或送与邻村邻乡之人，盼望好出路。尽管家底浅涩，度日维艰，也曾言说把老小换个姑娘养活，但终归在母亲的怀里心头肉待，割舍不得，放弃不能，都坚强挺过难关，坎坷长大成人。

依稀记得在那些苦难的岁月，父亲领着我经过墨绿色的公社大门，好多抓着大棒的人追逐几个仓皇的男人；和父亲排着长队在睡梦中念叨柜台上的盐巴是否轮到了我们；我们摔坏了别人家孩子的玩具，母亲赔礼请求时无助的面容；惹了祸她被村妇大骂之后，回家悄悄哭泣的情形……母亲总担心父亲把我们带出去，怕出事；从不多言，亦更与人不论闲语，不争高下，尽纠己正，比照教化，让我们知事明理，不言污语，不做恶人，与世为善。

1985 年，国家大力扶持农村贫困户发展生产，父亲母亲和我们告别土窑洞，和一部分乡亲下山、过河，在大队饲养组、烘烤楼旧址安命蔽身。一年余，三间土瓦房在众乡邻和亲友的扶持下建起，一家人的日子从此改了天地。父亲下苦力，母亲俭持家，我们仨渐次入学受教育，日子破冰。

然条件虽逐年改善，但母亲却一天不闲过。和大多数中国农村母亲一样，她平凡生活，平淡过活，不离不弃，相扶相伴。流光中不变的是坚守，苍老的是容颜，欣慰的是我们渐渐长大，日子渐好。虽余钱没有，但不再受饿，不惧寒冬，充实自然，幸福快乐。

母亲在外公家属老小，另有哥姐。因家大口多，终也无学，唯有舅父小时即随村医数载，后能独行方药医得百病，乡民得惠，便以此技糊口度月，养活老少。舅母贤惠俭持，公婆爱怜，邻里竖指，共五女三儿拉扯成人，建得家庭，她也耗尽年华。姨娘多辛，嫁至山里。姨丈憨厚，坡地塬田数亩，二人默若耕牛，四夕累劳，年年仓大谷满。双女长成，奈膝下无子，便抱养了念，视如己出。现女儿俱嫁，儿亦成家另立，只余二老相依。母亲常讲，姨娘无儿，姨丈多疾，年事渐高，平常时日或逢年过节得闲多多看望。纵使再忙，母亲也会安顿时日看望姐姐、姐夫。回来的时候，她总是大包小包，不是菜蔬就是梨果或者菜油、面粉。我们每次去到姨娘家，她都会做最好的给我们吃，让我们吃饱。走前，从地里采回了苞谷、大葱、韭菜、萝卜等物，说都是地里生的，没有了再上来拿，或者给往下送。我们经常能收到姨娘从山里捎来的粮食果蔬等。每到春种秋收时节，母亲特为惦念。此时，我们都去看望，一来替母亲捎去念想，二来为他们添长精神，搭个帮手，分担辛劳，我们大家也就安心，放心。母亲和我们也常邀他们来家里走走，每次姨娘都会说，地里离不开，牛羊离不开，等空了再来。其实，她是离不开那片土地，更怕添扰我们。故，母亲和我们一直都在盼望。望不到，我们就去看，常常去。

母亲经常念记起她的母亲。那是一个纯粹的农村小脚老人。头顶一块浅蓝手帕，花白发髻，慈善眉目，突兀的颧骨布满血丝，佝偻着身躯，一根溜光的手杖，紧束的裤管，两只三寸金莲，小脚寸移。这就是母亲的母亲，我的外婆。对外婆的记忆相对来说是最多的。因为距离不是很远，每年寒暑假，我们都会跑到外婆家去。虽要历经陡路，穿行荆棘小道，攀爬陡峭山路，但是我们都欢喜得很，因为可以尽情玩耍，抓鸟雀，摘野果，和外公、表兄弟们赶着牛儿耕田驮物，更可以见到慈祥的外婆。起初是母亲带着我们去，一直领到外婆面前，交代叮咛几遍。最后是我领着弟弟们去，母亲只送到山路口看着，直到我们消失在山坡葱绿的树林之间。和弟弟们去的时候，我的肩上、脖颈上全驮着他们的书包、衣物还有玩具，手里提着地里新摘的蔬菜和买的西瓜等物。他们跑累了，就坐在地上不起来等我去哄，哄高兴了，继续走，又停，常让我哭笑不得。印象清晰的是那次终见得外婆家的柴门，和柴门外碧绿的柿子树，用尾巴扇打蚊子的黄牛。院内，外公正卸下割回的鲜草，和表哥整理铡刀，见到我们边笑吟吟地过来挨个地摸头、捏手，边往门外瞅，表哥则接下书包等物。外公的手好粗糙，扎得我们几个直缩手。领着边往上窑口走，边对里面的人说，娃来了，娃来了。进得屋里，见得外婆。她正蜷缩着身子躺土炕上，旁边放着手杖，炕边土坎上摆放着包裹严实的寿棺，炕门台阶上整齐地放着一对三寸小鞋。听到嘈杂声，外婆慢慢地翻身，被扶起，眯着眼睛问，谁来了。几个娃娃都来了，看你来了，外公大声地说。外婆上了年纪，视听不如以前。但她还是听出来了，起身，下炕，我们帮着穿上鞋子，颤巍巍地伸出枯瘦的手挨个摸着，一一说出名字，并说这个胖了那个瘦了，而后捏着用针缝在衣衫上的手帕，沾眼角的泪，再把家里每个人问到完，得知都好着呢，就慈祥地拉着一个个到身边，有说不完的话。

外公和表哥出去铡草了。踮着小脚的外婆说着话，开心地像变戏法似的找出许多小塑料袋子，里面装着瓜子、核桃、水果糖，一一分给我们，说都是给我们几个留着的，几个表哥、表弟都吃不到。虽然在家里我们已经能吃到瓜子糖果，但慈爱的外婆留给我们的吃货却是珍贵的又让我们铭记的。带着外婆的馈赠品，又被外婆领着，嘱咐表哥扛着长竹竿去侧窑畔的杏树上打黄杏。此时麦香四野，杏子熟透，黄绿辉映。表哥一阵长竿乱挥，杏子雨坠麦茬地，一摔两半三分，酸甜爽口，果香弥散，篮子、袋子捡拾满载。看着几个猴样的吃相，外婆好生欢欣……

在外婆的眼里，舅父、母亲和姨娘是她永远的守望。直到他们都已成家，负担着家务，念和望沉淀厚积心底，而我们便成了她最美好的守望，守望到逝。

以后的日子我们渐渐长大，熟识的外婆家庭院慢慢悄寂，和舅父一起告别故居，搬到山下瓦房子。虽然路途更加方便，然慈爱的外婆依旧等待如初，周末或节前节后，还有屋后的苹果园、梨子林、枣子树。又到麦尽杏黄时，母亲的母亲走完了她人生的七十九岁，永远离开了我们。几年后，八旬又四的外公也辞世仙归，留下了他们的子女、我们这些娃娃存于世上，带着怀念，载着牵挂，永远守望。

人常说，常暖的石头不凉，不走的亲戚会远。多年来，因为我们几个的孩子年幼，且个个跟连，母亲探故时日屈指可数。居平常日子逢大节小节，母亲都会叮嘱我们前去看望娘家老少，一一拜毕，勿疏亲情，每每挂牵。这么多年来，她虽操持家室由小聚大，幸福温暖，但从未忘记做女儿本分、做妹妹本分、做姑姑本分，惦记不止，念想不息，让亲情永远温暖，让温暖常在。近年来，当母亲目送着一个个长辈那沧桑而慈爱的面容在面前、在生活中消失，离开眷恋的故土时，常在静夜悄悄垂泪。每送走一位亲人，母亲都会如病一场，让我们暗暗揪心。那些归逝的老人，有着母亲童年时期最美好的梦和记忆，有着受用一生的爱和温暖。于我们，蹉跎时光远遁，母亲安忧牵肠，不教心事伤，荒一生所有为儿郎。

于母亲，我们常生惭愧和内疚在心底，挥之不去。小时候，母亲是天；青年时，母亲是地，包容和承载着儿女的一切优与缺、乐和悲。斯是中年，母亲老矣，儿女又何尝不是母亲的天、母亲的地？年少时，自己拖累着母亲，如今自己的孩子拖累着母亲。省吃俭用、勤俭持家永远是母亲，大手大脚、贪图享受永远是我们；牵念不息永远是母亲，疏于看安永远是我们；忙碌不止永远是母亲，安逸奢求永远是我们。累的时候母亲从不言说，小孩儿们哄睡着了，活计安顿妥了，才会拖着疲惫的身体爬上炕沿和衣小憩。生病的时候母亲也不言说，一再拖扛，简单处置。水再凉手也要入内，天再热也要下地，生活再难也要领着大小过活，从春走到冬，从晨曦走向斜阳。这就是母亲，我们历经着她从青春走到暮年的一生，虽不富有但给了我们一切的女人——母亲。

伴着母亲这一世走来，我们伸手索要的太多，拥抱搀扶的太少，无法从容以对，无法不内疚涕零，而更有了与日俱增的恐惧。恐惧时光匆匆，恐惧和母亲一样的无奈目送和离伤。这样的时日攫尽我们一生筑建的精神田园，徒感空空，空空落寞，无处找寻。曾经面对了太多的人对于逝的惧和生的望，而今，当二者从一个顶头到另一个顶头相遇的时候，我们无语以言，我们已被掏空。掏空后的自己好像被摘掉叶子的秃木，在远远的地方看着母亲，像一棵从春天的浓荫里走来的树，历经酷夏和晚秋，望着冬的方向。母亲，已若那棵树，在时光的流里，目送日子一帧一帧掠过，还有时光里一帧一帧的我们，我们僵麻的手臂和找寻的茫眼。

记住余光中，源于《乡愁》；记住《乡愁》，泪满心头。学生时代起，总喜欢沉浸在这隽永的词句里，诵读和感受那种平常而震撼的诗句和情愫。而“乡愁是一方矮矮的坟墓/ 我在外头/ 母亲在里头”，如今却堵在胸口牵肠挂肚，或惧怕看到这样的诗句，让我再也读不出声来，绕不过愁情。

终有一天，偶读台湾著名公共知识分子龙应台的《目送》，在“所谓父女母子一场，只不过意味着，你和他的缘分就是今生今世不断地在目送他的背影渐行渐远”中，仅仅三个字“不必追”，算是略慰情怀，教我获些自安。然我还是不忍目送，因为在小路的那一端，在小路转弯的地方，逐渐消失着一双目光，延伸了永远的思念和忧伤。

在龙应台的文字里，母亲，原来是个最高档的全职、全方位 CEO，只是，没有人给薪水而已。我的母亲就是个普通的北方农村妇女，操持一生，没有人给薪水，但她在我们的心里是最敬重的，她是世界上最富有最幸福的人。龙应台也是一位母亲，深懂母亲不易和为人母的骄傲，她和我的母亲一样的富有。

每周末，都会提前办妥一切事情，携妻儿回乡下老家，和父母生活两天。妻称“回娘家”，我盼面见高堂，娃娃则喜与兄弟姐妹玩耍。每次回乡，心头温暖，父母相见，丰盛饭菜，如常待客。于这总心里难状，便说些劝语，虽为大不敬，但父母坦容，自不在心上。归田时日，和父亲劳动复握锄把，与母亲洗衣再往河溪；兄弟道情，妯娌叙话，孩子聚欢，父母乐颜。人世上，亲人间，最大的幸福就是能面见到面，且都平平安安，健康如昨；于父母，做儿女最大的孝道就是知事知时地能和父母待在一起，多待一会儿就多了一份幸福，多待一会儿就多了今生今世相依相伴的长度与温度。

家里的相框，母亲的照片屈指可数。一次和父亲叙话时，他言说二人渐老，我可陪着母亲去照相馆照张相；待闲时，找匠人把那些木材板拾掇拾掇，搁久了虫蛀。听父亲的话，泪水噙满，许久无言，心里却怨这样的话出现得过早，怨我们终日忙于工作、生活的无知和缺失。记得那年父亲 60 岁生日之时，全家聚集，共祝寿辰，是为父亲辛劳一生首次行仪。寿冠、长寿面、蛋糕、烛光，孩子们喜气融融，父母高堂欢欣盈泪。然虽聚欢，心涩涩，父母之暖心头化泪。叹人生短，奈何年年有寿？世间苦，人之首，三生不够。目送一瞬，天地千年，愿东海长流，青松依旧。在以后的日子里，我深深地懂得了父亲的话，生不枉人子，择日邀匠。

昨日，从派出所取回了数日前领着母亲办理的第二代身份证。照片上面的母亲银丝灼灼，笑若微云，简单的基本信息，是母亲唯一的“官方资料”。或许没有人认识她，和众多中国农民一样，和众多中国农村妇女一样，也没有人发薪水，但在我们的心底她最重要，最富有，最伟大。握着母亲的身份证，我感觉无比的温暖和厚重，充实而自豪。

在瓜果飘香的夏日时节，孩子们迎来了新的暑期。我们和孩子又回到了乡下，回到了母亲的身旁。当故乡炊烟袅袅时，熟悉而温暖的农家小院，流淌着欢声笑语。欢愉的母亲领着媳妇们和娃娃们，在厨房做花馍，垒枣糕，捏着十二生肖，幸福的时光甜蜜地流淌……

2012 年仲夏 7 月于独窗居

大爱无言到无力

一直因为心里酸楚的愧疚而无法流畅地记写关于父亲、母亲的文字。直到沉淀良久，在母亲节、父亲节到来之际，满含着深情和泪水写了下面的这段文字，送给天下所有的父母亲。祝福父亲、母亲节日快乐！

——作者题记

这是新年的第一天。

阳光和煦，充满了浓浓的年味。我们弟兄仨和父母亲一起，在县城精选了一家酒店聚餐。说实在的，这么多年了，弟兄仨和父母全家一起吃饭，特别是去县城下馆子吃桌餐还是第一次。虽然平日里父亲或者母亲来县城有时在一起吃饭，但不是少你就是缺他，没得舒舒坦坦地，消消停停吃一回饭。每每想起这些，我这个做长子的心里就满是愧疚。然而，今天，在新年的第一天，我们弟兄仨终于和父母亲一起，一个都不少地吃了一回“大餐”，全家人吃得舒舒服服，其乐融融。同时，也算是了了我们做儿女的一片心愿。

回想起我们仨从枕头般大小，父母就含辛茹苦，熬尽年华，倾注心血，经过多少作难，受过多少苦楚，千叮咛万嘱咐，牵挂不断，教诲无限，才把我们一个个“心头肉”“掌中宝”和“淘气包”抚养长大，养育成人，做儿女的心里怎能不疼？如今的父母头发白了，背也驼了，眼也花了，容易生病了，行动也不便了。儿女们看在眼里，疼在心里，愈想愈痛愈痛愈想，很难过而又无法用语言表达出来。人世间如有可能，做儿女的愿意承载和替换父母的病痛和衰老，然而却不能，只能永远地痛着并感动着。

我的父母亲都是地地道道、老实巴交的农民，勤劳善良、正直倔强而富有爱心是他们的秉性。他们两人都没有文化，也没什么手艺，自结婚分家获得仅有的一个木柜外，勤勤恳恳，兢兢业业，勤俭持家，靠双手经历了千辛万苦才打拼出一个家，一个大家，一个温暖和睦、儿孙满堂、幸福美满的大家庭。跪谢父母!

几十年如一日，父亲总是靠自己勤劳的双手、晶莹的汗水和挺直的脊梁骨，春夏秋冬，在家乡贫瘠的土地上日出而作日入而息。几十年来愣是用中国农民的朴实和憨厚，面朝黄土背朝天，在田间地头执着耕耘，坚强守望，供养我们上学、长大，养活了这么一大家人，是多么不易！父亲，我爱您!

提起我的母亲，心里总是酸酸的，因为母亲没上过学，一个字也不认识，也不会骑自行车，从没出过彬县，也从没进过一个服装或者鞋袜专卖店。即使每次去县城，她自己和父亲需要的衣服鞋袜都在地摊或者农贸市场去买，况且一年也去不了几回。有时候她和我们去了也从不买任何东西，原因不是没带钱，是她和父亲的穿戴从来就没讲究过，老说身上穿的还好着呢，没破也没烂，凑合着就行了。她经常说我们仨没钱，日子都过得紧，舍不得我们花钱。平日里，我们给的钱他们二老都一点儿一点儿地攒着，逢年过节，又都给了小孙孙们。母亲就是这样一个中国北方再普通不过的农村妇女，但她却以自己承载一切的大爱，识大体，懂大理，任劳任怨，平凡而普通地操持着所有轻重家务，以善良贤惠、勤快执着把一个原本就不富裕且简陋的家打理得热热火火、整洁干净，任何时候都那么温馨那么舒适。母亲，我爱您!

父母亲总说日子是攒出来，这让我们真正懂得了“舍不得”的内涵所在。他们总是舍不得吃，舍不得穿，舍不得戴。这一切的一切原来都是为了我们仨，为了我们有吃、有穿、有戴，为了我们踏出家的门槛，走上社会不比别人家的孩子矮，不遭遇眉高眼低，不遭受冷落挤对，不受冻挨饿，精精神神，身正腰直。其实，这些做儿女的都懂，懂得很深很深!!每当我下班回家，才知道父母总是自己悄悄地去县城而又悄无声息地空着肚子回去，特别是母亲坐不成车，坐车就晕，来一趟县城徒步要来回走二十多里路程。每当他们把好吃的、好喝的都积着、攒着，留给一家大大小小，而从未记想他们自己时，做儿女的总是满含热泪心中作痛。每次的悄悄而别就只因为怕来县城打扰我们，影响公家的事情，就只因为怕花儿女们的钱；把我们平时买的衣服鞋袜，宁可埋沉于衣箱柜底拒穿，就是为了儿女口袋鼓鼓的，日子过得宽宽展展的。真是可怜天下父母心！

家是爱的汇聚，是温暖的港湾，因为父母亲大海似的疼爱，我们这些“小鱼”和“小船”才无限幸福和快乐地生活，都紧紧地围绕在他们的身旁！他们总是说，累了就回来歇歇，有空了就回来坐坐，一起说说话，话说了就放心了，啥也不记了；他们想孙子了，让带回来看看，其实很能感觉到，父母也想儿女了，因为儿女们永远是父母心里长不大的娃娃。跪谢父母！

从上学到就业，直到今天我们仨成家立业各自有了自己的人生，各自都在为自己的人生努力奋斗，积极打拼。然而，父母仍然牵肠挂肚，从没停止爱的哺育。今天惦记老大，明天挂念老小，这个不要喝酒，那个花钱手太大了等等，天天都叮咛，天天都放心不下。他们老嘱咐我公事重要，玩忽不得，要爱岗敬业，多做贡献；长叮咛弟弟们勤俭节约，精心生意，粗心不得。虽然和父母亲几乎天天见面，但他们总是不忘儿女饱饥冷暖，问长问短。有时候就想，儿女们就像一只只小鸟，清晨扑棱棱分别离开家的怀抱、父母的庇护四处飞翔。但即使自个儿飞得再高，再远，都离不开家的牵引，都在父母的心弦上缠绕。等到夕阳晚照、华灯初上、皎月穿云之时，父母总要等到一只只“小鸟”平安归来，才会安然睡去。所以，我总会每天及时地将电话打过去报吉祥，叮嘱弟弟们按时回家，进入父母的视线，让老人心安，免却盼归熬煎；即使哪个不回来或者晚点儿回去都会提前给家里打个电话，报个平安，只为父母亲多一份心灵的宽慰。

父亲喜欢喝酒、抽旱烟，但几乎不喝盒装的酒，不抽纸烟。他老说盒装的酒和纸烟他享用不惯，还是自己买的散酒和烤烟片实在，扛得住事，所以柜子里的酒和烟总是原封不动。这些烟和酒，只有家里来客人或者逢年过节他才拿出来招呼客人，给我们撑体面。为这些舍不得吃、舍不得穿的事情，让我们做儿女的伤透脑筋，充满了无奈，但大都由着二老，他们愿意怎么就怎么，因为那样他们感觉才舒坦。父母亲心里舒坦了，儿女们真的很开心。

母亲喜欢吃猪蹄，但从未向我们提及过一次，我们哥几个就隔三岔五买上几个孝敬她。直到有一天，母亲追问我买的猪蹄多少钱，我说不贵，才几十块，只要你喜欢吃多贵我都给你买时，母亲却孩子似的说这么贵那她就不吃了。听着母亲的话，我心里酸酸的，但在以后的日子里，我们还是买回去，即使她不高兴，很生气，但我们愿意给母亲买，再怎么都不能让母亲短了口福。

其实，每次只要买些东西，大包小包地兜回来，都会被父母“教导”一番的。有时二人倔强得谁也不吃不用，我们就大半天地说一大堆话进行说服、开导，他们才会去吃，但仍不忘几个小孙孙，给这个留留，给那个搁着。看着父母亲香香地吃着，新崭崭地穿戴着，那真是天底下最幸福、最美好、最快乐的事情！可惜那样幸福的感觉真是太少了，因为父母亲给儿女们报答的机会太少太少！

每当回家看到父母亲被几个小孙孙围得团团转，忙得不亦乐乎时，那孱弱的身影、慈爱的脸庞、孩子般乐呵呵的样子总会让我们既感动又心疼。他们二老不是抱这个就是背着那个，哄大的照顾小的，个个都要操心，个个都带得好好的，十几年如一日毫无怨言。他们还总说，带好孩子就是给我们减负，自己一天也过得充实。由此，我更加懂得了“痛并快乐着”的含义所在，那种事无巨细的农家平淡生活带来的枯燥，以及体老多病带来的折磨，真真切切，父母亲却从不说出来，反而以“做什么都是为了娃”这条死道理感到富足和欣慰。正是父母的这种无私大爱才缔造了快乐，擎起了儿女们心中永恒的蓝天！这种无私大爱令天底下所有的儿女们享用不尽，受用终生。

其实，我们深深地知道，在父母亲的心里儿女们才是他们这辈子最大、最美好的心愿。可是，儿女们对父母的心愿多少才算多呢？即使再多的心愿也只是父母大爱里的浪花一朵，水滴一颗。如今在这个特殊的日子里，父母高堂上座，儿女依旁，儿孙绕膝，一家人喜气洋洋，和睦一堂。一瓶好酒，父子畅饮，碟盘满目，香味绕梁，共叙家常；几多叮咛，千般嘱咐，万般期望，浓浓亲情尽在心中流淌。一家人没有客套，没有伪饰，真真确确，相敬如宾，消消停停香香地吃着，美美地喝着，暖暖地叙着，静静地享受着全家团聚其乐融融的天伦之乐，每个人都洋溢在幸福和美满之中。

新年第一天的团圆饭，说实话相比之下真不算丰盛，但一家人乐在其中。与其说吃的是饭菜，但更像一次“亲情大餐”的融汇聚集而其乐无穷。一次团圆饭，了却了儿女们报答父母的又一次心愿，然而，普天之下父母的养育之恩岂能是一个个心愿能报答得完？或许，父母亲不习惯儿女们的报答，更确切点儿是因为做儿女的做的太少太少！

新年伊始，亲爱的父母亲，请习惯儿女们的报答，让儿女们每次报答的心愿都能如愿以偿！

父亲、母亲，我们爱您！

教授马玉琛

说是教授，那是马玉琛现在的本职工作，他现在是西安财经学院文学艺术系的一位教授。大家都这样叫马玉琛，听习惯了，便不觉得恰当不恰当了，我倒是感觉更亲切更随和更亲近了。起初我还怯生生地叫不出口，因为毕竟不熟，对他也知之甚少，但经过交往和了解，“马老师”地叫着，心里念叨着，每每想起了总会脱口爽快地叫声“马教授”。

通过了解知道，马玉琛作为一位专职教授在工作之余从事文学创作，竟然先后在《十月》《萌芽》《延河》《美文》《文艺争鸣》《小说评论》《当代文坛》《南方周末》等报刊发表中短篇小说、散文、论文百余篇；搞出了长篇《风来水来》，捧回了陕西省首届吉元文学奖杯，完成了扛鼎之作《金石记》，并荣获“陕西文艺大奖”“柳青文学奖”，入选“阅读中国——新中国成立以来长篇小说精品500部（数字）文库”，入围第八届茅盾文学奖评选。如此成绩让人惊诧，令人敬畏。

识得马教授是在今年8月的陕西作家彬县读书笔会上。作为笔会活动的工作人员，又是文学爱好者，自然“近水楼台先得月”，多了和作家们接触学习的机会。马教授给人第一个感觉是儒雅斯文，具有学者气度；身着黑色暗印的中国式布扣上衣，清瘦、洒脱而俊朗。无论在讲座上、采风中还是笔会上，抑或是闲谈聊天中都给人以安静祥和、温文尔雅、波澜不惊的大安之势、大静之态、大家风范。

马教授喜静。熟知马教授的人都知道他喜欢静，而乐于安。从几天的接触和交往中，证实了这一点。在李星、高建群、冯积岐等老师的讲座上，教授俨然一小学生，静静地聆听着，记录着，思考着；在采风时，秀美的风景区、动人的古传说、火热的工业区和迷人的豳风情，都在马教授的静静注视、感触、思虑和感悟中沉淀，厚积，镌刻；在笔会上，教授凝心聚力，屏气凝神，挥毫泼墨，宁静祥和之中琼花默绽。这种大静隐逸之态、淡定安然之气是一般人所难以企及的，也许这就是教授独有的"宠辱不惊，看庭前花开花落；去留无意，望天空云卷云舒"之人生态度吧。

马教授唯实。一直认为马教授是一个很实在、很坦诚的人。对人无分贵贱、近远，以诚相待；对事不拘大小、重轻，穷力以待。他以一个朴素、敦厚的农民情怀与人为善，和气相处，不媚俗，不居高，不隐形，真诚做人。读书笔会间隙，很多文学爱好者和《金石记》的倾慕者，都和他进行了愉快的交流和深入的探讨。教授的耐心细致、乐此不疲、亲和无间、实诚品相都给彬地文学爱好者留下了深刻的印象，大家都说，马老师人好很。我也这么说。因此，我得出了这样的感觉，那就是为文见作品，为人见人品，做人的诚实胜过说教，对于每个人来说可以是个参照，而马教授就是一块镜子，参照中于己于他人都可窥短长。

马教授痴文。因与马教授的相识，便走进了他的那些文字丛林。近期几乎空闲下来，都在寻找他的作品和文字，至少走进了他的网易和新浪博客，读了散文、小说和评论。散文清新洒脱，韵味十足；小说语言独到，耐读解馋。行必成文，不教闲过，喜好文字抒怀近乎痴境。特别是《金石记》，读了他2006年隆冬于重明阁写的《我写〈金石记〉》，进一步了解了马教授的"痴文"历程，也就是《金石记》的出炉记。从大学时代求学长安，人生际遇巧作《画》，《在海上》捡拾《青花瓷》，到因金石机缘绘就《富春山居图》，长安这一城池就在马教授的审视与思虑中逐渐清新又渐而模糊，逐渐丰腴而又渐之瘦瘠。由此，探索长安之精气神，"走进长安精神心脏"的负笈歌者便放逐精神和灵魂于偏隅僻壤，痴狂行走于文字之间，纵横汉唐，蛰伏铸剑，积稿齐案，只为望穿长安，刺穿那些精神之痛，为精神止痒。终于，那些和庄稼一起疯长的文字聚沙成塔，《金石记》如剑出鞘，众家盛赞，好评如潮，直逼茅奖。教授曾说："我要把《金石记》写成历史的回音，历史的精神回荡在我们生活的现实之中，不管是缺失、淡远，抑或是增值、回复或昂扬，只要金石之声回荡在长安城上空，那便是我及所有在长安城生活过或正在生活的人们的强烈愿望。"这一愿望因痴而达，这些话也或许有更深的意蕴。然而，马教授至少告诉我，人是要有痴的精神的，不管痴得起痴不起，为梦想，为理想，也告诉了痴得置自己于死地而后生的正在这条路上走的人们，人生因追求而美丽，因梦想而更有意义。

马教授好墨。其实，了解马教授的书法先于其文，而后不觉惊叹，这个人怎么能很，文章写得好，书法更不赖。起初，知道他是个教授，搞小说创作的，之后渐有人漏说，那人书法也很了得，笔会上你见识下，便比较期待。晚上百度搜索了其博客，看到了教授墨宝，还有文字，不觉喜不释手，同时为自己浅闻而汗颜，便愈加期待笔会了。那日笔会是在早餐之后，众作家现场挥毫题词作画，瞬时墨香绕屋，佳作频出。因早有慕意，便绕于教授案前，亲睹为快了。教授行楷书法流畅俊美，起收有致，形尽意彻，让观者好生羡慕，赞不绝口。应求字者不尽，不知觉间，竟挥毫三十余幅，令人钦服。笔会后即为宴别时刻，但求字者仍觅教授踪迹，餐后，教授又折返住处，继续书之，直到满足了最后一个求字者的愿望。教授赠我楹联一副，还有若干，有点儿窃喜，就是因为多得了几幅墨宝且也算是了了心中所愿。其实，虽未曾到访教授书房，但仅从博客中知得教授的书法作品或厅堂，或案头随处可见，教授定是广习名帖，耕砚不辍，自得乐趣，非十年寒功，哪得妙笔生花？故，我辈不能，然倒多了启发和动力，可谓收获匪浅，当感谢教授为是。

马教授幽默。十日笔会终圆满结束，即将踏上归途，我和几个同事送马教授下楼。在大厅等车之际，教授很是幽默、愉悦和风趣。在和著名作家、诗人小洛、唐卡等闲聊时，教授手里拿着两根擀面杖，是朋友让捎的，在大佛寺买的。她们问教授买擀面杖干啥，教授不紧不慢地说，给老婆买的，两个一人一个，主要是打架时用的，方便，好使唤。话没说完，大家都哈哈大笑了。教授接着风趣地说，这两个擀面杖也是这次笔会最大的收获，大家又开心地乐了。感受着马教授的幽默和风趣，让我们又看到了他乐观、阳光、豁达的一面，开心、爽朗的笑又给我们留下了难以磨灭的印象。其实，何止收获仅仅是两个擀面杖，在马教授的心里，在我们的心里，在这个难忘的8月，我们都收获了很多很多，永远值得珍藏和记忆。

感谢这个8月，认识了很多作家老师。虽不是金秋，但收获了整个果园，结识了这么多良师益友，马教授就是其中一个。写这些文字，算是一种铭记吧。

现在突然觉得，对于马玉琛老师，叫马老师、马教授、老马等等其实都行，因为，怎么叫，叫什么都不重要了，大家都知道是谁了，已经成了习惯，成了一个符号了。犹如他和《金石记》以及昭陵六骏、小克鼎一样，已经成为长安或者“长安文化”的一个符号一样，被人们牢牢记住了，还有历史。

忆曹剑先生

很早就想写点儿关于曹剑先生的文章了，而今拙笔若磐石，沉重地怎么也抬不起来，只余怀念之痛了。今先生已撒手我们而去三载有余，空巢杳无息，无音怎恋枝？从与先生相识，到他溘然遁世，再到三载怀古，多次抓起笔头，纸上空留余白。此非懒非疏而是不知从何写起，又该写些什么，什么又能替代先生的教诲和留却的伤悲。怀着不舍与黯然神伤写点儿文字，算是缅怀纪念先生了。

作为彬县一名喜爱文艺，尤爱文学的青年，对早期致力于家乡文化的传播者乃至文化巨擘的仰慕，已是我成长道路上的理想之一，而先生就是众多古豳文化传播者的其中一位。从《志丹》《马嵬》，再到《苻坚》《白土桥》，以及诸多的历史文献校考，这些反映彬人、传媒西域边城——彬县的力作，无不饱含了先生对故土的炽爱，对古豳文化的孜孜探索。可以说，像我一样的众多文学青年，都是在先生的作品中汲取着营养，茁壮成长的。先生当为火炬，而我们就是这火炬之下追随亮光的萤火虫。

与先生相识是某年的夏末，在一次青少年道德教育座谈会上，参会者都是彬县德高望重、才识渊博的各界人士、文化前辈，先生也参加了这个会议。先前就已闻先生大名，但却从未谋面相识得教诲，而那天终了心愿。座谈会上，先生就青少年道德教育问题侃侃而谈，语重心长而辞藻畅达，才思缜密而见地透彻，饱含对青少年成长的殷殷关切之情。初识先生就从那时起，和先生就有了一段珍贵的忘年之交。

一个流霞漫天的午后，我怀揣自己一叠厚厚的书稿，来到了藤蔓绿绕的舒适院落，那就是先生的家，一个书香绕梁、幽雅别致的庭园。先生正伏案读书，看到我这个不速之客，热情、朴实，平易近人得像见了老熟人，一下子拉近了两人距离。先生很和蔼，崇敬之情在我心里油然而生。先生认真地看着我的书稿，频频用笔在纸上写着，旁若无人，像一个勤奋的学生。看着先生的认真态度，我猛然想起了我的老师，我的父亲，看到了一个孜孜不倦、勤恳耕耘的学者，睿智、严谨、厚诚、可敬。一支烟的时辰，先生对我说，你的这些作品很有思想，有年轻人的蓬勃朝气，基本功也挺扎实，要持之以恒坚持下去，我会抽时间细读，为你作序的。说着，先生与我谈起了创作。谈及创作，先生喜形于色，情绪高涨。他说，创作必须根植于生活，来源于生活，又要高于生活，是一件苦事，也是一件乐事，勤动手，常坚持，才会有好结果。创作要注重角度，要考虑读者群，要给读者以启迪，要为人民大众讲话，要为社会主义精神文明建设服务。

听着先生恳切的言辞，语重心长的教诲，我深受感动。先生还谈了创作《白土桥》（当时即将付梓出版）的经过。构思、写作、修改、定稿，先生神采飞扬，如数家珍，又像在数说自己的宝贝孩儿，快乐而欣慰。我为先生付出艰辛劳动终于要出巨著而由衷地高兴。然后，从《白土桥》到各地民俗，又到彬县文化事业，字字句句表达了先生对生活的热爱，对文化事业的热爱，对家乡文化发展的关注，对文学青年的关注，对古豳这片热土的深情厚谊。

先生与我谈到了读书。来到先生家，随处可见书画，但更多的是书，更难忘记的是墙壁上的书架。先生说要积淀一些东西，特别是从书籍中汲取武装自己，完善自己的文化营养。既要综合自然科学、社会科学知识，还要倍加关注古典、现代文史领域，兼收并蓄，博采众长，更要创路子。说着，先生领我到隔壁，搬动竹梯，拉开帘子，但见墙壁上高大有致的书柜出现，书的世界展现眼前。我不禁愕然。先生爬上梯格，拿出了部分《二十四史》对我说，《二十四史》要看，年轻人更要看，坚持看，“破万卷书”，才会夯实文化底蕴，创作是需要这些的，年轻人的成长是会用得上的。我从内心牢记着先生的教诲，和先生一起读起书来……

随后的三天，我得讯取到了先生作的序言。面对刚劲有力的文字，感激、崇敬之情溢于言表。关心扶持文学青年成长的慈父般的情怀，让我终生难忘。

先生浓眉大眼，坦诚直率，始终给人以大气之感，以崇高的人格力量、积极向上的人生态度和博爱，激励、熏染、策动着身边的每一个人，每一个人都从他的身上受益匪浅。

而今，痛失先生，却仍每每忆起，终不能放下，也难以放下，终感先生留下的太多，每每珍藏。

在先生逝去的三载之际，社会各界仍未忘却先生德高望重的风范，仍缅怀先生的音容笑貌，先生治学、治家、做事业的风范仍熏染、教化着我们年轻的一辈。著名作家陈忠实为曹剑先生题词："朴实作文春秋笔，淳厚为人豳风旗"；彬县各界人士也纷纷题词对先生光辉的一生以表深切怀念之情。大家会永远铭记先生勤恳敬业、无私奉献的一生。

今提钝笔，写了上面的文字，是为感念先生忘年之交之教诲，是为感念这位致力于家乡文化事业的传播者，扛大旗勤耕不息之精神。

先生，向您致敬，永远怀念您！

第三辑

自然风物

故 园

北方的夏天，午后经常会下一会儿雷雨。雷雨的脚步总是匆匆的，没有拖泥带水，倒唬得大家手忙脚乱。雨停之后，它仅仅打湿了地皮，还有些乌烟瘴气，然后就销声匿迹。再看群山、树木和庄稼，还有屋舍、小路与嘻嘻耍笑的孩子们，都愈加清新、活泼，若水中濯洗的照片般明丽。站在院边，看着青翠欲滴的故园，我美好地想象它就是一位俊俏女子，正在河湾梳洗秀发呢。我无比喜欢故园，这明净清丽的故园。

听到母亲在唤侄女瑶的声音。瑶正打着小花伞在院子玩耍。马尾辫，白裙子，像天使。哭鼻子的小侄子泽被母亲抱着，他也要那把小花伞……不由想起我和弟弟的小时候。弟弟经常开心地玩那个小花皮球，母亲经常抱着弟弟拉着我的手走山路，蹚小河……一天，我问母亲，为什么要抱着弟弟而让我走路？母亲心疼地对我说，因为他是弟弟。从那以后，我再没问过母亲，即使腿再疼，都坚持把路走下去。

我听到了泽快乐的笑声，天使则在跳舞。站在鹅黄枣花坠地的树旁，一条宽宽的彩色光带从山间穿过，那是虹。在虹里，故园像油画，我成了一棵树，一抹金黄色的树。

老屋上面是一条通往外面繁华世界的路。总有黑皮车呼啸而过，那载着煤炭的家伙总会让故园一阵颤抖，窗户上的玻璃就吱吱作响。记忆中，这条单行道上风驰电掣的巨家伙夺去了很多条鲜活的生命。如今还是那么多，排起来像长龙，跑起来像火车。我憎恨这些铁家伙。

当山坡披上黑纱，天空开始露出青脸，孩子们被唤回了屋子，窗口便有了灯光。此时，阵阵清凉开始爬上背，夜风缓缓，故园迷蒙。我很喜欢这样的傍晚，从前的傍晚。那时的院子里总有孩子们嬉闹，房前屋后，草丛柴垛，捉迷藏、跳皮筋，欢笑荡漾。我们都会玩到夜深，直到听见母亲的呼唤。大人们则喝茶聊天，惬意而安宁。这样的傍晚，在故园是多么温馨而富足，简单而幸福。这当然是过去的了，那样的夜永远都是浓郁芳香的。这醇美的故园，年轻的故园。而现在，我不想说现在。

一把黑漆色雕着祥云蝙蝠的椅子，我坐着，像依在一位老人的臂间，夜，惺忪睡眼。这位老人默然，晚风细匀，可以感觉到呼吸。在静谧之中的呼吸里，有大圈子的光晕，里面慈祥的老人是爷爷。他呵呵地笑，粗糙的手捏着一个孩子的小手。他的烟锅缭绕着青烟，眼睛闪着晶莹的光芒。父亲是短发，母亲是碎花衫，他们年轻而朴实。小孩脖颈上的银圈子铃铛脆响，蒸煮的粽香满屋弥漫……多么幸福的画面啊，如此醉人的清香。咚——我听到了窗外小菜地上闷沉的声音。我大概是知晓的，那一树黄杏遇到了夜风，经不住又掉了几颗。是的，每年麦黄的时候它就在树上调皮地惹你张望。是这个时候了，可现在却经不住了，都在地上摔成了瓣儿，不及捡拾，无处掩埋，做了蝼蚁餐点。我在这把雕着祥云和蝙蝠的椅子上坐着，听黄杏的坠落，咚——

你看，费不了大力气的，锄头划开地面，给种子呼吸，让水浸润就行的。这是父亲在小菜地里种小青菜。他不让我做，他说他是老把式了。他叮嘱得很仔细，锄头翻覆灵活。他的背一直弓着，对土地满含深情。他说能吃苦就不求人，他额头的汗珠子是彩色的，从空中坠落，在土地上粉碎。后来地里长出了菜苗，成了绿毯子。那年初秋的清晨，母亲和我在小菜地摘了绿蛋蛋的番茄，一起炒了青椒；稀饭里的白云豆也是小菜地长的。那时候，我懂得我们家的日子，就是从土里用汗水和辛劳换来的。我感谢小菜地和这片土地。

黄杏落下来的结果很悲催。那时候是不及落下来，就被我们猴急得攀了树，树梢上剩余的只等着被鸟雀们来帮忙。现在你都看到了，满地都是，鸟雀是吃饱了的。而小菜地是长满了草的，草叶上覆着灰。它们被拔掉之后又长出来了荒草。这时候也该是收麦子的天气了。可我看到蓬草连天，小河很瘦，从对岸翻滚而来的是草木的腥热。我该是要怀念一下麦子的，在故园的落寞里想念。我知道那些平板车和镰刀闲置很久了。要不，这个小院子是堆满了麦垛的，是的，到处都是。可这样的时节，我又能去收割什么？故园的麦场子里寂寞着几个石碾子，我不知道它们在等待什么。

故园的夜是静的，静得有点儿可怕。我知道黑暗中有很多东西在沉默。我的手搭在椅子上有些冰凉，可我的眼睛分明闪着微光。那些窗帘很久没有拉动，窗纱也被风撕开了豁口，像墙上的老照片。月光本来可以流泻，可那阵雨打湿了树叶。豁口的风突然嗞嗞作响，我似乎听到了脚步声嘈杂着，有人拍着窗棂。他说山坳的麦子都黄了，赶紧磨镰刀，备牛马，别让掉在地里了……我霍地站了起来，眼前都是翻滚的麦浪。金黄的麦芒扎着我的脸庞，闻到了麦香。瞬时，有山洪从山谷奔涌而下，巨响淹没了人声，一片汪洋……

我瘫坐在了椅子上，夜仍那么黑。

依偎在故园的怀里，我懂得了这位老人的孤寂。燃一支烟，明灭的火让自己不感到抑郁。其实什么都在的，我不应该有所落寞，这是一个关闭和打开的问题，应该没有距离。就像那些杏儿，从枝头坠落大地，那是它们关上了自己的花季，因为已经绽放美丽。就这样安静地聆听吧，且不要打扰它们甘甜的睡去。回忆都那么美，故园的甜和疼都在心里。

嗵——这是一声清楚的闷响，是我不愿意听到的，可它一直在。每次回到故园，每次的闷响，我都会睁大眼睛，盯着窗外，用心聆听。可我不确定那是什么声音，能知道的是很早的时候，在故园的地下，两个煤矿的工人掘煤。当最后那堵煤墙被打通之后，他们先是惊愕于地下的相逢，而后是争夺的混战，最后抬出了几具尸体。心酸的是，那些尸体中有我的乡人。再后来，煤矿接连发生了透水和瓦斯爆炸，几十条汉子冰凉地躺在井口，叫人辨认。那些人中还有我的乡人，他们残缺不全地躺在故园的家门口。噩耗让全村人撕心裂肺，他们被装进棺材时脸还是黑的。听父亲和乡人们说，那些声音就是炸药爆炸的声音。可我想，都这么多年了，煤矿关停了，为何这个声音仍然怦然惊心？我恐惧这样的声响！是否那些被黑暗踩碎的灵魂仍在大地深处痛斥和呼诉？窗口透进弱光，我似乎嗅到了阴暗潮湿的煤味，看到了头顶悬浮着欲坠的巨大煤块，四周遍是横七竖八的支架铁轨。我无法呼吸。而这些东西又在一声巨响中坠落，天摇地转，灯束凌乱，挥舞的双手不听使唤——死一般沉寂。

脊背生疼，汗湿浃背。我的手指要抠进这把黑椅。我的身躯似乎已僵硬如椽。嗵——窗外的巨响从地下直抵心脏！嗵——顶梁的柱子轰然倒塌！故园似乎摇摇欲坠。

三年前的时候，故园对面的山头来了地质队。因为几场连阴雨，山体滑坡，山上现出天坑，几公里的大裂缝，村里让人们搬家。还说对面的山会向故园的方向倾塌，可不知道是哪天。大家都被搬迁了，漂泊流浪，乞食求生，只留下故园等待天葬。尽管走了，但仍有很多乡人经常回到故园，也有人说要搬回来。搬回来，至少还有一点点土地可种；离开，这些憨厚朴实的农民兄弟，比在地下的黑暗中挣扎过活又有多少差距？

黑夜继续黑着脸，蜷缩在椅子的臂弯，一只受到惊吓的兔子睁大着血红的眼，盯着渐白的天。我多么渴望有一两声鸡鸣报晓，把故园唤醒。

天依然似晴非晴。拖着沉重的步子从屋子出来，我在树下捡拾了一大篮子黄杏。清晨的枣花黄澄澄的，青皮核桃瞪大眼球，露水晶莹。故园的早晨是凄迷的，几只乱毛的鸟儿叫声也不见得清脆。看着摔成瓣儿的杏儿，我突然明白，它们为何都裂开了嘴，那是它们用生命的坠落在亲吻大地。

和父母亲，与孩子们上了车，故园的几个屋子都上了锁。稀疏的柴门在清雨中朦胧，故园被我们丢在风中。孩子们叽叽喳喳地欢笑，说等到核桃熟了、枣儿红了还要回来。父亲说，他已准备了小青菜、白云豆的种子，还有西葫芦、番茄，他要修理那些农具……

望着迅速消失的故园，我说，我们一起回来。

因为花开过

又至春之4月，春渐暖，花渐开，万木翘首。本该是充满希望的心之伊始，却感觉不出蓬勃之心力，唯有些春怨罢了。

乍暖还寒，当阳光每每从窗前拂过，流淌的不仅仅是时光的碎响，还有一丝丝莫名的怅惘，细细地拉扯着岁月流长，像忽晴忽阴的天空，即使昂首寻望，也难得些许的惊喜，因为天边没有叫声清脆的鸟儿，没有和心一样的闲云。偶尔丝丝风声，想听听它们到底在诉说着什么，却怎么也无法辨清，这倒是真要说些什么啊，徒增满腹的幽怨罢了。

院子里的歪脖子杏树经历了冬的禁锢，只待硕壮的花苞顶破晶莹的冰片而在一朝清雨后就毫无声响地绽放了。开放得义无反顾而又叫人心动，在起风的深夜，在红日喷薄的晨曦，反而自己因为花的怒放而幻化得像个陈暮之年的老人，怎么也不堪一击，瞬时间倒伏在自己的脚下。往往在这些花开的那些日子里，心总会被一刹那不经意间的姹紫或嫣红而潸然，愣是走不出那一抹残红，那一笔新绿。人，怎么说变就变得如此般脆弱！特别是在这样的每年的三四月间，难以释怀的时光一天天浅浅地就多起来，像雨后的草坡，多得就像这满眼的花儿、瓣儿、叶儿。其实，人们往往总是惊诧于这些怒放的瞬间，却无暇去爱赏这些把整个春天捧给我们的花花叶叶、枝枝杈杈。我们现如今到底该如何面对春天？

花儿开放的日子里，耳边总是雨声做伴，风儿作陪。或夜阑，或晨晓，或仲午，或晚暮，伴随着花开的雨总是不期而遇，不约自来，沙沙地那般的柔，烈烈地如此的骤，掩泣而低诉，号啕而顿足。在青蓝色的瓦砾上，在恬适的庭院里，在葱茏的花枝上，然后沁入心房里，和窗棂下书桌旁飘香之茗的灵魂对歌，说，春来了。然后，那个落寞的人咯咯咯地就笑了。

在这样身陷落寞的日子里，是要拔出身子的，让灵魂抽离于钢筋水泥而回首霓虹闪烁，满目繁华间没了四季和自己，所谓的花却众里难寻。由此，想到了自己，一座城市的纪念币。

就这样拔出自己的时候，感觉抖落了一身浮尘，蜕了一层皮，肩上便有了暖暖的行囊，压得肩膀越厚重，心里却愈踏实，愈踏实就越轻松，踏实得像换了个人，幸福地走在了乡间的路上。啊，原来，在这样春意渐浓的日子里，还能这样幸福地活着？感觉走在故乡的路上，总忍不住想跳跃起来，愣是把自己幻化成了可爱的一个孩子。心，在这样的时节回家，算是最好不过的事情了。

故乡的春来得比我想的要早，村口的那些熟悉的树已经等不及我，而独自悄悄地绽绿了，绿得那么憔悴，绿得那么让人怜惜。树干虽经风雨已斑斑驳驳，但风干的躯体却仍坚强地围拢着可亲的故乡的村村落落。我，来迟了，迟到在故乡的春天里。远处山坳的野杏树成片地散漫着一朵朵红云，粉粉的，淡淡的，绕在山畔不忍离去。偶然峰回路转在那人烟散尽的土窑杂草间，一片片白花烂漫在残壁断垣处，述说着无限的繁华与喧闹。只是，只是少了人烟，不知山花寂寞否？

欣喜间不觉踏入熟稔的庭院，可亲的瓦房连同整齐的草垛还有散淡着家的馨香的庭院时光，满目拥来。父亲仍然像以往盼儿归来时伫立在门口的树旁，欢喜得和满树的繁花一样灿烂。不同的是，今年，花开了。那棵父亲栽养起来的杏树，繁花怒放，映照着父亲舒展开满是皱纹的脸庞。待放的花骨朵粉嘟嘟的一个挨着一个，热热闹闹地拥挤着说着很开心很开心的话，让人怜爱得总想捏拿捏拿。这是家里的一棵树，已经长大和老去的树，熬干的树身干裂褪色，坚强的主枝撑起满树的枝丫，葱葱茏茏，经历了风霜雨雪孕育了含苞待放和春色满园。这就是我心中的树，数十年一直年轻而又可亲的树。此时，在这样的时节，和父亲般伫立的树，自己已分不清伫立的一直殷殷企望的到底是父亲还是那棵让人怜爱的树。

从记事到现在总怕直面父亲的脸。小时候因为太调皮，总惹家人难堪，想法躲过父亲严厉的目光，一旦直面了没有一次能逃掉惩罚。长大后，因为那张脸饱经了太多的人生冷暖，茹苦操劳而褶皱斑斑，一旦直面了心总难以坦然，愧疚难当。离开故乡直到现在，因为时光和距离却不怕了，倒常常想看到那张脸，成功的时候失败的时候，乃至平常的日日夜夜老期盼那张脸就在眼前，就像盼望春天的花开。而今，回到故乡的感觉就像重生，直面父亲的脸犹如融入故乡的春，投入繁花似锦的杏树、桃树的怀抱。所以，父亲就是那些树了，那些树和父亲一样的美。

和父亲这样一起在春的枝头看花开，是人生最美最惬意的事情了。在父亲的盼望中花开了，儿，也回来了，所以，花就开在了他的心里。在花开的惬意里，树也如此欣慰。由此，我不能不说，每一朵花都是树的骄傲，每一个儿女就是父亲心里最怒放的花朵。因为，人生几十年，青春就是怒放的花期，花期之后，所有的爱都沉淀成磐石，汇集进心的港湾；每棵树寒来暑往，凤凰涅槃，直到花怒放，叶葱葱，直到花瓣飘舞，香消玉殒，一树繁花尽，虽匆匆然，却给了我们整个春天，因为花开过。

因为花开过！所以，树无悔，花亦无悔。

仰望春天，仰望树，花永远很灿烂。

和父亲伫立着的身边，成长起一棵故乡的树。

（此文首发《鉴湖》，并获2011年美文天下·首届全国旅游散文大赛“最佳田园散文奖”）

放歌春天里

终于听到了鸟的叫声，那是久违了的春天的召唤。

在窗外的花园里，朝阳撒播着金子般的光芒，清新的空气中带着甜甜的泥土和花的馨香，一切无形有形的手臂翘首迎接着崭新的生活。

花园里，所有的花草树木开始孕育绿色的希望。一切都那么安详又充满憧憬，一切也都好似蓄满了喷薄的力量，蓬勃待发。

啊，原来生命竟可以如此这样轮回！

鸟儿，欢快地鸣叫着，动听悦耳，美丽神奇。一只、两只，三五成群，都在各自的枝头竞相欢唱。是啊，春天来了，有使不完的劲儿，有唱不完的歌，有数不清的快乐，都源于这春天。

春，使万物欢腾！

习惯了机械而忙碌的生活，偶尔听到鸟叫，特别是在久违了一场罕见雪灾之后的漫漫长冬之后，迎来的第一个春天里，怎能不叫人欣喜若狂，怎能不叫人耳目一新，为之振奋？

生活中我们见证着成熟，我们也会偶感麻木，我们也会略显笨钝。日子一天一天的逝去，颜色、味道、自然和自我的原汁原味的东西都那样触手难及，累、彷徨、无助和自我否认都形影相随，有时候真想喘口气，歇一歇，深呼吸，这些平常简单的事情，都真的难以做到，因为，心永远在跳动。看来，我们真的愈走愈远了吗？

鸟儿的叫声仍然此起彼伏，让人不觉翘首寻觅。惊喜中难免徒生些许怅惘：那些可爱的精灵们，怎么没有一只跳落我的窗头？我想亲近你，让我们一起唱！

鸟儿的春天永远都那么纯美，那么令人羡慕，因为那是开播在春天里的第一个故事，描绘在春天里的第一抹风景，它永远都是灵动的，永远都是令人向往的。

我们又何尝不是期待和向往自己的春天呢？春是起点，春是希望，春给我们力量。然而，春在我们这里却总是一瞬即逝，留给人们的或许只能是盼望和遐想。在春的枝头，听鸟叫，赏桃花，掐苜蓿，漫步柳林看春光荡漾，我们，永远都不是主角，我们永远都是一个游客，是春天里一束淡淡的风景。

走出窗外，沐浴着春光，伫立春枝头，让我们一起去踏春……

谁等桃花开

1 为了一束桃花的笑容

“声音穿过村头那片桃林/在风中不停折叠/它的呓语/被一枚懂得密语的桃花收藏……”（《蝴蝶梦》，青木蜂）

该是桃花盛开的时候了，是谁在等，等一树灿烂，望满树繁华，在这个城市，这个生着欲望和梦想的城市的中央，和目光眩晕的车流与灯盏。

说起桃花，那是一张如桃花般的脸庞。在别离故乡的小路上，漫山遍野的桃花盛开着，灿烂粉艳，如霞似虹，芬芳盈鼻。没有远行的忧伤，桃花般的姑娘和少年沉浸在满是芬芳的山间。哥，我要一朵美丽的桃花，满眼红霞纷飞。在紧拽的手臂延伸下，少年摘了一束美丽的花儿，递到姑娘的眼前。转过身，姑娘娇羞地将一朵花插在了发髻间，回头一笑，扔给了少年那支桃花枝，向远方跑去。少年也挥舞着手中的桃花跑起来，山路上流淌的笑声和桃花一样甜。

那年的春天，是桃花盛开的季节。花儿和少年离开故乡的时候，梦想和桃花正灿烂地盛开。

一直看到那束桃花，盛开在盛满水的玻璃瓶里。姑娘每天忙完店里的工作都会抽出时间精心地照料那束花。少年也会走好多站路，来到姑娘的店里，帮助她打理店里的事情，伴着桃花一起看书，继续高考之路。

那束花在玻璃瓶里鲜嫩地生长着，从春天走到了那一年的夏末。当花瓣一片片凋零，可枝条仍是那么鲜绿，也仍在瓶子里滋养着，因为，瓶子里有永远也吸吮不尽的春天。

和往常一样，店打烊了，她如往常一样等着他的到来，等着和他一起整理物件，打扫卫生，一起看书，背诵英文单词。可是今天，他没来。电话，无法接通。关好门，她打车去了他的单位。送水的同事说他去了工地。赶到工地，一个眼圈红肿的工友哽咽着说不出话。他出事了，从脚手架上摔下来，在ICU。缓过神来，赶到医院，他仍重度昏迷。孱弱的身躯，蜡黄的脸庞，静静地躺着，任凭泪水淋漓的她千呼万唤，他的世界已是一片沉寂。

庭院里绿荫如盖，郁郁葱葱，他，已无法去感触。怀着青春的梦想，在这样的城市，他每天连续做着三份工作，透支生命，为了身为孤儿又患绝症的她——那个桃花般的姑娘。为了使她能更多地看到阳光，给予她坚强活下去的力量，他甘心情愿。因为，他深深地知道，至少自己还能健康地活着，活着是多么的好。就像那束家乡的桃花，尽管日月无岁，花蕊尽逝，芳香不再，但仍有一份坚强的绿色告诉我们，桃花曾开过。开过，就无悔。

又到春天，桃花依旧。赶到郊外，采撷回几束桃花，也是最美的桃花，也是在那个玻璃瓶里，也是每天的精心照料，桃花，灿烂依旧。

谁在等着桃花盛开？

桃花开了，你可曾看到？

桃花败了，你快醒来！

2　等候桃花推门的季节

“风一定洞悉了这些秘密/从不在繁花盛开之时留住脚步/它从三月的眉梢掠过/直抵四月的心脏。鸟儿的歌声碎了/满地都是花儿的泪珠在滚动……”（《桃花劫》，青木蜂）

那是一个不太大的庭院，几间土瓦房。两间厢房，一间是灶房，一间是库房。竹篱笆围起来的菜畦，几截土围墙，数株零散生长的梨枣树木，三五棵开得灿灿的桃树，闲散游走着的几只黑尾巴公鸡和老母鸡，这就是恬静、闲适的故园。母亲因为腿脚不便，活动的范围就是这个庭院，父亲身体稍好，还能打柴耕作，赶集务工。母亲和父亲一生大部分的时光都是在故园的这个庭院里度过。

父亲最欣喜的莫过于梨枣瓜果、谷粱蔬菜的丰收和儿女们的生活幸福了。当田地里的蔬菜和庄稼长势喜人时，他总会带着我们去田间地头，或者一个人一天几晌地去地里看望。看哪儿还有草没锄净，哪个枝条需要修剪，墒情咋样了，是不是有蚜虫，该喷药、该施肥了，精心得像照顾自己的娃娃。直到今天才知道，为什么父亲总喜欢到田间地头去，农民的父亲是多么的热爱庄稼和土地！

当菜蔬一茬一茬地成熟的时候，父亲一朵一朵、一捆一捆淘洗干净，收拾停当，捆绑结实，然后天不亮就骑上自行车或者拉着板车，去集市出售。每次卖菜，虽然毛毛角角，星星月亮，几十块钱甚至几块钱，都不够化肥农药和辛苦钱，但他们仍那么开心，那么知足。到了收获的季节，父亲和母亲忙乎得忘了年龄、吃饭和休息。非一粒一粒、一袋一袋收拾干净搬回来，晾晒结束、颗粒归仓才肯歇息。这些日子和季节是父亲和母亲最满足和幸福的时光。

到儿辈们都成家立业、娶妻哺子，父母仍操劳不息，闲时，做鞋缝衣，喜于儿孙绕膝，媳贤子孝，恩爱相伴，幸福有加。遇令逢节，冷暖聚之，大小团圆，乐融天伦。这样的时日，父亲母亲室内屋外，桃颜花语，好生知足、满足和富足。

如今，光阴荏苒，父母年事已高，儿女反哺，月走年移，终不为多，生活和活动的圈子越来越小，最后就限定于那始于此终于此的故园庭院了。那些土墙的围子，斑驳的房，稀疏的篱笆，默默的树终没有逝去，陪着伴着。而今啊，父母亲越冬而来，在故园，一夜之间苞满枝，雨润万树百花红。最是那几株桃树，在母亲拄着拐杖，攥着手帕，踮着小脚一次次、一回回的张望里，吐苞，蹿红，芬芳，生辉。在花红芬芳的枝头，那颤巍巍的身影，在门头、路口晨夕徘徊，单薄成一棵清瘦的黑疙瘩枣树。欲穿的眼神啊，那芬芳的花蕊，蜂拥的蝶虫都这样闹腾了，也该是你们到了吧！

父亲每到这花开的清晨，都会里里外外、角角落落地收拾一番，即使院子尘净无物，仍习惯着这样的习惯。只因为这样的习惯，还有这花开的时节，故园从来都那么的整齐、干净和可心，因为每到扫除落花的时候，他的孩子们总会开心地在落花堆里捡拾那些花朵或者花瓣，当然还包括我们的孩子们。如今，桃花遍开，香瓣飞旋，落蕊成片，那些飞舞的粉蝶总会飘落屋前，进得门来，这样的时日，母亲都会拄杖伫立庭院，看着父亲一把一把地挥动扫帚，望着桃树，看着落花怜惜惜的默默不语。

这该是多么闹人的桃花，又是多么伤怀的时节啊！真是：桃花无意几度开，人生有情不经年。

等待那桃花开，落蕊满怀，蹿红的门头，该是花推门开亲人来……

3　和桃花一起盛开

“斜倚在四月的渡口/把那个温柔的约定/捏成一大摞疼痛的诗句/语言的绳子断了/词的碎片爬上了桃花的额角……”（《桃花劫》，青木蜂）

那是一束清亮如眸的雨，在晨曦初洒的江上，淅沥似虹，叮咚若吟，清脆如歌。说是弹奏一首《桃花曲》，风自江北起，只是轻轻地一回眸，悠悠地一拂袖，便蘸水而开，湿了江北亭，染了江南舟，一路花明柳暗，满江绿瘦红肥，痕落成清丽诗词，晕散成锦绣画卷，走了沉鱼，飞了落雁，烟雨江南，天上人间。

邀一丝雨，牵一抹绿，引马诗书间，苏堤长望，桃花齐岸。纵是伊人来，盈步痕浅，折枝青丝戴。君扶伴，知是柳摆，痴也桃花，醉也桃花，桃花岸边桃花仙，红颜比肩，马不语，诗书断章唇齿间……

那年桃花开，俏枝入窗台。诗卷累叠，倦了童倌，春秋无辨，墨吐幽兰。忽日闻鸟推窗扉，知是春已来。疾步望外，邻家小女花枝拈，秋千荡，虫鸟高，一线在手，两只粉蝶，嬉闹，嬉闹，惹了鸟雀叫。悔知纵是经纶高，桃花三日败，人面不再，诗书何温？若念桃花，不妨踏青，就来，就来。

昨日山中来，知得花事多。遍隅见桃林，红云绕叠嶂，非是霓裳，布衣凝香。“桃李不言，下自成蹊”，草鞋带露。身在桃花坞，信手可拈，美景可餐，然时辰当歌，歌也淡然，只因华发初鬓，没了少年颜。过得三日，育得桃子，抱于子食，方知其味。斯看桃花，心中自开，开也无败期，红娘自在，携儿庭院欢快。最是晨昏，清露一樽，吴刚把盏，遇得桃花三瓣，月华五束，酿得茶香满怀，亦醉，亦醉。

今朝细雨叩船台，只是低吟浅唱，也感衣衫不御，落得竹枕。无心听曲自弄弦，睡也桃花，醒也桃花，四月不语。只是人在江上走，舟至水中行，惯看桃花遍，今已躯难直，也罢，也罢。却料清波荡，人多语杂。闻声起，花落水漾江欲燃，花事无我。静坐船头听水鸣，茶清无味是人生。奈何“世事桃花随风去，闲看江头红初透”，黛玉锄依在，香丘何处寻？花红不知味，浊酒无客影独。

《桃花曲》尽花纷飞，诗章犹续。白马青柳不由缰，红桃绿草识得味。看霓裳，影影绰绰，只羡鸳鸯。步难移，不忍落蕊染白堤。秀鸟旋飞，倏尔借枝栖，玉树纤纤花翩翩。举手近，非恋花，鸟雀得枝羽不寒，我枝何依？且今，花开满，春烂漫，独生愁怨，人无缘，阅得“日暮风吹红满地”，知为谁开，又为谁败？

徒掬桃花雨，含香凝玉，非是彩蝶，心羽翩跹。知是清雨湿卷，愣是凝泪几行，字字随风瓣如坠，诗词失华。烟柳浓，江南有雨，人面桃花，不堪流年。此事成昨，蹉跎长河，花无意，情何堪，瘦了经年。

4　守望最后一束桃花

“记忆板结。守望，已穿不透千里之外的窗台/也送不出一声弱不禁风的问候/村头那片桃花开了，开至沉醉/开至枯萎。断桥边/花瓣雨雪一样轻舞飞扬……”（《桃花落》，青木蜂）

认识五柳先生始于中学时代，喜欢田园之宁静淡泊，源于那些传世佳作。在一代诗宗的精神世界，那“芳草鲜美，落英缤纷”的桃花源，着实不是传说，更是我们每一个人的乌托邦。为了这梦中的家园，多少人青丝成雪，泣泪成海，肝胆成仁，赤心成炭，眼不双瞑。古人如此，今人亦是。

在每个人的心里，都有一块精神领地。在这块领地里，什么也无法达到它的高度，什么也不能玷污它的美丽，替代它的位置，置换它的内容，颠覆它的地位，超越它的魅力。那，就是故乡。一直以来，对故乡的感情总是有增无减。感念它的给予，期望它的美丽。而今，除了感念和憧憬，还有深深的怜惜和阵痛。这些怜念和痛比感念更真实，比憧憬更透彻。因为，每个人的故乡都在改变，人们的精神领地受到了侵犯，人性心灵深处的乌托邦和桃花源渐次走远，消失在寻觅和眷恋的视线。

当发展的巨手，将城市打造成钢铁长城的时候，城市仅成了一个个能栖身的壳。物质的充斥，用现代文明的华衣包裹，到处仍充满着寻觅和渴望的眼睛。这不是思想固守的问题，更不存在传统与现代的矛盾，因为我们就没有透彻地去思考，人，究竟需要什么。一座座拔地而起的现代城市，一个个巨资打造的现代风景圣地，又怎么能替代人们内心深处的精神圣土？

当城市已无法抵御发展之弩时，乡村已成砧板之肉。盲目的拆迁，肆意的扩张，在现代文明发展的利剑之下，双刃带血。一个个遗址、一条条河流、一座座青山、一片片牧场、一块块梯田，在人们的视野消失，从地理图册中抹去，在精神领地消亡，我们还能剩下什么？我们还能保住什么？乡村的原风景，成了碎片；故乡的乌托邦，成了图片。曾一度熟悉的山川大地，流水栈桥，丛林幽谷，牛羊鸡狗，和那祥和宁静、纯洁自然的田园时光，再也不复回来，一切都面目全非。在这美丽而陌生的土地上，弃甲归田田不在，叶落归根家难辨。故乡，还是一支清远的笛吗？故乡，我还能认识你吗？

“羁鸟恋旧林，池鱼思故渊。”故乡不存，羁鸟何归，池鱼迷途。当人们心底深处最眷恋的精神城郭被摧毁、被剜除的时候，那种被掏尽、被挖空的痛是无法弥补的。尽管人们身处厅堂，目染佳景，可是，失去了故乡乌托邦的精神领地，一片荒芜，心却在流亡。那一个个不知明天如何开始的乡人，被一条无形的巨鞭赶来赶去，以至失去了土地、村庄、家园，被强拆，被转型，被居住，他们还能做些什么？哪儿才是他们精神和心灵的安静之所？他们丢掉锄头，拖儿带女木木地站在被城市包围的寸地，木木地还能守望这个世界多久？

喜欢五柳先生以及他的桃花源不是出于偶然。人们追求纯净、天然和美好的环境是古今不变的道理，对自由、自然、和谐共生的生活追求是永远美好的向往。无节制的扩张和挖掘、掠取和侵占，人与自然最后的精神领地一去无存。故乡，是否还会“芳草鲜美，落英缤纷”？是否还会炊烟袅袅、乡情依依？是否还会“枯藤老树昏鸦，小桥流水人家”？是否还会陌上桃花埂上田，鱼米喷香牛羊欢？这些丰富而依稀的影像，构成了中华民族根深蒂固的精神城郭。这就是根，与什么都没有关系，它们在，故乡在，城郭在，精神永生。

陌上花香，那是桃花开。绿柳成荫，菜花遍野，梨枣满川，童嬉田间，这就是故乡，就是故园。每想到你，心潮澎湃；每见到你，热泪湿襟。如果有一天，我们见不到你，我们该怎么办?！而今，春已到，故乡，你好！五柳先生别来无恙？那美丽的桃花源，是否依旧“桃之夭夭，灼灼其华”？

守望一束桃花，还故乡一片桃源。发展与保护生态同步，节制、克欲，切莫泛滥肆虐，多留一方鱼塘青田，还故乡以秀山碧水，让故乡常在，让桃花常开，让我们每个人都能找到属于自己精神领地的那片桃源圣地！

（此文首发《鉴湖》2012 年第三期）

雨之畅想

今年的雨多半都在夜间悄然而至。

起先是阴天居多，终不见太阳的影子，从中午到下午，天空混沌一片，辨不清要晴还是要阴，直到午夜初眠，方闻淅淅沥沥作响，密一阵疏一阵，知道落雨了，不禁想聆听，也只能在梦里了。

久违的雨，不能忘却。

好久没能听到这天籁之音了。总想听着滴答的音律，感受阴天所独有的氛围，或酣畅的读书品茗，或慵慵的休眠，怎么感觉都是一件美事。但更多的是沏一杯香茗，推开窗户，伫立花之旁，呼吸泥土馨香，赏雨打青叶万马奔腾的淋漓之意；聆听沙沙的鸣声，如蚕食桑叶痒痒的又柔柔的；眼睛透过雨帘，听叮咚清脆的坠响，想水滴石穿，如箭似弹，急急地又乱乱地，一切都那么祥和静谧，整个人便舒服在这样的时光流里了。

好久没能享受到这天之馈赠了。在这样的天里，雨义无反顾、坦率活泼地下着。在这样的雨里，总会和朋友一起去沐浴。

轻盈的伞，湿湿的路，柔柔的雨，漫漫的情，像花儿绽放在青春的雨季里。风斜斜雨斜斜脚步斜斜，欢笑声便纵情地流淌着……收了伞，甩开膀子，朋友们一起穿越在雨帘，徜徉在雨季，湿个透，淋个遍，感受这美好的洗礼，这绝妙的天享。痛快淋漓中，青春更激越，笑语愈轻飏。

只因为这样的雨，她才打湿了记忆的窗扉，也只因为这样的雨，她才打开了尘封的纪念册，怀念雨，享受雨，走进雨。

这是多么奢望的雨，而她只有流在那逝去的季节里了，只有流在赶考和分别的多梦时光里了，所以，那时候对于莘莘学子，我们和雨一起哭一起笑。

在这样的雨里，不知是昨天的还是今天的，中间入住了密密的一帘幽梦。久违的雨，是否她被定格，是否朋友还会记得，我们住在那个梦里，甜蜜地编织未来……

朋友，我想念你！

今天的雨，独自享用。

今天的雨就这样地落了，落在花瓣上，落在心坎上，落得有些烦乱有些无奈，落得有些扭捏有些急骤。由是的，也多了一份对夜的抚慰，对心灵的慰藉——我们这样的夜，尚庆幸还有几丝落雨为伍。黑暗中一双明眸洞穿着，寻觅着往昔的雨，怀念着雨。好似只有在如今的夜晚，在一个人的如今的雨夜，感动着独享这份特有的情愫，沉沉地静静地去默默释怀，除了窗外的雨滴在落，还有腮边的泪。

今天的雨任怎样落，全只余怀念的主题了。在怀念中，总感觉今天的雨落得怎么也不是滋味。释然间，“无可奈何花落去”，知道那雨终归是要落的，落得那样心安理得，那样让人不知所措。姑且就那样落吧，独享雨夜之空灵，掸去满身疲惫，荡涤尘嚣浮躁，纵使残花一瓣，香消玉殒一宵静美，雨，还是要听，雨，还是要怀念。

今年的雨多半都在夜间悄然而至，朋友你在吗？

清晨，一朵朵伞花在雨中绽放，我们一起去沐浴……

问　秋

站在夏的终点，俯身汲水，手指便触到了秋的流里。

伫立在这样的流里，成了夏和秋之间的交点，一半还留着余热，一半就变得苍凉。伸展开所有的触角，看，夏花远去；听，蝉声鸣起；想，人在何处；问，秋在哪里？

一直以为，春来的时候，告诉我要活下去；夏临的时候，告诉我要开得灿烂；冬至的时候，告诉我不要枯萎。而今，在秋的流里，我又能告诉自己什么？得去问谁？启齿未语的迟钝里，便一头栽倒在秋的光景里起不了身，成了秋的另外一种光景。

扛起我笨重的锄耙，一如我锃亮的犁铧。将沟峁刺穿了，把日子嚼碎了，将日历撕完了，秋，便熬红了，熟透了……

换上我发白的工作服，一如我硌脚的黄胶鞋和褪色的安全帽。将脚手架踩在脚下，把手套磨穿了，将汗水吸干了，秋，就变甜了，燃烧了……

打开我崭新的书本，一如我清秀的粉笔字与深情的朗读声。将荒蛮的城池唤醒，把求知的眼神托起，将青丝飘舞成雪花，秋，就微笑了，芬芳了……

拉开我橘红色的衣柜，一如我叠放齐整的包袱、柔暖的线衣裤。将昏花的泪眼打湿，把如柴的双手擎起，将浓郁的思念捎去，秋，就暖和了，滚烫了……

推开我爬满青藤的窗扉，一如我铺天遮地的塘和萧索的泥草。将昏睡的草叶潦倒，把迷离的雀鸟摇曳，将无语的舟船唤归，把绵延的山川点染，秋，就奔放了，深沉了……

深深的秋里，我望眼欲穿着层林尽染的霞和泼墨泛晕的海，又怎么能够望得尽净，望得彻底，望得心甘？

秋，就这样穿过茂盛的玉米高粱，山川河流，草花蔬果，一路奔跑——窜入果园就红，爬上枣树就甜，依着丹桂就飘香，扑到山间就绚烂，蹚过小溪就清凉……走到哪儿都能绘就一幅幅彩卷，染红一串串岁月。

当秋与我擦肩的时候，不及闪躲，人，便随秋一起奔跑，奔跑着被推进了秋色的霞光里，如霞一样爬满长着青藤的我的窗台，窗子内端坐着与秋闲话的我和我的时光。

在秋的这样的光景里，我能告诉什么呢？秋无语，密密地同行。

独坐，默默地蜷缩在竹椅里，像一只幽幽的猫。掩卷屈膝，与一本书而憩，贴近在胸前，却读不到秋的片言只语。杯中的茶，叶片悠悠地沉落，鹅黄色的淡香在慢慢弥散，鼻子便被默默地穿过。穿过之后，茶便在一个竹椅的世界里清凉起来，不去想喝，或者不喝，像一杯秋茶的午后，我的静静的蜷缩着独坐的午后。

秋，不需要语言，如同一样无须言语的我的秋天。静思的空间，把所有流云、清雨和叶落、果香、水凉、花谢一起聚集，沉淀。在这样的空间里，静默的我成了一片秋色，飘飘；一滴秋水，滴答；一束秋香，淡淡。尔后，便被攥紧了，摊开了，成了一抹浓浓的秋意，飘出窗外，瞬间舞蹈成千里秋山，万里秋水，江天一染，与秋对舞，秋无眠！

舞蹈，有雨落，落在浅浅的线缆上，俯视成一只青色的鸟。收束着翅膀，突兀地站立，于蒙蒙雨丝中聆听沙沙的细响，偶尔扑棱一下羽翅，嘴巴衔进羽里，挠挠，又返归默然，于山林的红与青间，镶嵌成一束秋的孤独，在秋的心谱上独唱。

倚一棵树而望秋，脚步在绵软的落叶里，循声目送那一片片叶子告别枝头，默默零落。与落叶一起沉下的，还有我的脉脉的目光和失温的感觉，一起躺下，绵软成一堆树叶，有风便随之跳跃，奔跑，再躺下。看远处，林疏兽散，祈望一束秋阳流泻，穿透这深秋的层林；听细处，风清花淡，想象一位女子携篮，采摘这深秋的馨香。

飘，已是红叶一瓣，带着野菊花的芬芳，穿越这海似的秋，到树梢，到弥留的那只孤独的坚果，轻轻采撷，剥开，露出白白的牙，甜甜的笑。然后离开，再离开，攀缘上去，落在浅浅的线缆上，没有俯视，对望成为两只青色的鸟，渡秋的鸟，望秋的鸟，和秋对语的鸟，分享了孤独，那个秋的世界，在孤独中开出了莲花般的微笑。

站在夏的终点，俯身汲水，秋便与手指缠绵，这不是终点，而是起点。

因为秋，我们还会花开如莲，每片绽放的花瓣，都在为生命的呼吸而怒放；因为秋，我们还会翅羽翩跹，每棵簇拥的菩提，都在为无悔的今生而伸展。

问秋，已不及秋的回眸相视，而我每一颗落下的文字，在与秋的对望中经唇齿间呢喃纷飞，落红一片……

（此文入选2011年度“新华网精品散文”）

在那菊花盛开的地方

1　等待一路花开

总感觉每个日子，像水一样流淌，匆匆之间流散成四条河流，流经五指的缝隙，默默渗漏，变幻成四季，然后悄悄地风干变皱，依稀如烟。这似水一样的日子，如日子一样匆匆的烟火，怎么就穿透了四季，穿过了丛林般的指缝，弃我们而去呢？

如今，我只能垂下稀疏的发丝，穿行于指间，从那一丝如帘的空隙里，把你怯怯地张望，张望成秋色里一个孤独的等船客，等待一条河流，等待一路花开。

2　指间穿行的晨昏

深秋。飘舞的叶片正如我翩翩撩起的眼神，一拨一拨地在这个季节顾盼。想要留住什么，但终归没有留住，都流散到了她该去的地方。尽管，我的眼神这样顾盼着这样的秋，可是，我仍然像春天一样活泼，如夏日一样热烈地伸出干瘪的臂，摊开风干的手，触摸着，想是落叶的喘息，或是温热的回眸。

就这样伸出我的手掌，伸进无边的树林，穿透连绵的山川，舔舐到遍野的秋意，一直延伸……

没有召唤，也不及诉说，手指就在红叶纷飞、离开枝头的瞬间，一起落下，再落下，扑倒在你和那萧瑟着言语的草叶儿的身边，渐渐露白，渐渐霜降，默默粉坠，直到雪舞成妆，翠染成河，香蕴成诗。

你，正是在这个深秋里我终将穿行过的，我也终将不会遗憾。因为，在这样的深秋，从我身边滑过指尖的是带着菊香的晨昏，留下的，没有弃我而去的就是这些怒放着的野菊花，野菊花的瓣和蕊。

我真的又能遗憾什么呢？野菊花的秋天，我也在怒放，我依然有着继续穿行的温度和芬芳。

3 用满天星斗煮茶的夜

看见你，是在荡漾着残月的夜晚，那条向村外弯曲延伸的小路上。一个人经不住乡村夜晚的静谧和斗室的局促，掀开窗，让月光进来，也扑面而来了夜似的凝香，想，你定在黑夜的海洋，盛开在屋外的路旁。确切说，我已喝着你用满天星斗煮好的香茗，细细品咂。披着衣，被你扶着走入了夜，院门未闭，渗透着点点灯光。孤寂的夜虫，时断时续，稀疏的栅栏外，夜风中的玉米和高粱私语渺渺，探头张望。土地和庄稼的芳香如痴如醉，拔脚在这浓稠的夜，怎么也迈不出距离。

有白皮的树，路旁默默着冷冷地看着夜，和我这个夜行的人。一簇簇星星点点的白，依偎在树旁，靠近在我的脚下。你就是那个煮茶的人了？俯身，蹲下，密密匝匝地簇拥着的小花花，幽香袭人，沁入心脾。猛然间想起了唐寅的《菊花》：“故园三径吐幽丛，一夜玄霜坠碧空。多少天涯未归客，尽借篱落看秋风。”你是凝霜吗？点染小径，夜愈深，花弥香，且我已归来，就在你身边。伸出双手，轻揽纤细的花茎，银珠闪烁，清凉濡指，三两枝花儿朵朵采撷在手，淡香无痕，萦绕指尖。当捧于鼻尖，仔细端详时，方晓得了大形无形，虽渺小平凡，众人不闻，然秋尽知，我已沉醉；亦方懂得在我多年来与故乡之间的白天和黑夜里，唯有你才最能让我触到家的暖，到达心的岸，靠近花的瓣，在这暖暖的土炕上，枕香而眠……

4 生命中最美丽的舞蹈

看见你，是在山坳秋色清爽的晨曦，和父兄砍倒满地秸秆的田垄边。

在蒙蒙的天光里，兄长还似儿时那样叫着小名，唤我起床，和父亲理好绳索，拉着板车，扛着镢头，带着斑驳而温暖的水壶，在明灭升腾的旱烟雾气袅袅中，消失在清秋的晨风中。

一亩多整片的玉米棒子在父母的辛苦下，已收获一空，黄澄澄地全晾晒在了屋檐及院子里的老槐树上，现在只剩下了墨绿和苍黄夹杂的秸秆迎风飒飒。父亲把旱烟锅在鞋底子上敲了敲，怜惜地看着有点儿瑟缩、嘴唇微青的我，说，动弹个筋骨就热火了，我们给倒的撂，你扎捆捆。说着和兄长转过身抡起镢头，对着秸秆根就挖、砍起来，我跟在后面一个个摔掉黏土，整齐地扎捆。渐渐，我跟不上了，兄长回头瞅瞅我，憨笑着说，别心急，先撂倒了，我们一起捆。看着，听着，儿时父亲驮着我看大戏、赶大集，兄长护着我上学、帮着我干活的一幕幕往事显现眼前，不觉眼角有点儿湿润，秸秆一个个成捆成堆……

当整片秸秆被挖倒，一个个齐整躺着被捆扎停当的时候，眼前露出了一大片的空地，看到了远处被秋叶烧红的山和天。坐在弥散着柴草芳香的秸秆捆上，父子们忘记了湿透的汗衫，愉快地说着话儿，旱烟香香地抽着，我们香香地闻着，幸福而甜蜜。说话间，兄长指着远处红红的柿子林说，母亲早就摘了柿子放在窗台上晒着，说等搁软了，你就回来了，终于柿子软了，你也回来了，今年的柿子比往年的都甜。望着那一抹抹红透了的柿子林，听着兄长的话，眼角不由一阵潮湿，愧疚得说不出话来。泪眼婆娑中看到了漫山遍野清亮亮的白和金灿灿的黄，那些野菊花，今年它们也比往年开得早，艳艳的，繁繁的，赶到这个秋天，赶到这个时光，和我一样的赶到，只是它们能在每个盛开的日子都给整个秋天以美丽，以芬芳，而我又能给予什么？而今的这个秋天，我愧疚而幸福着，幸福着自己还尚能赶到，像野菊花一样盛开在芳香的田间，盛开在火红的柿子林燃烧的山坡，盛开在父兄甜蜜幸福的容颜里，盛开在母亲甜蜜等待的心房里。和野菊花一样地赶到，一样地盛开，一样地品尝芬芳甜香，这个秋天是美好的，更是幸福的。

几声秋鸟啁啾，两只雀鸟飞旋着向田垄边一棵野枣树上栖落，突然，一颗红透的酸枣掉到了我的身边，浮于一束盛开的野菊花上。顿时，黄灿灿的小花，翠柔柔的叶片，玲珑纤巧，轻轻摇曳，自由绽放，活泼可爱。那么惬意，那么素雅，向我张望，不由得伸手欲攀却缩回手来，生出怜惜的情愫，暖暖的，深情地对望着它，那么爱慕，那么倾情，就让它轻盈、自由、奔放地绽放着吧，多美啊！

枣树上的鸟儿正私语呢喃，杂草丛的野菊正翩翩舞蹈，鸟语花香，都自由而美好地生着。在这些生命跳跃的时光里，有的是阔远无边的天空，有的是自由无疆的大地，可以尽情飞翔，可以尽情绽放，都为了生命中那最美丽的舞蹈。看着父兄，想着母亲和他们一样的人，在遥远的乡下，守着那一方赖以生息的土地，过着恬淡闲适的日子，饮苦咽痛，悄悄承受，想你念他，默默给予，朴实无华，平凡而幸福，充实而淡泊。这不正如那些飞翔觅食、建巢搭窝的鸟儿和默默绽放、吐露芬芳的野菊花吗？尽管会有风霜雨雪，尽管会有困难和苦痛，甚至会不如盆花而被遗忘和疏远，但都在坚强地飞翔，坚强地舞蹈，坚强地活着，即使会翅断梦逝，叶落花谢，也要赶上这个秋，给予这个秋，收获这个秋，给飞翔一个梦想，给花开一个答案，给活着一个理由，给生命一个微笑。

现在的我们，又怎么能不更好好地活着呢？像野菊花一样活着，捧着一抹馨香，给秋天一个暖暖的拥抱！

5　一抹倔强盛开的微笑

看见你，是在午后散步，一个人行至村口老树旁的小溪边。深秋的午后，阳光显得有些热情，暖暖地摩挲着每一处村落。每一家屋舍的檐下，辣椒串串，玉米灿灿，红红火火。一把把农具整齐地悬挂于厢房檐前椽头，院边的菜畦里，是几块越冬的菜蔬和几株落光叶片的树木，三两头黄牛在栅栏内悠闲地甩着尾巴，一声声“咣、咣、咣”，甩开棒子脱玉米粒的声响，渐远渐近，乡下农村的秋天祥和而安宁。农人们以千百年传下来的方式迎接着秋天，也必将会越秋而去。我也会，正在穿越这静美的田园之秋。

秋，像一抹云彩恋于树梢，在村口的老树旁。热望一条小河时，那是母亲为我们浆洗衣裳的地方，而如今，如今却没有了往昔的模样。冲蚀的河床，裸露的庄稼根茎，丛生的芦苇，灰浑的流水都让我沉郁起来。沉郁心中痛失了一条河，曾经能撑船摆渡、摸鱼捉虾的河究竟去了哪里？唯见静默如哑、失语无言的瘦水，悄悄地循着杂草的丛隙流淌。突然感觉自己像个老人，更像站在了一个老人的身边，起手抚摸，那是干瘦的脸，浑浊温热的泪行，流淌在这荒芜的河床，这荒芜的秋天，沉郁的秋天，直到行将荒芜的我的脸庞。

不晓得，那是何时的一场大雨，泛滥了这条河，退去之后，何处是岸？对望的草根多了几双灰凉的白眼，用目光，只能用目光呼吸，已长不出绿色，和僵直对望的我，生不出的笑脸。一直望，想望穿这一支秋水，却不能而穿透了自己，沉郁的水边，和秋水一起变凉。还一直望，那被洪水推倒的腰肢，没有向上的高度，但倔强的脖颈上，怒放的黄花依然倔强地盛开着微笑，那是一簇倔强的野菊花，在故乡这支秋水里最迷人的笑脸。手，和目光一同穿透这支水，游走到青淤的泥沼，扶起孱弱的花枝，和那跳跃的金黄与坚韧的馨香一起，暖暖依靠。

那么近，依偎着的感觉，温暖和慰藉了沉郁着的心房，目光，便不再迷离。在这条河嬗变成小溪的树下，叶片吻附着岸，成了我最柔弱的硬伤，还有那一抹金黄，在穿过秋天的时光里，一抹倔强的微笑，和那野菊花的芳香，一起开放在我的手心，移植到了我的心上……

6　芬芳也寂寞

看见你，是在装了满包鲜红的柿子，挥别那个温暖的小屋和亲人的山路上。庄稼和果子都已收藏，秋衣穿在了身上，在红叶劲烧、流霞纷飞的黄昏，我的脚拔出了那个小山村，却没有走出绵延的秋色和目光。崎岖的山路，绵软的落叶，秋色层林尽染，步履沉重如铅，峰回路转，满目黄花又见亲人面！

靠近，坐在山路边，四野菊花抢入眼，芳香无限。欣然采撷一束，馨香盈袖，怜爱入怀，那可是我乖巧的囡囡，那个小时候在奶奶家的山丫头？每次回去，都会看见丫头怯生生的，忽闪着水汪汪的大眼睛看着我，也都会摘一些野花，戴到头上去，变为美丽的小公主。而今，那个可爱的丫头，戴着野花的小公主哪儿去了？手里的山菊花今天又该给谁去戴？那个遥远而又美好的幸福时光。

握着菊花，指染残香。那是一个美丽的童话，却甜美并记忆了一生。在满是秋果的河畔，我们采摘了山洼最美的野菊花编成帽子，说好了的，谁先第一个找到你，并将野菊花戴到你的头上，你就跟谁过，做他的媳妇。你，藏在长着落满小鸟的枝丫的老榆树后面，一个山花般的少女，哧哧地笑着，十几个攥着野菊花的男孩子在一条线面前奔跑，欢呼，最后我的菊花帽第一个戴到了你的头上，你哧哧羞羞地笑着，我的脸像一块红布，看着满地散落的菊花瓣和失望坏笑的伙伴们，骄傲得像朵盛开的菊花，喜滋滋的甜。而今，那个美丽的戴着菊花帽的姑娘，你又去了哪里？你那灿烂如菊的笑脸是否又和我一样在秋天里绽放？我的现在的菊花又该插到哪里？那棵古朴的榆树还在，我的亲爱的伙伴们，你们又在何方？

目对黄花，手绕香，花瓣飘，零落随风瘦了经年，人不再，花依香。红了山坡，染了心房，湿了衣裳，我的菊香的秋，指间离落的花瓣，只能“林间暖酒烧红叶，石上题诗扫绿苔”，落寞之至，“惆怅旧游那复到，菊花时节羡君回”。秋风起处空抱花，青苔犹新，人未归来，花枉开，芬芳也寂寞。

7 那扇流淌着秋色的窗

窗，会很自然地被打开，也会被关上，就像这个秋，秋里面的野菊花，绽放，凋零；秋里面的人儿，往昔，现在，一样那么自然。而我们的生命之花又怎么能常开不败？

一直不想诉说那些像水一样流淌的日子，匆匆之间不及回挽的流散和渗漏。因为，我深深地怕，怕它们都悄悄地被风吹干，无法触摸，怕它们像窗一样会被自然地关上，把我丢进坚硬的黑色里，再也无法暖软起来，继续像水一样地流淌，流淌着变成小溪，像小溪一样稀疏的不再飘零的发丝。

匍匐，不及秋意肆染，我的山川、河流落满霞光，不及伸手，冬，已在寒夜露出白脸。匍匐着，伸出五指，在霜花如雪的夜，让稀疏的发丝穿行，穿行于那些金蕊流霞的菊黄之间，坚韧芳醇的淡香之间，触摸这无法逾越的秋，慰藉这如秋般灿烂如花的时光，和我一路奔波而来的年华。

8 和菊花一样幸福地躺下

还是深秋。叶片或者眼神，不管都最终到哪里去，流散成云烟，幻化为雾海，都是归宿，就像我们还要到冬天去一样。然而，花，依然在开，开在秋天里。我在自己的秋天里，采撷了一束带着芳香的野菊花，幸福地一起躺下，住进了一本书里。那一页，是一幅秋果累累的树林，飞翔着快乐的小鸟，簇生着金黄金黄的野菊花，还有一条清澈见底的小河，母亲在浆洗衣裳，采摘了一大把野菊花的我，正欢笑着向她跑来……

9　撑到春天的渡船

日子总会是流水一样，秋原本就是一条船。撑着篙，走进秋里，看两岸金黄，花开花谢，触摸一路菊香，渡到冬的尽头，春天还会远吗？

（此文首发《西部散文家》2012 年第三期）

冬之断想

今年冬季无雪。

记得好久以前好像就步入冬之旅了，但怎么也记不清哪个时刻是秋和冬的界限，已经混淆难辨了。树木早就似老人暮年银丝飘零了，只不过心寒的是都一般颜色，没有壮烈的缤纷气象，因为这是北方的山城。匍匐壑畔的落叶和风中坚守独隅的叶片，都恹恹地半睁着双眼，和大多数的人群一样，或沉默或热烈的跟往常一般光景，只不同的是那一片片树叶，一抹抹和脚步一样匆忙的眼神，连同这样的冬一起风干了罢了。

风也不怎么好好地吹，不凛冽也不刺骨，就是要像一个无赖一样，反复地挑战人的耐心，牵扯人的微神经，不让人痛快。像这样的风经常刮，直到今天落笔时分，仍不见丁点儿雪花，看来非搁浅在这样的流里不可了。

尘土飞扬，缘自无雪。空气中土腥味比年味都浓。嘴不敢张，眼不能睁，都惧怕这个混沌的流，这个恼人的冬。等到了今年这个时候，更增加了人们盼雪的心情。可是，雪依然未落。干燥的空气，干裂的嘴皮，愣是让人想起了葡萄干、腊肉等物什；风干的木刻，失水的油画，点一根火柴，估不定能烧半边天。

雪，今冬注定是佳人，是故友，将等之不期了。

佳人不至，故友未到，约之不期，念之不来，但长亭依在。孰难忘：草滩信步弄春春打柳枝头，春光点点逗笑春江水；塘畔移裙玩荷荷动彩蝶飞，羽翼翩翩玉颊飞流霞；枫林唱晚晚舟浅抚秋江波，纤足绵绵红叶烧履无痕；余今日而冬之无期，满目燥忧，风萧萧对影岂止成三人？满目皆佳人，手执残卷望穿秋水一江！

今年冬季无雪。

记得很久以前好像有过残章断篇的一些事情，但怎么也记不清是清秋夜还是子午时，是长亭外还是古道边，这些事情到现在仍然蛰伏在心底里发酵，成了远行之拉魂面，香甜之腊八粥，团圆之年夜饭，成了思乡之陈年酒，甜总在心里，苦亦在心里，日夜相伴。看来人生到了这个时候，真正残缺的并不是情节，而是情怀。薄樽一盏仍酹江月，冬无憾！

春之勃发，夏之张扬，秋之写意，冬之怡情，如人生之旅，似关山览胜，像食素纳荤。求全备，想圆满，众心所向，皆正常，我辈俱俗人，奈何天地？搔搔头，青丝犹长剪断还复日月是圆的；望望天，鸟雀仍绕北归南回思念是甜的。春已近！

今年冬季无雪。所以多了一个盼春的理由，在这个无雪的理由里，长亭若隐若现，古道清晰可辨……看，枝头的冰凌晶莹剔透，花在灿烂地说，绽放真好！我灿烂地也说，活着真好！

今年冬季无雪。明年我依在，你在吗？

现在说好吧，我们一起观雪！

我们的玫瑰

1

走在湖边的时候，才发现秋天很瘦。瘦山瘦水瘦石头，冷了栈桥瘦了柳，风拂云走雁无踪。

当我抚摸到落叶的寒枝，我的手就露出筋骨，我的脸开始消瘦，我的目光便凝缩成细丝，在飞红洒金的光影里游走。我看到了那些端坐在枝上的麻雀，它们在谈说隔壁王二家的大小子40岁了还没娶到媳妇。我说会有的，它们都笑了。我遇到了漆红的水榭，它说它很寂寞，它害怕自己抑郁，我们握了手，它的手冰凉。我说别害怕，它就哭了，眼泪掉进了水里，水就荡漾起来。我还看到了那个橘红的小房子，它沉默寡言，像做错事的孩子沉默寡言。它的周围有的是荒草，我坐在它的身旁，石凳上落着很多细碎的白花瓣。我恍惚地看到了两个抱在一起躺倒的青年男女，他们安详而美丽。它说，那是两年前的秋天的午后，彩霞漫天。他们放下那个药瓶后，世界也就放下了。请你忘记他们吧。那是一场葬礼，关于青春的，还因为爱情。我沉默得像一个做错事的孩子。我把石凳上的白叶瓣攒成堆，像一朵素白的大花，我想到了纯洁如玉的爱情。我又想到了爱情灿烂若霞，那朵大白花渐渐变红，每一片花瓣渗出血来，鲜红如霞。

这里又开始安详如初。

我原本是要踩着池水边的石头过去的，可是现在荒草成林，看不到岸和归路。以前我就是踩着石头，脚下高低不平，像一叶扁舟溯水颠簸。我喜欢临水的感觉，那些平坦的小径就很无奈。我可以坐在岸边的浅草丛闻青草香，听小鸟唱，看野花开。我可以蹲在水中的石头上看水里面的蓝天、白云、绿树、繁花和怪怪的自己。我总盼望有鱼游来，可以和我嬉闹，可总也没有等到。我就一个人在水里像鱼一样游，听不到任何声响。我相信那里准有着美丽的世界，要不鱼儿为什么那么自由和快活？后来我看到了一只蝴蝶风筝，不知道被谁放飞到水中的天空。我看到一个穿红色衣裳的女子，灿烂地笑着，在追逐那只漂亮的蝴蝶风筝。她快乐的笑声像银铃作响，水面开满了涟漪。于是我循声而望，看见隔水之岸，盛开着大片的红花，一座鲜艳的玫瑰园……

我就站在水边望着如林的荒草。看不到那些能落脚的石头在哪里，水瑟缩着一波一波向岸边拥挤。我讨厌这些荒草，杂乱无章。我像一颗坠落的叶子被秋风捉住，丢进了一片茂竹里。在北方能看到这样的竹林是一件幸事。秋天的竹林在北方依然年轻旺盛。我听到了群鸟潜藏在里面热闹地歌唱，热闹地生活。我觉得自己成了一只鸟，我在想，它们都在快乐的歌唱，我为什么只能安静地倾听？我应该学会鸟语，做一个鸟人，或许才能适应这里的生活。我也像一块石头，潜藏在杂草中。我不知道什么时候会看到竹林以外的世界。林子里有秋风在缝隙间飞奔，树木都在摔跤。我应该戴上棉帽或者口罩，我用手使劲地捂住耳朵。我开始厌恶这里的一切，包括荒草婀娜的腰肢带着土腥的味道。所以，我渴望有一场葬礼，飞雨做酒，落叶为钱，秋风当歌。

当我点燃一支烟，秋天已壮美成了红色。我在想，枯草必腐，路自会显露，水边会有人来，舟会被解开绳缆，水会喧闹起来，那岸上就会玫瑰香漫。

2

秋天有着巨舌，舔舐过的地方都是秋的味道，秋的盛宴。那些寒石瘦水是凉菜，绚烂花叶是热菜，一池秋水便是汤羹。红叶可暖酒，青苔能作诗。一壶烧酒醉了秋。我不知道你是否和我一样，我显然是悲秋的，难免伤怀。这或许过于太传统，可读读古人的诗词歌赋，也就不足为怪了。在秋天伤怀更添了一些诗情画意，教人由己不得，感伤可以如此凄美。而人生路上关于凄美的事情会很多，特别是当你年轻或者苍老的时候，当你懂得爱或明白痛的时候，秋，无疑是一座小屋了。你可看到，秋风阵阵问候，秋雨绵绵思恋，秋叶片片祝福，秋月款款守候，秋水满满深情。这无尽的秋啊，你怎么会冷暖尽知，如此淋漓？不由慨叹：人间多少春，都付秋色中。

秋，是一部大书，被秋风翻动，被秋雨打湿。所以，书中就有了唐诗宋词、小说散文、诗歌童话和寓言。它们有的抒情，有的叙事，篇幅长的如秋雨般绵绵无期，短的则如雀鸟啁鸣转瞬。在秋天，阅读这本大书，一起思索，我们就有了情感，有了爱情和幸福、思念和伤痛、感恩和珍惜，就有了丰满或者贫瘠的精神高原。

我就在这样的秋天里行走，那些雀儿、水榭、小房子、浅水和竹林都让我惦念。我从一片枯草的挣扎里走出来，沐浴的是清爽的秋风，看到了秋风里的“诗经”，诗经里的静流、阑干、睡莲，采桑女和玫瑰园。

这里有《诗经》古老的祭台，斑驳的舟，遥远的豳风，醇美的稻香和歌声。这是“诗经”文化主题公园的中心。当我站在这里，就听到秋风翻动诗卷的声响，所以就有了古老的河床流淌着泾水，阑干上盛开了牡丹，睡莲睁开了美目，三个姐妹挎着篮子在采桑，笑声银铃作响。真是“青青子衿，悠悠我心”“所谓伊人，在水一方”。我疾跑树下，谁想却不见了人影，犹闻笑声缥缈。翘首相望，隐约红裙舞蹈，那是一座血染的玫瑰园。

是的，是玫瑰园。我经常路过，看到它们鲜艳地盛开。那些园林工正拖着水管浇灌，拔草。浇灌后的玫瑰园成了湿地，雀儿落了一堆，蹦蹦跳跳欢快觅食，像谈情说爱。每个过路的人都要侧目观赏，闲者自会伫立花旁，爱慕不已。我看到有男男女女的大孩子们在玫瑰园的边上追逐嬉闹，女孩子的笑脸像花儿般红润。我也听到有人被斥责，跑出了玫瑰园，捏着滴血的指头红了脸。多么美好的玫瑰园呀！

我听到了扫落叶的声音。我发现秋天已来过玫瑰园。旁边的池水满是秋波，池中的莲是古莲，阑干霜落，几只鸟雀坐在旁边的银杏树上静默，树下则是满地的“金币”。另一棵粗疙瘩的树上挂着几颗柿子，被啄出了洞像眼睛。我就伫立在采桑女的旁边，我惊叹雕塑家的技艺和才情，她们仨的笑容朴实而秀美。在一棵粗大叶片的树下，有一个穿黄马甲的环卫工。她坐在石椅上，布鞋沾满了泥巴，裤腿湿了半截。她身边盛开着几束火红的玫瑰。我庆幸秋天对这棵树没动过什么手脚，它的叶子依然绿得耀眼。环卫工弓着腰，使劲地用腿夹住扫把，用绳子一圈一圈缠捆着竹枝。她的手很粗糙，扫把绑得很结实。我知道她的工作很平凡，她的生活也一定很朴实。她把对生活的热爱都倾注到了扫把上，结实的扫把扫地一定很带劲，她的幸福简单而朴实。所以，她是快乐的，也是幸福的。我知道，她也有自己心中的玫瑰，她的玫瑰是朴素的，内敛的。而这个玫瑰园，就是她的玫瑰园，玫瑰花正默默绽放。我闻到了空气中浓郁的芳香。

这两位老人我是经常看到的。诗经风情园鸟语花香，亭台楼榭，环境幽雅，正适合他们散步。他们都头发花白，穿着朴素，行动缓慢。她总走在前面，他总跟在后面，保持两步的距离。春天时，我看到绿草如茵，他们柳下踏青；夏天时，我看到蝶飞草长，他们花中比翼；秋天时，我看到红叶飞舞，他们林间漫步；冬天时，我看到玉树琼枝，他们雪下赏梅。而到了这个秋天，仍见到了他们，在这个玫瑰园。他欣喜地对她说，这就是去年我们见到的那个玫瑰园，玫瑰依然绽放。她高兴地说，是啊，多美好的事情啊，咱明年还要来这里看看！他说，对，明年我还要陪你来看看。他们都露出幸福的笑容，多么灿烂！看着那些盛开的玫瑰，我说，明年我还会在这里等你们。玫瑰花笑了。

他可能是初来这个城市，或者是务工的，或者正巧路过这片玫瑰园。他很惊诧这个幽地。他视若无人地拿着手机不停拍照。一会儿远景，一会儿近景；一会儿站立在高处，一会儿快要趴到地上。那些玫瑰花都被他拍到了手机里。看到他忙乎得像个孩子那样快活，我就想说，这么爱，怎么不去折一朵呢？他没有。他已陶醉其中，站在花旁边自拍。然后坐在旁边的石椅上一张张翻阅，满脸的成就感。在查看一番后，他又补拍了几张。我觉得他是一个很认真、很敬业的人。我看到他打电话了。他打电话时很激动，很喜悦地用方言，语速很快，有开心的笑声。我没听清楚他都说了什么，但我听到他说，老婆！我在这边挺好的，我爱你们……看到他激动的样子，我看着那些玫瑰花说，我也挺好的，过年我一定会回去。玫瑰花哭了，晶莹的露珠在阳光的照耀下璀璨无比。

其实，我关注这个青年人已久了。他始终沉默地站在玫瑰园旁边，双手装在大衣袋里，秋风拂动衣角。他身体纤细，头发笼盖颜面，看不到忧郁的眼睛。我猜是忧郁的。面对着玫瑰园，他似乎有太多的话想说，却不知道第一句在哪儿，又似乎他失落、疲惫、自闭，已没有了话语。玫瑰园就在这里盛开着玫瑰，不言不语，他被秋风吹拂着，像一棵掉叶的树枯立，无言以对。我想他肯定有着故事，是关于青春的，爱情的，生活的，或者……他一定心中有着自己的玫瑰园，有心仪的那一朵玫瑰。那他为什么不说话？为什么现在还没摘到那一朵？是被刺扎痛了吗？既然心中有爱，为什么到秋天才来？等到玫瑰行将枯萎的时候才想起回来？你说，为什么？一阵秋风吹来，叶片在身边劲舞。我看到他掏出手，捋了捋眼前的头发，他的眼角流淌着安静的小河。那是一双美丽的大眼睛，很秀气的脸。他双手抹去了泪，走到一株盛开的玫瑰面前。那朵玫瑰红着脸，太阳从地平线上爬了起来。

我不知道怎么会突然感到愉悦，我深呼吸，秋风拂面的感觉真好。在秋天遇到好天气，又见到玫瑰花开，这确实是一件好事情。伸出双臂，拥抱秋天，像一个勇士一样生活，你就对了。莫等待，莫彷徨，就会迎着朝阳看花开。

3

我喜欢这里的玫瑰园，我看到了格桑花开。

最初知道格桑花，它盛开在藏歌中，如今它就开在玫瑰园旁。它和雪莲是雪域高原最美丽的女儿。一个在雪山之巅，圣洁无瑕，一个在陌路原野，质朴无华。看到它，我眼前总飞舞着彩色的蝴蝶，摇摇曳曳，飞飞停停，总不离开你的视线，总美好着你的心情。我喜欢这样的花儿，这样美好的陪伴。这星星点点的花儿，在秋风中总会频频回首。我看到了一张张淳朴灿烂的笑脸，舞着彩袖的姑娘，在对你咻咻地笑。我也看到那些花儿在秋风中颤动，蓝色的充满忧郁，紫色的倔强坚强。此时，我似乎听到了仓央嘉措忧伤的情歌，那些扑动忽闪的花儿就成了飞舞的蝶，成了歌中律动的音符。而那个世间最美的情郎，二十多岁的藏王，只因为“前世五百年的回眸，才换来今生的一次擦肩”，所以，他说，“格桑花开了，开在对岸，看上去很美。看得见却够不着，够不着也一样的美”，“那一月，我摇动所有的经筒，不为超度，只为触摸你的指尖；那一年，磕长头匍匐在山路，不为觐见，只为贴着你的温暖；那一世，转山转水转佛塔，不为修来世，只为途中与你相见……”他忍住了看你，却忍不住想你，默然相爱，寂静欢喜。而我们呢？

是的，我们呢？这些盛开在路旁、山道、荒野，盛开在玫瑰园和我们身旁的，普通平凡的格桑花呢？它是否就是你心中的那棵“格桑花”？若是，你还需要等五百年、一千年吗？若不是，你还在等什么？那些盛开的玫瑰、格桑花好美！美有什么不对？朴实无华、平凡普通怎么不美？只要遇见，就是缘分。爱没有距离，只要在心中。远方，勇敢就够了。身边，珍惜就对了。莫要等过花期，莫要等到秋天，你可知道，盛开一次需要多少坚强和勇气！我在想，纵使秋风再剧烈，后面也许会有冰天雪地，但比火光更温暖的还有善良、仁爱和慈悲。莫等待，去珍惜，人间最大的悲情不是生离而是死别。把每一天当作人生最后的一天，你会发现盛开有多么美，时光是多么可贵，珍爱无悔。

站在格桑花盛开的地方，就会蝴蝶纷飞。不管你在还是不在，它都一样努力绽放，盛开，枯萎，飞舞。你在吗？

是的，我在。你已盛开在了我心里。我亦成为一只彩蝶，在这个秋天，在你的身旁依偎。你看，那林间飘舞的叶子，就是我们在幸福地飞。

看着纤细腰肢的格桑花，我会忘了季节。我会拒绝冬天的到来，我充满了爱怜的感觉。秋在燃烧，燃烧之后，天就冷了，我愿化为一株枯草在你的身边，执子之手，共你一世风霜。

4

传说能见到四片叶子的三叶草，你就是幸运的。而四片叶子的三叶草只在伊甸园才有。这里是玫瑰园，我想会有着爱情。

这里的玫瑰花鲜艳含蓄，格桑花质朴淡雅，三叶草则安详静美。它悄悄地匍匐在玫瑰园的角落，织着绿色的毯子。我想到了漂亮的绿裙子，那些叶和花瓣跌落到上面，就会像小船一样荡漾，我想那就是绿色的湖。在记忆中，三叶草一直碧绿耀眼，青春常驻。即使秋天来了，它依然永葆本色。我羡慕这恒久不变的绿，敬慕这坚贞不渝的绿。我蹲下身子，仔细地看着它们，它们就挨着挤着，团结紧凑地在一起，像竖着耳朵都在听故事，张着嘴巴唱歌曲，聚精会神看演出。它们的世界是安静的，任凭秋风肆虐，秋雨淋漓，任凭飞沙走石，人欢马叫，它们还是安静的。我现在蹲着，很近地看着它们，可它们还是它们。我怜爱地捡起了几片树叶，我怕它们承受不住重荷。当那些树叶被清除，我看到树叶下的三叶草更翠更绿。我怜爱地数着那些叶瓣，捏起一片叶子，感觉真如小兔子的耳朵，我想这株三叶草一定是一个可爱调皮的孩子，不由心里都是满满的爱和甜蜜，竟不觉笑出声来。唉，我真是一个可爱的孩子！

从教科书上知道，三叶草是多年生草本植物，生长期达5年。会开花，能结籽，边开，边结。它再生能力强，耐修剪、耐践踏，具有自播功能。也耐寒，即使零下结冰天气，停止生长，但仍保持绿色。这就是三叶草，5年一个生命的轮回。所有的绿色就只为一束花开。而这5年，对于一个人来说，或许只是生命长诗中的一个章节，但它却永远蕴含着生命的绿色和希望，给予人们坚强和恒心。我不知道为什么在这个地方要去欣赏匍匐于地上的你，可我已经明显地感觉到秋天已愈来愈让我不安，让我惊怵，让我无奈。我听见玫瑰园的鸟雀慌忙匆乱的脚步声，还有花瓣坠落的脆响；我看见美好的时光在河的对岸坐着沉默，它只有在回忆的世界才鲜活亮丽；我感觉我明明抓住了秋天的手腕，让那些叶子和树再多说几句话，可是秋天还是从我发硬的指间溜走。树叶终归还是落了，我发现大家都在这秋天的玫瑰园痛哭失声，我的泪水也就掉了下来，变成了露珠。三叶草哭了。

都说三叶草的叶片深含寓意。一片叶子代表祈求，两片叶子代表希望，三片叶子代表爱情，而遇到四片叶子的三叶草，就很幸运了，因为它代表着幸福。这是多么美好的寓意。我想到了种子，这应该就是爱的种子。从破土而出，绽放希望，到蝉蜕重生，收获爱情，这需要多么强大的力量和巨大的付出？想说一个传说，说是一对恋人真心相爱，却因为小事不肯让步。爱神为了帮助他们，散布谎言说会有灾难降临，只有在桃林的最深处找到三叶草才可以得到挽救。他们俩听后，都冒着傍晚的暴雨，偷偷到桃林深处寻找三叶草。当他们知道对方都很在乎自己，决定让三叶草见证他们的爱情时，爱神笑了。他说，只有彼此在乎、彼此珍惜的人才会拥有幸福。

我尝试着去寻找长着四瓣叶片的三叶草，结果没有找到。就在我快要放弃的时候，我发现地上的三叶草全都长出了四个叶瓣。我知道，那第四片叶子是三叶草忍着剧痛才生长出来的，它不会让每一个坚持和真诚的人失望。因为，它有着爱的种子，纯洁的花朵，酸甜的果实。是的，幸福是甜蜜的，可通往幸福的路却充满艰辛和苦涩，甚至疼痛和煎熬。看着眼前无数的三叶草，我想匍匐其中，也成为一株，两株，三株，或者更多。我想要很多人能见到三叶草，因为我想让每一个人充满希望，觅得爱情，收获幸福。我祝福他们好运！

当我走在湖边的时候，才发现秋天很瘦。瘦山瘦水瘦石头。那些麻雀毛躁躁地在等待下雪。水榭和小房子在秋色中成了雕版木刻。水池子像摔碎了的镜片，到处秋光流泻。穿红色衣裳的女子已不知去向，风筝躺在一堆金黄的银杏叶上。那些竹林已被秋风这把剑刺穿，透过缝隙我看到了秋天衣衫褴褛，披头散发，在山涧狂奔——

这里本来就安详如初，是谁一把火点燃了春天的衣裳，让漫山遍野竖起墓碑？

我想应该有个房子，房子周围种满玫瑰，我们的玫瑰。

我想你是知道的，等玫瑰花开了，蝴蝶就会纷飞。

第四辑

心雨微澜

谁在那儿挥手

1 一双偷窥世界的眼睛

这是一个闹市背后的墙，这边是窄窄的街。躺在这里，一边是繁华，另一边是安详，世界与躺着无关。一双眼睛张望，在高楼入云的脚下。这漫漫的街，像饥饿的口，张开或者闭上，月色便沉下或者浮起。

不知道怎么就顺着天边的哪个角落滑下，星际间徘徊着，飘飘荡荡的，成了一个偷窥者，迎着耳际的风尘，火辣辣地望。不去想身体是怎样的姿势，或者蜷伏着，没有了足脚，畸形地浮动着一丝隐隐约约的躯体，还有一双在黑暗中光亮亮的眼睛。

身体懒懒的，手脚随便地乱抓着，乱抓到最后，还是风尘，和风尘一样悬浮，一起和思想就瘫软下来，在空中浮着。还是记不清哪个角落，渐渐地升腾，不管懒不懒，徘徊着，离开这个星星的伙伴，又到了另一个星星的那里，还是火辣辣地望。四周都是楼房或者茅草屋，还有闪着大眼睛的女人，一个摇尾巴的阿黄，在裙裾旁静蹲，环视。一阵眩晕，直到四肢伸直，云里影里的远，再远，那些地上的星星点点，有篝火燃，五谷的香味和鱼在锅里被炒的声音。那里定有火鸡，我讨厌椒盐味的，有点儿 coffee 也好，我喜欢凉的。我讨厌和我躺在一起的废纸，被覆盖着，看不见街。它们在舞蹈，很饥饿的舞蹈。让我再想想，这是什么舞蹈。

飘飘荡荡的，触碰到很多像星星一样滑落的带着流光的尾巴，明明亮亮的，都是眼睛。一个偷窥者的行径，滑落，飘荡，瘫软，再到一个瘫软的，只能飘荡，随时滑落，再飘荡的，楼房和茅草屋，向上伸着的像手的丛林。女人，阿黄，黑黑透光的眼睛，偷窥，就看见了另一片光芒，一起飞舞的磷火。

风卷着一些漂亮的包装纸，把它们全逐到墙角站直，都望着街道昏黄的灯和灰亮的杆，听墙内的风琴在响。夜来了，那是一双蜷缩着的眼睛。街道很干净，旁边的绿色邮筒发着青光。那里面定装满了信笺，邮差明天8点上班，有墨绿色的自行车和一双粗大的长筒靴，浓密的胡子和两片大厚嘴唇间老有雪茄在冒烟。他喜欢用长满毛的大手拍打邮筒，最后一封信掉下来他很满足。一直没听过那个自行车铃响，他的胡子确实挺茂密的，据说他很年轻。眼睛能看到的，就是这个世界发生的。尽管躺着，那是一个美丽的墙角。

夜是要睡的，世界很疲惫。眼睛在徘徊，一些东西才醒来。人群散去，街道被抛弃。大眼睛女人拉上了窗帘，灯花枯萎。这个世界不说话，它用眼睛在偷窥。

风过处，一双眼睛破墙而起，那只阿黄走上街去。

2　一群奔跑着嘶鸣的犀牛

天边激涌着行云，和潮水一样，飞滚着，有灵动的思想和健硕的身体，毛发张扬的飞舞空间。这是一方幽地，到处是健硕的身体和灵动的思想，栽植了树和种子。像秧苗一样的我们，被排列成几行，通到了这流淌像云样的水幕，有血液和声响，有中国汉字和标点簇拥着的，思想灵动着的身体，健硕着在星与云的幕布上癫狂成峰，破碎成尘。

这是一群奔跑的犀牛，踏起的土尘里，骨头和肉体带着殷红。这也是数次的迁徙，数次的抗争，因为要活下去。它们离开丰茂的草，树木和湿地，在陌生的地方勇敢而坚强地站起。它们失去了生息的土地，我们卖掉了羊群，丢下了农具，田园冷落空空，村庄梦境一样逝去。路上，犀牛嘶鸣远行。

风雨摇飘，似血液浸泡着的种子和树，在荒芜和沉默的时光和日子，结出了锦一样的花和果子。排列的秧苗，遍地丛林，健硕的身体把铁蹄刺进土里，锋利的犄角把丛林穿透。在与大地连接的地方，生出了无限的河流、村庄、工厂和金矿，还有一支支青筋毕露的臂膀，也遍地丛林，也整齐排列，也和锦一样，一样的花和果子。

我行云一样的目光，如炬般走过了臂膀，青筋毕露，走过了金矿和工厂、村庄、河流，泛滥成灾。穿越了四季的城池，挥手雨落。城不再是城，破碎的尘埃，光亮和光亮舞蹈，漫天飞扬，撕裂了蜂拥的山垛、健硕的身体，河流、村庄、工厂和金矿，如行云一样，升起，再升起。这群犀牛看到了水幕，水幕像云一样飘泻，我们和犀牛一样看到了眼泪。

犀牛仍在奔跑，那些水幕汹涌成海。成排的秧苗，碧刺云天，种子破土披叶，树木健硕着身体，成片成林，有行云，也有水，还有峰，河流、村庄，还有花和果子。

一切都金黄金黄，都殷红殷红，一切也都在潮起潮落。世界从不知道累，欲望一直没有停止巨舌，人群一直都在撤离。撤离之后，留下大片荒芜的空地，再也长不出大豆和高粱。那些犀牛还在呼吸，还在嘶鸣，还在奔跑。像人群一样的撤离……

3　滑过指尖的温润瓦当

曾梦想那是一抹丝绸，涓涓地流淌着星辰的呓语，飘飘洒洒，无论飞舞东西，都会恋着瀚海空闲，都会若隐若现，丝丝牵牵。那是行走着的脚，生着眼睛的鳍，在雪霁的朗朗大幕上，带着湿湿的水汽和金蓝色的光影舞动，升腾，轻轻缓缓，倒下，也轻轻缓缓。

这样的轻轻缓缓，倒下，尽力的撕扯，升腾狰狞着的姿势，光影里生净旦丑铿锵上演，在雪霁之前，零星飞舞的流光里，那一双双召唤着光芒的小手还有脚，腾腾地尘起烟扬，明灭伏跃，如游离的鱼，褐色的礁，甩尾巴的多足章鱼，晃着幽光的眼，撤离于千里，沉浮于空蒙，飘飘洒洒，星辰般地呢喃，丝绸般地流淌，编织了蔚蓝色的梦，如帘一样，如帘一样的丝绸，柔滑细腻，密密麻麻，到处都是眼睛，眼睛里的江边亭，撑篙的多髯翁和闲闲的花尾鱼，鎏秀的楼阁，还有醇香的诗书，如豆的烛光，烟火里穿行的文字，文字里的马蹄声声……

轻盈如绸地梦想着，那流韵的画卷，绸子一样的笑靥和初笋柔然的指，轻拈细叶一片，细叶摇曳在梦幻的月下疏疏飘落，就是那么一片，便拈住了美眸的流盼，百媚生，千姿诱，风情万种，荡漾如花，灿烂若霞。如霞一样烧透山裙，紫金般的花花点点，隐隐美目，用巨剪裁出疏疏篱落，淡淡晓月，密匝细叶，靥若柔霞的泪和流淌着琴音的画卷，轻盈如绸。那是雕梁画栋，突兀着檐和坊，千年未醒的铃铛，未醒的苔藓阶，阶上浅藤，藤上兰花，你眼睛一样的幽幽，被锁住了春秋，春秋里的裙裾，画廊里的小扇屏，紫竹流线的五弦琴。还有那幽静的马头墙，墙上的秦砖汉瓦，砖瓦里的游猎盛宴，都在流光里丝丝芊芊，轻轻缓缓，升腾或倒下，清唱着铿锵的点、横、竖、撇、捺。

4　舞俑和文字一样手舞足蹈

世界总是不缺少舞台，也不缺乏舞者，更不缺乏看官，谁都可以尽情表演，谁都在看。帷幕一丈，哭笑一场，戏剧人生。谁是主演，谁是配演，谁是谁的角，谁在黑暗之中笑。华山一道，规则设套，千式万招，手舞足蹈，且看俑者跳。

注定你是为了舞蹈而生的，在一摊昏黄的泥沼里，如柴的指关节，发怵的棒头，锋利的刀刺，让你不自觉地笑，不自觉地哭，让你笑不出声，手舞足蹈地笑和哭。本来都可以生动，不仅仅是手足，还有了色泽鲜亮的裙裾，如蓬的幞头，窄袖，和得意发光的皮靴。出场是动人的，扭腰或者袒胸，新娘或者小丑，说唱或不说唱，庙堂之上斜睨着眼和发光的亮。

叫不出你的名字，和出场一样的无知，和收场一样的无语。没有言语，看到你圆睁的双眼，一样就认出你，历史和尘埃。认识你为谁而舞，舞了千年，齿皓唇朱，做笑了千年，笑容，裙裾，幞头，窄袖和那发光的皮靴，都生动着，生动着千年的不自觉，不自觉的欢泪和悲戚。

自从节目上演，我也身在其中。既是戏子，也曾在台下观望。俑者，已分不清戏里戏外。观你，把自己变成潮湿的文字，也一样鲜亮着，不自觉地哭笑。在哭笑中手舞足蹈着白和夜，成为一个和你一样为舞而生的事件和其他。或寂寞痛苦，或快乐欢愉，因为这样的舞靴便手舞足蹈，早晨从中午开始，穿越或抵达，月亮和星云私语，我和文字孤兀行走，杜鹃啼血。这样的舞蹈，和一群人的舞者，追赶着一群舞蹈的文字，在丛林泥沼中奔跑，从生命的一端舞蹈到另一端，必然的哭笑，和必然的不自觉，必然成一行行文字，和自己一样舞蹈的文字，和在文字行落一群舞蹈的自己。看客一直取悦，笑脸麻木，但没有人和你一起舞蹈，无人能懂你舞的欢笑与涩泪，寂寞和孤独是你一路上所有的日程细节，是你和文字在舞蹈中所有的果实和花朵。

千年以后，世界还是这个面首。幞头如蓬，窄袖和裙裾一样在舞，光亮的靴，不自觉的笑或哭，和扭捏，从南唐至今，至今天的晨或昏。你这样的舞者，仍是斜睨着的眼和发光的亮，看客一年一年变换。而我这样的舞者，又去了哪里？月光下，溪静如子，草堂洞天，荒冢草漫，哭声断。不若俑！留下了什么？文字在舞蹈，肉体在腐败，灵魂在歌唱，没有情节的情节，和文字一样舞蹈，哪个在嗤笑？文字太无力，伤痕遍体，舞蹈在继续，舞者不息。舞俑和文字一样舞蹈，没有改变哭笑，没有停止嚎叫，舞俑和文字一样舞蹈，在这样的舞台，在这样尽管一直凄凉的路上。

为什么舞蹈？因为饥饿，饥饿得手舞足蹈。不只我，还有俑，生命和文字。为什么要舞蹈？世界太糟糕，可人还是那么多，还有那么多人在说。

风摇叶碎，文字哭了，舞俑笑了。

太阳照在了东边墙上。

5　目光与发丝的几次呢喃

你是生有一双美目的，那时候就是一只惹人追逐的蝶，和细翅膀的蜻蜓与花白着全身的蛾，在油菜花吐香的山坡、河滩飞舞。那时，那时候，一群刚从河里摸鱼溜出，小腿肚还粘着干泥巴的湿头小子们，把清亮清亮的山歌唱得满山满坡。青青的草地上，像蘑菇般多彩的书包，排列在青青的草地上，听那个扎着蝴蝶结、眼睛清澈得能看到蓝天碧树的大眼睛女孩朗诵课文。那时候，青春漂亮的语文老师就是这个样子。绿枝间的鸟雀在跳跃，青涩的果子在阳光下泛着绿光。那年和我们一起疯狂的孩子们，那个秀发美目的蝴蝶，我们一起追逐的女孩，那段美好的时光。

总是雨季，记得都是考试、挥别的日子。一帧一帧，摄影师定格了成长路上的青春印记，那些可爱的笑脸把稚气褪去，那些可敬的老师把青春逝去。还有那个目光清澈的蝴蝶结、如瀑般秀发的女孩，我们都去了哪里？没有太多的准备，也没有换下衣装，从那个母亲般的怀里走出，我们都纷飞而去。往昔的时光总教人无法回避，更无法捡起，就像秋天散落的叶片，瓣瓣都如此怜惜。当苹果遭遇了秋天，便注定被采摘，哪怕是一束秋风或一丝秋雨。就在那个秋天，当目光与晓月交谈，那个挽手的女孩，青丝如瀑地将岁月断开，稀稀落落。在如瀑的帘前，人就这样看到了稻田。从那边到这边，守望和穗子一样熟透饱满。穿过去的必然，稻子的必然，稻子说，这就是我们的秋天。

时光无眠，我们都看不到边，回眸，白驹光年。

在若干年的那一天秋日的午后湖边，我说，有根拐杖我就能从这边走到那边；你说，别总是撑着，搀着你，我们就能从冬天走到春天。相恋，让时光饱满；目光，让世界温暖；搀扶，让今生无憾。陪你去染发，青丝犹在；和你去补牙，美味尚存。几十年，就是一个童话，走过来，你还是我的公主，我仍是你的青蛙。曾经风花雪月难为水，柴米油盐锅碗盆，人的一生都是在一次次旅行中完成一次次蜕变，都是一次次和岁月的触摸和挥手。

当我们的眼睛不再清澈，我们的发丝已经枯干，在如雪的帘幕里，歌声虽已远去，可呢喃却在心间。无论走到哪里，哪里是止步的站口，我们啊，都会在步履蹒跚的搀扶里，油菜花黄，公主仍在舞蹈，青蛙还在歌唱。

6　当我们的锄头被月光擦亮

一直想着某一天，浑身使劲，用手中的工具挖下去，劈开一方城池，涌流或生长出参天遮日高粱的绿洲，和花香烂漫的村落、竹林，竹林里的温馨小木屋，屋里的温暖的灯火、幸福与微笑。

这该是一支耀眼的犁铧，有喘着热气的黄牛，向前伸延着芳香和跃动的泥土，还有沁满汗水的黑脸与眼睛。这样的身躯，肉体一样丰满，山头、塬畔与河谷一样的开阔。拉开一道道口子，把目光、汗珠、喘息、期望、艰辛、力量和种子一起掩埋。期待春来，花开，秋红，雪暖。这也该是一把抡起的锄头，熟悉了土地的味道和生茧的双手，一次次跃起，一次次跪下，铿锵有力地与大地交谈。溜光的木柄，把力量抛洒，昂起的头颅，眼睛迸出了火花，一颗颗汗滴的光芒，锄头雪亮。那是鼓足的勇气，把信念交给大地，一次次拼力跃起，一次次倔强地跪下，只为从容地站立，站立得从容。

就这么简单，简单地想，简单地活着，方式或者内容，活着就好。这确实很简单，不光是我们，犁铧和锄头，活着就好。

当有一天，我们简单得迷失了双眼，犁铧、锄头丧失了光芒，简单地活着也很困难，大地还有什么语言，我们还能掩埋什么？种子，期望还是无奈与叹息，腐草还是尸体？我们被拉开了一道道口子，成了一帧一帧画册，画册里有竹林小屋，花香村落，参天高粱的绿洲，清流和那方城池，城里幽幽的月光，与锄头一起叹息的稻种和人群。

一直想着某一天，我已不是农民。可如柴的双手和我粗大的脚片啊，却仍残留着泥土的芬芳，我的眼里仍含满希望。在无数个生有月光的静夜，我浑身使劲的笔触戳穿了纸背，就像那耀眼的犁铧把大地刺穿，流汗的锄头把泥土剖开。在穿透之后，灯火把黑夜点燃，城池通明，到处都是从容铿锵的中国汉字，遍地满眼都是参天蔽日的玉米高粱。

我和我的兄弟姐妹，一直都在想，想着某一天——

7　匍匐在浅滩上的几个文字

当有一天，我摊开手，站在残阳血染的棣棠花间，我看到，就在繁花簇拥的喧嚣里，我已抬不起满是皱纹的目光和脸庞。正如秋天的来临，穿戴整齐，站在一棵树下，看红叶纷落，静静地对自己说，水凉了，当花不再开，我将死去。谁也无法阻挡，那一袭秋色的悲悯，让丰满的肚肠失去意义，精神之郭，便成了风干的瘦果，把自己凝缩成瘦瘪的模样。那就是我们的模样，我们消失了本来，和四季一样的奔跑，人都累倒在秋天，与另一个自己相遇，相拥而泣，直到冬眠。

在这个秋天的黄昏，当金色铺满大地，我再一次度秋，风干成果，寞落成诗。在残绿的丛林，听潜流低语，看乱鸟成阵，在最后的余光里等待最后一只坚喙的降临。就如我摊开的双手，拥抱着一棵向天的白桦，那里有我硕大的眼睛，那也是我的肢体，白皙的脸对望。我看到了生的蓬勃与顽强，也嗅到了死的冷寂与安详。在拥抱之后，秋风渐起，发丝成林，我已去了哪里？我和你站在了一起。

一直相信，人也会飘，不是风，雨或者云和叶片，倒更像个种子，播种后的果实与壳。当有一天，我摊开手，语言和文字流得净光，便遭遇了种子之后的壳，便落于残阳血染的棣棠之下，看到了新的饱满的，怒放和美好的一切事物。我还能自信地昂起头，有力地握住笔吗？鹅黄的绣球样，五瓣的花黄和细嫩的蕊，闻到了花香，蜂蝶比我强壮，是金花还是彩蝶，是清明花，我已无法昂起高贵的头，只能默默地望。躺倒，像一个汉字蜷缩，算是向这个世界交待了，没有了信息。之所以躺倒，我已抛掉了笔、纸张和键盘。看着它们，我摊开手羞愧地捏着三四个铜板，却在秋天的满地金黄里，奢望换得一席盛宴。我仅仅是只壳，仅仅地喜欢了一次和这些文字舞蹈，却没想奔跑了一生，穿过了之后便匍匐在这秋的原野，看到了自己的模样。

在躺倒的瞬间，花和果实，文字和模样，匍匐着一直没有改变。

这就是一席盛宴，我们的盛宴。

8　几只猫在墙上唱着几支歌

当断墙遭遇大雨，便见得了泥石流，顺着横七竖八的麦秸秆流淌。流淌着，斑驳的脸，那便是墙壁浑浊的泪。在断墙的遭遇里，遇到几只猫是必然，是在雨中的矮墙上。轻手轻脚，来不及闪躲，有泥石流的苍黄，顺着毛发流淌，几张无辜的脸孔和麻木着的表情，在尾巴滑过断墙的流淌里，站立着，脚生着勾刺，雨滴答飘落，如烟的雨尘和断墙，麦秸秆，流水的猫，僵固表情的我。和遭遇泥石流的感觉，这些猫与我，这该是一幅多么天才的杰作了。

总会在沉静之中看到这几只没有确切数量的猫，流浪的或者其他的。当月亮爬上窗台，树影婆娑成妆，灯火万家，黑夜被烧出了殷红的洞，像眼睛一样眨，把温馨隔在墙内，让漆黑尽情表演。窗台有兰，葱郁之蔓四处攀爬。兰的墙上，几只猫静守冰凉，喧嚣的红尘万状，都在做着怪异的模样。习惯于这样，便流落在这条路上，看着别人的烟火、月光洒在身上，触摸，满手忧伤。

这样静穿了夜并断墙，雨水和泪没有方向，是不是该要彷徨，已经在路上，流浪是这些年唯一清醒着的模样。夜晚，把疲惫交给断墙和黑夜，快乐地悲伤地走，那些猫和我一样流浪。落栖的墙外，灯火鲜亮，我站在这鲜亮的城市的中央看和我一样的流浪者，或者猫，找不到方向。城市注定是天堂，可钢筋水泥却生不出太多的温暖，流年来往，该就不是我想要的地方。天堂，还有那么多孤独的目光，还有那么多那么多人没有方向。站在午夜的街口，黑夜放出了寂寥，这个世界死去。像手一样，低吟的吉他，稀疏的行人，雨滴琴弦，自言自语。黑幕之上，星辰无语，留下那么多黑色的眼睛，守望黎明。

唱首歌吧，至少还有弦声，给自已唱，让自己听，向着故乡的方向，那里定有人招手相望。城市的月光在雨帘后边窥望，我在雨帘这里累倒在地上。那些断墙正经受着雨摧，麦秸秆流淌着浊泪，几只猫站立的墙头，尾巴流着水。这个世界很疲惫，好多人都麻木地睡。雨声是午夜的低泣，那些猫和我一样流浪，流浪的歌手与木吉他。

来吧，来吧，唱出来！你在墙上舞蹈，我在雨中奔跑，几支歌罢，太阳就会升起。

9　莎士比亚和骆驼的一些叹息

莎士比亚说，简洁是智慧的灵魂，冗长是肤浅的藻饰。然我老犯这个糊涂。看来是人未老，却糊涂得不轻。于是，走了几段的路程，在沙漠里无尽地奔跑。

穿行在小说的丛林，汉字便泛滥成灾。哭了，笑了；结了，离了；活着，死了；吃了，屙了；睡了，醒了；做了，生了；黑了，明了；红与黑，美与丑，君子小人美女野兽，才子佳人警察小偷；显了富贵，露了劣根。脱裤穿裤一样自然，打嗝放屁一般正常。费了那么多纸张，人人都变得疯狂，这个世界发了慌。

行走在散文的字行，情感便泛滥成灾。恋故从没遭逢冷场，不哭也学学模样。日子重复得可怕，世界变化无常，人和人反差太大，心情文字挤断院墙。闲人坐久了也发话，游历了川藏，秃笔也想开花。这个世界太矫情，谁站出来都想甩甩头发，满街都是发情的眼睛。

站在诗歌的阵行，呻吟便泛滥成灾。无病也要清清喉嗓，血冷何来力量？涂鸦无有名堂，下床也能赋诗两行。面对诗歌相握而泣，羞愧难当。千年之后的路上，诗人咋还这么多？草堂依旧那么破。这个世界生了病，诗歌遭了殃。

从这些路上出来，坐在山冈上歇息，便看到了山下的丛林，一些陋草与麻雀。这些家伙与我一样的狼狈。山风卷着鸟粪味道，把树枝拍打在崖上，和抽在我脸上一样发烧。唉——长叹一声，看到了月空如洗，想到了清词丽句。那该是月华千年的叹息，广袖常舞寒初透，银樽一盏愁了秋。畅饮一醉，方知道词是极品。挥毫泼墨，山林尽睡。这些年的叹息便从这里苏醒。

总是在偷窥秘史，总是在垄断情绪，总是在引颈高歌。双手没有停止抓狂，双脚没有停止舞蹈，双眼没有停止寻找。听莎翁说，疯子、情人、诗人都是想象的产儿。这里有吗？有没有，你想象了吗？我所看到的，到处都是奔跑的骆驼，在沙漠里奔跑的我。莎士比亚大叔也说，疯子带瞎子走路，这就是这个时代的病态。我想也是这个时代的无奈，像我一样的我们这些骆驼的无奈。

莎翁在《哈姆雷特》里面最后说，一只麻雀的生死都是命运预先注定的。然后，他又说，The rest is silence. 这该是一句实话。我也明白了，叹息是沉默的最美表情。

我想，他也是一只奔跑的骆驼。在无垠的沙漠，你听，驼铃声声——

10　一支青藤与花的可爱故事

早晨起来，看见一抹绿色，悄悄地探着头在一盆仙客来的边上。仙客来是火焰红的，细长的茎端飞舞着大翅膀蝴蝶或兔子耳朵样的花。据说其源自地中海，现在来到我的窗前，装点了陋居，可谓是千里迢迢了。这些绿色，是居于高台之上的吊兰。喜欢叫它藤，是惊诧其旺盛的生命力，绿瀑般飞泻下来，不可收拾，便探头在仙客来的花盆上。

不知道，这些藤是否也是追慕于仙客来的花容，但还是有了一定的关系。那些垂下来的末梢丝蔓和心形的仙客来叶子靠近在一起，并攀上了它的叶茎。我就想，这些可爱的生灵，也定会有些可爱的故事了。尽管仙客来的叶茎是有毒素的，带着锯齿，也吸引着更多的蜂虫之类和观赏者的惊艳目光。那支藤是蓬勃地垂下来了，它有着自己的方向。

因为它有着瀑布般的秀发，故其居所是一高架之上的白釉花盆。仙客来植于描着彩色仕女的六边青花瓷盆中。一个尽情地飞瀑，一个高贵地怒放，红绿简繁搭配，看着惬意也舒坦，增添了很多情趣。这样的搭配，我在心底是十分欢喜的。常常离开书桌，把盏茶，细细地端详，用目光和心灵和它们交流着思想、语言和时光。这世间，又何尝不是这样。花若人，人如花，都在自己的存在空间怒放或者关闭。这生命的绿色和花红时光，于花于人都是多么的美好和可贵，都发生过，就像人来过。不同的是，这些花草绽放得如此静谧，安详，而我们却生存得这么艰难和复杂。相比之下，一样的日月，多少个时景又是真正属于自己的花期？

当仙客来度过自己灿烂的花期之后，那些心形的叶子和茎绿开始衰败，风干如镂。虽然飞红不见，片片花瓣干瘦若骨，但都朝着那支藤的方向。青藤也随着岁月的飘逝，渐见失水，如瀑的发丝枯黄萎靡。那些垂下来的丝蔓，尽管没有绿色的模样，但却紧紧地把仙客来的花盆，花盆里的叶和茎密密缠绕。看到这些情形的时候，正是大雪覆城之时。我在这个城市已经停留了太多时日，也和这些花草相伴了太多时日。我恓惶地想到了像我们一样的爱情，和我们这些年走过的匆匆时光。

我郁郁地想，想到了一首歌的歌词：我们在这寻找，也在这儿失去。如果有一天我不得不离去，我希望人们把我埋在这里，在这儿我能感觉到我的存在，在这儿有太多让我眷恋的东西——

我也在想，一直在想一个白釉的六边青花瓷花盆里面的花根。当早晨起来，看见一抹绿色，悄悄地探着头在一盆仙客来的边上。那该又是一个多么美好的春天和明天！

11 当床被抬进了夜里和夜一样的夜

人是一个夜晚。黑格尔这样说，阿尔都塞也这样说。不知道康德知道不知道。这该是一个关于夜晚的无限话题了，从一个法国青年阿尔都塞开始。

阿尔都塞在比曼德利的小镇出生的。他从白天从容地走进了黑夜，在黑夜他找到了通往光明的巨大光芒。不是财富、地位和女人，而是苦难、空无和残躯，和一朵朵把黑夜照亮的思想火炬。在这些思想中，我们看到了关于无和有，内容和形式，自然和人，诞生和死亡，黑夜和光明，孤独和超越的沉重碎片，历史的，在场的，抽象的，意识的或者物质的。黑格尔说："当我们在眼睛里看一个人的时候，我们看见了夜晚：那个使我们害怕的夜晚，在我们的面前升起的世界的黑暗……"而阿尔都塞的黑夜，或许是他这个思想家孤独之旅的另一面的开始，也或者是他在这些思想的灿烂碎片中最美好的终结。如果在黑夜里，我们找不到任何的开始和结束，这样的夜还有什么意义？

阿尔都塞在这样的夜里，找到了一条艰深的自由通道，而黑格尔则把天空中无数的星光点燃。"命运，就是把自身当作一个敌人来对待的意识。"黑格尔这样说。因此他们在无尽的蜕变之中从神坛开始，走下来，又走向了另一个神坛。这便是无尽的黑暗。

黑暗袭来，夜便展开，当白天走到尽头。我想，这是关闭了一扇门，也打开了另一个世界。未知的、失明的却真实的世界。和一张床被抬进了黑夜，一张无辜的床和静止的肉身。上空便漂浮着另一个天地。歇息，失踪，忘记，空无，都从这里启程。一切的所需成了闲物，内容决定着一切。在黑夜里，人成了空无的东西，自然却实实在在。看到的，唯有那些精神的光亮跳跃若星，明明灭灭。是谁将床抬进了夜里？非要打开这扇窗，让我们的眼睛张望？

这也该是坛了，我们筑起的，开始的地方和走向的地方，站起的地方和倒下的地方。能听到夯土的声音和鲜花风干的脆响。这个黑夜，人在夜晚，从眼睛里我们看到。恐惧和放松，一个世界的放下。其实莎翁很早就是个智者，他倒更先看到了黑夜。他说，假如我必须死，我会把黑暗当作新娘，把它拥抱在我的怀里。事实是，黑夜才是真实的。我，新娘也许就在怀里。他还说，人生只不过是行走着的影子。当黑夜来临，我们确实只有和影子相拥。他又说，黑暗无论怎样悠长，白昼总会到来。因此，于黑格尔或阿尔都塞，在黑暗升起的时候，其实就是诞生光亮的时候，而它是最能产生光亮的最完美通道。所以，他们的手臂更能最先从暗夜里擎起，触摸到光亮的味道。

人就是一个夜晚。是的，把床抬进了夜里。那个德国的康德坐在加里宁格勒数着星星，身边放着让·雅克·卢梭的《爱弥尔》。不管他知道不知道人是一个夜晚，他的墓碑上刻着这样的文字："有两种东西，我对它们的思考越是深沉和持久，它们在我心灵中唤起的惊奇和敬畏就会日新月异，不断增长，这就是我头上的星空和心中的道德定律。"因此，这样的夜，我想，与一切都无关，与怎么活着有关。

就让一切从夜开始，把夜唤醒。

12　雨滴砸疼了一条小河

那是一个午后，很早就把羊赶到了山坡里，那里细叶片的草很丰茂地生长。老远望着，算是觅到了一处好场地，他和羊群一起欣喜而饥饿地奔去。落日在天边，静静燃烧。

这已经是多少年了，羊生了很多崽子，更替了一茬一茬，他不知道胡须已爬上了嘴巴，和那些山羊胡子一样方向。坐在土坎旁，满眼的绿肆意挥洒，群山蜿蜒走向远方，看不清那里的村庄。手里的软皮鞭，轻轻伏在腿上，厚茧和脸一样粗糙，一个模样。枯焦的灰发，在风中摇晃，短粗的白发深扎在鬓堂。那是一双眼睛，在落着尘土的皱纹间一片浑黄。他的心事，该在哪里隐藏?

羊儿总是那么欢畅，像白云跌落山腰。三三两两俯首，抵着犄角，缓缓移动，无声地啃过一束束幽草，悠闲和宁静像花儿一样绽放。走远的一只两只，或许那里有更绿软的美草，回头望望，那里有自己的娘老。不时地咩叫，这边也传来叮咛的应答。他是把这些羊儿做了娃娃招呼了的。独自乱跑的，在甩出的一声声脆响里，都会疾首回蹄，再远也不会迷失方向。因为，他再也不想听到一只孤羊落群之后的哀号。那是揪断心弦的遭遇，折筋滴血的疼痛。

好久了，他算是看惯了山川丛莽，和那些绿茵的春，萧索的秋。与羊群为伍，眼前的这些羊的命运。不知道为什么要这么守着，一起放逐，一起归还。

好久了，很长的岁月，又很近的那个错误的午后。那个午后的林道上，也是羊群，小羊被大羊们簇拥在中间，他手牵着可爱的小儿。只因羊群的一次离乱，他松开手的瞬间，孩子的笑脸便消失在路边，回首之间，空留下一袭摩托车的蓝烟。拼命地狂奔，追逐和呐喊，直到瘫坐在树边。醒来，是满村人的叹惋和弱妻流满泪的脸。那天是下了雨的，悲悯的哭声动了天。偌大的院，孩子啊，玩累了你就归还。守在门边，踉跄到村前，茫茫的远，呼天抢地不见。在几棵老树的冠下，雨把枝叶浇灌。一群羊的惊吓，团团围住小崽，是凄厉的哀号和焦灼的等待。恍惚间，树下雨注若流，抱着羊儿号啕，带雨的身躯战栗而又温暖。一个个抚摸而过，一个个不曾缺少。抱起一只小小，它前天才学会了跑，这样的雨路，该如何是好？一步一滑，像抱着儿郎，一个个的聚拢，羊的队伍，回巢。

就是这么的那个午后，午后开始，无休止地寻找，那个天使终没有回来。妻子病得再也没出那个荒芜的院子，崖面的土在雨天，总是掉着大的块。日子从此没有了头，泪水若秋雨一样连绵。念想如同村子边的小河，累月无曾改变方向和断了流淌。只是时光该如何地度过？生疼的是那些带泪的眼和度日如年的河。而今，河水依然泪迹斑斑，和门前的古槐，风与日子瘦干几番。

而今啊，我们为你还在哀挽，成了那个村子的痛，走不出那个午间。那是一个多么错误的日子，错误的一天。我们都错了。

羊群仍孩子般玩耍，夕阳浮晃在山旁。眼睛无有着落地望，凝红的光扑在他的脸上。几只老羊静静地啃草，崽子们用细嘴巴拱着饱满的奶袋子，在脚腿间撒娇。这样的时光，细细而闲闲的，幸福般流淌。回头望，稳住脚让绵舌细嘴欢快地吸咂。他，浑黄的眼睛里又涌出了泪水两行。他也想，他也幸福地想，那些幸福的时光，偎依撒娇的模样，欢泪如雨般抛洒。孩儿，你在何方？怎忍叫浊泪染湿衣裳？羊儿，你可知道我的心伤？孤独地望，在这世上，怎么就长满了凄凉？平凡的时光，落在平常的身上，我还能到达什么地方？风开始凉，雨丝飘在山冈，砸疼在心上。残阳沉潜，红霞血染，天慢慢地将眼合上。

一声清脆的闷响，羊群和那个放羊的人，在路上……

13　谁把窗棂推开放跑了幽梦

当我们无语，目光如空屋一样平静，推开窗子的刹那，时光变冷，江山凝冻……

两个蠢笨的家伙，物质之于肉体。因为有一天，它们都会焚化，回到从前开始的地方。当我们失去的时候，也正是它们开始的时候，我们和我们之外的那个世界，是什么在一直奔跑？是活跃而鲜亮的一抹笑容或者背影。从屋子里消失，在窗外嬉笑。

庄子得教于老子，孟子得道于孔子，这是关于理性与感性的两个不同的丛林。所以，四季有了不同，花和果实也显得陌生。尽管在一条路上散步或者舞蹈。无论怎样，他们都在寻找，寻找和失去。一个捡到了蝉蜕而无语，一个拾到了落叶而哭泣。他们最后都捡到了的就是我们失去的东西，我们为之欢笑和哭泣的过去。尽管，我们失去了东西，可是却收到了为什么大家都如此不同的消息，也尽管还在黑夜和白天奔跑东西。

有一天庄子就变成了一只蝶，行走在梦里；孟子守着窗棂披散头发，那一天，我们的梦渐渐苏醒。也有一天，梦和冰碎一样醒来，我便大声地呼喊，终归没有把自己抓住，满眼飞羽。在深秋初寒退却的晨后，还是从雕着兰花古瓶的一扇花格窗子轻轻逸出。就像一束清风那么自然，落叶相自离秋，一剪绮梦那么短暂，秋染双眼。手和眼睛显得多余，思维变得简单，呼喊苍白无力，舞蹈更觉寂寥。这时便看到了很多清冷清冷的眼和煞白煞白的脸。有个声音在问，我是谁？是谁推开了窗棂，放跑了我们？

站在屋外的土台上，没有绿草的荒地，看到了房子。那是怎样美好的一间房子。清浅的蓝瓦当和丛立的草塔，檐的背后几束高挑白杨隐隐的头梢。齐整的墙，墙内乱站着的几棵生果子的树，甜甜酸酸的一些记忆的那些树，散乱满院。满院的红绿时光，笑容，童稚的和一些中年时的恼闷，墙边风蚀的小凳与晒暖的老童。我该是哪一个？散乱的树，甜或者酸？挑帘，一双温暖的手捏着那个绒帽子的孩儿；闪着碧光的绿皮核桃，流着汗的汉子粗糙着手捧了满筐；旱烟明灭，与檐前串满的苞谷金黄一片，天凉语少看老伴顶帕戴镜缝袄。风过，知天地季分，人生一瞬，从房子走到院门，早晨走到晚上，人和事已往，窗台梦走，华逝山倒，倒在屋外的土台，没有绿草的地上。于是，怜念那个老房子，每每从窗棂望内，和枣子树一样的空，一如我空落的目光。是谁让我如此空落？

山褪绿，人换裳，水静无声手自凉。在江山秋煞的时光之流，花格窗无人而自怜，兰花从此枯萎，房子空得失语。对于空的房子，失语是最廉价的终结，也是梦的开始。所以，庄子变蝶了，孟子也想变，在对岸看着庄子的房子郁闷。我想说，秋天了，大地至少收获了落叶。而蝶和郁闷还有房子都是我们在这个秋天开出的花朵，和金秋一样的果实。

蝶，是梦里面的主角了，尽管庄孟有自己的事情，我算是第三个愚蠢的家伙，像空屋一样平静的家伙。因故，梦才刚刚开始……

14 和树一起坐下哭泣的那些鱼

我躺在那里，就那么躺着，白着眼，青色的眼和丛生的草与天空。鼻息轻轻，呼唤着被躺倒的日子和江流。

不知道是浪还是潮水，就这样被推倒，悄无声息地搁置在这浅滩，和很多五色的石子一起，浮着少许的尘沙、细草还有一株乱发飘舞的树。水，在旁边低语，有些浪花还在远方咆哮。听不懂海鸟的呻吟，那是远远近近的喘息。以前总是被这些艳丽的羽毛招引，在天空蔚蓝的光亮里，我总在水里奔跑，奔跑着自由的梦，和梦一样自由的蓝色精灵。如今，海鸟也自言自语，想不到浅滩里的五色石和青花鱼，青花鱼的独唱。只有那些礁石，远远地黑黑地张望，说些碎语闲言或重重地嚎叫，嚎叫中，我被一次次的海吞吐，埋葬。埋葬，大家都在歌唱，树唱得披头散发，和我一起唱到抽筋，扭曲。

静静地躺在浅滩上，老想，躺着该是最好的休息吧？唱歌，是最美好的运动，美好，是因为歌声，尽管我躺着，可能歌声都在为我祈祷，抽筋和披头散发也算是一种舞蹈。那株树站着，风有些狂妄，四周的山，沙尘有些狂妄，白眼的躺着的我心有些狂妄。树被狂妄淹没，弱弱地说，起来，坐着说话。你看，飞旋的海鸟多么自由，破浪的礁石多么勇敢，汹涌的波涛多么壮观。我最喜欢那远处的稻田了，每年这个季节都会有金灿灿的颜色，可惜，今年却闻不到穗香。你喜欢什么美食？远处的那艘巨船好像有炊烟四起，一会儿定有佳肴上桌。你有孩子吗？你定有情同手足的朋友。你最大的理想是什么？你怎么不说话？你介意我这样披头散发的和你说话？是的，这样总觉得有些不礼貌。你看，天边又有彩虹了，那儿准是下雨了，我喜欢有彩虹的感觉。晚上我也喜欢月光，但不喜欢星空，怕遇见流星。你真的和我没有话可说吗？尽管我也感觉有些啰唆。那我们一起唱歌吧！

你就是我情同手足的朋友，尽管披头散发。你可看到，我的眼里满含着泪水，坐着和你一样无路可退。唱吧，歌声里流星飞蹿，月光与彩虹一样静美。我知道，混沌的水里已没有绿藻和闲鱼，美丽的白帆消失了踪迹，周围的稻田污水遍地，残损的断壁已荒草成堆。海鸟和我一样呻吟，礁石疼痛得揪心裂肺。坐着不要瞌睡，我的孩子和亲人去了哪里？望着海，海一定会有声音给我讯息。

好多年，你一直苍翠无比，生命的绿色给了天空无限美丽，我一直在你亮丽的倒影里自由生活，快乐嬉戏。而今，你已不再挺拔俊美，肆虐的尘沙没有了四季，垃圾、污水让海狂怒不已，到处充满了危机。从伤心到恐惧，被浅滩收留，坐下已无法站起。我们唱着相同的歌，心早已哭泣。亲爱的朋友，你在听我说话吗？你怎么不言语？我也挺啰嗦的，是的，但不经常这样，也不想这样。你不说话，那我们一起唱歌吧！

树倒下了。不言不语没有了呼吸。经受不住狂妄的风沙，带出泥土的树坑渐渐被水填充。这是一种惨烈的倒下，和我一样躺下了，浮着少许的尘沙，身边是五色石，海鸟呻吟着远远近近。

水一次次袭来，又一次次退去，干燥的腥臭味道和无声的轰鸣把世界忘掉。我们埋葬了自己，包括一只鱼和一株树。我们躺在那里，就那么躺着，披头散发，白着眼，青色的眼和丛生的草与天空。还有那多了很多的浮在水面的鱼，白亮亮的与四处奔跑的树林。那一定不是江上美丽的白帆和田园金色的稻田，那是死一样寂静的洪荒，那一定是我们。

15　把花格窗望穿的是秋水

眼睛是人的窗户，心底的，该是被设计成花格子形状的。眼过之处，那些美的，或者不美的都会出现，成了花的形状，还没有瓣瓣落地，抑或成了一抹秋水，早已力透晨昏。

因此，人必是要睁开眼睛的，也是要敞开心门的。目睹和感悟那些美的事物的过去和现在。

关于“盈盈秋水和淡淡春山”的说辞出在元代杂剧大家王实甫的《西厢记》第三本。一句盈盈秋水，似乎就看到了那明若秋水晶莹剔透的一双眼睛；淡淡春山，似乎感受到了那无限的隐隐忧愁。这般的词句极尽文辞之力，表现了相思与倾慕之意，今人算是不敌了。宋代“弃官浮屠”的词人左誉也有句“帏云剪水，滴粉搓酥”，亦是语惊四座，不由让人想窥望一下那个被左兄念想的张秾该是多么的倾世倾城了！综合起来看，人，特别是一个女子能美到这个份儿上，那也还真的没法说了。这也已经不是一个简单的美学问题了，虽然美的角度和标准不同，但眼目所能及的，共识之下的美，不管是仅仅在于容貌或者其他方面的，已经让很多人无言了，男人或者女人。

从娇容、束腰、华饰、袒胸、丰臀，到面如玉、柔而美、谦谦君子、孔武有力、玉树临风，女人和男人都从多个方面展现和俗定了关于美的观念。然，这样的美和美的共识，我总觉着只不过是因了外象的洋溢，而多了浮躁华丽，所剩之物已经寥寥无几了。大常人之于容貌的关注总是多于形体的曲张，这种观念始古至今无有更变。细纠之下，是因了我们众人这样的眼睛，有了那样的心思，才个个目滞口呆，神魂倒颠，世相一般模样。这样的心神全都入了那水中月，镜中花，春夏只知而尚不闻秋冬，终了是做了饱餐而悦了眼目。这当是古今乃至时下众人的一大顽疾了。

拨开枝蔓显得树木，拂开青丝见得容颜。一朝清雨后，浮华尽逝，当不由得踏进秋的萧索，一切就都成了风干的木刻。这样，这样的时候，或许所谓美的东西会更美，更会发现比先前更美的东西。这些是吹尽尘沙的美，逾越和穿透了人性深处的美，令人深思的美。

红楼梦在第二十八回“蒋玉菡情赠茜香罗，薛宝钗羞笼红麝串”里，宝玉写了这样一首词，给大家描了一幅画，一个仕女图。内容为“滴不尽相思血泪抛红豆，开不完春柳春花满画楼，睡不稳的纱窗风雨黄昏后，忘不了新愁与旧愁。咽不下玉粒金莼噎满喉，照不见菱花镜里形容瘦。展不开的眉头，挨不明的更漏。呀！恰便似遮不住的青山隐隐，流不断的绿水悠悠”。这首词，深情地展现了金陵十二钗之首的黛儿，万千思愁滴滴泪的凄美情景。这个词中的林黛玉，本非陌间俗花而是绛珠仙草，以其冷艳而惊慕于世。词中的她幽怨陈固，滴泪成豆，成刻骨铭心之相思，极尽决绝的魅力与性格。读着揪心，听着垂泪，目之为染，倒更会怜香惜玉。这不能不说是一种美，是由境生的美，藻饰不着一字，倒算得美到骨子里了，合了时宜更赏心，佳话宝黛，只唯投地拜墨于曹公了。

世人都说潘安美，赚得“掷果盈车”还；宋玉才俊，《九辩》墨香；

长恭骁勇，代面避尘埃；璧人卫玠，清谈三倒平，不胜围看；公子鲍曲怀，王姬献国；梁朝韩子高，敌者举刀不忍伤，等等。世人也确实说得好，正史或者野史，抛开女子不言，就这些男子来说，美不仅仅是个历史记忆，到如今仍然被世人乐道，且一直是“众里寻他千百度”，是真的枉费了不少眼力。时至今天，我们到底能看什么，该看什么，留下了什么，把什么留下，古人都未曾说得清，我们岂能不心知肚明？看来，美是没有错的，眼睛也没有错，定有东西在作祟。我们都心知肚明，心知肚明那些所谓的仙草和毒草，那些作祟的小小肚肠。

擦亮眼睛，会更清晰地辨识浊净；打开心门，会更清醒地认识世界。哪怕擦眼睛的物什还有尘埃，伸出的双手还很笨拙。当眼睛和心灵不再蒙蔽的时候，美丑，自会清明自辨，人性深处的那汪秋水，也自会从时空的花格窗里轻轻穿过。

知道该如何看，寻找什么，失去了什么，张生、莺莺、宝黛或者萧郎。那才是我们的眼睛，都会在心底里秋水一样地流过……

16　一只鞋和另一只鞋的其他

那些东西基本上是处于无语状态的，在任何时期。我们穿的，戴的，和我们朝夕相处的那些零零碎碎。就是这些无语的事物却让我们经常发作，言语，于莫名之中或真实的现场之中。这是一种幡然，一种停止或者一种愤怒和悲哀，变形之下的无语状。

关于愤怒和悲哀这两个词，我是关注了很久了。每次都是两个对桌而视，一个毛刺冲冠，一个万念俱灭，都没有声响，好端端地脸扭曲变形。我在场，也变了形，无端端地成了一个历史的问题。基于这一点，我想愤怒，开始愤怒地面对这个世界。之后，又顺利地徒生悲哀，悲哀地在生活中，也在生活外。

在生活中，人往往会无形地生出某些悲哀感觉，心理和身体像遭了病症般的真实。或许是心情的问题，或者其他之外的，尽管悲哀和悲伤的事情与自己没有牵扯。可这种情绪是实在地生出来了，不去想莫名其妙和摒弃逃离，而是在悲切中生出了更多的情绪和力量来。撕碎自己，撕碎这个世界，破坏或者被破坏，就这样悲哀着，在衣食无忧和阳光普照的世间。

尽管很多场合我们没有参与，但已经被参与或者被在场，在场的人和事与新生出来的情绪和力量。

一般都不会去想我们身体之外的东西，只是每当除去衣衫鞋袜，赤条条地站在花洒下，望着镜中的蓬头人，就会顿感陌生而又熟悉。又似乎我们早已没有了任何东西，任何东西也弃我们而去，来或者去。只有那些随我们肉体的衣物静静地躺着，包括鞋子，一双鞋子。这些无语的弃者，哪个去穿，该作何声？那个人又去了哪里？这是短暂的而又深刻的一些想法，我们都不在场，那些静静躺着的在场，谁去打理这断了言语的炎凉世界？

曾经有三次关于鞋子的一些记忆，是跳不过心坎的。一次是这个可以称为每次，当从店里购来新鞋子，那些旧损变形的鞋子就被搁置到了无人问津的角落，和那个曾经默契合一的脚板做了诀别，没有半点儿离情别意，或者一丝。再接着就是自己或者吩咐娃娃把它们弃之垃圾台，一声闷响算是一次开始和又一次终结，近乎冷漠的真的冷漠。这样的每一次，那些鞋子，我总以为是忘了旧交的、无声的一次经过，总被踩着不做声响的过往，冷面把自己也丢掉的过往。是遭遇了一次路途中的现场。那是一只很漂亮的粉红色弹力鞋，在路沿的浅草边躺着，另一只在路中间折叠变形的美丽自行车轮边躺着，之间是一片殷红，那么刺眼的亮和嗡嗡的晕。能听到鞋子轻轻地喘和微微地唤，一个在这边，一个在那边，距离比墙更遥远。腿一股的软，脚下的鞋子痉挛，那是一张多么青春的笑脸，这双漂亮的鞋子从此多么孤单。是看着外婆的小脚，惊叹于那双小鞋的神奇。为了这双脚，别无选择的鞋子，默默地相随着从她的春天穿到冬天。精致而舒适，默契而温暖，一个忠实朋友的贴切。再后来，直到和母亲十月一送衣去，看到了那五色纸，夹棉的“衣物”，仍是小巧的一对“鞋子”，被凝重的神情焚化，缅怀。那双“鞋子”算是于尘世中最洁净的，去往的相聚定会伴着多么的忠实和温暖。

不管他人是否依然在这些无语的更替中作何声音，我是必然会张嘴的和容易愤怒的，尽管这个时代愤怒的人已经很多，街上到处都是张大的嘴巴，生火的眼的光芒。在路上，很多人都如同物件般无语而生，而终。当褪下鞋子的那刻，伸直的膝盖或许会从此不知疼痛，一起无语而去，温暖从此不会再生，包括笑容或者哭脸。

这是一个需要愤怒的时代，因为我们一样的人群失去了知觉。就像失去了一双鞋子的大脚，裸长成树和树林，在等待电光的霹雳。这样，你才会醒来，包括悲哀的心脏。

17 丢弃在夜里的目光开始说话

对于时光，我现在是没有资格去评说只字片语的，包括一丝轻轻的叹息和咳嗽。在生活的流里，经常平凡得无法在地上寻找到影子，会冷冷地看着巷子这边和那头熙熙攘攘的人群被流逝，影影绰绰，乱乱生，渺渺去，不知该如何把持哭还是要笑。这种闹闹的街道，高高低低的眉和目，是谁把自己弃之于巷子的周遭，没有了主见，该叫人做些什么，像只痴痴的猫懵懂，满脸无知惶恐。这个无法掌控与细诉的世界，我们这个年龄，清清楚楚地目睹交替或者逝去的时间、内容和形式。我，对你们该如何说，说哪些话，谁人能听？说，也还终是默默而过了。

那是郁郁苍苍的林木，开着一些清寂的花，垂吊着的稀稀落落的一些果子和四处攀爬的藤蔓。行人走得轻轻，两两依依，言语也轻轻，在轻轻的这个被绿染透的所在。卵石路默默伸延，到繁花尽处，扭头在亭榭之间，干净得无人访闲。池子有鱼，闲散得多了瞌睡或者私语，五彩的，花间浮萍涟漪。一些船艇远远的，绿波向岸，几只竹篓岸上观望，明亮的竿把线缆俯在水里长饮，等待，和这支湖水一起醒来。那几株树的绿冠若盖，脚旁一地细软的绵草和一些点染的落叶。落叶偶尔飞跌，跌坐在我的身上，春天逝去，和那个浅蓝色的陈旧的长椅，如同儿时的摇篮一样飘，飘到了这个叹春的湖边，等待一尾鱼或是一丝雨。这个长条椅，静静栖息的地方，在这个城市的中央，喧闹舞蹈的台上，钢筋水泥站立的方向，我的时光，悄悄地隐藏。

这把时光俘虏的地方，人都那么慌忙，看着日子像云一样化作了水一般流淌。我们都很疲惫，幸好还有这把长椅，无语也会轻唱，幸好还有茂密着草叶的湖，湖水中的鱼，钓钩才绷得如此圆张。三两彩裳，离这棵桂花树不远的地方，那个坐在湖边望水的姑娘，你可否来到我的身旁？乱林之外，夕阳被云彩埋葬，星光从城市中升起，广厦千间可有一隅，当我屋房？月走无声，星可知道这座城市的殇？那缕穿过层楼的曙光，从一片窗格的凝望，那里的天空可是故乡？

望，时光总拽着梦的衣裳。在这个肥硕的城市，梦随时醒来也会随时死去，和这里的灯火明了灭了一样简单自然。这个被宇宙泛滥的时间，理想总是被现实欺负得遍体鳞伤，痛哭或者抽泣，在这个肥硕的城市，一些人，大多数。饿了，填饱；累了，倒地；笑了，洒泪；哭了，一个人去摧毁。这些惧人的今天和过去，怎么就把人丢在了生活里，活着，那么死心塌地；活着，那么无法抗拒；活着，那么艰难不易！这是要榨出汁液来的所在，高贵或者低贱，麻木或者清醒，现代或者荒蛮，痛着或者爽着，冷着或者暖着，饥着或者饱着，站着或者立着，活着或者死去。横流，饱欲的四遭，呼吸也会困难，醒着也发迷糊，躺着也会发困，食者难辨五味，直面难敌挤兑，藏着照样颓废，走着一样挨刀，躺着照样中枪。这样的所在，我们跳进了盆里，一起被烹烩，再一个个迎接筷子的夹挑与捡拾，埋单与肥脑。这是一张大口的，张合间生脆尖响，和时光一起教唆好的，汁液一样的流淌，把活鲜的变成了冰凉，把完整的撕成了碎片。活着，被活着的时光嚼烂的是梦，和梦一样活着的就是那些时光，城市的时光，生长梦也摧毁梦的地方。我们总拽着梦的衣裳，望，人群里大多数人的眼睛都带着泪水和火光。

这个夜里，谁把我们丢弃在了这里？凝固的黑色，谁又拉开了这片大幕？黑得窒息，呼吸大声哭泣，这么多的目光开始言语。巷子这边和那头熙熙攘攘的人群，影影绰绰地，乱乱生，渺渺去；眉和目高高低低，猫痴痴迷迷；清寂的花，稀稀落落的果子和四处攀爬藤蔓的乱林，那个坐在浅蓝色的旧陈长椅上的人，怎么就不忍离去？满脸胡须的湖，和那些闪着金色的鱼篓，你可等到了心爱的鱼儿和彩霞般柔美的细雨？这个被丢失在夜里的眼睛，看着时光的流，在湖的伞盖一样的树冠间跳跃，那个望水的姑娘金丝般的秀发和林子一样飘逸，飘逸到这城市的广厦之间，穿梭，依稀了我的屋子，幻化成云和雨，汁液一样抛洒在我的梦里，这个城市的方向，有了泪水和火光。

当丢弃了目光，城市一样被丢弃，无法躲藏，这个世界，我们和时光，都开始说话，叹息或者咳嗽，还有呐喊。就在大家都言语的瞬间，轻轻地挥手，那些我们说话的地方，像沙盘一样，世界已没有了模样，故乡便依稀可望——

18 白色的幕一样白，一样盛开

如果人活着像脱衣服和穿衣服那么简单，那就让天不要亮吧。有人说，那是我们需要一个洞口。可是，你看，正说着现在天又亮了，而且比预料的还要早。那束光亮是从洞里照射过来的，不需要注解，一定有声音，也一定有呼吸。

拿一本书，靠在早晨阳光路过的地方，有紫色丁香的窗台，它正尽力地盛开。翻开之后，那个德国男孩正怒目看着一个慵懒女人，手中的碟子上静静地放着一块面包。一个穿着褐色呢子大衣的男人，领口包着颀长的脖颈，涩红着眼圈抱着一个旧黑色皮包，斜倚着墙壁，静静地看着地面，我想也可能是脚面。

合上书，我想该喝口茶，必须的，三个男人同饮更好，那个女人想喝的话，也可以。窗外，有了鸟叫声。

喝茶，更多的不是因为饥渴，但没有却是那么的不同。放下那些空盏，茶水不在，杯子的那个时代，在喝干的瞬间已和我隔墙有别。放下茶杯，打开书，红色的书签如同那个早晨的天气，它会知道阳光路过的痕迹，还有丁香开还是没开。起身望到窗外，丁香怒放得剩下枯干。我就想，同是一条枝干，在同一时间，生着的一个个苞蕾或者花朵，它们有没有说话，或者看见。看见那个男孩，男人，还有那个女人，他们都去了何地？是否打这繁郁的树下路过？后来，那个男人走了，他没有听男孩的话，因为他是他的儿子，他是叔本华。可是，在这个问题上，殊不知那个男人更宿命，他的离开更或是一次生命的舞蹈或者注释。再后来，那个男孩去了异乡，弃商学医，最后一头钻进了哲学的丛林，在意志和表象中穿行，长达近五十年的人生苦旅，才在自己的寓所窗口看到了落霞的壮美，包括那只卷毛狗。我也喜欢狗，特别是卷着毛毛的那种。多年后，也是那个早晨，那个有早餐的早晨，吃完早餐并看了看窗外，或许。和疲劳一起躺下，在沙发和窗外的阳光之间，他睡着了，从此没有了疲劳，一定也没有了孤独，那只陪伴他的卷毛狗也一样。窗外，阳光还在照耀，或许，那儿也该有一树丁香的，最好是紫色的花，一样的盛开。睡着或者盛开，我想该是最实在的注解，尽管注解很麻烦，或没有人去看。但，那就是一种形式，变换了的方式，一切都在。在金丝如缕的阳光里，把书签放在这里，和满页的文字一起躺倒，不管阳光是否还那么灿烂，或者丁香还在窗外。躺着，和站着一样的呼吸，要学会呼吸。文字里的世界，和丁香还有丁香树的蓝色墙外丛林一样，小溪淙淙，草坪青青，或许同一棵树上的叶子或者同一个枝头的苞蕾还会相逢。

那个人，他是说过很多话的。他曾说，哲学的起点是死亡。我想，走到这个院子，是更近地和自己对话，更紧地抓住了自己的手，传递了温度或者寒冷。而这儿本来就不是个院子，没有围墙的院子，更多的是院子以外的莽原、大海、沙漠或者苍穹。这个空间、时间，更多的还有入世的回声和离开的脚步。不同的是，先知自己，看清自己，世界便因为他而开始荒芜。存在本来就是一条胡同，意志天生很自由，万物迷糊了我们的眼睛，身体太笨重，生命被衣物裹着前行。从黎明走到黄昏，我们只看到一个洞口。那里更逼近，更真实。他说了，我们无话可说。我们不说，并没有比说的人更聪明，而是嘴里还在咀嚼面包或者菜叶，我想是白菜叶。

他确实是说了很多话的，欧洲人都听到了，还有欧洲以外的其他人也都听到了。那些文字还有他穿透时光的目光，也一直在轻轻低语。这些，尼采和萨特很多人听到了，黑格尔也没有捂住自己的耳朵。就连法拉克福那个小城的巨钟，它也发出了人们一生痛苦与倦怠的摆声。抽出书签，翻开，轻松或沉重，与手指无关。除非是肥腴的，翻开也是白翻，因为你是肥腴的。走在字里行间，就旅行在车流人海，或坐在地头田间。这个世界，和自己一起更多的是平庸的脑袋，捧着到处走动，似乎推着一辆板车兜售着白菜，是沿街兜售，没错过一条陋巷。这种行径，是一种后天的贫乏和可悲，它直通大脑。然而，这些且常常都是大多数生命自然和内在的基本形式。在近乎困乏的形态下，生命之于世界万物，都要为生存无奈地付出生活，然后付出死亡。在生存之下，意志和身体不战而散，而欲望却生着巨口和大肚，拖着每个高贵或者低微的肉体去完成一次次胜利，获得快感，然后痛苦，睡眠，再然后把肉体标陈。我们都习惯把双脚并起，绕着无数的方格跳跃，唱着一样的曲调，然后去抗衡无限的时间。渴望，焦虑，因为明天还要起来，衣服还得穿起，嘴巴还得进食，肚子在闹着脾气，幸福很短暂，阳光一直很灿烂。可是，时光挺短暂，人生有限，最大的本能和安慰，就是把自己交给欲望，无限度地满足，包括性交，繁殖，延续，生命有了长度。所以，今天街道仍有人在卖水。

说话的工夫，再添茶水，窗外阳光从墙头退去。那些紫丁香的花枝透着金丝，倚窗的我和云一般光彩。这些睿智而沉重的文字，和我从早晨走到了这里，与丁香树对望成影。那个老头，这个从德国格但斯克走来的孩子，也一样走了这么多路，他也会看到透着金丝的那些花枝，花枝下的点点影影。最后，我看到了一艘火把从泊着散乱船只的此岸，他举着到达彼岸，中间是水，满江金波的粼光。照亮的那边，有着无数等待的眼睛。再最后，早晨从夜里踱出，他坐在沙发上，一直待到阳光悄悄来临，又一样悄悄路过。

朋友，一样悄悄路过的还有我、茶杯和我的手，那些沉甸甸的文字。我还要待到夜的暗语，听月下琴曲，像鱼一样飞翔，黑夜就是海洋。穿行，把双脚插进大地，像犁铧剖开了土壤，生出叶片，长出了蘑菇的模样。那是白色的隆起，像白幕一样的丛林，和白幕一样的白，和丁香一样的盛开。然后，天要亮，看见东方的洞口有光，那是鱼肚子一样的光芒。

那是一个开始。丁香要开，面包和奶杯躺在桌上，早餐把早晨灌满，风把窗户打开，我把自己叫醒，衣服把我的丑陋包住。

于是，在街上门店还没醒来的时间，一个人在小巷，对着窗格的镜片，里面有张脸，他问：

你是叔本华，我是谁?

突然，从窗子对面跑来两个戴着帽子、叼着烟卷等车的家伙，他们脚还没站稳，就对着我笑了。

我没笑，就看见了他们夹在牙缝里的青菜叶。

19　在路上，开始之后的之后

人们为了获得生活，就得抛弃生活。村上春树说。而有种事实，就是有些生活，不是我们想要的，但它已经开始。我也说。

很感谢这个离屋子不远的地方，那是一个夹道生满竹林的幽地。在这里，我会坐着就能看到那边的自己，远的和近的，还有你。在坐到这个轮椅之前，总是匆匆地路它而过，并没有感到它的神奇和美丽。之后，便开始庆幸了，庆幸有这样的幽地，尽管起初的不在意，到今天的遭遇，但已经开始，如同新生的开始。

当每次轮子滑动的时候，心便一样欢快，忘记年龄和遭遇，像个孩子。人群在周边来来往往，面孔生生疏疏，目光闪闪烁烁，迎往从从容容，一切简简单单。从房间到楼下，再到这竹林的翠绿，算是一次穿越，两只轮子的穿越，到这个绿色的所在，和常人一样的站在一起，笑或者不笑，想或者不想。看到一般的景色，相同的花间嬉闹，舞蹈和碧荷的开放，以及伴侣在长条木椅谈笑吃小零食，清洁工捡拾矿泉水瓶和在垃圾箱清理弃物，一个鹤发老人拄着拐棍静坐发呆。这么一个相同的世界，眼睛给了我方向和内容。可是，亲爱的朋友，你有没有发现，这一般的景象，在我的心地和他们竟如此的不同。焦灼和恍惚的念想，在双手抓摸的空洞裤管里被赶跑，被挤压。这个时候，我开始在花间徜徉，嬉闹，和花一样怒放的该是我美丽的年华。我也喜欢运动或者舞蹈，一起与时光赛跑。独爱荷花，也希望和它一样静静开放，站在身边一样会浮想联翩。那个美丽的女孩，是你在这美好的季节，我们一起挽手走来，弥补爱的空缺，长条木椅的秋天，就是最温暖的纪念。如果可以，从那天开始，我情愿是清洁工，默默穿行在路人的脚边，伸出我粗糙的双手，在这个城市捡拾飘零的纸片，守护这美丽的花园。从开始之后，我也就是那个老伯，默默地独处一隅，把安静交给这个世界，痴呆也会给生命尊严。这个开始之后的我，坐着活着，我也给了自己尊严。纵使这个世界已经变得不同，可上帝还是给了我一双会行走的眼睛。生活和我，都没有抛弃，我们正促膝交谈。

于我，那是已经习惯了的生活，载着很多熟悉或陌生的人到达各自的目的地，我就很快乐。从下岗后接过父亲的这个行当，每天仍像他一样早出晚归，驱驰在城市的每条街道和小巷，父亲也曾经说，他很快乐。那辆浅绿色的车，我一直感觉如同我的父亲，尽管父亲已离开这个行业。我也一直认为，它就是我的好伴，风雨不曾间断，人生几十年，行程千万里。我也很感激，汗水虽咸，却日子很甜，我很平凡，我更快乐。也就是那一天，为一只流浪狗的安全，我撞向了无人的站台。它仓皇而去，我失去了双腿。这一天，那只流浪狗获得新生，而我被生活抛弃。那个曾经的自己挥手而去，今天的自己空着裤管坐在这里，像一只鸟雀被子弹洞穿了羽翼。

从那天起，我和儿子一般高低，漂亮的运动鞋从此压在箱底。看到那双稚嫩的小手推着我前进，泪水满脸奔走。每天的房子，世界被压缩。跪在椅子上看窗外蓝色的天空，爬上窗台看苍黄的梧桐满眼的秋。季节在交替中重逢，生活在轮椅上变形。我究竟去了哪里，又到了哪儿？问天，雁鸣；问地，叶落；问自己，泪滴。直到有一天，冬逝春暖，阳光爬上了窗棂，掠过轮椅，和我坐在一起。它对我说，把过去踩在脚下，让今天站起。那天的开始，我就来到了这里，生满竹林的幽地。一样的天和人间，没有腿，我仍能走得很远。只要想，世界同样看得见。这又是一个开始，新的生活的开始。为了现在的生活，我已抛弃了过去的生活，还有我。

为了获得生活，就得抛弃生活，又不仅仅是生活。我也在想，生活一直很无辜，请不要轻易抛弃，一旦抛弃了生活，生活也会把你抛弃。这是个事实。因此，村上春树说的是真的，他也在历经开始，还有我和我们。在总是来不及更换任何的服装和道具之时，生活就已在路上，开始或者结束。

这些也算是一个老话题了。开始无有预测，结束如影随形，反复轮回于我们的人生之中。走过之后，回首在路的这头，望那头的自己，似曾相识的熟悉又那般陌生，都源于这让人惊愕的开始和开始之后。

在路上，一切都已开始。

20　隔着岸的一双眼睛和它的几个表情

他一直认为自己是块沙石，在水的律动里行走。坚硬的部分最终都化作了柔软，随同那条湖，和绿树一样摇摆，再奔向那条河，与四季一起奔跑。

这条河是从上面的堰塞湖里流出来的。所以，河水总是折叠了好多的弯，就为了回头的眷恋，可是它已经流下了山。那个湖远远地望，在高山之巅凝成了一个圆，那是镜子，寒光闪闪。它说，我倒下的时候就是这个样子，发怒或者沉默，一切缘由都来自大海。那个声音在山间回响，河水回首不再，汤汤向前，带走了湖边山花的籽种。

在湖与河的崖边，那是突起的一块巨岩，从急流中冒出的几束蕨类的枝，他和它们一样挥手舞动，感觉自己成了倒伏着的巨大的树。在轰鸣的水的撞击声中，他看到了飞泻之下的白沫中翻腾着生有黑色毛发的兽骨。

水光刺眼，像飞驰的子弹。在这绝壁之上，一只鱼的悬挂，它已咬不住这些如饵的稻草，从上而下的距离充满了恐惧和寒冷，也有火焰和幸福。

水在疾走，岩石咆哮。他在问，海远还是岸远？有人说，海在岸边，岸在海边，你在哪边？他便松开了手，张开嘴巴，一条鲑鱼似的跃起，会获得更多的自由和氧气。很多时候，跃起，是倒下的开始。所以，四边的树和激流向后疾退，丛林像幕一样卷起，天空和湖站在山巅，把目光变成巨椽。风在耳边呐喊，飘在云水间，到处都是飞舞的光线，零落在飞瀑中的磐石边。坠下，一排牙齿的剧痛，鱼擦伤了身体，棕熊等候着午餐。它也像鲑鱼般跃起，臃肿的身躯忘记蠢笨的瞬间，下肢把苍苔抓烂。就在跃起的一刻，小棕熊的抓挠和骚扰，鲑鱼落入急流，另一些小棕熊在下面等着午餐。这是个可爱的游戏，在牙齿交合间面对一张无辜惶恐的脸，大家都看到了滑稽。下面的小熊没有舔嘴巴，它饥肠辘辘地看着泛红的急流茫然地哭了。鱼在水的沉没中，看到了无数冒着的泡泡，无数的沙石在水中舞蹈。它想，其实在水中，也有一片天空，也会生长月亮和星星。一晃一晃直戳向泥沙，与河流一起，它知道那是最柔软的土壤，会发芽，会开花，会结果，和四季一样起落。所以，就到了春天。

温暖的一个细浪，他就坐到了沙滩，看到了春天在椰子树身后扮着鬼脸，他也看到了河已远在天边。伸开臂膀，海风乱了头发，摆摆手，春天就喜笑开颜。阳光很灿烂，大海无边。在岸的这头，海是那么远，河水无声，湖却望不见。坐在这里，在做一块沙石的事情，湖说，河知道，大海亦知道。像一块沙石，倒下的样子很简单，他站起却那么难，一个温暖的细浪的眷顾。他在发怒或者沉默。海说，简单或者艰难，那都是一条河流，都会寻觅这个温暖的细浪的岸。他流泪了，海哭了。他知道，海就在身边，海水很咸，湖一定听得见。

坐在沙滩上的他，海水阵阵吞吐，像一艘褴褛的船。风一吹，飘荡在蓝色的幕上，天边的云是它的白帆。星星点点，远远近近的是高飞的雁，青青绿绿的是河流长满鲜花的岸。伸出脚，下船。草坪好软，木蓬房安闲，窗间灯光温暖。巷路洁净，街灯灰乱，几个女子伸着纤指，抽着纸烟，一个男人提着水果袋脚步哐哐。嘈杂的乐曲，一群人在街头起舞，几个人站着观赏，几个人在仰头望，高楼窗口在叫骂。旁边杂货铺灯在亮，隔壁鞋匠还在叮叮咣咣。一声脆响，一只花瓶从楼上走到了地上，鲜花斜躺到垃圾桶上。舞伴还在换，鞋匠还在忙，脚在地上太凉。风，把一张废纸吹到墙上；他把脚放到了船上。岸已远，海水荡漾，那个城市没了模样。

第二天，在金黄而细软的沙滩，人们发现了很多美丽的贝壳。听渔夫说，昨晚的海浪很大，他打了很多鱼，也破了很多网。渔夫去补网了，孩子们都去捡贝壳了。

第三天，在旅行的途中，路过一个地摊，我看到了一只奇异的贝壳，在它透亮的壁上，有一颗绿色的沙石。我带着它，一起远行。

21　盛宴或者遁走的几道霞光

我坐在尘世的角落里静观，看到了一束菩提的轻绽。梵音在绿水旁轻吟，朝天的瓦檐把冷暖看遍。天边飘来经幡，缤纷一片，冷峻的目光在崖壁盘旋。那是我们最后的出路，无法触摸的沉落，佛凄凄地拂袖轻说。

当我们还都是肉身，遮挡羞惭的是那些五彩的布片。稚子孩童，灿烂天空，烂漫洁净，一身了空，在自然无忧中行走。绿水洲头，望倾洒的雨看蓝色的天，别了年少，渺茫无首，烦恼生得如此密稠。当有一天，葡萄架下红绳，手牵烛照洞天，世界便从一半画成了圆，啼笑自然。一饼一瓢，衣帽寸衫；一黑一白一天，日子轮转。晨丝暮雪，子牵女拎，人生半度，失了容颜，何处追还？雏长枝分，果满叶离，浊目四望的天地，不尽秋殇。日子算是从那头走到了这头，没有选择的旅行，倦了也得走，走到尽头。我们的身体，如泥片般脱落，和叶子一样寻找大地。那些纯洁无瑕的过往，烛光照亮的天堂，如发丝样稠密的忧伤和失了容颜的模样，在黑白日子的漂洗里掩藏。风追赶着树叶流淌，这条路我们走得太过匆忙。来不及哭泣，背好行囊，静静地等待日褪山凉，感受这泥土的芬芳和花香。

曾不及劳顿，携风尘千里，匍匐在菩提树下，跪倒在佛祖身边。肃穆的銮殿，慈悲的容颜，紫红的袍衫，虔诚的双眼。香火明灭，梵音不断，慧目如炬把众生看遍。油灯细捻，清露素斋，洗心濯怀，一身洁净断尘埃。参不透经卷，佛语无边；望不穿层山，壁立千年；数不清灯盏，洞彻心田。一佛一灯，一灯一心，心在天地，天地自为。看那菩提叶灿，青鸟落栖寺院。古树幽静参天，清风楼观不眠。石阶引脚，开光渡缘，知是根须几深，何延？听晨钟不散，暮鼓不断，磬音丝丝牵。佛光普照，净心革面，出于尘世，了于尘缘，生者盛宴，千年一参。

世人皆俗子，犹如毛发。浮于世，浸于缸，求于饱肚戴华纱，多累皮囊，脏了模样。欲不满，手足忙，费了思量。肉体荒，神气伤，两江望，水凉。红尘漾，杯水世相。绿红春秋千古事，青山依旧，人在何方？鸟有丛林，鱼有大江，人犬遁走奔僻壤，多少何求？食客饱肚，华衣蔽体，盛宴之下杯盘弃。盛宴之去，华衣化土无形色，铅华何求？毛发生于皮，皮附于肉，肉长于骨，骨生于血气，源于天地。天地生万物，万物止于太虚。贪饥饱，做了食客肉汉，图有无，成了寡心薄面。俗子可为，盛宴可去。毛发焉何附？且看墙上竹，节节寸寸骨，枯亦荣，不待秋，一袭明月照长空。

当有菩提花开，已是荣枯数年，我们这些孩子站在树下就再也不会出来。青叶随心，青雀盘旋，当四肢扑向大地，高贵和卑微就在叩拜里觉醒。天幡在上，清露在枝间流淌，看果和花轮回生长。天黑了，我们就住在这个地方，住在花和果子的身旁。就让我们做一棵树吧，五百年，再五百年，尽管我们已经生不出果子和花朵。五百年的距离，时光和轮回，只为回眸转身一瞬。晓月行云，夜幕之上，必有星斗一盏；丽日走水，乾坤之下，必有光华一束。那便是我们，菩提丛林，五百年又五百年的始与终，因与果。

我们从来都是肉身，和灵魂一前一后。当时光吝啬而又冷漠，这个世界仍花一样开，水一样流。我们在悄悄地撤退，灵魂默默画着弧线，在墙垛乱草间窥望。

一花一世界，一叶一菩提。在肉体和灵魂的追逐里，隔江相望的瞬间，如同两个孩子彼此的照看。在一叶扁舟的两三声渔歌里，回眸就这么自然，也这么简单。佛就从这里走来，也由这里走去……

22　一棵香樟树的静默和歌唱

我是一直认为，她是要做些什么的，一个年老的女人。

她已经在这里站立了数个时辰了，早间茶喝了后就来了。灰色的大衣，紫红色的一对软鞋子，深褐的围巾轻飘，左肩一个黑色挎包，在朦胧的阳光下，面庞朝着并不是很鲜艳的花园那边。起初是看着一群孩子在花园的草地上追逐嬉戏，身旁有芬芳的香樟树，脚下是浅淡的一些不知道什么时候就落下的小白花瓣。然后就坐在石子道旁的拱形椅子上，静静地看着前方，前方缤纷的花和树木，远处有来来去去的人影。这样的时光是闲散的，充足而悠长。或许是坐久了的原因，她起身到了一束桂花树旁，站着与谁也无关，看花开草长。她是要做些什么的，静默或者歌唱。

那是盛开了多日的郁金香园子，四边是翠绿的齐齐整整的小冬青。虽不是很耀眼，但却吸引着来往的人群，齐整整的外形像一块块绿墙，让人悦目。这个园子的料理者，是经常能见到的一个身材高挑的着蓝色工作服的青年。他总是戴着长帽檐的黄色帽子，看不清面容，两只手握着大剪刀，剪剪、停停、看看，默默忙碌。忙完后，就坐在旁边的草地上仰头喝水，或静默地看着远处。这个美丽的园子，吸引着人们的是这些花和草，或者还有别的，尽管大多数的人都是来这里散步和游玩。当然，也吸引着她，我想。

青年是经常在这里的，他有自己的职责。来到这个城市，和一名女子在花园的相逢和分手。这是他们的爱情园，也是庇护所了，看不到的眼神，他忧郁着。忧郁，会使人更沉默。我想，那肯定是一种最好的歌唱。她也在歌唱，还是在沉默，来了这么久，第几次来到这里，没人想知道。我想，她是要做些什么的，不管静默还是歌唱。因为，像一颗紫色香樟果，我也会经常地静默，经常地歌唱。

在四周比较安静，偶尔有车辆突突地驶过的路边，生着不很大的几棵树。那里的房子挨着，灰蓝的顶和白色的窗，玻璃很明净，一段木制的台阶从地上爬到了门口，门口放着一把上面有洗具的朱色椅子。这是她的居处了。褐色的木地板，玻璃茶几上的花瓶静静地开着清郁的花。大格子的书柜，银色梯子，脚下散落着一些翻开的书籍。米黄色的竹椅，赤脚蜷在里面，翻开的相册放在腿上。那是一张常被翻开的照片，在开满鲜花的园子里。俊美的脸庞，深邃的眼神，身边是美丽的着白色裙子的女子，笑容和花一样灿烂。那便是她了。抚动的手指，滴落的泪水，他已模糊不清。他已离开多年，照片还是那么新鲜，花还是那么鲜艳。拭去泪，摊开纸，拔掉笔帽，继续那密密麻麻的手稿，她开始歌唱。

经常会去花园的那个地方，她只是没能再穿美丽的白色裙子。去了，静默，远远地望，经常泪流满面。就像花园不远处的那条静溪，没有停止流淌而紧紧地依着岸和那些岸边的草地。他也一直在那个花园里忙碌，也经常静默或者忧郁，因为这片美丽的花园。

我想，她该是做些什么的。那么像，像一片美丽的花园。那可就是他？

这个年老的女人，你是否和他一样的忧郁？像一颗香樟果一样的忧郁？

疾驰的凌翅，一只鸟衔着果子，在枝头啁啾歌唱。它说，人的一生，总是在自己的花园里那么几个情节中静默或者歌唱，就像一棵樟树，总有那么几颗黑紫的果子忧郁而不语。有些是甜的，有些一开始就很苦。也有些已经死去，但它却永远在喘息。

在这个美丽的花园，女人、男人，我们该是静默还是歌唱？

我离开了这个地方。

23　在早晨醒来夕阳褪去的疼痛里

对于早晨和傍晚，那是再美不过的时辰了。一个是开始，一个是开始的结束，中间被晾晒的是天日。这两个时态，美得那么清新，又美得如此悲壮，然后从那抹残晖退却的山头，世界变成了一个颜色，从头到脚的沉静。最后，当迷糊在夜的余声里，黑夜就被东方点亮。窗外鸟雀鸣叫，墨绿的叶片露珠开始发亮，新生从心里铺开，面见从黑夜走来的光明。

当阳光从层林间穿泻，金丝般的锋芒便乱箭飞舞，到处都是柔软的光芒。那些散乱的树，斜拉的房子和低矮的土坯墙，都绵软在静静缓缓的飞光和亮影里，像绸缎一样崭新，和那些蹿高的青苔一起静美。这是一片静谧的美，这里是一处死寂很久的所在，早晨或者傍晚，美或者不美，醒来或者睡去。

很早的时候，这是一排炊烟不断的农舍。青凌凌的瓦，齐整整的檐，四方方的墙，净光光的院，红花花的窗。在这里总会朝闻鸡鸣，晚来犬吠，桌间酒醇，盘里肉香，人影绰绰，四时语响。待一朝，红联添妆，乐动车忙；又一朝，丝缝素装，涕泪汪洋，朝夕相望，人去茶凉，一路忧伤。而今，这里只余隔墙，丛草疯长，执钵茶饭，不见炊烟长。这是乡下爹娘一生相伴的邻居街坊，我们每每途经无法避目的地方。

总是在夕阳的余晖里，回归这一方乡土。从平坦的柏油路旁分岔而入，是一板车之辙，有石子浅裸，流蚀之痕，两边是密匝匝的草和粗苍杨树，外加三五瘦柳。这般物象，都似故友让人触目生泪，浅履之下脚片热暖。小弯过，便见土围枯木篱笆，几丝藤蔓几处瓜，悬生在绿秧和果树之间。虚掩的柴门，风白的对联，青蓝的帘子和蹿红的辣椒串子，一堆碎娃娃，雀跃闹腾，顶帕的、抽烟的老人和细碎净祥的小院时光。这是一处美丽的所在，隔壁再隔壁是我的故园。故园是一直没有栅栏的，白净的小路直通到庭院。敞院口，杏树不知杏去，叶渐黄落，红浸九月透。厢房门帘崭新，厨间锅台未凉。远行归来的人，是要首入灶前，报之以讯，且看看案上茶饭，心暖如阳。轻掩门，去得上堂。见柜箱亮，火炕已燃，一方被子铺床微暖满炕，满屋尽是旱烟香。放下行囊，绕房寻爹娘，只见母亲银丝覆鬓，牵着孩童从院门进，欣喜地问着短长。知得娃娃媳妇安，再细看儿郎笑眉弯。和母亲小叙，知父亲去得市街闲散，故乡日子就这样平静恬淡。夕阳上山，村落群烟，等得父亲还，不住问安。圪蹴在炕上，神满意足地喝茶说话抽烟，孩娃在身边爬来跑去，父亲显得更消瘦了。这个夜晚睡得特别迟，待到院外边的犬吠渐息，风轻叶眠，踩着月辉方被父亲催促下炕，去睡。这是一处充满了幸福和美满的所在，原本是想睡在年老的父亲旁边的，就像儿时的眷恋。

故乡的晨总是先被鸟雀唤醒，虽然是在陌生了多日的房间内床上莫名地看着天花板过了数个时辰，盯着微光的窗想过去时日的星星点点，岁岁年年。而今中年静卧，夜和昼连接得没有缝隙，鸟雀早已在枝间询语。询语间，那个儿时的孩子光着屁股在被窝喊着娘亲，娘亲在屋间应和着，手在面盆里挥动，在为孩儿赶紧做着枣馍。当年的那个孩子，现在去了哪儿，又何故在鸟雀的啁啾里，眼睛湿润？晨，就这样醒了。这是一个幸福得流泪的晨，美丽的晨光。

叠整好被子，洗漱，打扫，推门，把自己放出去在院子里，故乡院子的晨光里，如若新生。远山尽霭，近木成排，故舍俨然，细处悦目，如饮流氧。这个清丽的所在，晨晖挥洒的美好时光。移步，草露沾湿鞋面，微香盈面，光影掠过了残壁断垣，那是隔壁，一处空置日久的屋舍。从草掩埋了断墙，柴门失去了模样，土坯倒塌，露出白茬，散乱丢弃着些许砖块，熏黑的椽檩斜倚土台，散落的瓦片草节寸寸，裸露的灶台覆生着草束。上房的窗露出几张张口，若眼睛一样黑黑地望着外面。石阶不见，难觅深痕，几把农具露着落尘的手柄。这是一处杂草疯长的所在，安详得凄美，凄美得可惧。那些灵动的人们，都去了哪里？这个触目见泪的所在。

这里原来是和父母亲一起在山上做邻居的老户人家。新建屋舍与我们邻不过十余载，先后高堂病逝，随之儿辈立家俱移，渐而庭院落寂，荒草乱径，檐头瓦清，墙催椽倒无人问津。站在这个晨光掠过的墙外，愣是变得心里灰冷起来，和那里面靠墙而生的一株细肢体枣树，滥生出悲凉。那是生了稀稀落落几个枣子的树，有一些暗红。突然不敢向里面望，怕睹到那些黑乎乎的窗格子，那些眼睛似的窗也向我这里望。那几扇风白的门，风动的草叶摇晃间有种白煞的光，和那若隐若现的灶台，是那么惨烈地像被撕开了衣裳，露出了白花花的肌肤，我着实不敢看下去。在这个所在，我又该真实地看些什么？我和那些草一样，风动无态。

这一排，便是故乡里的屋舍，隔壁的隔壁是父母亲的所在。目之所及，暖的是那些余热的锅台和父母亲欣喜的容面。寒的是深秋这渐凉的天和那萧索的院，以及父母亲夕阳下的残年。

对于早晨和傍晚，一个是开始，一个是开始的结束。这两个时态，美得那么清新，又美得如此悲壮，从头到脚都那么沉静，而我却那么容易疼痛。我不知道该站在哪里，早晨或者傍晚，从哪一处所在去面见从黑夜走来的光明？

当阳光从层林间穿泻，夕阳便在对岸唱晚。在静静缓缓的飞光和亮影里，我们都生在柔软的疼痛里，美或者不美，醒来或者睡去。

（此文首发2014年《豳风》）

听一颗坚果的回答

忽一日惊诧，发现添了白头发，额头生出皱纹；老半天记不起那个人那件事，记忆力减退了；辨不清晨昏，拿不准人的生熟，视力下降了；多走一点儿路，腿软，气喘，汗奔，老了，机器退化了。尽管知道这是时间在作祟，然惊诧之后都无声无语了。

所以，发现有人在青枝婆娑的菩提树下，叹息。

为什么选择沉默或做无奈状，你在叹息？你懂的。

世界是人创造的，人又主宰着这个世界。和世界在一起的时候，是美好的，也是难言的。除了这个主宰者的思想、心理之欲望种种迥异之外，还有时间。这是个不解之谜。面对时间，人之韶华飞逝，谁又能阻挡？终都败于它之手。或许一觉醒来，镜里人非，窗外春秋易。或许一回眸，你已远遁，现在遇到的人儿又将是哪个？亦或许，繁华铅洗，零落之期，便只会见到未老青山今昨是，红尘血染到天边。因此，在时间这个“巨人”面前，人永远都是个“矮子”，永远只能闭紧自己的嘴巴。它会对每个人，不管是什么人的一生做出最后的裁判。

我不喜欢听那最后的裁判。

在时间面前，每个人都是对等的，公平和公正的。白天都会见到同样的阳光，或阴云、雨雪，感受寒冷或者温暖。夜晚，有月光、星辰或漆黑的夜，好梦或者歹梦，和睡眠之后的静寂世界。第二天，往复。人们还有其他的生物、植物，一切都继续往复。都从白天到了黑夜，从黑夜走出去迎接黎明。即使晚上和老婆吵架了不高兴，夜里家里被盗了，也得迎接黎明。没有人引领、催促，也没有谁去规定和要求，都醒来，都睡去，再都醒来，睡去。那么齐整划一，那么守约自然。

这是为什么？没人问，你懂的。

当然，也有人白天睡觉，晚上醒来，或许是工作需要。不过，你不睡，晚上也会自己到来，第二天自己醒来，见到霞光和继续美好而自由行走的一天。这一天是新的，新生。

时间就这么无声无形亦无影地伴随着，你到哪儿，它就到哪儿。且不论你的哭与笑，忙与闲，疾病与健康，旅行与宅居，它总是不减也不增，不短也不长，不变形也不易容。从睁开双眼，降临尘世，经童年，过青年，到中年，然后一起来到老年，找到那一穴土，或燃成一把灰。它没有说话，一声不吭。你走后，它也没说。不知道你知道不知道，活着的人都看到它一直在。一直在开满鲜花的土堆的四周。不知道是等你回来，还是没等。这是弄不清楚的，它没说。你懂的。

人，到底该如何面对它，与之交流，哪怕是片语只言。而这些都是徒劳的，因为它从来都拒绝开口，从来都不善言辞，它喜欢沉默。就像我们在惊诧之后的沉默。这可怕的沉默！多少人畏惧它的存在和流逝，多少人又都被送到那么遥远的地方，它仍可怕地存在，可怕地沉默。

应该说，今天谈论时间的问题不是新话题。可它总是恼人的心思，成了永远的新问题，多少年多少代，都是。纵使用千言万语、鸿篇巨制言说，或用巨刀利斧剖分，它仍流水不断，完整无残。

记得古希腊有克洛诺斯的神话。这个神话几千年来并没有因为时间而消减它动听诱人的味道。而那些西方先哲们在讨论时间的同时，也把自己最后辩论到了那个寒冷的角落，蓄着大胡须，看着时间喘息。至于那些青灯木鱼、打坐问禅礼佛的香火，是善身还是度苍生，辩经大乘小乘之际，无论大和尚小沙弥，都是早不闻春花秋月、晚不见水凝果离，惯看时光洞穿菩提，你在哪里？

有关时间，大凡古人多情种，都惜“金缕衣”，惧念青丝短，在时间的流里，非是终老，实多为忧愁。如今，突然想知道谁说了那么一句话，时间是一把杀猪刀！既然是刀，万物皆可杀，何故老猪当选？是猪最笨了去？真实的是万物可奈何？弱弱地疑惑一下，那猪杀了，猪在，刀呢？无语。

时间去哪儿了？朋友，你又向何处去？你不在，它会在吗？

我们该怎样面对你？人可以改变自己，使自己更向善，调理穿衣饮食、屋舍生计、处世交际等，可就是改变不了白发生，皱纹现，记忆减，眼钝耳背，器官衰退，难改归期。而对于你，我们又能做些什么？你的长度就是我们的人生长度。勤奋者延长了你，缩短了自己的青春；懒惰者延长了你，落下了一些病症；违德乱纲者缩短了你，失去了自由和权利；懦郁者缩短了你，留下冰凉身躯。这些种种之种种，你仍无言无语。

我们该要如何对你，如何的对自己？

于人们，你总像个孩童，在这个奇怪的世界里独自嬉闹玩耍，又像个陌客，端直走着自己的路，不染旅途的喜悲哀乐、忧烦欢愉。也像一位智者，不曾道天机，任生死明灭、饥饱寒暖，来去自然。此时，我看见你犹如隔着一块带花纹的玻璃，我到底在哪里？我想，你就是我泅旅的渡船和流水一样不懂的心思；你是我深夜疾书相伴的灯盏和跃动的火光一样难御的寒夜；你是我拄根拐杖，独望的青山和流霞一样染成的血色模样。

我看不清你，你可否看到我的凄凉和忧伤？

时间哪儿去了？我去哪里了？我亲爱的朋友，我们这是去了哪里？

青山无语，飞鸟有声。

在青枝婆娑的菩提树下，听一颗坚果的回答。

我渴望走进荷马史诗

我渴望西天里一丝云彩，将我塑裹成天堂里一株燃烧的火树，将我熔化成《伊利亚特》情节里一条红色的河。

相信，在这古老的民族的史册上，这古老的红色的河，便是特洛伊战争中一束多情的战火。

我渴望妒忌女神埃里斯的金苹果，把它“赠给最不美的女神”，或许我就会摆脱罪恶的战争与灾难。

我不敢相信，“金苹果”的效应能将战火引向正义，将亘古年代中的人性与权力纷争。我真渴望那金苹果的魔力，更渴望那伟大的荷马的明亮的深邃的目光。

我渴望自己是海岸边的木马能够发出啸天的嘶鸣，呼唤一切和平与昌盛，呼唤特洛伊呀，悲哀的城垛，多情的帕里斯。

我渴望自己是克珊托斯河边一块小小的顽石，静静聆听那战争的力量，默默感受那神奇而丰满的刀光与剑影。我甘愿在那河边活着，在那丰盈的河里细觅那神秘的遗痕；我甘愿在那红色的河里披上远古强悍的赤血；我更甘愿在那无垠的堤边与英雄对歌与女人流泪与荷马论诗。

我渴望就是那块石头！因为在我心中永远沸腾着一个美丽而悲壮、神奇而丰满的传奇。我将永远聆听这天籁之音。

我渴望帕特罗克洛斯的葬礼，在我到达冥土之前，细细感受那最古老最遥远的天伦之仪。肃穆的举哀在洪荒异域里焚化那曾被超度的历史与力量；庄严的祭祀已在牛羊的脂肪里凭吊，那曾被陪嫁的死神与木匣；诚心的祷告在载歌载舞与竞技的角逐中呐喊那曾被亵渎的人格与自尊。我就是那样渴望去见上帝，相信在飘忽然时，带走的定是几抹彩云而不是历史的眼泪。

我就这样走了吗？不！我还要拜谒与读懂伟大的荷马的奥德修斯。我渴望奥德修斯那坎坷奇曲的经历。我要让那些剔骨的惊险与安谧，黑暗与光明，美丽与丑恶都包围我，迷离我。相信，这奇妙的旅程能将我的生命在击溃中复活。也相信，那种经历能使我的灵魂与肉体、意志与信念的风骨注入普罗米修斯的血液，永恒于高加索山的坚石之中，让生命去奋斗人生，追求信仰，点燃真理之炬。

我渴望命运女神在晚霞时将我送到卡吕普索的脚边，让我细心领略这位远古的女神，用她的心灵在太阳初升时找到美丽的瑙西卡。我要为她像奥德修斯那样流泪，用我的执着与坚强去碰撞波吕菲摩斯的恐惧，去品尝他的忘忧果，让我永远年轻、潇洒，永远记着那个痴情的基尔克，与可恶的赛壬和斯库拉。

啊，伟大的荷马的幸运的奥德修斯呀！我要读懂你，你所轻吻的土地，你那纯情的妻子的忠实的欧迈奥斯。

我渴望欧迈奥斯这个朋友。相信他不是奴隶去放主人的猪。我要改变他身上的枷锁的印痕的气息。我要读懂他心中的奥德修斯的遭遇，给予他为主人的泪水所希望的土地和心爱的女人。

我渴望佩涅洛佩这个女人，梦想她是我的妻子的心里的我不幸时的唯一想念。我想她心中的爱情的坚贞的元素。我要读懂她心中奥德修斯的丈夫与妻子的那个远古年代的爱情传奇。

哦，《伊利亚特》！洒脱而多情的阿基硫斯他没有弱者的眼泪，而平俗可泣的赫克托耳使人伤心。

哦，奥德修斯！在你额上的皱纹是智慧的交集。你是一个杰出的演说家，你是一个神的化身。

哦，荷马！我真渴望你那明亮的眼睛，更渴望你那丰富的心灵。我更渴望从你明亮的眼睛里，读懂那个远古的氏族那个神奇的荷马时代。我更渴望融入这段历史，走进这首瑰丽的史诗所承载的天上与人间。

我渴望，渴望西天一丝云彩将我素裹成一弯天上的虹。我将成为一缕荷马中的情节，姗姗步入那片辉煌而灿烂的艺术长廊中去——

（原文首发于《泾水》1994 年第 3 期，获年度优秀创作奖）

像芦苇一样思考

旷野的芦苇，很沉重地思考着那些本来就沉重的沉重问题。

很多时候，一个人很想静静地思考，思考那些与工作、家庭、亲人、社会一切一切都无关的东西，不知道是什么，也懒得想知道，只是漫无边际地想。说实在的，自从会思考，到今天感觉已经很累，属于我们自己的时间太少，无论成功与失败，不说公事还是私事，都在既定的程序和流程中，重复着、继续着，找不到自己的天空。

走过这么多年，现实中形形色色的、真真实实的很多时间中，我们都冷落了自己，童趣、青春、快乐、人生，最为宝贵的年华都在清醒之中就那样逝去，直到年华不再，身体干瘪，功能枯竭，渐渐老去。残阳血染时，只余一具空壳，等待最后的晚宴。

每每看着身边青春洋溢、意气风发的少年，羡慕和嫉妒之情真的无法掩饰。曾经和那些老前辈一起工作，至今还会听到他们对时光的叹惋，对我们的谆谆教导。曾经也是风华正茂、意气风发、青春绽放，而今在岁月的长河中，在忘我的工作中，在没有自己存在的流里，渐渐老了，悄悄退了。今天，我们也逐渐步入了这样的流里，虽然三十而立，思想却怎么也沉重的放飞不起来。

难道我们也老了?!

静静地思考，思考着那些没有内容的内容，像一株芦苇，比芦苇更显得脆弱！退一步说，其实还要像芦苇，抑或比芦苇还要会思考，比芦苇更坚强。

由此，心中浮现了五株芦苇，或者更像自己的五个孩子。童年，天真烂漫地乘载快乐之船；少年，懵懂无羁地放飞理想之帆；青年，无畏坚强地铺筑坎坷之路；中年，痛并快乐地擎起责任之石；老年，深情怀恋地望穿时光之城。

在这样五个时段，面对五个孩子般的芦苇，我们该怎样地走过，走过这片长满芦苇的池塘？就这样走着，漫天星斗地想着，芦苇一样地活着，思考着。每天明明知道像一支芦苇，从一出生的孤独到干枯的孤独的芦苇，一直在思考，春绿、夏放，秋晓晓，冬飘飘。等候旅人的愁思，依偎孤飞的野鸟，看海河东逝。

像一只芦苇般理性，像芦苇一样思考。即使沉重但很坚强，看四季像幻灯样变换。因为我们不能，不能阻止时光停留，不能阻止自己老去，可芦苇能，至少能沐浴春风。

就这样思考着吧！无论是哪一株芦苇，都要好好地思考，好好地活着，好好地把握，好好地终结，做一株坚强的芦苇、快乐的芦苇、会思考的芦苇，看来年花开！

最后的守望

在《诗经·豳风·七月》中，古人按节令时分，叙述了这样的农事活动："七月流火，八月剥枣……九月授衣，十月获稻……"豳，现在的陕西省彬县所在地；豳风，是《诗经》十五国之一的豳地曲调；《豳风·七月》则叙写了农人的劳动和生活，是西周时期豳地最早的田园诗歌。在暑退寒始、物尽成熟时，这些打枣、煮稻等农家生活、农事活动，就是后稷曾孙公刘，在豳地教稼子民，垦田造地，建房安民，劈域兴疆，开创了西周农耕文明的先河。

如今，豳风犹唱，遍地飘香。公刘的后人们正挥舞着镰刀，收割着麦子，收获着希望。融入这丰收的海洋，放眼关中平原、渭北高原，丰收的喜悦之情如黄河飞瀑奔涌而来。

收麦的季节比往时热闹了许多。随处都能听到欢声笑语，都能看到灿烂笑容，都能闻到麦子成熟的芳香。但见，小儿在前面拽着绳子拉，父亲驾着车辕，辕绳深深地勒进颈肉里，母亲和闺女在车后面推，车轱辘滚得生快，脸上的喜悦和汗珠一起飞跃；拖拉机突突突地直冒烟，麦子装得像小山，黝黑的脸庞，飞舞的汗巾，憨厚的笑容比蜜甜。这一辆辆架子车（板车）、三轮车、拖拉机，满载着麦捆，欢快地穿梭在乡间的路上，一路欢歌一路唱。

每当麦子成熟的日子里，父亲总会提前把镰刀一把把磨得铮亮，然后头戴草帽，冒着酷暑在麦田里穿梭，不断查看麦子成熟情况。当一块麦田成熟可收的时候，便和母亲合计好去收割。每次都是当我们哥几个还在梦乡的时候，他们早已悄悄启程。到早饭光景，母亲就会手捏着一撮在路上捡来的麦子，回家做饭。没看到父亲，我们知道他还在麦田里挥汗如雨。早饭后，给父亲用篮子装好饭菜，给我们备满壶水，母亲便拉着架子车（板车），载着我们一起去麦田。一望无际的麦田，金浪滚滚，欢歌流淌，到处可见移动的草帽，芳香的麦垛。车子进进出出，送水送饭送水果络绎不绝，喜悦不断。

踩着扎脚的麦茬，沿着车辙终于在起伏的麦浪里见到了父亲。弯曲的脊背，湿透的衣衫，挥舞的镰刀，带着血印的腿肚，身后是满地躺着的麦捆。父亲看到我们，擦着满脸的汗水，舔着干裂的嘴唇，怪母亲大热天把我们带来，再冲我们憨憨地笑笑，问热不热，把咱大学生（我，上初中）也锻炼咯，然后就香香地吃饭。母亲和我们捆麦捆，捡拾散落的麦子。弟弟在车板下乘凉，趁父亲吃饭的当儿，我走进了麦浪，握住了镰刀，因没有经验，割一下能忙乎半天，既没进度更没质量，急得直出汗。父亲看见后说，要注意脚下，其实晒晒就可以了，看到我的执拗劲儿，他就递给我一把镰刀，鼓舞励地说，我们一起来！

丰收的麦田里，三把镰刀挥舞着，麦子一棵棵沉沉地躺倒，一片片麦茬踩到身后，脚下洋溢着一片片沁人芳香。

啊，麦子！这收获的季节，幸福的时光，那滚烫的记忆。

大片麦子成熟的时候，家里便迎来了帮人收麦的麦客。每当这个时候，因劳力不足，麦子成熟燃眉，麦客便不约而来。朴素的衣着，简单的行李，憨厚的面容，风尘仆仆的和农人们一样行色匆匆，只是少了欢颜多了疲惫。这些麦客，淳朴，厚道，不讲究吃住，到饭时端着就吃，累了跌倒就睡，天亮就爬起来，遇到雇主啥话不说就扑下身子扎进麦田，一口气割倒几亩地不停歇，愣是叫人发叹。

当父亲领着一高一矮、衣衫尽湿而又面容枯槁的父子麦客回家吃饭的时候，已是中午时分。看着父亲端茶敬烟的乐呵着，我知道，他们父子俩是天刚麻麻亮就和父亲一起去麦田的，而且收割完了我们家全部熟透的麦子。母亲备好了饭菜，父亲斟满了酒杯，满含着盛情和敬意，杯来盏往，不是兄弟胜似兄弟！

看着他们融融地交流着，那虽疲惫而黝黑的脸庞却满是开心的笑。我也感动和感激着，因为麦客父子倾力地相助，熟透的麦子全部颗粒归仓，父亲也不会再担忧那充满希望的麦田。和父辈一样的他们，用中国农民最朴素的感情，收割的不仅是麦子，是希望，是沉甸甸的期盼，更用闪耀光芒的镰刀诠释了生的艰辛和生的渴望。

啊，麦子！那些感动的日子，那些永远的怀念。

到了收麦的季节，出嫁的闺女们都会翘首望着娘家的方向，打听麦子成熟的信息。老早地上集购置好蔬菜、瓜果、啤酒、纸烟、白糖、蜂蜜等物品，大包小袋地或翻山越岭，或搭赶车辆，兴冲冲、汗涔涔地拽着娃娃出现在熟悉的庭院，像久别的鸟儿眷恋着丰收的麦田。送饭送水、割麦驾辕、碾场晾晒、洗衣做饭、垦地点豆，直到看着麦子入仓、豆苗破土才携着孩子，挎着鸡蛋、黄杏等，还有爹娘满满的叮咛弹泪离去。

啊，麦子！那流淌的亲情，那爹娘守望的眼神。

在这样金穗飘香的季节里，那年我的第一期学生如麦子般到了收获的季节，毕业了。在叮咛和祝福中他们相继别离，偌大的校园剩下了形单影只的我，被掏空着睹物难眠。校长看见后说，晚上我们一起收麦子去。

7 月的麦田，像火一样烧。麦穗芒尽苞离，颖果松脱，秸秆枯脆，即碰即折，只有待到月明星朗、晓露初濡时便去抢收抢割。踩着皎洁的清辉，通往麦田的乡路上人影绰绰，人声鼎沸，美丽的乡村夏夜格外清爽。没有了白天烈日的炙烤，乡亲们忘记了疲累，扑扑绊绊在麦田里、乡路上和麦场中。飞快的车子运送着麦子，铮亮的镰刀飞舞着清香，都铆足了劲儿，分秒必争，热火朝天。热闹的乡路上欢歌与夜虫齐唱，麦田里晚风与镰刀共舞，只听，唰唰！唰唰！咔嚓！咔嚓！一亩亩麦子幸福地倒下，一颗颗麦粒幸福地收藏，一个个山似的麦秆垛、粮仓，幸福地耸立……

踩着绵软的秸秆，银色的月光流泻在清幽的麦场，甜蜜地躺倒在散发着余热和清香的麦秸堆里，幸福便如繁星漫天，甜美地迷醉了熟透的山乡。这甜蜜的夏夜，淡淡的芳香，收获着醉人的希望，也欣慰和抚慰了我潮湿的心房。

啊，麦子！那喜悦穿行的夏夜，那幸福的收获岁月。

沉浸在这金浪滚滚的麦田，农人们的日子就分外地甘甜。丰收给了庄稼人喜悦，汗水浸泡出希冀。沉甸甸的麦穗里饱含着多少人生艰辛和清苦岁月，执着地守望，辛勤地劳作，朴素地满足，深情地依恋。没有人比他们更热切，没有人比他们更珍惜，我的衣食父母，我的农民兄弟！

“七月食瓜，八月断壶。九月叔苴，采荼薪樗，食我农夫。”豳风唱，农事忙，麦田翻银浪，金穗撒清香。

然而，星月转，云水移，如今那些富庶的土地、丰饶的鱼塘、青青的草原，那些敦厚的麦客，欢腾的岁月啊，你们都去了哪里？我们自己的麦田又在何方？

麦子！麦子！最后的守望！

在镰刀飞舞，流淌着芳香的麦田，我弯曲着背脊成了一棵麦子，和稻草人一起守望……

（此文首发2014年《散文视野》）

擦亮六月

——致高考的莘莘学子们

1　不想说失败

你的眼睛告诉我，如火的 6 月满腔都是跳跃的火苗。因为背上的包中装满了许多期待，你的脑海才如此多难多灾：失败与成功扭缠撕打，希望在黑洞中穿行，眼睛在迷茫中求援，心在暴风雨中洗礼……

因为期待，因为有爱，谁也不想说失败。可成功与失败本是孪生姐妹，牵手同行。

不想说失败，你还不会忍耐；不想说失败，你还需要良好的心态！

把自己关进斗室，未必就能关住惆怅；把自己埋进题海，未必就能扬起劲帆；把自己交给命运，未必就能把握人生……

任何的失败未必都是错，任何的成功未必都精彩。请擦亮你的眼睛，笑对人生，看太阳穿行——在你跌倒的地方，有我扶你。

擦亮你的 6 月，我们的人生词典中没有“失败”！

2　不想说再见

你的脚步告诉我，西驰的列车载不动山似的沉重，鼓鼓的行囊已经沉默地躺在站口。

熙攘的人群，频频回首，遥望三年寒窗：春华曾烂漫，夏雨仍清凉，秋叶在燃烧，冬雪还飞扬。昨天激扬考场，今天挥手相送。考不完困难重重，送不尽征途茫茫。

风也送，雨也送，满眼的迷惘眼睛里送；丝丝白发抖不落灰色的渴望，阵阵酸涩演不出鲜活的灵魂。

你的坚毅告诉我，这个铭记的6 月，生命因你而孤独，灵魂因你而逊色，生活因你而失宠。你的哲学也告诉我，孤独是孤独者的精神，逊色是逊色者的勇气，失宠是失宠者的胸怀。该褪色的却会沉淀，该灿烂的永远都光芒夺目。记住，我们的人生因为这一段旅程而永远温暖。

挥手风雨中，看天边彩虹；举目望苍穹，觅云中飞鸽，说人间离情，诉学子心声，不见灿烂笑容，只见远方万里晴空，雀鸟归巢中。

刻意的笑脸，泪在心底流；无声的凝目，友情热泪相拥。走不出的6 月，打开这6 月，擦亮6 月，给6 月一个自信的笑脸，潇洒的背影，挺直的胸膛!

朋友，6 月不是终点站，让一切都从容。6 月没有再见，再见不会太遥远。即使远在天边，茫茫人海，风雨自会相伴。真情天地无限，生活的征程，我们一定会相见!

其实，我真的不想不想说再见!

挥挥手，昂起头，擦干泪，青春无悔，青春万岁!

请看，残阳血染，鸿鹄飞羽。朋友，让我们来年再见!

雨季十一章

1　雪簌簌

天气在风里渐凉，水纹在天气中变皱，心情不知又要被拧成几折，柴门外无叶的枯木在飞雪中轻摇。

今天感觉心儿宁静，无风的日历写满所有静谧的星空。点一支烛，独坐夜中，那飞泻的流星刺穿了黑色的眼睛，找不到光明。

雪，悄悄地下，埋住了归去的旧路；风，微微地吹，拂乱了往事。

不堪回首，昨天的情今天还在牵挂，昨夜的雪今天还在下……

2　寄你

我想借助风的依依把爱意和思恋捎给你，哪怕是东风无力，寄你了，我的心里就满是春意。

如果，你的季节还飘着雨，我想，风会把我带给你，爱恋上那里的天空，那里的雨，油纸伞花的旖旎，经历美丽和传奇。

3　送你

说过一定要离去，将过去的日子都忘记。所以，那一天的雨，线已断，世界都哭了。挥手相送的桥边，我瑟缩成落蕊，散落一地，真不知该怎样就此离去。看阶外青苔爬满，履痕不再，你已飘逝云天外。伤痕如柳，疯长心间，散乱梦中楼台。扶栏回首，飞雪依旧，雨点纷纷，容颜冰冻。

是否所有的分手都很疲惫？千里雪光，万里雨巷，只不过是回眸一望。匆匆走过的情节，记忆变黄，杯水渐凉，疲惫的目光，看你的方向，温暖我一世柔肠。

4 把生命透过

这是一种舞步，是探讨生命，是沉思日子，是花园里一支度秋的菊。没有人想到冷傲，尖锐的是隔夜的凝霜，是舞蹈时的叮咚的坠响，是悠悠的裙裾，是幽幽的你……

你便是主人，和夏荷一样地奔放，如碧鸟一般啁啾；你也便是晨光，是晚霞，怒放的是你，沐浴的是我。

5 那支花瓶

像被丢果核一样的我，不知什么时候就渡入了一个叫麻木的流里。麻木得疲惫，麻木得陆离，分成朵朵，插在貌美如花的瓶里。想盛开的感觉，是昨夜里寂寞的茶，柠檬色的荡漾，被麻麻的醉，迷迷的睡。

三更醒，夜雨叮咚。和花瓶一样呆立，和茶一样烂醉。我看见有泪在流，顺着玻璃与吸附的黄叶片对歌。和我一起僵硬着的，是秋雨，是冷风，还有秋色中的一束孤独。

顽风和枯木打架，我和孤独对峙，秋风起，我和落叶一起匍匐倒地。

6 手指与江水谣

这便是手指，滑落在暗黑之中。这也便是一种悄然，在随风而来的记忆里，空添一丝灵性，随后透过纱丝的就是一种铭记。这是春天最后一丝闲云，流浪在暗黑的手指丛林。这也是一只春天里最后的渡船，搁浅的是桅杆下日食了的孤独，在草色茂密的亚热带江面上。

河岸上的草垛后面，跳跃着童声，漂流在涟漪里，颤动的绿荇上是迷离的烟波。

7　一寸灯盏

白云是流浪的诗人，走过彩霞的是诗人的父亲。在漂流过长空之后，雨做的微云，便生得洁净，一如我故乡雨后的梨花。仰首望天的时候，我的诗行和飞鸟一起书写进碧霄。

这是祈祷时幽幽的花径。清茶竹椅，玫瑰色的光与影同在兰亭的檐下，绽放出流霞般的笑脸，在森林的眸子里，隔着丛林，寻望。那是渔人的眼神吗？点点闪闪，一江灿烂。

8　黄花的最后季节

眼泪代表它自己，流淌在古老的腮边。那是一张消瘦很久的诗韵，疯狂的只有潮湿的泪光。

这是很可爱的舞蹈，从一双眼睛中跳跃。这是一支绽放的灵魂，一个人满天雨地在奔。

那是明亮的血液，滴在秋风里，打湿了脚印和花蕾，还有挂在枝头的叶。

秋风在飘满落叶的河里随意，眼泪舔着岸。我的黄花的季节，花瓣如雨……

9　望江月

静静地走在山路上，微风悄悄地拂动着我的脸颊。我枯竭的思念和脚下的泥泞坑坑洼洼，抬一抬头，天边的彩霞扯天扯地，老长老长……

昨天的雨告诉我，你的家乡洪水激荡，问一声闲云，你的月亮是否依然爬上山梁？我静静地凝目远望，看那皎洁的月光你的脸庞。那是过去甜蜜的时光，在那长满绿草的树旁，有月亮的地方，勤劳的身影和蓬勃的激情流淌。

月亮光光，溪水汪汪，昔日的欢乐此时已化作了无限的思念和美丽的忧伤。在水一方，我的双眼欲穿着他乡，捧一把泥土看我的月亮撒下的银光，抓一缕山风，想我的月亮眨着的眼睛。

月亮啊，我的思念万水千山；月亮啊，我深情地将你仰望……

10　遗失的江南小镇

青砖蓝瓦，矮屋木桥，野草铺满天；荒岭野滩，粗布黄牛，山花竞自由。曾经带着行囊旅居在这小镇，半夜里山风刮开的门里，乡愁牵肠挂肚。

感动中，有那么一群人踏着石阶，曲曲弯弯的足迹，用光滑的肩膀把清贫挑起。走一路印痕，撒一路艰辛，生满厚茧的肩膀被岁月打磨……

我兴奋地用感动在这里丈量脚步，我激动地坐在阶旁欢欣地流泪。看那坚毅的眼神，看那不屈的身影和队伍，看那执着的不息之头颅。

这样的小镇，篱笆栅栏，幽幽炊烟，怒放着憨厚的笑脸，挺起着刚健的胸膛。那些深邃和满足的眼神告诉我有这样一个小镇——赖以栖息的小镇，有这样的人群，这样的生命在孤独地唱着劲歌，在生存长路上顽强地挺进！

山风吹绿了漫山红枫，吹散了我一路满地灿烂的绮梦。

我已迷失……

11　雪风铃

朔风吹，枯叶飞，花园的小径何人随？静寂的石凳，凄美的菊，含泪走在堤边，我是孤独的鱼。

花谢了，叶落了；秋深了，水凉了。花瓣似雨，落叶如霞，秋意似织，江水如刺，你是流云我是山。

飞雪飘，枯枝摇，冰冻的小河无人的桥，一只麻雀在树丛里哧哧地笑。我走了。

窗关了，风急了，梦甜了，人醉了，檐前的冰凌碎了。雪融了，残阳如血；天蓝了，铃声似坠。

你来了……

第五辑

人间词话

在春天，说一些话

春天来了，很美。说春天美又有什么意义？到这样的年龄，在春天。

1

和春天的一些纠结是因为下雨了，潮湿了心情。

连续下了两天雨，大家都说春天来了，这是好事。我知道，草长莺飞的日子已经不远了。这样的时节，雨若故友来访，让人欢欣愉悦。从这个天气开始，我知道该活的都会活过来，已不再惊奇，也不算稀罕，因为我的生命之舟已划过了很多个这样的春。

来了就来了吧。来了，你就下！啊，春天！

这就是我对待这个春天的态度。这样的态度让我不安。我知道，我已经与春天相见无语，只轻轻一擦肩便结束了缘分，突然短暂丢失。春天如此蓬勃，我却满脸倦意。看着春雨里泛红的桃李，我在问，别人的花都开了，我的呢？啊，春天！

窗外的街道，车辆和行人在雨帘中穿梭。高低起伏的楼阁在空濛的雨风中默立。我知道，那些奔跑的车辆会被雨冲刷掉灰尘，那些雨中疾走的撑着花伞的人群定会念起关于雨的记忆。或许有记忆里的故事，在从前慢慢的美好时光。那都是美好的时光，美好的原因大致是很慢，很慢，很慢，我想。而这美好时光过去了，尽管过去了，可我就是喜欢它的慢慢。我也知道，那些楼阁会像我平时洗脸，洗头发，洗澡一般，和城市一起会美很多，会年轻很多，而我呢？我羡慕城市的漂亮，我丢失了自己的美好时光，如今已不会开花，如今城市很漂亮，我在这个春天慌忙地行走，而城市呢？这狗东西漂亮颜色，这漂亮颜色的美好世界！想骂人了，就是有人心情不好了，他嫉妒而没落。这个时候别理他，我也理解他。

房间微暗，同事们因为疾脆的雨声而欣喜若狂，拥到窗前发出啊呀、啊呀的叹词。我知道他们内心的惊喜。因为这样的雨比工作更有吸引力。我看着这些年轻的同事，我羡慕年轻。我喜欢听 Pole – Djelem，我更喜欢雷声、雷雨。然后燃起一支烟，就是我的世界。

杯中的茶又凉了。

其实，我想说，我讨厌公交车，就像讨厌一些人。尽管想法很矛盾，可就是讨厌，没有作假。从楼上下来冲进雨帘是一种勇气。在路边被雨打湿等来公交车，挤上去佩服自己的勇气。我发现和我一样被雨打湿挤公交的人竟这么多。在等公交时尽管出租车一串一串地从身边开走。我知道，捏着的一元钱还在滴水。在车上，坐着的人发丝湿乱，站着的人满脸雨痕，也有人瑟缩发抖。我们都用眼睛相互打量，我们都是被淋湿的人，我们可能都在说，好大的雨，春天来了怎么还这样的冷？我想我们都需要互相安慰。于是，我说春天来了，怎么还这样的冷？我看见雨打着玻璃迷蒙了眼睛，世界很模糊。我知道，我们会穿着湿透的衣服被送一段旅程。这段旅途公交车可不管这个世界下不下雨。我讨厌这不知冷暖的家伙！在这样的旅程我清楚自己很迷茫，我知道下了车依然会奔跑在雨中继续迷茫。这样的迷茫会有多久，有多少区别？谁会看见你的迷茫，公交车不会管。所以，我说我讨厌公交车，你呢？我说我讨厌公交车就像讨厌一些人，其实我是讨厌我自己，现在样子的自己，在这个春雨淋漓的季节。

亲爱的朋友，你是否突然感觉像我一样的讨厌自己？若是，就一起讨厌吧！还有这个季节的雨或者这个世界。

阳台本来挺大，自从放了一个书柜、两把藤椅和一张茶几之后，就变得狭窄了。书柜那些书比我还寂寞，它们没有朋友，我的好多时光被挥霍了，我感觉对不起书柜，当初买来的时候很便宜，它被工人师傅碰伤了，我简单处理了它。藤椅也很孤独，茶几是个摆设。我也像个摆设。我站在那里看窗外的雨感觉和它们一样孤独。这时我就想，一滴雨从天空落下，在坚硬冰凉的水泥地面摔碎，是否会疼？我想说，疼也是瞬间，可以结束冰冷的旅程。我看着它从遥远的苍穹而来，路过我伫立的窗前晶莹剔透。在伸手的一刻，我看到了无辜而透亮的眼神穿过手指滑落，掌心便被泪水打湿。我听到了玉碎的声音。很庆幸这样的阳台和雨的相遇。

在这之间，窗外是春天，我是孤独客。

当初买房时就站在这里望外面的荒滩，有飞鸟、浅水和我。后来住在了这里，冬天纷纷扬扬的雪花夹着星星点点的凉，一片片绿叶飘成了红色的云朵和枯树话别，乌云和闷雷翻滚时地上狼烟江河，夜里醒来听到了树叶吟桃花娇笑。我知道，四季就这样把人敷衍，让你空落得不知所措。在这里，在春天的这里，如今雨落，风是斜的，雨在玻璃上划出了水痕，我感觉划在了我的脸上。推开玻璃的窗口，遍地冰凉。

外面风雨大作，我安静而沉默。

2

当这个春天像候鸟一样归来，我才发现冬天竟然走得一声不吭。城市越来越年轻，而我却一天天苍老。这个可怕的差距真实得令人窒息，我的日子不忍目睹。冬去了春来了，真担心你去得那么快，又害怕你来得这么早。你能不能慢些走，我已步履蹒跚。

清早起床是闹钟催醒。感谢闹钟的忠实，责备自己的慵懒。听到鸟叫，我知道这个春天会有花开。楼下的水泥地很大，早栽的花树开始绽放新芽，新挖的大坑边睡着根系裸露的大树。我想它们定会陌生这里，会有生与死的考验。还好现在是春天，它们也想活下来。今年是我在这里落脚的第三年，尽管春意盎然，可却依然觉得陌生如初。我在想，春季到底意味着我的什么？那些树，我在想什么时候能看到葱茏蔽天，有大叶片和美丽花朵？我也在想我自己，在这样的春天的清早，听到鸟叫时，站在窗前，有阳光斜透，想树和自己，想得很荒唐。是的，人的大半时光是很荒唐的，荒唐得连自己都不知道为什么荒唐就过去了。特别在这个春天，我很荒唐地去想一些真实的事情，说一些真实的话，就像做着一些荒唐的梦，像一个单纯的孩子。可孩子不算荒唐的，是个孩子又该有多好！还有那些佝偻着脊背，揣着唱戏机大清早就在楼下的亭子里啊啊呀呀，或绕着散发着油漆味的健身器材，脚底下是鹅卵石，没完没了地兜圈子的老人家们。

简直不可思议，是的，这也不算荒唐的。因为若在老家，他们这时候肯定早在菜地里或吆喝着牲口去了山里，太阳就从山间蹦着火星子出来，火舌头就耷拉在院边的土墙上。而现在的早晨，他们都逃出了小房子，看着太阳从远处走来，爬上他们的脚面，最后在高楼之间闪着碎花花。现在可好，我被这些碎花花照耀着，我的胡茬子也成了金色，我在想，我是不是也有点儿荒唐？

这个早上，我宽大的脚片在那些鹅卵石上轮回地踏过，就像被一条粗绳套着脖颈。我听他们在唱歌，比我年轻时还激情，尽管有几个老小伙还缺几个牙，但不碍事。我也学会喊几嗓子老腔和唾几口唾液，卷个纸筒子灌烟沫，就烧起一片烟火。

现在想说一句，早上就这么荒唐地过了，中午的事儿不说也就这么过去了。

当夜幕拉开的时候，路上闲散的人成群结队。他们尽情消受这样的春日，在平坦的路面上走快和走慢都行，说话不说话也行。他们尚且有这样奢侈的日子，可以很任性。可我却觉得自己怎么也挥霍不起来。我只是默默地看着，我怕我再没有这样的日子。所以我步履慌忙而沉重，所以生出羡慕神情，羡慕别人在春日里优雅的消受。其实，这个时候我对自己很不看好，我甚至感觉自己充满了虚伪。可真的是我和他们那么的不一样，我惭愧的是我竟然没有一点儿时间去挥霍。我捉襟见肘的穷困。

在这优雅的春日，我骑着单车疲惫地穿过夜幕，夜色就凌乱不堪。

暮色带着梧桐花的香味，是一种诱惑，它把人们带进了夜里变成黑色。街火通明，心灯低暗。这样的现代和华丽与春天有什么关系？在宽阔平坦的路上，我在想人群中定会有和我一样的眼神，在华灯之下，在春风荡漾中偷窥。这样诱人的春天，春天里花香阵阵的夜，你怎能让我们偷窥？这时，我听到了一些声音，凄厉而悲怆。我看到那些高楼林立，昔日是有荷塘月色，而现在残余湿地密草丛生，恶臭渐渐。那些声音是蛙鸣。我知道，蛙声是乡音，它们是故乡的孩子。而故乡今天又在何处？这些流离失所的孩子！

此时，我想起了那个时光，有清波，有皎洁月色流泻的故乡的河，还有岸上青草香，此起彼伏的天籁。那个时候的夜，青草味道的夜，清凉幽深。在清凉幽深的夜晚，我和伙伴们看到大哥哥大姐姐依偎在小河边的背影。再后来就是我们。是的，我没有隐藏什么。我还想到了岸边挺拔的白杨，树叶会像铃铛一样被风惹逗得哗啦啦响。然后就是那些青蛙在河塘里赛歌。鼓着腮帮子唱，腮帮子就和脸脖子一样热烫。现在呢，我又一次想到了我，想起了那个孩子在蛙声一片的童年时光和他尽管贫瘠但永远富足的故乡。而今，尽管这些蛙声哽咽，略带胆怯，可我却无所顾忌，心潮汹涌，眼睛发热，手舞足蹈。

这些蛙声很小，很远又很近，像在呼唤，疏一阵密一阵地揪着心弦。我在心里大声地喊，别大声，别大声地叫啊，孩子！我不想你们这样大声地叫，会有人来，那些可恶的提着铁桶、打着手电筒的家伙；还有拿着铁镐，突突突响的铁家伙。

我还想对你说，孩子，你就像我一样这样活着吧！

3

看到花，已是落红，在故乡的泥土上。

我常这样以为，最亲的除了身边人就是故乡人。多年来尽管离乡不在，可我知道当城市的雨淅淅沥沥，故乡也会烟雨如织。当故乡山舞银蛇，这里已雪染城郭。当小区的楼下爆竹冷清，故乡的年味正浓。我也知道，这里的早市在凌晨已开始躁动，大街小巷拥堵不堪；故乡的清夜依然安详，天空瓦蓝宁静。若是鸟语呢喃，会有花开的声音、清扫庭院或水桶吱扭的晨曲。我的早晨常常是在这样的焦躁和清宁中开始。这样的焦躁别无选择，我讨厌这样恶意的、捆绑式的现实。它已经成了我们无形的铁衣和锁铐。而这种清宁，尽管依稀若丝，可缠缠绕绕不断无法割舍。其实，我也一直在思考人生关于选择的这个事情。究竟是我们抛弃了故乡，还是故乡抛弃了我们？要我们必是这样给自己做着铁衣，把手伸进锁铐？既和现实对峙，又将故乡牵念，这倒是要怎样的作难，才能把心妥管？我们都知道，无论在哪儿、何时，心永远是柔软的，故乡依旧遥远而温暖。

写了上面的话，我发觉自己更是走不出那一抹乡愁了。可就在这个春天的一个早晨，沏一壶茶观书时，发现了这样的一些话：

在生命哲学中，期盼明天和怀念旧日是一块金币的两个面。它们是一回事，只是图案不同。也许青年人更期盼明日，老年人更怀念昨天。……透过这个例子，我想说的话在于，今天最重要。

——原野，《今天最好》。

看了这些话我端茶的手臂瞬间僵硬，有些无语。我是明显地发觉自己是一个年轻的老头了。经常絮絮叨叨的老头。我以为现在，现在怀念旧日却比期盼明天更重要，更有意义。而此时已是春日，四季之首，今天的重要我又该从哪儿找起，以期盼明天？我，在自己这块“金币”的稻田里被迷失。是该去看哪一个图案？是要年轻还是拒绝衰老？我现在想，我为什么总怀念旧日？因为，故乡在昨天。今天的我找不到她，就像一个孩子在闹市找不到自己的娘。他心里发慌，他会哭喊。春天是不会管你能找到找不到娘，为什么发慌，为什么哭喊，它都会按时到来。所以，春天来了就来了，我没有什么意见。

开始喝茶。楼下乱哄哄。嘈杂去罢。

我曾经在一篇文字里写过关于时间的问题。我也经常听一首歌，时间都去哪儿了。我发现我在白忙活。文章写完了，我还是没有和时间熟悉起来，它已如静流悄悄穿梭我的文字流淌而去。这首歌听了百遍，都会唱了，可我却累添怅惘，时间去哪儿了？我很对自己的无奈表示同情，在时间面前没有胜者。所以，在春天你又有什么话可说？你若不再年轻，故乡便已消瘦。故乡的人也像老墙上的泥皮悄然脱落，一个一个默默离去，带走关于你和属于你的那些记忆。童年的，少年的；田埂上，村落里；涝池边，麦场上。太多的记忆。每次听到故乡的人离去的信息，是叔伯家的哥嫂或姐妹打来电话。每次都会愕然和短暂的沉默，突然着急得像在黑暗中的夜挥舞手臂寻找亮光一样，在心里寻找他们曾经熟悉的身影和容貌，想他们曾经与自己的点点滴滴。或许更多的是在乡路上，远远就看见了你，朴实憨厚的笑脸，简单熟悉的乡音，一句“回来了”的问候，伸出粗糙的大手相握，拍拍肩膀相视一笑离去。在大槐树下，在场院边，慈祥的老人，含羞的媳妇，快乐的孩童，看着你，问候的话语，像一大家的人好长时间没见面了。这样的看见是温暖的，舒坦和幸福的。

这就是故乡人，喊一声热泪盈眶的左邻右舍，想起来热血沸腾的那片故土。而这些现在都已不在了，又好像刚在昨天，在我刚走过的树下，在这春色撩人的渡口。于是，在这个春日想回一次乡，春雨纷飞时我能听到故乡在召唤。相信你看到这里会想起什么。朋友，若是你，你也会被召唤。这时候你一定会知道这种呼唤，并回去，对吗？

我回去时已是午后，有暗红落于树下，这几棵杏树在院边默立。母亲说，土台上的七叔走了，父亲和几个后生在山脚边的坟地给他打墓。我愣在了杏树下。母亲说，七叔是在街市滑倒的，有人围观无人施救而错失时机。他64岁。没说什么就这么走了，这春天的脚步才刚刚来。我也回来了，他却走了，舍得舍不得都得走，这命终归不是自己的，空留悲伤。看到母亲孱弱低矮的身影我泪如雨下。她和院边的老树一样沉默。听到有人远远近近的声音，是他们打墓回来。能看到孝衫白衣，有烟火明灭。我走到了路边等他们一一过来。他们灰头土脸，疲惫沉重，泥水漫上了脚面。都是熟悉的面孔，握手，发烟，打着招呼。我知道他们一天都在墓地，挖坑，砌墙，画图。那是七叔棺木安寝的所在。他们还没吃饭，他们要赶时间，下雨也不停歇。我看到了父亲黑瘦的身影，深一脚浅一脚，他走得有些踉跄。他已65岁。他脸上和衣服上有泥浆的痕迹。他嘶哑着声音说，回来了就到上面去帮忙。我鼻子发酸，默默跟在了他的后面。我理解父亲这么大年龄了还总要在墓坑里刨土，钻进爬出为逝去的人打墓。他说过，现在为别人打墓，将来也会有人为你打墓。人就是这样，今天送埋别人，明天有人去送你。别嫌脏和累，你迟早是要回来的，谁都一样，你要懂这个理。我真的理解这些沾满泥巴的人，乡里人，故乡人，农民。父亲，我懂了。

那天七叔走了，早上天云低垂，午后彩霞满天。

在这个春天，我无疑是悲大于喜的，那些花开得那么真实而鲜艳，可都与我无关。当你欣喜花期的绚烂，我独自惆怅那些花朵，你那么惬意，我如此忧伤。同样的春天，却有这么多色彩。我又能说些什么？

柳烟清浅桃花绽，我还去了一个地方。是参加朋友父亲的葬礼，那里麦苗疯长及膝。一位老人在春意盎然的季节离开了他眷恋的亲人和故园。那天大风劲刮，院子里的大树披头散发，风雨飘摇。唢呐呜咽，天人悲恸，送行的队伍无尽悲情。他离开了生息的温馨小院，穿过人来人往的故街，作别左邻右舍，来到熟悉的村口，走在长满幽草的乡道，一直到亲手耕种的麦田。他就住在了这里。天空飞来大把大把的雨，那是这个春天的泪水，把整个世界打湿。你也看到了，我们到头来就是这样的离开。可遗憾的是，在这样的春天，花开不知悲，春来春已深。云去天鸟飞，谁懂寸草心。如今是空了院落，少了教诲，断了愁肠，飘零世上。冷暖何人话短长？在这样的春天里，春风无意扫大江，落红祭故乡。我的耳边突然响起了《马兰谣》的歌声：

青山一排排呀
油菜花遍地开
骑着那牛儿慢慢走
夕阳头上戴
天上的云儿白呀
水里的鱼儿乖
牧笛吹到山那边
谁在把手拍
这里是我的家
这里有我的爱
……

这是多么美好的画面，多么美好的想念，这是我们一生的温暖！

我想，在春天，我们就要珍惜这样的美好，也怀念逝去的人，那些我们曾经共有的故事。我的亲爱的朋友，当你看到这些文字的时候，你说呢？

4

知道不，我和你一样在很多时间里都那么忧郁。

打草机轰轰作响，打草工低着头帽檐遮住了表情，从西院子把机器推到了东院子。他所走过的地方，能看到短节的草凌乱着，露出浅白地面的印痕很清晰。我知道，这个春天已来了好些时日。我已茫然失措，焦躁不安。所以现在，我很想一直看那些短节的草不停地从机器后面飞落，听轰鸣的噪音。我想到了自己凌乱的头发。打草机很痛快地工作，我在想我自己好像打草机一样也应该唱歌，唱欢快的歌。可我却在沉默。我在不远处看，只看到了打草工的米黄色的帽檐。他很沉静，动作娴熟。我站着不做任何动作，我看着那些短草飞落。然后，就有了浅白的地面，齐整的绿草，有了我蓬乱的胡茬和蓬乱的头发。

阳光是粉红的，枝条轻拂，风是绿的。空气中有青草味，带着暖暖的气息。我没有任何动作，眼目眩晕，看到七彩的光影。头脑一片空白，失忆的恍惚把这个春天摇晃。机器轰鸣，打草工慢慢移动。

抖落脸颊上的汗珠，我看到了凉亭下的他。他侧着头和我一样在看打草工打草，听机器轰鸣。他似乎要睡着了，在黑色轮椅上有两段被风吹拂的裤管。我知道我寻不到他的双腿。他没有睡着，只是太专注了而安静，侧着头看打草工作业，听机器轰鸣，在自己的这个春天。

我在想，他是否和我一样也只看到了打草工的帽檐？他的心情是否和我一样焦躁？他的春天是否和我一样的凌乱？我看到了他的脸。他的头发整齐，脸庞白皙，黑框眼镜和轮椅闪着银光。他的双手紧抓着扶手，有指甲抠进肉里的感觉。我感觉到他一直在想站起来，他的眼神焦灼而热烈。看到他，我的心被他抓出了深痕。而打草机正在这些深痕上作业，在黑框眼镜的镜片上划出亮白印痕。

亭子是漆红色的，有漂亮的翼，像一只巨鹰盘旋在蔚蓝天空。我该是要感谢这个亭子的，代表被他庇护过的所有人。可不是吗？我经常看到院子里的孩子们在它的怀抱里玩耍，欢笑声悦耳动听。也有人去乘凉休息，躲雨和在月华流泻的夜独坐。我还看到了年轻的朋友们在这里谈笑，憧憬美好人生。而现在，现在的轮椅上的他也正小憩，看有打草工作业的春天轰鸣而过。这时的绿草、红亭、白楼房、蓝色天空还有我们，就是这个春天不期而遇的种种了。这就是我们的春天，春天的中午，中午的打草工，打草工手中机器的轰鸣，轰鸣。

我枯立于此，手心沁出汗水，焦躁不知所然，像一个无知的孩子，我不知道该做些什么。而他，是否和我一样忧郁不安？其实，我还没告诉你，亲爱的朋友，我是熟识轮椅上的他的。或许他并不了解我。他依然安静而专注他眼前的春天里的一切。他的身后站着的老人安静默然。她花白头发，眼神枯淡。我看着这样的眼神而不安。他是她的孩子。他原是个年轻帅气的青年，为了救矿难中的工友永远地失去了双腿，那年他21岁。从那时起，他的所有的时光都在这黑亮的轮椅上度过。他的母亲常对我们说，她就是孩子的腿，有生之年。她没能给孩子幸福生活，她要让他健全活着，这是第20个春天。她要给孩子和我们一样的春天，再陪伴到下一个春天。母亲说话时，每次都能看到他黑亮的眼睛闪烁着泪花，他不说话。而我们又能说些什么？他的春天就这样度过，母亲在身边的春天，忧郁的春天。我在想，因为母亲有一天会老去，他将如何去度过而到下一个春天？他忽闪着黑亮的眼睛，看着你。

若看着你，你会怎么办？那个打草工的春天是忙碌的，我或许只能看到他的背影。我想他所有的事情都只与打草有关。而默默的我，安静的母子却与这个春天有关，春天会知道吗？

嘭！一只足球滚落在亭子旁边，一个小孩儿追跑过来，突然跌趴在草地上。这时，母亲丢开了轮椅，他突然从轮椅上端直“站”起，我向前跑去，打草工扔下了机器——大家都向孩子奔去……孩子从地上慢慢爬起。母亲捡起了足球，我停下脚步在轮椅的旁边，他忽闪着黑眼睛望着我。我看到他头发整齐，脸庞白皙，黑框眼镜后面的眼神热烈而惊慌，我蓬乱着头发，眼睛涩酸。母亲回到他身边，攥着他的手，抚着他的胸口说，孩子，咱们回去。

小孩子抱着球离开了草地。

打草工返回到机器旁边，推着打草机走出了草地。这次，我看到了他米黄色的帽檐下黝黑的脸。他也有蓬乱头发和胡茬，还有和我一样忧郁的眼神。

在这个春天，我想你肯定知道，总有那么一双眼睛和我们一样，在很多时间里都那么忧郁。我想说，这些都与春天无关，可都在春天发生。这就是我们的春天。

亲爱的朋友，咱们回去吧。

5

有时候想自己真是一块石头。静静地躺在岸边，有花无花；躺在草丛，枯萎葱茏；或者大路边，有人无人。我在想，在岸边，你路过会不会拾捡？那里有很多迷人的风景。在草丛，你会不会看见？现在的春天绿草无边。在路边，你会不会经过？用漂亮的旅游鞋去碰？没错，是漂亮的旅游鞋。你一定有着优雅的动作，我想你会有美丽的心情。后来，我知道，那只是一次旅行，那也只是一块石头。我们都遭遇了一个名叫春季的河流，在一个故事的不同情节里活着。而你一路花开凋零，我一路看着花开，在凋零的花旁等你。

我感觉自己就是一块石头，不管花开不开，你来不来。这就是这颗石头在这个春天的心情，尽管有些忧伤。在这个春天，这样的忧伤渐渐多起来，多的原因来自孤独。不知道是喜欢还是不喜欢，就已经在孤独的河流里。就像很多时候，很多的人有着那么多的莫名郁闷，莫名烦恼，莫名不安。这许多的莫名，却无法说出来、说清楚，看不到也摸不着。这到底是怎样的一种状态，在这个春天，在我们的日子里，是什么在作祟？这些灰暗的时光。

每个人都会历经孤独困扰的时光。这些孤独时光若同黑白照片，若同凄风寒雨，无法亮丽起来，无法阳光起来，也无法快乐起来。这时候的我们像一片叶落在旷野，一驾马车闲置在故居，一盘石碾斑驳在村口，安静而孤寂。我无法接受却在承受着这样的季节，只等草绿如荫，大树生出叶片和花朵，有鸟栖来。

是的，明确地说，我现在很沮丧。请允许我这样的表达。你也有过被孤独困扰的日子，对吗？必然如我所表达的状态，我们有时候真的无法快乐起来。若是小时候不高兴了，妈妈会抱着哄哄，或买些糖果逗我们高兴。可现在，妈妈老了或者妈妈不在了，谁来抱抱你？那些糖果都去哪儿了？我想对你说声抱歉，朋友。或许是因为我的坏心情，我担心会影响到你。特别是你正在读这些文字的时候。真的抱歉，我想说当你看到这些文字，我是非常感谢你和我在一起的，彼此成为一个伙伴，就像一条路上并不是只有我，或者你，陌生或不陌生。

在岸边，能看到远方的山与河流被春天魔变。就躺在岸边，有明媚的桃树灿灿地开花，花瓣就落在旁边。它们有轻盈的舞蹈，有醉人的清香。我听到了它们在欢愉地说笑。这有趣的春天啊，风一吹便绿了树，红了花，把岸边的水塘惹笑，到处都是粉红的笑颜。我想更有趣的是它落下来就在我的旁边，带着浓郁芳香，端庄又妩媚。我能够感觉到它柔软的腰身，看到翩翩裙裾，红扑扑的面庞。这些桃花啊，你羽毛一样没有声响。那定是穿着布底的软鞋子，荡着绵绵的桃枝秋千摆着到了我身边。我能听到你在哧哧地笑，就想到了掩面而窥的女子，这样的女子应该是我的红颜。否则，它为何要对我哧哧地笑？我就这样也红了脸，躺在岸边，听它把哧哧的笑散落在水中，水塘就变出了无数的涟漪，她就在上面曼妙地舞蹈。躺在春天的岸边，就是这个岸的主人，尽管是一颗石头，但有清浅的绿荇和细流密语，有桃花雨和水塘的舞蹈，我还会落寞满城吗？我看到了桃花的微笑，就开始等那个貌若桃花的女子的遇见。

当寒冬离开时，我看到了它的白手臂在挥舞。这时，我就在灰黄的草地上眺望春天。阳光碎金一般满地都是，我的身边流散出一条条涌动的小河。水是晶莹的，有着残冰，阳光碎碎地坠落，能听到金属般的脆响。我知道，我的身上金碧辉煌，我将迎接新的时光。我也看到，当阳光若手，每拂过的地方就会水光洌滟。不多久，我就听到了窸窸窣窣的声音，像风拂过竹林，又像清泉滑落岩壁，宏大而细小，靠近而悠远。我能感觉到地下的热流，那些草根在行走，划开了土壤，往上顶撞。我被这美妙的声音陶醉，我被地下的热流激活。能感觉到涌动的力量穿过我每一根血管，打通每一处脉络。我想和它们一样冲破寒冬遗留的冰甲，蓬勃而起。可是，我只能躺着，任由一条条根茎将地下的热流像鸡血一样打入一棵棵草芽，破土而出……

在后来的每个白天和黑夜，我都目睹了它们的热烈和自己的沉默。再后来，我身边的草芽都被风吹过，被雨浇灌而成了绿色的大树，我知道那些风就是春风，那些雨便是春雨。那些摆动的绿腰让我烦恼，挡住了我看远方的视线，我的世界开始模糊不清，我在这些树下不语。我被丢进了一个叫森林的地方，像一只落果等待腐烂。可实际并没有想象的糟糕，因为我是一块石头。这些时候，我总能听到咚咚的声音，那是森林里的野果落地。在几天以后的黄昏我看到，一行行的蚁虫列队从我的门前走过，它们手足上沾着未干的残血，浩浩荡荡。我知道，那个落果已遭不测，我能想象出那些惊人的骨头和空壳的衣物。我开始听到丛林里有很多怪虫和飞禽唱着无休无止的挽歌。我想说我不知道它们都在为谁而唱，真的。直到有一天，秋风过处，当天空冷雨飘摇，这些森林开始扑倒在水里啜泣，我才知道春已逃之夭夭。一棵棵大树倾倒，到处都能嗅到草叶的腐香。它们要在大地上和泥土交谈，大致的意思是自己的墓地可否被阳光照耀。我一直听它们说着话，最后空余风声。然后纷纷扬扬的叶子在我的身边砸落，生硬或飘逸。我看到，那些秋雨是它们流下的血色的泪，泪流成河，群山流火。这时候，我的世界已不再模糊，我看见了缤纷落叶的小径，白茬的农田茂盛的秋季作物，还有依稀村庄、烟火和远方。

现在，我开始等待，在春水绿蓝的幽静湖边。

我想会在寂寞琴声里，你从这条小径上回来。

6

站在镜子前面，就看到了丑陋的自己。

没有什么时候比现在更清楚，那个镜中人，当一切饰物都褪掉，原始的呈现。这是要洗净自己，尘灰，污垢，疲惫，浮躁，还有身份，身份之上的光华种种。人总是这样，只有在私密空间，在斗室亮光之下，才敢于把自己纯粹地放出来，放在高光之下，就像一个被剥了皮的水果。是的，更像一只被砸碎壳的核桃。这时你是否看清了这张皱褶遍布的脸？我知道这些补白霜所掩盖的事实，当流水冲掉亮彩，我们就被时光带到了这个年龄，到这斗室之内的自己。当双手离开眼睛，那些瞒天过海的东西旋转着从洗脸盆漏斗消失。然后，你很真实地发现了自己和镜中的那个人。那个人讨厌地在笑，你是否发现？然后在说话。

你的头发稀疏无光，你的眼神忧郁迷茫，你的皮肤黯淡灰沉，你的精神萎靡不振，我亲爱的大叔。

……

你的身体状况糟糕，你的肚子和腰臃肿，体检反映有问题，你的动作变得笨拙，能听到喘气的声音。

……

你抽烟酗酒，经常熬夜，经常瞌睡，记忆力衰退，你自控能力减退。是的。现在孩子慢慢长大，老人逐渐衰老，你的事业还需努力，有很多事情要你去做。

大叔低下头颅，时光凝固……

那个镜中人看着你，我却无法遮掩事实。

是的。坦诚地告诉你吧，我现在很沮丧，我感到了时光的可怕和公正。食物、生活、情绪，我都无法自控，我变得焦虑，抑郁，我知道无节制饮食太不好，太随意生活不好，可我总明明白白地去满足胃口，慌乱应对人生。哦，你说对了，我经常记不起一些事情，比如迎面走来的人向你微笑打招呼，可我茫然迷乱寻找曾经；我翻天覆地地在寻找孩子需要签名的成绩单，可它在我的手里拿着就是找不见；我总找不到第二天出门要穿的衣服；还有很多次忘记了朋友的宴会，这些宴会对他们来说是多么重要。我感觉自己力不从心，容易瞌睡，我能知道这种慵懒的后果，很多时光就这样眼睁睁擦肩而过。是的，我喜欢黑夜，白天让我疲惫透支。走到街上，我会觉着自己看到的每一个人都那么幸福。我承认自己凌晨之前从没睡过，我经常在书籍和文字中放纵自己，当月光爬上窗台，星星点起长灯。我告诉自己，我还能睁开眼睛，我还有什么理由孤独？我事实上很厌恶自己抽烟的行径，我也经常去赴酒场。抽烟老被人闲话，饮酒留下了伤疤，可生活中的压力浪潮一般扑来又扑来，太清醒就会被强光灼伤，世界这么大又这么小，你要逃到哪儿？我知道这是一个很不高明甚至十分愚蠢的理由。我一直在想，现在的生活，城市和世界到底给了人们什么？岂不知道多少人掏空的不仅是肉体还有精神，荒草丛生，挣扎度日。说这些话，不是又在给自己找求生洞口，我在想和我一样度日的人们，那些失去光泽的生命和人生。是的，我不光是动作笨拙，反应也开始迟缓。不知道是社会节奏太快太复杂，还是自己日渐萎缩，当晨起跟不上同行的人潮，午后接不住球友打来的球，跑不动、跳不高、走不远的时候，我知道了那个小伙子走了，留下了一个大叔。

后来，在发现这个春天风暖雨斜花开时，才知道自己离这个美丽的世界，这火热的人间多么遥远和陌生。我是大声骂了一句的，这狗日的春天！我知道我这样是粗俗的，但很痛快！你要知道，你来了，我将如何告别今天？是的，当大家都逃的很远，而有人却困在原地，我想说，现在的生活对于我们已空前紧张，最糟糕的莫过于人际关系。利害面前你多我少，无利害时冰冷漠然。大致三类，一类人望穿钱眼，一类人寻根问天，一类人浪荡人间，我们都游离在自己的生命荒原。这就是现在的我们，据说现在的鸢尾花盛开得紫蓝，我们的花呢？

毛巾在哪儿，我擦擦汗。

没错，这就是现在的自己。想对你说，我喜欢田园牧歌的生活。我羡慕那些青草地，绿色葱茏花朵盛开的旺盛生命，可以策马由缰，自由自在。我羡慕游鱼，多么简单的世界，一生沉默，累了可以停下来，可以不管红绿灯。我羡慕小鸟，它有可以远走高飞的翅膀。我也羡慕农夫，有自己的田地可以挥汗种收，羡慕渔夫有自己的小舟可以风雨江上，可以粗茶淡饭把日子过得富足。我其实也羡慕寺僧，那里不染尘，人生幽静。这些简单、自由的生活，我觉得就是精品人生，就是我们一直想要的生活。而这些只能想想，经常会湿了眼眶的想想。其实，人的一生很多事情想想也很幸福。我知道我在宽慰自己的灵魂，傻傻的，但不是傻瓜。

毛巾呢，我擦擦泪。

很抱歉自己的，我疏于体检。能记起的次数很少，有时候体检了，最后总没见到报告单。直到有一天莫名背痛，才求医体检。结果是因体胖，各种高，常伏案，运动少，喝酒抽烟，健康堪忧。所以，我精神状态欠佳，我的皱纹在悄悄爬上来，我的皮肤干燥粗糙，我的两鬓突显“空地”，头顶开始稀疏，不敢想梳子，更不愿意看到梳子……

我在说话，他在看着，在听。感觉就像一把解剖刀在光顾一只青蛙。此时灯煞白，脸苍白，看着镜子中的他，听屋顶白色莲蓬滴水嗒嗒。突然，想起了彼得梅尔的《一只狗的生活意见》，那个小狗仔仔，它说家猫是“自恃清高，不善交际的毛球”，我在想若人们都在这斗室，是不是也会成为不可多话的“肉球”。突然发笑，笑我们都在这样的斗室看到了自己，很像家猫一样躲在安静的角落度日，说一些意见给自己听。这话是不是多了，我发现从来没有这么废话过，尽管感觉自己有演讲天赋，确实可笑，其实可悲。

哗！那个镜子里的人消失，成了碎块。

这是一只拳头在说话，窗外春光荡漾——

从山上采回来了一些花，手有余香。到幽静庭院，绿篱道旁，白色的花连片成裳香更浓，我知道这是荼蘼花，多像一位素衣娘隔墙相望。伸手几朵，醉了心窝。我也知道“荼蘼不争春，寂寞开最晚”，这是春天最后的盛宴，而花期过后你又将去向哪里？我在想今天的遇见，是否会你我荼蘼？又何期相见？盛满水，花满镜，一念到彼岸，青丝落雪白。一瓢净水灌顶，这个大木桶，水漾残花走，睁眼才发现，指染水红刺痛。找了块小布片，似梦非梦。

伸着指头我发现这不是很骄傲的一个杰作。我在想，人们一直好争斗，这个沿袭确实毒深不浅，但若有所醒悟，自会知道明里暗里最后都徒有虚名。而今让你一丝不着，华冠皆抛青春之花荼蘼，你可再折腾？要知道，净水之下，莫说高下，无论富贵之体或贫贱之躯皆为洗澡，除去污垢都能鲜肉华光，若面面相对，都是肉球一个，你可再论多少？我还想说的是，都为除垢，然而荡涤的是灵魂，若真没能放下或丢掉，你依然肮脏。其实，若真的是这样，你有权利保持沉默，你有必要去抄下水表看看水费。大叔！

这个挺可笑的，但不可否认当一个人在斗室，在莲蓬下像浇灌一棵庄稼一样遇到那些甘霖，确实是幸福的、美妙的，你有权利去唱歌或者咆哮，安静或沉思，总之你能想到一棵庄稼在蓬勃生长。当然你可以放肆，放肆到成为一个想象派，但你发现没有，你很能拿自己开涮，当然这是你的权利，你可以任性到断电或者断水。当然，若在黑暗中洗澡，这肯定又是一个冷笑话。我们很多时候有权利欢笑，比如我们说到这些话的这个时候。

脚像两棵树根，上面生长着树枝和果实，最大的一棵会思考和说话，当然不排除它有时候经常乱思考和乱说话。当站在镜子面前，你应该感谢镜子，是的，这是个伟大的发明。你从镜子里能看到那个会思考和说话的人。这时候，他丑陋，他觉得人很可怜，都会有这样的死胡同，因为从开始就钻进了铁笼子。当然，还是想一些美好的吧，比如过去那些时光，比如我们还不丑陋的时候。可现在若想到这些的话，会逼着自己发疯。因为我的头发稀疏，我的皱纹密布，我的皮肤松弛，我的乳房低垂，我们都力不从心，我们都有话都不说。我想说，我讨厌这样。所以，我们经常会像家猫一样躲起来，我们掩饰哭泣和快乐，我们会想那些华丽的服饰，我们在用面膜，我们在补水，我们清楚地糊涂着，让自己一塌糊涂。这是一个讨厌的事情，简直有些糟糕透顶。你说呢？

很多时候被莲蓬的水浇灌得眩晕或冰透，看到自己你会相信和明白很多事情。双臂抱着自己还那么孤独忧郁，抚摸着自己的脸庞泪水擦也不去，就坐着发呆，或者成为一个思维空白的壳，和时间一样安静。安静。安静。

热水器是提前半小时打开的，水温 70℃。莲蓬是小莲蓬，旋转了几圈才到这个位置。站在水边，开始是凉水，感觉像一棵临风的树在江边，然后有热风吹来，我伸出手臂迎接这个春天。我想，春风为什么这么暖，因为春风已化作星雨，我成了水滴。

现在，我在想我是要先洗澡还是要先洗我的衣裳。

站在镜子面前，我看到你，你诡秘地对我笑。

7

这次回到故乡很突然，因为昨日梦，说走就走。

打开窗，便有青草味和桃花香被夜风悄悄带到鼻尖。能看到对面的楼上一些窗格子发亮，我以为那是石壁上的佛龛点亮灯盏。那些轻闲的流云，必是袅动的佛香。我知道这些窗会亮起来，也会暗下去，代表着一天的轮回。熟睡的他们是不知道的，那些黑的窗子里的无声世界，安然平静。因为黑夜可以覆盖一切。这些亮着的所在，能看到光明、风景和呼吸，还有饥饿、忧愁和欢乐。我在想，这样的夜我的窗，在黑暗中你是否会看到一双洞穿苍穹的眼睛？那是持钵倚杖的浮屠，在星夜的江边的草亭，听虫鸣观天灯；那是发着紫色瓷光的水晶利剑，在这个安静而躁动的世界守护正义与和平、健康和幸福。江边亭无人叨扰，古船沧桑失色，江水愁容万里，江堤荒草参差，群山狂欢。此时，七八颗星辰落水，五六片暗花浮沉，三四声梵音清澈，一两杯山茶沉郁，万籁俱寂。这安详的旷境，该是世外桃源，江舟渔火暖，清波呢喃。冷香扑面的优昙花生出冰洁的瓣，像一双双手在漫山碧翠间召唤。寺门朱红，金字祥光，佛花隆盛……

睁开眼，望见自己的手伸在黑夜空中，原来是梦。这时月亮正路过窗前。它的眼眸纯澈若水，我披衣看月色流泻成河。河里泛着银波，窗台上的八仙盆又开了小花几朵。对面的楼层漆黑若谷，四边透出天光，东方破晓……

车上总迷糊，身边坐着儿子和一个小包。我突然发现在离开故乡时大包小包带不完，而今天回乡却这样简单，我不知道为什么。儿子见我迷糊用手戳了我几次，我说醒着呢，然后把目光投向窗外，看飞速倒退的世界。那些倒退的若是旧时光又该多好啊！儿子坐在旁边，好像守护着一个渐行渐老的故事。我享受这样的守护。想起那年离开故乡时的不舍情绪，今天却安静自然，我不知道为什么，说走就走，回家。

回到家的时候，在院边看到父亲正在菜园浇地。那些油菜之类的菜地像一块块绿色薄毯，整齐划一，清澈的水从旁边的河里抽上来，河道满是茂盛的芦苇。我惊喜地对儿子说，快叫爷爷。儿子似乎害羞，笑笑然后跑进院子喊“欣泽”，欣泽是他们兄弟姊妹中最小的一个孩子，3 岁多。我竟担心儿子太腼腆，像个女娃子！我径直走向地里。

看着长势蓬勃的菜蔬，我惊喜得合不拢嘴。父亲看见我眼里闪着亮光，嗔怪地说，没事就不要回来，豆豆（小儿乳名）也回来了？是的，他进屋里了。和父亲说着话，水流欢快地在一行行菜地里赛跑。稍有不平整的地方，父亲就用铁锨疏导，水就漫过去了。我能听到胖墩墩、绿油油的小菜苗咕咕喝水的声音。

菜地浇完，父亲的老布鞋已湿透，粘上了泥巴。收拾好水泵，我们圪蹴在菜地旁边的土坎上看着一片汪洋的菜地说着话，他抽着旱烟。看着满眼的菜，我看到了父亲的欣慰和期望，就像他看到我和孩子。父亲依然清瘦，习惯了那一身的朴素。背上的 T 恤汗水浸透，短发中夹杂着白发，胡子拉碴。他用骨节变形的手捏着旱烟，我很享受这旱烟的味道，和父亲在春天的美丽菜园说话。刚圪蹴了一会儿，我就觉得脚发软，腿发困。父亲对我说要注意身体，我感觉惭愧，有点儿五体不勤。我算是一个装粮食的器物，而父亲却干瘦成一座木雕。父亲让我多照顾老二和老三，把娃娃看管严，我一一应诺。他让我少喝酒，多节俭，好好工作，与人为善，我一一应诺。他把烟锅在地上磕，我说我也来一锅。父亲看看我说，烟也要少抽的，递给我，烟锅烫手。装了烟沫，呛呛的，香香的，就有了故乡的感觉，故乡的味道……

此时儿子豆豆把几个小娃从院子里带到了菜地。孩子们一时间“爷爷，爷爷”叫个不停，都往怀里钻。父亲一个个应着，摸着头，乐呵着很开心。父亲拉着豆豆的手问你咋回来了，书念得咋样，又长高了！豆豆腼腆地说，好着呢，爷爷，你该理发了。他刚一说，弟弟家的女儿抢着说，咱给爷爷梳个小辫儿吧。孩子们都笑起来，父亲乐得合不拢嘴。这时候，突然小欣泽大叫起来，原来是把脚塞到泥里面了。刚浇地，水把地头的小渠泡软了。大家赶紧把他的脚从泥里面拔出来，在旁边的水洼里清洗鞋子和脚片。我说，小欣泽的脚像一只白萝卜！孩子们都哈哈大笑。父亲说，都赶紧往上走，看把你们的脚都变成“白萝卜”了。孩子们笑着，一个跟一个从地里出来，往院子里面跑。

这春天的菜地，快乐的嬉笑，美好的时光！我知道，这就是故乡，真实而朴素。我也知道孩子为什么更喜欢乡村。这里才是他的乐园，这里才有真正的童年。而于父亲来说，孩子们回来和他在一起，他的世界才会更完美。这就是他想要的。我看到了那些绿油油的蔬菜在水的滋润下，在阳光的照耀下正鲜嫩成长。

和父亲坐堂屋里，他一直喜欢听我说话，说自己和母亲的一些话几乎很少。比如提及他们俩的健康或者什么。即使问，也都说啥都好着呢。看得出来，父亲尽管身材瘦小，但内心强大。他一直和母亲说不要给孩子压力，精神上和物质上的。之所以珍视下面的菜地而不辞劳苦，他说可以供他们生计无忧。平日里精心种养，白天收拾，次日凌晨3时再推车到十里开外的市街批售。到6点多回来，又去翻地播种，每年的春天和夏天几乎都是这样度过。说起来父亲倒轻松快活，他很知足。母亲尽管身体孱弱，她总说不累的，就是带几个孩子，也不出什么大力气。这些事情我们是劝过很多次的，可他们却说好着呢，更别提到城里一起生活。有时候感觉自己很无奈，无法留父母亲在身边而依然要他们受清苦劳累。每次他们到县城都是一声不吭地回去；有次给父亲过生日，他竟然像孩子一样生气跑出去躲藏起来。每次我们带东西回去，总要受到责备。父亲总说，他们还能动弹，比起七八十岁的老人他们还小着呢。无奈之下，我们只能由着他们俩“倔强的孩子”。而能做的就是经常抽时间回去多陪陪他们，让他们不再孤独。

回家后的两天，我对母亲说做饭交给我吧，您为我们做了一辈子的饭，也让我给您做顿饭吧。母亲同意了。可当我在厨房忙起来的时候，她总在旁边打下手，边和我说话，很开心。饭菜摆上桌，父亲会拿出酒小酌几杯，让我也陪他喝。母亲把孩子们都安顿好了，自己才最后一个动筷子。看着一家人吃饭高兴的样子，父亲和母亲很欣慰，我很幸福。其实，做了两顿饭，手就被刀切破了两次，娃娃们看见大叫说大伯手流血了！我说别让奶奶知道啊，大伯一会儿去街道给你们买糖果吃，乖！孩子们就不说了。尽管手破了，可疼在手上却甜在心里。

一天饭后又和父亲拉着话。他突然像个孩子一样的伤感。他说再强壮的树木迟早会枯朽的，上房里面的那些板材自己会择日晾晒。这是规律，自己心里有数。作为长子，是要对你讲的。父亲突然说了这些话，我愣住了。我说乱讲啥呢，莫要说的！话是这么说，可心里真不是滋味。记忆中父亲有一次摔倒在地，是几个乡亲救起了他，可他从来没有讲过；母亲冠心病、高血压经常心慌气短，可她从没在我们面前提过。而每天陪伴他们的都是孩子，他们要照顾孩子……父亲看着我无语，几度哽咽，他说自己今天多喝了两杯。他在院子里取了工具去了菜地。

夕阳染红了山峦，绿树苍翠。院子里的几朵花开得有些得意，我讨厌它们的无知。当我沏好茶端给父亲时，他正佝偻着身子在耙地。我站在残阳如血的地头流泪……

那一夜的雨很突然，还没来得及将院子里的东西拿回屋，它就劈头盖脸地将乡村的夜打得噼里啪啦。那些刚探头望见春天的花儿被雨点打晕，花瓣和叶片满地。我莫名地害怕起这春天的雨夜。待父亲母亲说话之际，我打起伞冒雨去村上的卫生室买药。风骤雨急，伞几次被刮落，不知道是泪水还是雨水冰凉地在脸上奔流。黑夜能若何？我挺进在这暗夜的雨中，脚下积水如河。我在祈祷，祈祷雨过天晴，会有星空和明媚天气。

当踩着泥浆回到家时，父母亲已休息，可灯光仍亮。我知道，他们在等着他们的孩子回来，他们永远为自己的孩子点亮灯盏。我轻轻推门进去，拿出“速效救心丸”轻轻放在母亲的枕头边。我静静地坐在旁边……

外面雨声断续，屋内灯光温馨。静静地坐在父亲和母亲旁边，守着他们真的好幸福。我愿意守住这样的时光，我的要求是一万年……

夜，乡村的雨夜，万籁皆美，乡音迷醉。我轻轻闭门，撑伞在雨夜。我知道院子里的那些花都是奔着春天而来的，可春天却愣是有着这样的瓢泼之水。风是凉的，透心寒背。我看到那满树的花和我一样抹泪以对。我们都在以火热的心奔向春天，而生活却让春天哭了，去葬花！这个夜的雨真大！

第二天，我醒来才发现自己和衣而睡。外面鸟叫清脆，孩子们拍着窗直喊“大伯起床！”就在我拉开门的一刹那，阳光金晃晃地洒满了房间，还有孩子们欢快的笑声。我知道，天晴了！

是的，天晴了，我们才会看到阳光，蓝天白云，还有幸福快乐和美丽城郭。

8

今天立夏，太阳穿透云朵，大地开始亮堂起来。

我知道，春天就这样过去了，它不会在乎你过得快乐不快乐。她只知道匆匆赶路，像一个过客。其实，每个人都会在这样的春天里生活，简单也好，复杂也罢。春天里有花开，也有花落，有欢乐也有忧伤。怎么活都是过，或许你在赏花时，它就在对面的花丛望你；你在河边洗衣时，它就坐在对面的岸看你；你在院子里的小凳上叹惋时，它正在对面的树下和你一起哀伤；你在春夜安息时，它就在窗外的月色下想着心事……其实，我想说，我想说咱有事没事都别去惊扰它，因为它和我们一样匆匆，匆匆来，或者匆匆去。我们都只是过客，我们就都各走各的路吧。那是一条通往山上的路，回去的路，能看见经幡的路——

在春天，我想说一些话。其实，你是知道我为什么要说一些话的。春天来了，很美，我们得珍惜这么好的季节。于活着之上，说这些话，就和春天打在一起，可现在说春天的美，或者不美又有什么意义？是的，这个春天来了，现在就要走了，我真的很留恋，我知道你一定和我是一样的心情，因为你也有这样的春天，你不会让自己的春天就这样过去，对吗？

当然，你不会阻挡这样的时光的，特别是美好的事物。我们都躺在这绿荫之下，站在这小河旁边，守着这粗宽的赤色门槛，看小鸟飞翔歌唱，听溪水欢快流淌，望青云盘绕。我们又能做些什么？

今天立夏，你看看，太阳穿透了云朵，大地开始亮堂起来。所以，我就听到了夏天的浅唱。你听，那是这些年来绝美的挽歌……

在春天，我四十岁。

篱　居

搬家是一件麻烦的事，也是一件伤心的事，更是一件沉重的事。

在老家，每年都要搬家，冬天搬，春天搬。前者为了取暖，后者为了避暑，距离是从西厢房搬到东厢房，每次都将柴米油盐、衣帽鞋袜、日用杂什掏将出来，一一陈列庭院，然后，“全副武装”手执长竿（顶端捆绑一笤帚），里外扫将一番，再抬、抱、抓、拿地收将回去。工作量虽不是很大，但必要占去大半天光景。加之妻本来就认真绝透，非一一过手不可，擦洗不过两遍不放过，挪放不到位不放过，横看竖瞧不顺眼不放过，这三个“不放过”着实难缠，我只能硬着头皮跟着她不厌其烦地搬挪。

说实在的，这不算是实在意义的搬，确切点儿是“挪”，挪窝窝。每次适遇挪窝，我都打趣地对妻讲，我们这叫鸟儿迁徙，还唱了大戏，“西厢”唱罢唱“东厢”，不同的是戏中未有丫鬟红娘，且男女主角都已大婚罢了，屁股后还扯着碎娃娃；至于东厢，实属古人憾事。妻听后浅笑，娃娃就满脸茫然了。

季节变化，不闻花事，足不出户便知冷暖二三，这也就是挪窝的缘由，但不厌其烦。其实仔细想下就会知道，本源还是人最麻烦了。

春日，刚搬至东厢房，过了几天消闲日子，年味未散而又要挪，这次是搬家，到县城闹市中去。本次不为冷暖，而是送娃娃念书，去过一种新的生活。

该拿的、用的东西实在是太多，但都必须带上。直到把家里掏空，车子装得差不多了，妻还在院子里辗转出入地思量着，看啥还没有拿上。再三催促下，她才磨磨蹭蹭地退出庭院，上车。看得出，女人还是女人，不经意间手梢子还是抹了把眼泪。我嘀咕着“又不是不回来”，可看到那轻轻地一抹，倒添了点点幽幽的伤感。坐在颠簸的车上，看着故乡熟识的景象一幕幕渐行渐失，不觉心里像丢了娃娃似的堵得慌乱起来。那个庭院的时光之窗，缓缓合上，新生的羁旅之路，默默延伸。人，倒更像个叶片了，想与不想都会是要漂泊了。

辗转数日谈妥的居所，是一堂皇小区之围的棚户区，那些“京城客”的闲置之所。说是棚户区，也是一层两层的，虽没刻意粉饰，倒也能居得人家，挡些风雪雨露，但重要的是举步即达，沾了快捷的方便好处，省了劳顿麻烦。

从徒然四壁，到温暖舒心，总算收拾妥当，尽管很多物件还不知道安顿何处。然而买菜近了，购物近了，眼界也宽了，娃娃上学方便多了，算是寻得一好住处了，心也总算是放到了肚子里。

这个歇身之处，在楼上楼，占得了方寸阳台，眼界高了一格，视野便阔览无余。背靠着的院落，常闻三五房客笑谈不绝于耳，南有二三梧桐牵攀风景不离于目，西边阳台闲步顾盼，够得日月近，星辰愈显。每日，可见达官小贩，路人食客，如梭流连，皆收眼底，热闹聒噪难讨耳根清净。凡此种种都顺流而去，时光平淡，日月平常，无心计较，都像一条静溪安然自然。也忽记得，那个举家离乡，观于阳台之上的人亦为行客，是为暂且安得有所。不同的是臀下板凳为栖，桌前茶水为伴，掌中书卷为友，少了游逸行色，免于声嘶叫卖罢了。而今投居三日不到，生熟冷暖，厚薄深浅，流言长短充斥其间，燥也安着，静也安着，寄于篱下，度过这人生一二。

先前和这里的日子本是不一样的，习惯了就没有了区别。人总是在无形中默默地遵守着身边的规程，习惯着衣食住行，成规的和流俗的。当一切都成自然，一切就都丧失记忆，变成共同的习惯。就像一如新娶的嫁娘，起初总跌撞于那满脸的麻子，时间久了，那些麻子自然尘沙尽去，净落得俊样留下悦人眼目，何来区别。先前的日子在于妻儿，似乎真的一如记忆被现实遮蔽，但在我的心里，它们是生了根的，和现在一样鲜活。生活在两个时光里，身心习惯着这样的习惯，更习惯着鲜活的思念。尽管被习惯着，可习惯得总迷失方向。

早晨的时光总是从凌晨三四点开始的。隔壁的顾妈和儿子必是第一个起床的。他们算是很老的房客了，没人知道籍贯，儿媳前两年就离走了。娘儿俩很早起来，儿子得蹬着三轮去菜市场批发菜蔬，她则要收拾好菜馅，备好菜油，和好面团，生好炉子去职校门口抢摊位子。楼下的阿四这个时候都会黑脸黑手地送煤回来，在院内高腔大喊，让老婆起床热水、准备饭菜。一会儿，屋子就乒乒乓乓叮叮咣咣地弄出好多声响。进门，出门，打水，倒水，一会儿又鼾声四起，水龙头下搓洗衣服的声音连绵不断。临街工地机械开始轰鸣，车喇叭声逐渐密集，整个院子都醒来了。孩子一个个起床，吃着饼子喝着奶，出门上学去。上班的上班，留守的留守，打扫卫生，抱娃看家；倦眼乱发，与小贩问价，说个半天，尚不知道早上吃啥；还有两个房客耳不闻世事，一门睡眠，非等左邻右舍端得碗筷才会起床，搭些模糊的话不知早晚。东家自是等得院落空闲，里里外外打扫收拾一番算是晨练。后或展于竹椅，闭目养神，或侍弄花草，赏玩游鱼，或闲步集市，购得小菜，悠然自得，他们总是习惯于消受这样惬意的早晨。

黄昏开始，暮色浅垂，房客三三两两归得门来。孩子们丢弃碗筷，书写作业，嬉戏玩耍，聚看电视。晚归的午饭吃成了晚饭。还没回的，便在门口站着或阳台上倚着在过往的行人里找自家人。人都归来，便自行散去，入得房内，自是天地。那个顾妈回来迟早知道的人不是很多，因为她必是最后一个回家的，卖菜的儿子无论迟早也都会去接她。回来，叩门，没人理会，就坐阶上歇会儿，两人拉会儿话。过会儿或再叩，听到有拖鞋噼噼啪啪的声音，就会有晚睡或起夜的人过来开门，搬东西，洗罢，简单晚餐，渐渐睡去。深夜，总会有院门开闭的声响，夹杂些低语细言。不是吃夜宵的归来，或是晚班刚下，就是打牌下场，兴致尤酣，言说输赢之事，都把时光搞得不黑不白，把日子过得不阴不阳。大家虽各自在家，但都受着相同的嘈杂，最后渐而从于这种生态，趋于习惯而无语罢了。

其实想想，人生有很多时候都是处于无语状态的。今日的我们无语与惯从，只缘于都像一片树叶，被风飘拂到了同一个庭院，虽有了短暂的停息，可树叶还是树叶，肉体和精神从没在一条路上奔跑，奔跑得丧失了语言。我们何尝不是？顾妈和儿子、阿四和迷糊又何尝不是？习惯着彼此的习惯，在身为房客的日子里，居于篱下的日子里，在和生活周旋的日子里，我们都是，我们出奇的集体失语。

每月里，总有几天是收房租的日子。东家将房租明细算好，粘于显眼墙面，供众人看，大家都自觉交付。凡有涩者，会说些甜语，告些艰难，便秋后算账。亦有租子高者便呼呀叨叨，马上建章立制，节源限支，事过反一了了之。妻固本俭，平日支出有度。每逢交租，算计清楚，不差分文，虽面目之上无有声色，然过后总会对我约法“三少四要”。此为：晚上书读少点儿，烟少抽点儿，上网少点儿；房租要交，娃要上学，房贷要还，日子要过。这个约法可谓婆娘持家之道，然居于此，境于此，已知人生不易，便是谋生之道了。所以，竟实在地成了规矩，一一应诺执行，却倒让我短了不少精神。幸甚的是，阳台之上略有路灯光亮观书，兜有碎银讨得劣质烟草使唤，便和众人一样过活了。

虽是粗茶淡饭，但也医饥医渴。吃饱喝好，虽足于阳台之上为房客，但阳光普照。目睹匆匆行人，忙碌房客，总感日子被脚步踩得零零碎碎，无有形状。虽能求得三日饱，却真正无法觅得四季闲，哪怕是方寸之地，方寸之地的坦然和心灵空间的一丝释然。所以，我们一直很茫然，吃饱了依旧茫然。唯有那几把悠然恣意的竹椅和东家们有享用不尽的闲散时光。那些时光是幸福而漫长的，甚至是多余的。再零碎匆忙的脚步也从不会惊扰那些时光的节拍和韵律。同样是时光，流经不同的地方，便折射出迥异的光芒。在这样的光芒里，还有人在寻找亮光，还有人在光亮里迷途。

居住的院门外巷道旁原本是有三两棵梧桐的，早晨起来却不见了踪迹，留下了几个土坑。经打问得知，因拓路被伐掉了，徒生悲凉。那些树腰身浑圆，枝繁叶茂，盛开着淡紫色的小花。那些花浮香阵阵，常有鸟雀栖戏；青藤依绕，绿幕成帘。偶有独雀落于阳台之上，曲脖行走，满院情趣。如今，绿树不在，人尚有居，可鸟之何栖？藤之何附？只见篱落墙角，飞鸟尽散，乱紫遍地，暗香残留，怎能不让人生出些许悲凉？然而，这也会渐渐成为习惯的，一个惊人的习惯，一个没有了鸟语花香的习惯。我们还能习惯多久？

心情糟了很久，夏雨也淅淅沥沥了多日。一个雨中的灰色午后，风刮着雨伞和我回到了巷子里。院门外停着辆三轮车，放着凌乱的货物，未熄的蜂窝煤炉子哧哧冒着白烟。两个披着塑料布的人影慌乱地从车上抱东西。原来是顾妈和儿子。雨水顺着她眼前的白发流淌，嘴唇乌青，鞋和脚全泡在水里。儿子凌乱的头发吸附在额头，胡须掩埋了嘴巴。听着她不是很清楚的话语，大家一起把三轮车推进了院子。

进屋，收拾停当，端着热茶，楼下仍传来声响。妻忽言说，顾妈这几天要搬家，说是院子杂物乱放乱摆，影响很大。听罢，顿觉茶凉，吞咽不得，只闻雨声、风声……

搬家不是一件容易的事情，怎么能够轻松起来？这个雨后，不知道还会不会有雨？

（此文入选 2012 年《作品》第八期特别推荐）

又篱居

这段经历一直想要写一写，可累于工作和生活总是记起得多，却没有落笔。今夜，终于定心下来循声而望，去重温生命旅程中的那段时光。

当房东某一天说话更婉转的时候，那是一个飘着散淡雪丝的中午。我感觉或许有事情要发生。就像这天空，黯淡多日总会飘来些许微雪，把年拉近，把心揪紧。

室内炉火正旺，妻穿针走线于十字绣，一幅硕大的牡丹。房东斜倚炉旁，伸直一只腿脚，一只手掌摊开，一只手捏取着瓜子，边嗑边和妻拉着近近远远的话，妻子低头应诺着，貌似平静可心里却打起鼓来。我刚进门，她就直直地看着，我也望着她俩。

腊月间说是要动土的，考虑年近了，就拖了时日，可先生说年开了无有好时辰，就要大家多体谅多支持了。瓜子被捏在手心，房东轻轻缓缓地说。这些话是多么的委婉，可听着却不是滋味。我知道，这次终于下实心了，关于搬家的“逐客令”。我也知道，搬家就是折腾，搬来是，搬走亦是。

其实从内心讲，关于搬家多少人又能折腾得起，可不折腾又有什么法子？房子要加层，房客得生活，都要存在，是什么推动着你在跑？奔跑，跑慢了也不行。都像一个个匆忙上妆的演员，唱本框框，锣鼓声声，上台，下台，戏剧人生。由此，想到了张爱玲。她说了，生活的戏剧化是不健康的。是的，生活如戏，大戏小戏，全本折子，不论好歹都不待选择，接受始终是人生常态，不管健康不健康都得继续。唉，搬吧。

还是星星点点的雪在飞。早饭吃到了中午，白天忙到深夜。正常的一切都变得零零碎碎，杂乱无章。娃娃端着饭碗，捡拾着还没写完的作业本，妻黑着脸，絮絮叨叨地进出。我灰头土脸，心神疲惫。至夜深，妻子娃娃已有微鼾。坐在床边，抽着烟，看着满地的捆捆卷卷、碟碟碗碗，一股一股地发着心酸。有个声音在问，这一年，都弄了些啥啊？这些年，都弄了些啥啊！突然感觉像在逃，一个又一个地逃，把人推到了墙角，墙角暗黑，眼睛就挤满了泪水。坐着没有滋味，躺下没有睡意，盯着天花板直到迷晕。受辱般的感觉，憋屈着自己。这或许就是做人的难吧。

两日后，房间里的大小物件都被打理停当。房客们一边说着轻松、调侃的话语，一边又凝重地苦诉这么多凌乱到底咋搬。房东进进出出，拉着不远不近的话。再三叮咛墙壁的钉子挂件要轻轻拨拉，线缆要细细整理，垃圾弃物是要集中到楼下的；房租、水费、电费都已经算好。我们一一应诺。在等邀来了兄弟、小舅子、表姐夫和几个文学朋友后，房客邻居们都腾出手脚，帮着忙着，辗转三五回，折腾半天才将这里搬到了那里，闹市临街的黑漆大门内二楼居室，另一个所在。然后，我和妻等又返回，将搬出物件的房子收拾干净，垃圾和废弃物运到了楼下站点。清了房租，交了钥匙，房东便笑逐颜开地和我们说着不远不近的话。我们沾满灰尘的手和众房客一一握着道别。下楼，离开这座门，那里的那个房子已空，阳台亦空，人不再。

出巷子时，遇到了熟识的人，往常样打着招呼。说，搬了？嗯，搬了。那常来坐啊。哦，常联系啊。这时，突然感觉从没有过的轻松。像一个久经沙场的老将军，卸下甲胄，一身轻裳，心归故里，再不守边关月；又似一个年迈的菜农，叫卖完最后一把菠菜，两筐空空，碎银充怀，再不观众生相。好生快哉！

其实人很多时候的离开，就是一种回归，如同生命的终结即是另一次的绽放。这需要理性的一个角度，看你是否放得下。摊开手掌，让身心干净；或者放不下，拿着或紧紧攥着，等着困死或累死，把自己逼到墙角。新衣服会旧会不合时宜，会遭遇废弃；美食会被吃掉，盘子会空，会不被记起；人会老，会没有呼吸，会长久沉默。相反的是，唐代的李白死了，可唐朝依然活在历史中，李白的诗歌依然活在大家的心中。这是精神的，物质的永远都别当回事儿，要看淡。我想是的。可真正地放下，却是一种能力和勇气。在人生的路上人是需要多转几个角的，获得这种能力，放下，抖落一身尘埃，活脱出新的自己；放下，你就会让自己站起，寻找和建立属于自己的王朝。

没几天，先前和我们一起的左右房客也相继搬出，结果又和我们在新的居所做起了邻居。这是房东下“逐客令”前，三家的女人集合游走，共同商定谈妥的结果。我们三个大男人在知情后都说，真是“三个女人一台戏”，赶走的鸟雀纷飞之后又到了同一片屋檐下。由此可见，其实人和人相处并不难。处久了，处好了，真诚互相，礼让谦和，情来意去，也就会冷暖尽知，人情往来了。

新居所处于繁华市街，昼夜摊点不散，人迹不绝，堪为不夜街。新处的房东个矮，性温凉，不多语，六旬余，老伴先辞，有俩儿陪之，并一花色可爱猫咪。她小儿妻子务工在外，长子守家，大家唤他胡胡，他就微微笑，乐呵呵瞅着你。在我们入住的时候，恰好是她的老伴过世翌年。一家人倾尽积蓄新建成三层二十四间室后，老爷子无福消享仙游，实为憾事。而我们算是第一批房客燕落新巢了。从此这个逼仄的小院落多了人来人往，开始了流淌的时光。

住进来后，我发现上门求租者寥寥，崭新的房间多有空闲，想必房东也会忧心吧。就在一个午班后去了房东居室，顺便谈说房租的事情。刚进门，房东就从炕上下来，打着招呼，猫咪也顺着炕沿蹭跳到地面。他们正在看电视。房东让胡胡倒茶，胡胡从炉火旁站起，微笑着从柜台上找杯子。我说刚喝过，不忙，不客气的。房东憨厚地说坐下说话，并用粗糙的手拍撢着床单。落座后谈起房租，她爽朗地说，按月、按年都成，趁你情况吧，你又跑不了哇！我笑了笑，那成，按月我付房租。另外，我帮你打印些广告单吧，贴出去，看能否多租出去几间房子。不麻烦吧……那麻烦你了。说着感谢的话，热茶就递到了手上。

后来，就拉了拉其他的话。房东说，她和胡胡住着，挨着的是小儿子的居处，再隔壁是伙房。他们的房门经常开着，照看大家上下门户，挡得生人闲客，给猫咪留着回路；小儿子房子只有春节期间才住，经常紧锁；伙房门从没锁过，给房客们留着，可以随时取水，免得大家忧心断炊；楼梯口的小房间，大家有闲物可以放置；大门的钥匙配了好几把，大家都带上。有什么事情，就叫胡胡，闲着也是闲着，互相有个搭手，就当自个人使唤……我听着，应诺着，尽管絮絮叨叨，却觉着温暖舒心。等接过胡胡手中的钥匙离开时，我发现那只猫咪不知何时已蜷缩着躺在我的旁边。胡胡见状，笑着说，我家猫把你都认下了。我说，我也喜欢猫咪。

次日，我将打印好的“房屋出租”宣传单交给了房东，她和胡胡就贴得满街都是。不几天，胡胡见面就高兴地对我说，打电话的多很。接着就能看到断断续续地有人来看房子，议价格，腊月二十五前后，二楼住满，三楼也住进去了两户，房东娘儿俩很是高兴。想想其实他俩也很不容易，房子是建好了，可只有都租赁出去，才会发挥效益。这下好了，除却忧心，可以舒舒坦坦过日子。从那时起，房东穿戴也有了小讲究，头发也梳理得光亮，还戴起了老花镜，在暖阳下为小孙子赶起了小褂褂。胡胡则清理完社区街道的垃圾，用工资买了随身听，把声音拧大，悠然大享秦腔，不时地哼唱出一两句来。日子就这样平凡而幸福地开始了。

那年他们的年过得津津有味，比往年都滋润。听胡胡说，光大肉就多割了三四斤，估计能吃到苜蓿长芽芽的时候。我们打心底里为他们高兴，我们也很开心，开心我们这样平凡而普通的人，能充充实实、舒舒坦坦、平平安安地过活，这或许就是人生的一种福气吧。

有句话讲得好，平平淡淡才是真。奋斗、拼搏固然重要，那是本着实现人生的更高价值。而相对于平凡普通的大多数人，小人物，首先是生活，是柴米油盐，是一日三餐。而怎样把简单的日子过活好，好到朴素简单，真实坦然，这才应该是人生活的意义。相比起那些沽名钓誉、投机钻营、尔虞我诈、尖酸刻薄之人的人生，这样的人生该是开明的多了，这才是大智慧。房东母子坚守平淡岁月，与人真诚友善；房客友好相处，坦诚相见。之所以大家都过活得舒坦快乐，那是于己去伪存真，于人真善美和，都坚守住了对生活的那份恬淡和自然。生活很大，日子很小，把琐碎平淡的小日子过好了，生活才会幸福。可真要实现这种小幸福，那是需要大情怀的。天空浩瀚，日月亘古。大地广袤，万物葱茏。山岳不语，立仞千年。清泉滴深，潜水流长。嘴再大，饭要一口一口吃；路再长，脚要一步一步走。因此，人活着是需要胸怀的，是一种心态。理想的，真正意义的生活会因为包容而宽厚，隐忍而弥久，知足而长乐。这样的生活其实需要的并不多，简单就好，随意就好，爱生活，爱生命，爱着就好。

其实，每个人在心中都有最纯真的那方天空，本初的美好。这种美好就是经营好心灵与精神的家园，让它开满鲜花，长满绿草，有湛蓝天空的飞鸟，淙淙小溪的丰茂森林与静美时光的乌托邦。不去在意房子破不破，大不大，衣衫漂亮不漂亮，三餐丰盛不丰盛，银子多不多、少不少，有爱你的人和你爱的人在一起就好。由此，想到了塔莎杜朵，美国绘本作家，一个用最自由的心灵尽情拥抱过这个世界的佛蒙特州最幸福的老太太，已故的那年92岁，活着的话现在年逾百岁。她说过，“我们真正想要的，并非物质，而是心灵的富足。想获得幸福，就是希望心灵得以充实吧。”这是一个老人对生活意义的最好诠释，她告诉人们要怎么去选择生活，怎么活，怎么过，怎么走完自己的这一生。

塔莎杜朵的一生是有着自己的大情怀的，是诗意而美好的。我想，我们也要努力地这么过活，是努力，不是盲从。尽管我们每个人不能主宰命运，但可以选择生活；尽管不能生活得诗意，但可以诗意地生活，让生活阳光普照，让人生充实自在。

新居安稳后，就不会再忧心颠沛流离的境况发生。房东和胡胡的安闲日子照旧。一楼的“豆浆哥”凌晨5点准时出摊，一辆四个小轱辘的小车车刺破黎明，送走残夜客中拉扯着一家四口过活。他娇小的妻子经常珠光宝气，他总有磨不完的豆浆和清脆的吆喝声。二楼口的高挑女人每天都嗑着瓜子，和走上走下的人拉着没完没了的闲话。偶尔一声半声地训斥着孩子，说老师误人子弟，说二楼老是停水，说男人经常喝醉。三楼总有小孩哭泣，电视从早晨开到晚上。老听到有人对着电话里喊三缺一，哗啦哗啦的洗牌声半夜不休。左邻女主人叫田田，洗洗刷刷很勤快，精心照料儿女，老公上班早出晚归。她家小子姑娘讨人喜欢，不在她家就在我家，夫妻二人不叫大哥大嫂不搭话，相处融洽。右舍我们称呼老杨哥，搞运输是老把式，妻子做服装生意，俩人和睦恩爱，生活幸福。我们则是上班下班，加班值班，顾外安内，忙碌不堪。经常是你忙着，我下班给孩子做饭，我忙了她下班给孩子做饭，到后来经常从外面带快餐。当然很多时候，也累了左邻右舍，照顾孩子吃饭，接送上下学，待我们回家连孩子的面都不用见。因为这样的常态，孩子们也学会了做简单的饭菜。每到周五他们就喊，周末休息要么做饭，要么就教我们做饭，要么就回奶奶家吃饭。我们苦笑着应诺，做他们喜欢的饭菜。孩子们说，爸爸妈妈做的饭菜就是好吃。我们心里愧疚着，鼻子会很酸很酸。

无论天气晴也罢雨也罢，日子就这样平常而普通，不紧不慢，不浓不淡，尽管各家内容不同，但充实而自然，不习惯的也习惯了，都会包容互纳并成为习惯。这也许就是生活吧。可能人都会将光鲜的一面示众，有夹着尾巴舞蹈，有关起门来吵架，有隐着耳目苟且，都在以各种理由努力活着。而能从从容容、虚怀若谷可是最好的了，能从琐碎之中、繁累之中返璞归真也是最好的了，可人注定是要被生活所累的，只要嘴张着肚子就要吃饭。路走累了，人可以坐下缓缓，可日子啊从不歇息，从不等人的。

我们几家每周总会有那么一二小聚的。不管谁家女人主厨，整几个小菜，弄瓶小酒，尽管都说自家男人嗜酒别给惯出毛病，但大小聚于斗室，坐于桌前，就都特赦了。虽然饭菜简简单单，但吃得舒舒坦坦，喝得晕晕乎乎，生活马马虎虎，日子就幸幸福福。于消费来说，几家女人都是节俭过日子的那种。每当她们上街逛商场，我们男人没一个跟着去的，她们老提意见。但提归提，只要是心爱之物，就是银子再少，生活再紧，也会同意，绝不短精神。有的时候，大家会慷慨言辞，说对自己好点儿，不过日子了，就互相出外请大餐，改善生活。脚迈出门，就是闹市。聚集在一起勿谈工作、家庭和生活之琐碎，不讲人生成败之得失，把世界都放下。女人美裙曼丽，男人拖鞋光膀，随意自在。叫来烧烤小菜、米线砂锅，大口吃肉，大碗喝酒，大声说话，不管这个世界吵不吵。有星月清风作陪，其乐融融，酣畅淋漓，尽享人世繁华。这也是生活，本真本色，原汁原味，没有条条框框，没有遮遮掩掩，也没有眉高眼低，更不用阿谀奉承、察言观色，就这么简单，这就是生活。

相反，有很多人拥有得再多仍愁眉苦脸，说不快乐，不幸福。我想说，这样的人是不幸的，那个“沟壑”是会害苦人的。其实，生活中的人啊，再苦都要微笑，再痛都要快乐。要始终给自己准备好一把钥匙，打开心门；准备好一把铁锹，给自己一个决口。走出来，再走出来，世界到处洒满阳光。所以，现在的我们很幸福。千万别到“一把烟火尽，清明雨花飞”的时候，空抱寒凉泪倾城。

3 月间，是万物生灵复苏的佳期。我们的窗台和门外的走廊自然就多了几盆花树。原来是女人们在街道心仪邀来的。绿色生机盎然，紫色高贵典雅，红色热情奔放，为单调的居所添了不少色彩，清新可爱，充满了小情趣。不经意间，房东的窗台也多了二三小花，那诱人的绿和点点的红总使过往者免不了多瞅几眼。这下，小院子里和春天一般热闹非凡起来。房东会到二楼和大家一起聊天，每次都会拉拉花草的侍弄之道，快乐闲适而充实。

后来的事情更有趣。由消闲侍弄花草，到后来大家竟然把菜给种出来了。在这个狭小的院子，这是谁也没有料想到的。起初是房东在一烂掉的大脸盆中移植了一排排韭菜根，竟然在雨后冒出尖芽芽。于是，大家索性把废弃的泡沫箱等交给房东，胡胡再把旧板材钉钉加工，又载来生土填充，浇水，撒种。一段时日后，它们就悄悄地变幻出一抹一抹的绿，一块一块的田。再后来，大家就分享到了小油菜、小菠菜的菜根香，欣喜异常，很是满足。大家都说，生活啊，是种出来的，要幸福和满足并不困难。就像那一方方的土，只要有种籽落下，有水滋润，它就会把根扎下来，把希望和美好长出来。这就是生活的真谛，很简单。简单真好！

日子行云流水，生活晨昏轮回。篱居于此的我们历经着彼此生命旅程中美好的日子，成为温暖记忆，成为永久怀念。

就在槐花芬芳的 5 月，接到了房管所的电话，历经 3 年的房子终于建成，要交钥匙。这是等待和盼望已久的。可如今突然却高兴和欣喜不起来。不是因为又要遭受搬家之苦，而实在地是生出莫名的失落，莫名的忧郁，莫名的心酸。

在要搬走的那天，我们是真想悄悄地离开，希望大家都有事出去了，或者都睡着了。尽管房东和胡胡，还有大家跑前跑后、跑上跑下地帮忙搬东西，有说有笑，可我还是看到了不舍和留恋。这该是多么复杂的心情！我知道，这间屋子会空，院子会失去往昔，会沉默不语；胡胡和老娘会依然守留在那里。我也知道，这间屋子还会住进房客，会熙熙攘攘，会有新的时光流动。而我们，已是个过客。我们在这里的时光将就此匿迹，停止在这缤纷的时节。

那天走时，我们把一盆心爱的小榕树盆景赠予了胡胡，树上的叶子正往外蹦着小嫩芽。胡胡还是微笑若初，猫咪缠绕在房东的脚边。我说，这花树根系好，要求不高，耐旱耐饥饿，容易经管，希望它会好好伴着你们活下去。房东的头发有些凌乱。她嘴唇嗫嚅着说，记得常来坐坐。我点头应诺。这时，我看到伙房外的一个洋瓷脸盆里，绿油油的小葱齐整整地正在一节节拔高，几棵辣椒树的小白花已经绽放，另外的一个泡沫箱内西葫芦藤蔓茂盛生发，郁郁葱葱到了外面……

外面，人声鼎沸，车水马龙，人间已是芳菲天。

离开，步入新的旅程；一个个过客，去到又一个篱下。

我们。

一个城市的距离

一直认为这不是一个数学问题，尽管是一座城市，还有那么多距离。倒宁愿它是一座空城，就可以不必去思考，就可以没有任何的阻隔，只要轻轻地一瞥，就可以刺穿，就可以到达。

天上已没有星星，夜幕如我一样惺忪。掀开温热的被，拾衣肩头，缓步窗前，拉开帘帏，对望一袭夜空，不知道因我的起，是否也一样苏醒。眼目穿行，这个城市已不再酣睡，尽管酒精还让大脑麻醉。想那座城，月光碎落满地，散在垂落的雨里，飘，打湿我的窗棂。

想，这是一个有烛光的夜晚。蛋糕、美眸、愿望和祝福，像花儿一样绽放在那座城里。夜，便是温暖的。而这座城，尽管秋深夜长，花黄雨凉，目光依然把黑夜刺穿成白昼。念，也是温暖的。

一座城。对于一座城的眷恋，不只是那里簇拥着四季和万物，流动着人群、香火和眼神，也生长着欢乐和忧伤。从陌生到记忆，向往到祝福都会因为一个人的留驻而去思念那座城，沉浮那座城，直到牵念成林，守望成海。穿过夜空，对望那座城，孤星寒闪，群山起象，海岸约隐，思念便绵软成烟，四处飘散，我便扑倒在那座城里。就这样扑倒，随秋风一起匍匐，潜入那夜，和夜的时光，一起奔跑成四季。所以，春天，就开放在那里；夏天，就奔放在那里；秋天，就燃烧在那里；冬天，就伫立在那里，和城里的日子一起历经轮回，生和老去。其实，其实因为一个人而喜欢一座城，并和城一起生息，已经没有了理由，就像城里的月光，总是喜欢在静谧的夜晚出来自己行走一样自然、习惯。

我的城于那座城来说，已没有了距离，因为秋色已经蔓延至城外。

我的城池已红叶满径。

一个人。在仰望远天的时候，生日歌起，灯烛摇曳，亲戚邻里和旧友新朋，分享着甜蜜，幸福便如海浪奔涌。那是你的生日之夜，祝福满满的日子。这样的幸福海洋，暖暖地包围着那个城市，快乐像花儿一样开放在你的脸上，在那个城市，我看着的城市。我的夜晚红叶覆城。摸摸发凉的窗台，拢拢沁湿的衣袖，其实自己的城已是孤城。而在那个祝福的夜，那个幸福的女人，如公主般美丽，花朵般灿烂，蔗糖般甜蜜。推开窗，想让风进来，让城不再空，让夜同样甜，让梦飞一会儿。沏一壶茶，温暖一下心房。其实，城没有空，茶给了心的温度。然后，问自己，一个人的夜，怎么去给你祝福？数星斗，一个城市，就这样有了距离，用心去丈量，飘忽夜空，有烛光闪现，望着就是温暖的方向。

人都会这样，会成为彼此或某个人的一个人，一个城，一个方向，有生日歌的地方，孤城为你守望，我为你击柳和唱。

一句话。相识，都说与佛有关，陈词，都显得语乏，就让佛一直如是说，回眸便成必然，纵使没有千百回。相知，应了佛的这一句话，尽管遥望成了唯一的念想。然后，我们笑了，佛，也笑了。这一句话，让多少人笑了，更让多少人哭了。然而，我们笑了，笑得与佛无关，佛也管不了那么许多。独倚案头的笑，窗外，星云吃吃地笑。想起在那个没有星星的夜晚，你望着我的城，说了一句话，生日快乐！于是，在黄叶变红的季节，佛安排在深秋两个擦肩的流星，降临在一条江的两端。一个在上游采莲，一个在下游捕鱼。莲，漂流来如瓶的灯盏，那上面有你映红的面颊，点染了我船头煮酒的夜晚，香，便挥之不散。如今的如今，你的那句话，是否也写在莲的花瓣，盛开在我搁浅的渔船，渔船停靠的那个岸，岸边的那个城，开满秋菊的我的城，飘落到一个人的冰凉的窗台？

有莲的暗香，在窗台的夜空点燃。举起芳香的杯，真有晚香盈鼻，薄荷的味儿，奶油般晶莹的烛光，清晰地荡漾在我的河边，我的野菊冷艳的城里，拭目犹新，挥手落痕。黯然，佛说了那句话，感动了这条河，光华了我的城，我如是说，生日快乐！你看，漫天的星斗就是我给你备好的灯烛，九天的河海就是我满满的祝福，还有一座飘满菊香的城，和守城的人，带着墨香的文字。这是我们最美好的生日礼物。

一杯酒。我想说，有杯茶的感觉真好。涩涩的味道，暖了辘辘的胃。酒精，没有彻底麻醉，因为夜比它更深沉。这样的深沉的夜，从华灯初上，就已经醉，和一场雨，打湿了霓虹。一个人，行走在雨街，飘忽在这个城市，像根浮萍，脚很疲惫。找个位置，清清幽幽，斟满心情，送入口中，苦涩的醚，散化到角角落落，看世界已迷糊，梦为我而铺张。铺张成一张大网，想要翩翩，心已舞蹈，为梦而舞。曲，漫漫弥散，更迭着前世今生，往昔今辰；酒，悄悄渗灌，生长着喜悦哀愁，人生起伏。抖一下，碎了整个目光；闭一下，世界没有了白昼。一杯酒，两个世界，比梦境真实，也来得容易，就有了全部，没有了距离，城与城的，心与心的。对于一个人的城市，或许醉着更好把一切征服。在这陌生的城市，即使还在漂泊，即使不能亲自点亮烛火，不能亲自唱起那首生日快乐歌，但祝福被斟满了酒杯，华灯点燃之时，我已为你开始舞蹈，一曲曲，一遍遍，没有疲惫，没有终结。

这个城市因为孤独，它一直未睡。

一首歌。喜欢听歌和唱歌，歌里的天空、云彩、飞鸟、大海和层林，还有停歇的小船，温馨的木屋，那些远离尘嚣的时光和岁月。暂离纷杂浮躁的尘世，静谧，恬淡，舒适地给心儿歇息的港湾。我们都会累，都会在漂泊中找不到北。累了就歇歇吧，听着，或者歌着，在忙碌中不要迷失了自己，空留疲惫多病的身躯，还有苍老的容颜滑下涩涩的泪。手抚渐冷的茶杯，知道自己就像这杯茶一样，会失去温度只余残叶而渐续老去。然，茶可以再续，何人举杯？

寒气扰我，不敌秋风。在这渐行却温的感觉里，徒然浅唱一曲，温暖一个怀抱，甜蜜一个微笑，给心一件棉袄，不再醒来。因此，抬头望远，歌声响起，山不再连绵，有目光的地方一马平川。江水因我而连，城池因我而移。推开窗，海阔天蓝。邀来明月，请来浪涛，接来飞鸟，掬来山泉，捧来野花，一起唱这首生日快乐歌，一起祝福和问候那座城，城里的流年，流年里的采莲女和舟船里的煮酒翁。

其实，每个人都会唱起自己心里的那首歌，唱在铅华洗尽，唱在浮华褪失，唱在人生的每一个早晨和夜晚。唱得花瓣如颜，给心呼吸的空间，我们的城不再孤寂，我们的城才会烟火连绵，碧叶连天。

一直望着城外，用思念丈量它的距离。当目光潮湿、天光一色时，才明白这个问题不是一个数学问题，虽然一直在丈量。直到这个深深的夜，长长的天，目光和手，温度和菊香，在祝福和问候里，真实地触摸到了那座城，城里的月光，一样飘着菊香的窗台，一样凝目远望的你。

一个城市的距离，缘于心的靠近，城将变成废墟。

推开窗，推开窗外的流年。

天亮了。一个城市，从此开始了远征。

（此文首发《中国文学》2011 年第十一期）

城市的意义

如果说乡村是自给自足的“天堂”，那么城市可否认为是弱肉强食的“地狱”？当有一天人们舍弃了“天堂”，而向城市密集进发，我们该如何去寻找它们之间的平衡？当下之中国农村的空城现象和城市的膨胀现状不容平静，不容观望，不容等待。这空城到底空的是什么，膨胀的又是什么？美国社会哲学家刘易斯·芒福德指出，城市的本质在于提供一种“有价值、有意义、有梦想”的生活方式，文化是城市的灵魂。当故乡远逝，文化和道德成了摆设，城市将意味着什么？我们要怎么才会“有价值、有意义、有梦想”的活着？我们该如何安放我们的灵魂？我们该何去何从？

——题记

1

去这个城市是因一次公务。我就站在城市中央。

每天早晨我都起得很早，洗漱，喝茶，看书，然后拉开帘子就看到茂盛的法国梧桐伸展开柔曼的枝条把窗棂染绿。我在想，这窗内的人把自己置于钢筋水泥之方格是实在没得法子，倒不如这绿桐自在。推开窗我就会看见这个城市惺忪的睡眼，红绿灯交替闪现，亮化灯勾勒着建筑轮廓，蓝色天幕渐行渐远，出租车像机器样工作。当透过密树能看清对面楼上的标牌时，上班族就像潮水一样汹涌在路上。顿时这宽阔的路面像开闸放水，各色汽车像浪一样涌过来，再涌过来。电瓶车、自行车，行人匆匆。叫卖声，呐喊声，汽车喇叭声和车铃声声声入耳。

这就是城市的早晨，我将耳朵和眼睛贴在城市的心脏、城市的街头。那是忙碌的人群，那是嘈杂的社会，那是烦乱的世界，那也是机械的时代，这就是城市人的生活。我知道，当城市这座大机器开始叫嚣，它的每一个角落都开始了流水线式的工作。这些流水线因为城市机器的开动而转动不已。无论是高尚的，低贱的，高贵的，普通的，轻松的，繁重的，热闹的，安静的，等等，一切元素都空前活跃，一切人的个体生命开始了活动，生活。人们都在不同的岗位从事不同的行业，向城市这个“母体”争金夺银，寻食问水，填得欲壑，继得日常。

看着人们在路上蜂拥，我方知自己这个时候在窗前的安闲是如此难得。当然，我也明白在城市这样的地方，安闲并不是很久远的事情，也不是一件好事。若在乡村，你除了事农桑，喂牲口，养几只鸡几头猪，赶大集，在家门口可以做也可以不做小买卖、打零工，能没完没了地晒悠闲太阳，赏洁白月光，看电视，逗猫咪，很多。因为生活简单，所以幸福容易；因为自给自足，所以钱够花就行，粮够吃就安。而这些事情，这样的状态于城市来讲都是很奢侈的了。你要上班开会，打卡签到，送孩子入学，和客户约谈，去医院排队，拉人送货占摊位，跳广场舞看对象约会等等，赶时间，跟节奏，不容等待，难得悠闲。在城市的早晨，脚步可以乱，头发可以乱，但工作不能乱，生活不能乱。当然，于乡村来讲有抢收抢种之说，这只与节令有关，而城市的早晨却天天如“龙口夺食战三夏”，你追我赶难消停。由此，我想到了那些奔跑的骆驼，当炸弹像花一样炸开。

这样的早晨我是不能就这样待在方格之中的。早晨清爽而美好，就要像鸟一样放出笼子。所以我也看到了一些人群。一楼大厅收银台的两个姑娘静静地坐着假寐，她们的工作可以坐着不需要奔跑。三个中年人都拿着手机蹭网，一个年轻的保安黑着眼圈像守边战士一样忠于职守。出门就沐晨风。那些高大个子的梧桐摇曳着绿袖，路上都是奔跑的人群。一个瘦汉的呐喊声很特别，打着手势做着动作在驯狗。那只狗很像狼，长舌头大尾巴，绕着绿化带兜圈子。狗很听话，就像老母鸡下蛋讨主人喜欢。城市这样的早晨，他和狗算不算晨练，若是，那么狗有可能会成为运动员。有路人驻足，看着那条狗奋力地兜圈，就会活动下手足，听狗师傅的呐喊。然后点一支烟看穿梭的车流，再点一支烟。我不清楚他吸烟看车流时在想什么，也不知道这只像狼一样的狗到底兜了多少个圈。街道边搞餐饮的店铺开门搬桌凳，踮脚尖案上揉面生火冒烟；烟酒杂货铺闭门，隔壁“成人用品”四个字一闪一闪，这些人的早晨像猫一样懒。我听见身边的梧桐树上几只鸟在练嗓子，声音并不怎么好听，肯定不算什么好鸟。那些车从身边飞过，高大的巴士像山一样，矗立。我会不会在这个城市迷路，我算不算一个过客？我想我会茫然失措，然后去兜圈子。

城市的早晨过得很快，就像遇到一个人还没好好说句话，就急匆匆走了。而我感觉自己如同站在警报四起、硝烟弥漫的街心——抬起头，我看到太阳像鸽子一样从天空掠过，层楼尽染，树也是金色的，然后我们的影子就烤在了坚硬的柏油路上。

2

有雨的城市是特别的。在这座城市的几天都经历了雨的洗礼。雨是细雨，尽管是仲夏，能觉到它牛毛般的轻柔。由此便若与温婉女子仙遇，依依无语又窃窃私语，像走进美丽的童话，喜欢上这默默的感觉，成为默默的情节。我在想，这是否就是城市的另一张面孔？连续几天，我都在公务之后去了一些附近的地方。因为我知道于这个城市我不算得常留客，是要成为过往的。这些天的雨很缠绵，丝丝柔柔，可以不去撑伞。我也看到了一些撑着伞的人，那或许更有情致。我喜欢这古城雨色。

这是荐福寺，长安三大佛经翻译场所之一。当然，这里因塔得名，而我却不晓得到哪儿去寻找那些大雁，而两次去了这里。我想，我或许就是那只大雁，现在就栖落于此，该是熟悉的故园。这里就叫“雁园”，最大的特点是清幽，绿荫如盖，风景若画。雁园门庭古香古色，上有火红灯笼几串。“雁园”二字篆书题之，是为“传统文化交流中心”。门的两侧各石鼓一座，入门照壁，“荐福”青花斗大，旁有佛像肃穆安详。青瓦花檐，绿藤绕缠，碧翠树木掩映。初涉幽地，惊诧之情洋溢。见游客闲散，互不喧哗，陶醉不已。四处佳景，目不暇接。望墙外蒿草迎风，高柳披发，那是繁华俗世，观墙内静雅清穆，荡涤心灵，这是人间瑶池。闻潺潺作响流水，在脚边水道似静非静。行至宽阔处浅潭若镜，就见到鹅黄水藻、墨绿叶子和娇丽荷花，还有橘色游鱼，青绿水岸，岸上小屋子。此间有古曲筝鸣琴语，行云流水，无论憩行，皆见大处古朴、小处精致，令人赏心悦目，心旷神怡，宛若行涉唐诗宋词大河。我在想，若能成一游鱼在此绿水之洲那该多好，可以自由人间，不闻尘火，宠辱皆忘。若说美妙的声音，那必是这只可能是八哥的鸟语。它在精致的竹笼里和每个路遇的人对话，你好！驻足细听或者还有更多的话语。我突然喜欢这样的笼子，它是比人间的樊笼要好多了的。我也喜欢与这只鸟多说几句，因为它或许比那些浮世之人要简单而真诚得多。我喜欢鸟语。

我是看上了这些睡莲的。就像踏青时遇到心仪的女子。它这是真要睡去了吗？我看着它优雅的睡姿，在水一方。喷溅的水花在池中舞蹈，它安静地度世，我安静地看它度世。几朵花开得不媚不萎，任你我来往，任风雨有无，孤芳傲世。我喜欢这样的性格，蹲坐在水旁，我就成为其中的一朵。那些拴马桩，我知道你的坚固耐磨，穿过无数历史岁月，如今尘土扑面仍然不失庄重地站立在我面前。在我抚摸你时，你的五官依然端庄，你的服饰依然考究，你憨厚的笑容还是那么含蓄。我在想，龇牙的狮子背了你那么多年，现在你还没下来？我闻到了马厩里的味道，我用缰绳把你拴牢，那些马儿就甩着尾巴，卷着舌头，站着沉默。就像我默默地站在你的旁边，抚摸你的手掌冰凉而生疼。我知道你一直都是这么古拙憨厚，倔强沧桑，就像我们北方的汉子一样。当马骨露野、草绳成灰，你无论倒下或者站立都依然坚硬不屈，让世人张望。看着这些残碑断石，我的双眼迷茫，像一匹老马疲惫桩旁，无限感伤。我觉得自己已成为这些拴马桩历史碎片中一抹凝重的沧桑。

后园亦安闲。可见到一排的小房子挤挨着。随处有蓬草翠绿脚下，或砖缝，或石隙也或木丛，以为故居，闲散的味道令人心生怜爱，不忍下履。我看到了那些窗各色别致，从外面能窥到舍内的琳琅物件。根雕，布艺，秦砖汉瓦，工者匠心凝神，赏者屏息注目，皆醉其中。有点儿冒失的是，我没打招呼就进去了这些小房子，生出突兀和惊诧。可我心里却在想，我是想发现一些耳目一新之物的，就顾不得叩门声说，便悻悻而出了。雨柔风轻，不觉折返而出。可频频回首，见那鱼不惊慌，水自流，复回味，倒感无法自由出。自嘲的是，出了门道终未曾有人邀还，余得落寞。

雁园，一只大雁的故园。

3

还是雁园。这是第二次去，又见清雨，又到清丽静谧的“故园”。我觉着自己像一只雁，没错，我记住了这个曾栖落的地方。还是那些安闲的各色游鱼，清澈浅水，悠然睡莲，安静小屋，都依然令人流连。要说的是我去了园子另一个所在——戏楼。

这是皮影戏的世界。据考，世界皮影源于中国，中国皮影源于西汉关中，而关中皮影发祥于华州灯影。关于皮影，能记起的就是小时候跟父亲逛庙会看大戏时。那时候有花花绿绿的糖人吹出来可以吃，酸甜的糖葫芦像鸡毛掸子一样插得满棒子都是。他们瞅到小孩子就会扯着嗓子叫卖。记得聚光灯下的大戏台上演的是《金沙滩》，插着各色旗子的花脸大汉站满了戏台，父亲说那是杨令公在数儿子。我不懂是什么意思，我只看到台上的白胡子老人哭哭唱唱，身边有老人用衣袖擦眼泪。大戏台旁边则时聚时散地有一些人，他们都伸长脖子或侧着耳朵看一张幕布在昏黄摇曳的灯下，有小戏人在蹦跳，听那时大时小的唱调。父亲说那是牛皮人戏。幕布的后面是使唤皮影的人，他的唱腔忽断忽续，他的动作娴熟灵活。只有在大戏台高音喇叭间隙，才能听到嘶哑的唱段和锣鼓的闷响。我始终没有看清幕后的那个老艺人，但我却记住了那些惟妙惟肖的皮影，童年因此留下了多彩的美好记忆。如今时过境迁，我却到了这里，一个戏楼，专门演出皮影戏的所在。我在想，我们都多么像一颗种子随风而来。这颗种子从千年以外的汉朝而来落到这里，就有了一个可以背着走的木箱子，一个两三人的小班子，一个像个模样的家，继续锣鼓响起，腔调吼起，皮影走起，风雨不惧，开五颜六色的花，结浑圆饱满的实。而我的到来，是否就是这戏中的角儿，踏雨而来？

或许注定我不是一个看客。当踏进门，偌大的一个场子没有一个观众，格外清静。左边是一个宽长的台子，油光发亮，这该是掌柜的工作台。看客点要一些茶酒瓜子之类或付钱算账就在这里的台子上完成。接着的长案之上，整齐地摆放着一溜子铮亮的长嘴铜壶，这该是沏茶的，能想到店小二拎着香气蒸腾的金光大壶给客人们斟茶。而客人或谈笑风生，或凝神滞目，都饱有闲日，自得惬意。此时，单我独入，场内静默，十几张八仙大桌整齐摆放，黝黑铮亮。它们在等待着下一批食客和看客光顾。我在想，那时候这个满满的场子该有多么喧闹和壮观。那时必有大戏上演，那花花绿绿的服饰，形形色色的人像，曲曲折折的故事都演绎着历史与现实，展现着艺术与生活。于此，我感受到了艺术的气息，也嗅到了烟熏火燎的人间烟火味。这台上台下，戏里戏外，人生若戏一场。此时的我正若一独角，不及装扮，贸然登场，突感凄凉。恍惚间闻乐声，抬望眼，轻拂袖，舞长衫，莲步动，哀婉几声……不觉行至场中，见竖一牌，为“灯影下的剪影人生”，专介绍皮影。演出之戏台高筑，幕布帘掩，几只顶灯柔和，色影幽暗。看着垂下的幕帘，在聚灯之下方圆之内，清晰见得一牵驴之人并仰首之客正抬手叩门。门楣之上几叶新绿，惟妙惟肖，是谓春日访友。如此精妙，令心欢喜，不由焦等有人出来，锣鼓开演。盼想间，突然从台前方坑中爬出两人来，看我满脸愕然，便微笑示意，发现方是修缮者正在作业。他们也微笑向我这个陌生闲客。在西北角的台上，我看见了一把椅子，古朴而精美。几束五彩光柱交替照射，亦真亦幻，神奇而诡秘。这些光束循环往复，光怪陆离，变化瞬息，将这把椅子涂抹上了神秘的色彩。此时，林海之琵琶神曲《琵琶语》如泣如诉，缠绵婉转，潸然走心。这该是由哪个来坐？可算是一个精妙的法子，将这传统的艺术精粹凝聚于此物，令人驻足难移，浮想联翩。我在想，这把椅子安静沉稳、端庄内敛，是足以摧毁浮躁之尘世的。而此时我的浮躁之气、庸俗之心因它顿时得到静化、净化。再回首那个高台，发现它更像一座碑。我想，高雅之上必有厚重之物，皮影便是东方神秘国度的艺术瑰宝。而时至今日，偌大厅堂，冷清之境、冷落之状不免寒心。要说观者，无非多的是若我一般肤浅客，或茫然过客，徒有看官虚名，只图些乐子，调变口味罢了。我想说，在这里要盼的该是多一些醒客和真正的人的。

出门时，见到了青色砖筑，半截布掩。一砖上线刻二字“茅厕”。门外，见一老一少。老者坐一石鼓上抽烟，少者竹椅，掌玩二球叮咚。我无语，看到了土色马鞍和扁钝镰刀被锈钉子钉到墙上。在翘檐之上，雕花瓦楞边卧着几只乱毛的灰鸟。

我在想，这座城市，它们在守望什么？

4

从白衣阁的拱洞里出来如同重生。那些灰色的长砖在头顶盘旋，能嗅到历史的土腥味，走过去就穿越到了今天。今天还有雨露，这或许就是白衣大仕正端着宝瓶慈济甘霖。当那些绿蔓遮眼，开着白色的小花，我就坐在了台阶上。这些台阶上肯定走过无数的鞋子，今天如此光洁。喜欢这些藤蔓，缠缠绕绕地在护栏墙上张望，安静而曼丽。你一定有着千年的根和千年的籽，要不这里怎么会碧绿千年？而今，用手牵住你，水珠是绿的，看到你我的世界都成了绿色。那些小白花，冰清玉洁，多么像你的脸。看到你，我们就重逢了，重逢是多么的美好。这么多年了，我觉着我们就没有失散过，你可否知道，我就一直没有走开过。

离开绿墙就遇到了一个端庄秀丽的女子。她就这么含蓄地站在我的面前，一等千年。举头仰望，我看到了挺拔俊美，也看到了沧桑古老。你让我禁不住地喜悦，历经苦难，你还这么倔强坚强；你也让我的心抽搐疼痛，我看到宝盖无踪，塔角无声。我深深地呼吸，我在抚摸你的忧伤，在寻找那些塔铃，我在你的面前清泪飘零。我开始恍惚风中……

师父，下雪了！我扔下扫帚小跑到棋台，就见到漫天雪花纷纷扬扬。在禅房和藏经阁之间的夹角空地便是棋台。棋台是师父下棋的地方，棋盘巨石做材，棋谱纵横，周边有四五石蒲团。师父经常一个人打坐蒲团，走棋石上。那些黑白子总会一个个纵横决荡，他则会晨昏不分，安然不惊。

我看到大家都四散跑着。有的抱着柴火向房间跑，有的忙着收拾晾晒的衣物，有的挑着水疾步如飞。我站在师父旁边看雪花飞。

师父，下雪了。师父无声。那些雪花落在了头上、眉毛上、衣服上，落在了棋盘中和黑白棋子上，都不见了。再一会儿，落下的雪花变成了水珠子，从头上、眉毛上流下来，在棋盘上成了水点。师父依然如故，下落的棋子，步步有声。再后来，雪片一层层覆盖，而棋盘依然黑白分明，在雪花明灭之间子落水飞。

师父，下雪了。我成了一个雪人，四遭冰封。

下雪了吗？雪在哪里？师父将最后一颗黑子落定，菩提树上雪落满地。

天要雪降，何必惊慌？万象幻灭，自在心中。言毕，自蒲团起双手合十躬身向树，三拜菩提三拜雪。但见菩提绽绿，苍翠飞白。拜毕，说天降甘霖，福熙造化。莫闲四肢，勿教封门。我应诺，捡黑白子抱草盒。此时檐前冰悬，僧众扫雪。

师父自土窟寺出，慧根深远，佛缘广博，西行专修，旷世三藏。自驾荐福寺，日夜授法，不舍春秋。大德居士、天子官宦往来皇寺，盛况空前，香火鼎沸。我自落发为僧，守寺三载，扫塔三秋，每见师父青灯一盏，译经著卷，通宵达旦，几度昏厥，慈心抹泪。

每天课后，我都会去塔内清扫尘埃。我伫立塔前默拜，若聆听大师教诲。我拾级而上，再逐层下来，虔诚的目光洒满梯台。那些盘旋的木梯，轮回着前世今生的因果。我静坐在梯格上凝望，看那些零落的尘埃飞舞，我就在飞舞的流里浮沉。我能听到那些尘埃落地的闷响，我看到蜘蛛悄悄织网。我从四面八方的拱洞里听到塔铃的脆响，流苏在风中飘扬。我能看到师父的窗阁，那高耸的经卷，枯槁的面庞，我的泪水把梯台打下了水窝。

公元 713 年二月，风寒似刀，古槐劲摇，一道虹光掠过经阁，遁走长空。我扔掉扫帚，撒腿直追。出得寺门，见繁华人间，熙攘往来。那虹光遥飘，向西而逝。此时忽闻寺内洪钟彻天，望中天大日，天地旋转，时空逆转，人影如梭，万物飞逝。刹那间，市街顿失，沙飞石走，竟只身苍茫大漠，胡杨蔽天，西域极地，佛国忽现。恍惚间入定，钟声大鸣，梵音不断。我想，师父归去。师父是哪个？他就是唐三藏法师义净，一位翻经僧。他在遗书中说：“我死之后，如果成为土石，就化作你们的屋宅；如果变为树木，就覆盖荫护你们；如果做神做鬼，就资益你们的精气；如果变为花和药就加倍增添你们的灵寿……”送葬之日，香花蔽日，幡幛如林，仪车如流，僧士若海。后建灵塔并树碑留传以铭，多地有寺为记。

师父已归，独我塔寺。春秋无色，满树清辉。不灭灯盏，光暖经卷。每天晨昏我都会去拜塔，与你依伴。直到有一天，地动山摇，你开开合合神奇无限，年逾千岁依然屹立天地间。再后来，我听到了飞机轰鸣，到处硝烟弥漫，我看到了教室和黑板，到处琅琅书声……

忽闻人声喧哗，跨步门外。就在这一门之隔，一个清净，一个繁闹，两个世界，三生轮回。看街道，车水马龙，商贾云集。姑娘们花枝招展，小伙子潇洒帅气，孩子们活泼快乐，老人们安闲幸福。望佛门，苍木秀塔，青檐金殿，访客蚁串，香火弥散。我看到那曾经的小树已长成参天古槐，郁郁葱葱，深邃无边。恍惚之间，已是千年。

现在，在雨里，我就站在塔下，你含蓄地站在我的面前。我知道，这是我们之间千年的夙愿，千年的轮回，就只为看你一眼。看到你，我的神经尽管仍留有疼痛，但我还是听到了塔铃铛的碎响，我知道这就是你隐藏千年的箴言。我看到有很多人来过这里，但都成为匆匆过客。即使他们把名字刻进石砖，也不及断碑残垣一片。我知道，我也会成为其中的那一个，终了会腐土人间，但我惜缘，就是再等千年，我仍会枯守成土，枯守成树，枯守成砖。我是羡慕这些泥土、绿树和青砖的。这是需要多么深厚的善缘德行，才能守你身旁，伴你风雨？细雨若绸，大木参天，残碑犹鲜，我俯身作拜。我想成为这遍地的一支绿草和繁密的枝条一抹，临风沐雨，晨昏前后，春秋左右……

清雨细风，缥缈浓淡。画里画外近远。当我回眸复盼，你依然在那绿树繁花间。在这样的一座城市，有你在，我愿意继续沧桑一千年。

5

来这个城市之前，我就知道你的存在——城中村。这是现代历史进程中人类制造的最大一块伤疤——中国制造。

当城市化的号角响彻中华大地，城市和乡村开始扭缠厮打。城市更加富丽堂皇，乡村尘土飞扬，狼烟四起。耕地、鱼塘、庙宇、祠堂、故居、乡村、古镇等在地理版图中不断消亡，农民、牧民、渔夫被赶出来奔跑在路上。转型和变革带来的疼痛像地动一样，余震迭起。我们扔掉锄头、卖掉牛羊、收起渔网，统统经商不容商量。外面，站在一片废墟上，下着雨，到处流淌着疼痛的泪光。我美丽可爱的村庄，我的家园！

我知道，在取代这些耕地、鱼塘、庙宇、祠堂、故居、乡村、古镇的地方，会矗立起高楼大厦，会有高铁火车和飞机立交，但我真的不知道当坚硬的水泥地上再也长不出小麦水稻、大豆高粱，看不到碧野闲牛、渔火炊烟，我们贫瘠的心房和荒芜的理想还能否蓬勃饱满？我们在碾碎的瓦片上寻找历史和祖先的影子，我们在慌乱的梦中拼凑文化和精神的庄园，我们在城市的夹缝中维系生命和光阴，在钢筋水泥的窗户里看月华流泻，望故乡依稀。我们把尊严和廉耻放下，挑战着生存的极限，我们在筋疲力尽地思考着“有价值、有意义、有梦想”的生活。这样的生活在哪里？我们挣扎地活着。

在刚来这个城市的下午，我就被C君和老婆阿芳接走，我们是初中的同学。在很早的时候他们就来到这里，带着青春和梦想，我们要去他们的住处。我们坐的是公交，他们住的地方似乎很远，这一路的公交很陈旧。我看见上上下下的人都裹包得很严实，我在想是不是每一座城市都盛产沉默或者寡言？这让我有种漠然的感觉。要不为什么大家都有着慌乱或自我的目光，为什么不说话？我很怀疑自己的真诚那么卑微。或许是防范排斥，在手机或耳机世界里的一个个灵魂让我不安。这或许就是城市固有的糟糕之面貌？我在这糟糕的城市旅行，很糟糕的旅行。我讨厌你们！当然，你们有权利讨厌我，讨厌我的糟糕的一些感觉或者行为。假若城市是一个人，我一定不会让他这么糟糕。对吧，你愿意把自己弄得这么糟糕吗？哦，车上不允许喧哗，有不良态度，更不允许暴力冲突。那就请允许我来之农村吧。我看到C君沉默的一路上闭着嘴巴，阿芳从开始就玩着手机。我使劲搓了搓脸，我要让自己停止这些想法，包括说话。你知道，我可以不说话，窗外有霓虹灯开始亮起。

这里可以走着去C君和阿芳的住处。这里聚集着水果和吃食。这里的地面潮湿，人们可以饥不择食，站着就饮，蹲下就吃。这里允许各色衣衫行走，允许不同灵魂游荡，这里的空气有各种味道。我看到水果摊的大婶用手捏着矿泉水瓶往水果上喷洒，葡萄和橙子满头雾水。路边油黑条凳上蹲着三五吃客，油泼面像裤袋一样宽被挑起来拉拉扯扯。在烟熏火燎的明灭中，掌勺的大哥像在跳舞，他需要运动起来，大勺子才会快乐。我看到了人间烟火，当饥饿遇到空肚皮，那就是一道填充题。无论高贵低贱，穿不穿袜子，戴不戴帽子，说不说普通话，离不离婚，有没有小三，有没有烛光香槟，都会是一场盛宴。

走了几个饭馆子，我决定在路边摊，C君和阿芳就瞪大了眼睛望我。炒面，一碗面汤，两头大蒜，三瓶啤酒，三个故乡人头顶星夜，晚风缭绕，在尘世繁华的街吃自己的饭，与你无关。我看到大勺子燃烧的火焰，火星子蹦上了天。C君和阿芳说，这多么像故乡的街道，这就是老家的味道。我视线模糊了。喝完最后一口啤酒，我看到天空冒着大片大片的火星子，像故乡漫天的繁星。

酒瓶子在地上开花，那是剜心的脆响……

夜风好凉！我们拉着话从街道走进了巷子，身后是歪歪扭扭的影子，两边的店铺依次打烊，关灯，黑暗。我们脚步深深浅浅，巷道曲曲弯弯长长。在黑暗中总有垃圾袋等废弃物被嗵嗵地丢往路边，我们艰难地行走。有恶臭阵阵袭来，有醉汉跌跌撞撞冒出来，有窸窸窣窣的落荒者在垃圾堆寻“宝”。我不知道这条路还要走多远。突兀林立的电杆，密网如织的电线，幽暗微弱的路灯，倏近忽远的狗吠。我从没走过这样的小巷，我觉得我们在穿越一条无尽的深渊，而这条巷子更像一位奄奄一息的老人。我们都是同路人。

也许是路生，或者是夜行，不知道走了多长时间，走了多远，终于在越走越窄，两边的高房倾压到头顶时看到了一扇黑大的铁门。C 君说，到了。阿芳却着急地说，这么晚了，门锁了就进不去了。我问，钥匙呢？C 君说，有钥匙也开不了，房东定了时间的。阿芳在门上摸索着，只听咔的一声，她说，还好开着呢，进来吧。我们就进了铁门，然后是深黑的门道。我摸索着，跟着他们上楼。待一步一步爬梯而上，突然冷风拂面，眼前豁然，头顶竟有依稀星光。原来已到楼顶平台。C 君说平台上搭建的两间小阁房就是他们的家。站在这里能看到四面矗立的高楼在半空中冰冷无语。夹杂在中间的就是一大片高高矮矮的房屋。我不知道这是人间还是天堂，是现实还是梦境。我惊奇地发现这里种植着蔬菜，还有树和花。我想到了蝙蝠和克木人。走进房间，里面摆设简单，一床一桌一柜，没有电视、互联网；另一间只能煮饭，没有餐桌。阿芳热了水，端到平台，大家洗漱。然后沏了热茶，都坐在外面平台上说话。灯光清冷地洒在窗纸上，月光沉默在身旁，晚风在乱跑。C 君和阿芳说他们都喜欢这个小地方，虽然在这天堂似的繁华城市，但却能远离喧嚣浮躁，能遮风挡雨，给生命以庇护，充实而平静。说到这里，我突然想到了米兰·昆德拉的一句话。他说：“负担越重，我们的生命越贴近大地，它就越真切实在。”我不知道为什么会想到这句话，真不知道。可我知道，他们是这座伟大的城市里，所有务工者中的一分子，是这个城中村中的一户人家。他们离开故乡，怀揣梦想来这个城市已生活了 20 年。他们打拼生活，结婚生子，从一个城中村到另一个城中村，他们已人到中年，他们失去了唯一的可爱的孩子，他们“有价值、有意义、有梦想”的生活到底在哪里？如今他们，他们今天还在路上。我在想生命的重量，人活着的意义。我使劲地吸烟，我把流着泪的脸对着夜空。我说我也喜欢这个小地方……

四面高耸的楼有些眩晕，夜风冷冷地抽着我的脸。

这些蔬菜是我俩种的。原来的顶层一直没人租，都嫌太高不方便。后来见到我们，房东说住顶层价格可以再便宜，平台空地允许我们填土种些小东西。我们就租了。这些土是我俩从建筑工地一袋一袋提回来，背上来，就成了小菜园。菜种子是从老家带来的，这几年的小菜给我们省了不少钱，大家都来吃，也吃不完。C 君站起来给我介绍他的菜园子。他俩说到菜园子很开心。这时的菜园子绿叶葱茏，打理得很齐整。黄瓜都已搭架，藤蔓爬满了细竹竿，有黄花绽放。两行小白菜胖嘟嘟地站立着，几棵葫芦张大着叶片，把藤蔓从土台拉到了墙角上。看着这些长势蓬勃的蔬菜，不觉欣喜满怀。快看，这里黄瓜长出来了！阿芳开心地喊。我们都去看，看到几朵黄花已枯萎，小黄瓜正静静酣睡。看到这些，我恍惚看到了故乡。这小小平台上的菜园多么像故乡的菜园，这清冷的夜多么像故乡的夜。遥远而清晰，温暖而甜蜜……

不知道天公何时睁开睡眼，我在灰蒙蒙的楼顶用一根烟火温暖目光，点亮世界。我看到了四周的楼房悬浮在空中，朦胧肃穆。我不敢向下望，淡薄的晨雾缥缈。我似乎来到了世界的边缘，童话般的秘境。平台上蔬菜碧绿，花在盆子里冷艳，手腕粗的树身姿坚挺。我就被周围的楼宇围夹着，有点儿窒息，这一个与世隔绝的地方。我看到眼前的矮楼顶上都建着小阁房，都长着树或草，都向天空刺去，倔强生长。突然，我看到远处有一抹红在飘动。那是一棵只剩下了主干的树，顶端有鲜艳的红旗飞舞。国旗！我惊诧这一抹刺眼的红，红得滴血。它就飘扬在这高楼大厦之间的废城、村庄。我在想，这座城或许是中国所有城市中的其中一座。是的，它破败不堪，它脏乱落寞，可它却没有让生命流落街头，它给了每一个生命继续坚持前行的温度和信念。我在想，是什么把这些生命驱赶到了这里？逃遁到世外？我在想那些住在树上的蝙蝠，树是它的家，在黑夜它才醒来。我又在想那些鸟儿，栖息树上，那里有它们的家。即使 风雨飘摇，这些树被雨淋透，被雪覆盖，它们也会找到家，守护着家。即使流离失所，它们也要坚强地撑开生命的翅膀，搏击！飞翔！这时候，我看到满眼的绿很温馨，飞舞的红好温暖。

不知何时，C 君已站在我的旁边。他说，这里住着上千户人家，是这座城市最大的一个城中村。他们都来自全国各地，还有生活了上百年的原籍人。大家尽管都在一个院子住着，但你来了，他走了，都是早出晚归，忙碌生计，互不熟悉。有些人从青年到中年都在这里住着，直到有一天高楼建好了，城市漂亮了，伤了、残了，干不动了，人也老了，才拖着病体、带着儿女回老家去。从没有人知道他们的名字，在这个城市，他们没有名字，我们都叫农民工。晨风冰凉，听得不由鼻子阵阵发酸。我在想，对于原籍人，他们在坚守什么？在城市化进程中被摧毁的仅仅是百年古建、擎天牌坊、老树村庄吗？摧毁的是先人的遗训，心灵的光芒，岁月的静好，精神的希望。而对于农民工，他们失去的那么多，可要求最简单，更朴实。如今村庄不再，故乡伤逝，他们为了生活得更好，为了给生命一个缝隙，能够呼吸，继续活着。而这城市，这城市物质极大丰富，精神大厦却摧枯拉朽。这光鲜外表下的城市又有多少存在的意义？这样的城市和一座空城、一座废城有什么异同？这个愚蠢的城市！

点燃纸烟，我们大口地吐着烟圈，把目光投向了对面远处楼顶上飘扬的红旗。一面在城中村高高飘扬的旗帜，鲜红滴血。

C 君和阿芳说继续陪我在城里转转，说我不经常来。我说，都上班去吧。太阳要出来，人要吃饭。我们就下了楼，打开了黑色铁门。

我觉得如同从天而降。是否可以说，从天堂到了地狱？不是，那该怎么说？你说！

迎着晨风，推开眼前的黑幕，我们已把黎明唤醒……

6

我发现，当一个人陌生地站在城市的中央，他的智商会降低到和小孩子一样。

我站在南门对面，眼睛盯着城墙却不知道从哪里抵达。为什么要去登城墙，是因为怀揣着梦想。曾经到这个城市前，总会想着登城墙而一晚上睡不着。可是最后的结果都是一样的，梦想搁浅。而这次是铁了心要登的，而且约好了老乡阿峰，托他带路，要不又要落空。

城市的灯光是黑夜的守护者。我看到有霓虹点亮，天开始灰下来，就急得转圈子，发微信。阿峰有听力障碍，只能微信沟通。费神半天，终于看到他。原来我们面对面微信约40分钟，而中间不过隔着两棵树。我彻底晕倒，发现自己是个大木头。见面后，他就拉着我往前跑，三五分钟就到南门广场。买了票，兴奋的我站在哪儿都想照相。他一边给我拍照，一边乐呵呵地瓜笑。一直拍到了桥上，看到劲道古朴的三个金字“永宁门”。桥上和墙头的灯光在护城河里浮光耀金，水光一色。河里几只闲散的金色鸭子悠然游哉。倚着栏杆，铁索、桥梁，坚固牢实，透着历史沧桑，充满历史故事。突然，眼前仿佛杀声震天，飞箭似雨，马嘶金鸣，沉重的吊桥正被霍霍拉起——我们从门洞进入，开始了一次历史的穿越。

隋开皇二年（582），隋朝建筑设计大师宇文恺用不到一年时间主持修筑了大兴宫城和皇城，拉开了开疆造城运动之大幕。到613年，再建外郭城，浩繁宏大、力量之巨的城池周长达36.74公里，总面积约84平方公里，开我国古代面积最大都城之先河。唐武德元年（618），唐朝建立，大兴城易名为长安城。时有人口百万，堪比7个古罗马城池，是世界贸易交流之大都市。唐末，安史之乱及农民战争致使长安城池屡屡受毁。为便于军事攻戍，佑国军节度使韩建放弃外郭城和宫城，保留皇城，对长安城进行修治。后经五代、宋、元，长安城貌基本沿袭，多有衰败之状。明朝统一后各地筑城之风盛起。洪武七年（1374），在原隋唐旧皇城的基础上，西安城进行了历时4年的修筑和扩建，基本状貌一直保持至今。明崇祯十七年，即清顺治元年（1644），明末农民起义，清军入关，西安城又饱受毁伤。为加强城防，固守要塞，清朝顺治、康熙、雍正、乾隆、同治和光绪等历年都对西安城修缮、加固和改造。1911年，辛亥革命爆发，新旧势力对峙，军阀混战不断，西安城墙多处受毁。1926年，军阀吴佩孚为扩张势力，派刘镇华率镇嵩军围困西安。“二虎”陕军李虎臣、杨虎城依托城墙深沟高垒之优势，以死相抗，顽强抵御，坚守西安城达8个月之久，终于保住西安城，其间城墙多处损毁，后又修缮。

新中国成立初期，中央决定拆除北京城墙，梁思成痛泪湿襟。随后几年，3000年之久的北京外城墙等大多数古建筑被拆除。受大环境所迫，西安城墙拆在眉睫。在习仲勋等国家领导人、文化文物官员及工作者、社会有识之士的全力挽救下，西安城墙终免遭劫难。1961 年 3 月，西安城墙被国务院公布为第一批全国重点文物保护单位。2012 年西安城墙入选《中国世界文化遗产预备名录》，2014 年陕西丝路申遗成功之后，西安城墙将有望成为世界文化遗产。在“大跃进”和“破四旧”运动中，由于盲目、浮夸，高标准发展经济和简单、错误、疯狂的破坏活动，全国大批文物古迹被毁，造成了难以估算和无法弥补的巨大损失，这是国之殇，国人之殇，民族之殇。值得庆幸的是西安城犹在，所以我们有幸今天还能看到它。

如今的古城墙从隋唐至今已有1400 年历史。墙高 12 米，顶宽 12 至 14 米，底宽 15 至 18 米，轮廓呈封闭的长方形，周长 13.74 公里，城墙内古城区面积 11.32 平方公里。现有城门 18 座，其中在东、南、西、北正方向有主城门四个，即：长乐门、永宁门、安定门、安远门，均为古城墙原有城门。西安城墙包括护城河、吊桥、闸楼、箭楼、正楼、角楼、敌楼、女儿墙、垛口等一系列军事设施，构成了严密完整、固若金汤的军事防御体系。古城墙见证了中国隋朝以来历史的风云变幻，历经了战火硝烟，是一本博大厚重的历史巨著，是固化了的人类社会文明进步和发展的不朽丰碑。

哗——当一辆双人自行车从我和阿峰的面前驰过，我们才从历史的瀚海中走出。但见眼前平坦开阔，四周灯火璀璨。在城墙上骑自行车?! 我惊奇地喊道。随后就见三五辆车从我的面前骑过。城墙之上，彩旗猎猎，人影憧憧。行走，每一个脚步落在石砖上，沉重厚实之感传遍全身，奔涌血管。我听到了历史遥远的声响，那是夯土号子，是校场呐喊，是彻天角鸣，是撼地鼓声，是连天炮声，是弓弩、长戈、利剑、人喊马叫厮杀声，是旌旗猎猎风声，是晨钟暮鼓、朝野升平、万民安乐之声。手抚墙砖，像抚摸一张沧桑的脸，像紧握一双粗糙的手。那道道纹路是刀刻的记忆，是滚滚泪痕、条条血印。这张脸曾经撕心裂肺地哭过，也痛哭流涕地笑过。这双手曾种过满地的庄稼，也拿过大刀长矛保家卫国。我感触到了苍凉，我亦获得了温暖。我要把我的手心贴近你的灵魂，把身体靠近你的躯体，把我的耳朵和眼睛交给你，去寻找威严宏伟的皇城楼阁、金戈铁马狼烟战火、百万将士的铮铮铁骨和黎民百姓的疾苦生活。我要听大唐盛世的歌声，听唐诗宋词的绝唱，听长安城老街的小曲和吆喝，听护城河清波的呢喃和月下捣衣的天籁。我就站在你的身旁，月亮皎洁在天边。城是明朝的城，而风却是长安的风，夜是长安的夜，人是现在的我。我用清风翻动着每一块城砖，这些书页点亮了长安的夜。在你的周围星星点点，无数盏灯闪烁成光带和光圈。我知道，因为你，城里和城外已不再风冷星寒；长安，长治久安，长乐无边，长安的天空灯火璀璨。

我和阿峰在城墙上照了好多照片，尽管哪一个垛口景色几乎相近，但总舍不得放过哪一个垛口。因为站在垛口，会看到高楼大厦、七彩霓虹，会看到车水马龙、人潮汹涌，会看到护城河的绿波迷人的柳，还有夜市上的烤肉五魁首。每走几步，我都要仔细地摸摸那些砖，看看城外的天地。有时候会惊喜地喊阿峰来看，一起分享。尽管他登过城墙，因为拍照他的手机快没电了，但他还是很乐意配合。我感觉我很过分，但登上城墙的感触是发自内心的，所以我是要感谢他的。城墙上有些路面还是明显下沉，显得坑坑洼洼。我知道，历经千年风雨和历史沉浮，能保存到今天已是多么的艰难。而于今天来讲，人们更应该去保护它，因为它从历史中走来，积淀了无比深厚的历史文化和文明遗存。它是珍贵的历史证物，不朽的精神丰碑。近年来，有那么一些人麻木无知、胆大妄为地打着开发利用和建设发展的噱头，刨墙根、挖空墙体，搞一些愚蠢的名目和行当。这是犯法的，是在掘先人的坟和民族的根。城市会痛，我们的心会痛。当然，在推进城市化进程中，因长远利益和未来发展拆除旧建筑，整合和高效利用土地资源无可厚非，但西安城墙作为，千年帝都，意义非常。它是我们今天无法重建的文化资源和精神财富，每个人都应该有敬畏意识、文化觉悟，呵护文化，保护传统、传承文明，对它精心保护，使它不受伤害。让她更加尽善尽美，持固永久地矗立在中原大地，成为一种象征，一种力量，成为我们精神的高地和团结拼搏、共创美好明天的不竭源泉。

我和阿峰是从南门进城的，一路东行。尽管城墙不及万里长城那么蜿蜒，但却称得上宏伟磅礴。或许城墙上的时光是漫长的，一本无言的巨著一时半会儿是无法阅尽的。我们就这样走着，灯火时明时暗，人影稀稀疏疏。因担心城门关闭，不禁加快脚步，可是没走多远已是大汗淋漓，再走一片漆黑，可远方仍有火苗依稀。我在想，这座城墙有着积淀千年，而我们穿越其中，纵使行千里路又算得了什么？这人一辈子的路，正如夜行，因为前面仍有灯火招引，所以穿过黑暗，就会把黑暗留给了身后和昨天，前面就离光明不远了。

我们从东门出城，管理人员在大声嘟哝着。那高大的漆红城门被推着关闭，发出沉重悠远的声音。

城门关闭了，可城墙依在，它的历史已镌刻交融在每一块青砖灰瓦里，奔流在我们每个人的心中。

从这座城里出来，我已不是一个小孩子了。

7

南方有佳木，北方多峻峰。如果说南方的文化是一个鲜桃，那么北方的文化就是一枚干果。说是鲜桃或许是因为水的关系，而北方的风似刀，当风沙过后，时光变瘦，它就雕琢出了历史。在历史的长河里，文化始终如一个精灵游走，鲜活、沉潜、沁润，千年或者千年之后。我们一直望着它的背影，跟着它的脚步，在这条河里汲水，打鱼，生火，做饭。所以就有了烟火，把星空点亮——

天亮之后，是一个明媚的早晨。中午可以有宽裕的时间去这个地方，是慕名要去的，也是因了自己的嗜好。这个地方叫书院门，是这座城市非常有名的一条古文化街。它的名字缘于关中书院。书院在我国有着悠久的历史，源于唐，盛于宋，衰亡于清末，历经盛衰反复，有着千年历史。它是一种教育组织机构，主要是藏书、供祭和讲学，以教育、培育人的学问和德行。关中书院是明清时期陕西省的著名书院。明万历二十年（1592），由御史冯从吾罢官归山之后和友人创办。他们传阐关学、主讲程朱理学达几十年，参加者多达 5000 余人。明天启五年、六年，魏忠贤镇压东林党人，关中书院被毁。清代多次修缮，至光绪三十二年（1906），关中书院改建为陕西省师范大学堂，民国改为省立师范学校，现属西安文理学院。

由此看来，这书院门之所以有名是有着几百年的文脉的。当风沙过尽，纵使看不到大儒大风，听不到琅琅书声，但这些都去尽浮华，沉淀发酵，常常“书怀一瓣香”，从小悉园的幽径上出来再到这书院门，来到三秦大地和潼关之外的世界。

我是早上起来就动身要去的，这个明媚的早晨阳光有点儿懒，可好时辰总是匆匆。所以到了中午才坐了车去书院门。刚下出租车，就远远望到了一高大牌楼，上书蓝底金字“书院门”。牌楼宏伟古朴，我站在旁边存照。没想刚站稳就有风来，接着就淅淅沥沥飘起了唾沫星似的水。我对同行的小杨兄弟说，赶紧照，天要下雨。小杨笑着说，哥，神了！咱昨晚说的今天竟然应验了！说着就“咔嚓”了几张。然后换他，我也给他“咔嚓”了几张。这时候，雨丝密集起来，街上一下子开了许多“伞花”。我们跑进了路边一个店里。这是一间专营笔墨纸砚的店。书画用品琳琅满目，两个店员忙前忙后。我们看得眼花缭乱，终无所得而出。外面小雨若绸，街上行人若织。街道两边都是书画门店，路中间亦摆摊一行，远望不到头。凡眼到处皆为笔墨纸砚，铺天盖地。夹杂其间有专营字画，有裱糊好出售的，也有现场挥毫现蒸现卖的。若遇得好字画，如获美餐；有泼墨甩袖者半天不知云云，怅然若失。不过，雨中行走此地，终感不虚。因这市街历经百年春秋，是文化教场，无论方寸都充满文化色彩，风雨之中沁润书香墨味，是足矣而可贵了。遥想当年，或许也是雨天，那些求取功名的长衫学子千里迢迢来到此地，食宿街上，挑灯夜读只求一朝钦点。而今，那些时光远乎，近乎？更似昨天。不知何故就想到了宋代晏殊的《浣溪沙》：“一曲新词酒一杯，去年天气旧亭台。夕阳西下几时回？无可奈何花落去，似曾相识燕归来。小园香径独徘徊。”不觉生些伤感落寞。

从几个门店出来，其他的店铺远远站着观望就可以了。我喜欢站在小雨里的观望，有点儿微醺的感觉。在雨丝轻拂处，我看到了一些年久斑驳的牌坊。几根华表柱上蹲着龙子神兽，牌匾正中为金色隶书“关中书院”，左右为“尚德”和“崇文”，右竖一木牌为“西安文理学院”。因门前设了“谢绝参观”的警示牌，我只能窥望，站在门外。自然，关中书院之进出六间、空间宏阔的“允执堂”，半亩方塘、亭桥山水与槐香荷语就不得而细了。看来，风在高处，不免遗憾。欣慰的是，在右侧，以草书“关中书院”匾牌的陈旧建筑旁边，我发现了一个穿着朴素的大哥，他正拿着一本书坐在阶上观看。或许他和我一样，是一个旅人，是慕名而来的过客。他的身边是漫至阶前的荒草，石阶上是清冷的柱子、脱漆的门窗、斑驳沧桑的檐瓦与天空。天空之下还有一个人，他右手握书，神情肃穆，伫立雨中，他叫冯从吾。他的身后是一辆电动车，旁边是嘈杂的街，叫卖声不断。我突然迈不动脚步，风夹着雨在飞。

我还在旁边见到一座石碑，隶书“关中书院”，西安第一批重点文物保护单位，西安市政府 1983 年 12 月公布。碑背面有中英文介绍文字，斑驳潦草。突然想，这些碑志它的存在到底有多少意义？我到这里来究竟是要做什么？小杨在不远处叫我。过去一看，是一老先生在挥毫泼墨，头顶是好几把大伞。书者行云流水，刚柔并济；观者屏息凝神，全神贯注。书毕，内容为明朝张英的词：宠辱不惊，看庭前花开花落；去留无意，望天空云卷云舒。山阻石拦，大江毕竟东流去；雪辱霜欺，梅花依旧向阳开。两竖幅是清代大学者孙星衍的楹联：莫放春秋佳日过，最难风雨故人来。落笔封印者为著名书法家董根彦。观罢，不觉心生敬仰之意。且白纸大墨，似有遗香暗袭，不觉清气拂面。看这天，是有故人风雨，何要伞屏？快且沏茶三杯……

我以为，在感受到文化芳香之余，更多的是商业腐气。走遍了步行街，两边门店林立，商贾云集，到处可见商人忙碌的身影和讨价还价的声响。一边是热闹嘈杂的生意市场，一边是冷落斑驳的书门遗风。这一热一冷教人心内不是味道。这样的街，吃的是历史碎片，养的是买卖财路，把文化的旗号拉扯，名目种种，致世风不古，乱象丛生。感觉比较讽刺，实属不该，这样的风气应刹之。由此想到，在全国各地，政府对那么多的历史遗迹，花那么多人力、物力和财力修缮、重建，到底重建了什么？对于一个城市，这样的文化重建又有多少意义？那些慕名而来的人到底需要什么？我想，绝不是为了在商品和兜售者中间嘈杂挤闹，最后走的时候把钱花完，带些旅游产品。文化街不是商业街，这不仅仅是嘲弄。到了书院门，就到了关中书院的门口，没有书，大家看什么？在这里很少看到像样的书店，我在想，书都到哪儿去了？卖货的人咋就这么多？我们走到了最里边，发现了一大堆书。是个露天摊点。书都被倒在了一个大帐篷布上。那里三三两两围着几个人在读书，在买书。看到书被倒在地上，堆起来心里真不是滋味。小杨在这里买了一本颜真卿的字帖。离开的时候，我给卖书的大姐说，给书把伞打上，今天下雨。

出来的时候，我对小杨说，这算不算一种悲哀？更悲哀的是我还见过书按斤两卖的，每斤 15 元。小杨张大了嘴巴。我只能沉默。

对于一个城市来说，有着千年的历史文化遗存，是一件幸事。这些历史遗存能在战乱和风雨中存留下来，是多么不易，它们伤痕累累。可是历史的伤痕相比现时这些“伤痕”又算得了什么？现在的古建筑饱含着太多的历史和文化，而遭此冷遇，不知是社会的问题还是人心的冷漠，不得而知。同时，在这条街上，张口就能听到南方人的方言俚语，他们把生意做到了国际化大都市西安，而本地人却占数不多。这个问题有必要去想一想。历史总是沉默的，但也是鲜活的。无论何时，它都足以照亮现实，让现实的东西无处可逃。包括你、我，还有他。

在这里，我突然想到了十多年前曾经去过的一个地方，杭州的万松书院。万松书院依山而建，始建于明弘治十一年（1498），明代理学家王阳明等学者在那儿讲学。万松书院比关中书院要早几百年，在明清时均为全国最大书院。尽管我们去的季节是秋季，但南方的秋天依然绿意盎然，一派生机。万松书院有“高山仰止”“万世师表”和“梁祝书房”等建筑和遗迹，它她是杭州西湖周围唯一以书院文化为主体的文化公园。文化底蕴深厚，文化氛围浓郁。很多学术界人士都在万松书院开办国学文化课，传播中国传统文化。这对于我们关中书院或许该有一定的示范意义。

其实，说起万松书院真的是自己心里的一种期盼。我非常喜欢鲜桃，因为江南文化是在江里湖里的，可以泛舟采莲，听渔歌，煮酒高歌看碧波；我也非常喜欢嚼干果，因为北方文化是在土里沙里的，可以大漠驼铃，度关山，飞雪走马舞狼烟。不管是南方的水还是北方的山，历史的风都会把时光变瘦，不歇不停，继续行走。无论走到哪里都会燃起烟火，熊熊燃烧。即使熄灭也会成为一座灰烬的城，让后来者驻足，让我们铭记，开始新的传承，新的继续。这或许就是历史和文化所要告诉我们的，我们也一定要知道的。

离开这条街的时候，我们每人带了一颗菩提子。

雨还一直在下。

8

在夜里，就看见了城市黑色的眼睛。

我觉得自己是一片树叶，在飘。我不知道你是否也有这样的感觉，朋友！对于这样的城市，不管你是这里的土著，还是在这里蜗居多年，也或者你刚来，也许你现在就要走。在这个美丽的城市夜晚，满目浮华，光影交错，像空中海市蜃楼，灵魂就穿着宽大戏服像草舞蹈，飘摇。不知道为什么，在这么多人的地方，却满怀孤独。车如流，像童话里的木马，转到眩晕。长长的街，似一条条妩媚的蛇，吐着芯子做着各式鬼脸。找不到一张熟悉的面庞，像一个孩子迷了路，把自己丢在夜里。为什么会有这样的感觉，特别是我们一个人的时候，夜晚的时候，人到中年的时候。而我们真的不是一片树叶啊，为什么要飘？为什么孤独？

记得C君说，他来到这座城市的第二年曾想过自杀。我惊愕地看他。他说他最怕的是夜晚，他无法承受生命之轻。原以为青春是用来奋斗的，也有人在挥霍，可他却在虚度，在煎熬。两年多的漂泊使自己成了一只斑驳的老船，怎么也找不到属于自己的堤岸。他曾抱着城中村那棵老柳树哭了一晚上。他说若不是这棵柳树，他已躺在了楼下冰凉的水泥地上。因为他看到柳树没有了叶子却还坚强地活着。他还说，第二天晚上下班回来的时候，那棵柳树就被砍伐了。他看到推土机用铁臂在刺眼的聚光灯下毁墙，房东在废墟旁抹眼泪。他说他哭得很伤心，他想毁灭世界。那次他又搬家了，记不清是第几次。

我是理解他的。一个人在陌生的城市漂泊，就像孩子离开故乡，成了流浪汉，就像离开母亲断了奶。当你满怀憧憬来到这座城市，把未来交给它的时候，它并没有让你随随便便就获得成功，实现理想，并没有让所有人都找到未来，也包括苦苦奋斗和艰辛付出。善良或许会变成懦弱，拼搏或许会被扼杀。付出不一定就会有回报，一切都需要重新审视，重新定位，重新开始。每一天都会挑战生存的极限，而能坚持下来已是多么的不易，成为奇迹。可这需要多大的勇气，面对多少巨大的压力和差距？当你身心俱疲的时候，你还能期望这座城市什么？而城市宛若浩瀚海洋，一个人就是一条游鱼而已；城市是广阔天空，人无非只是一只飞鸟。无论海水清澈还是混沌，是否会波涛汹涌，都要不停地游啊游；无论天空晴朗还是阴郁，是否有风雪雷电，都要不停地飞呀飞。它不会管你能不能呼吸，有没有危险，会不会疲惫，快乐不快乐。因为，海洋里都是鱼儿，天空中飞鸟无数。我想说，海那么大总有属于自己的一朵浪花，天那么高，总有属于自己的一片云朵。累了就停下来歇歇，无论遭遇如何都要风雨兼程，好好活着。城市，不过是生命旅途中的一个草屋而已。

其实，我还想说，不仅仅是城市，在人的一生中，当你习惯了做一片叶子的时候，人生就会增添几分厚度。那些所谓的喧嚣、浮躁和虚的东西都会一文不值，随风飞散。只要拨开迷雾就会有阳光寸染，斩断荆棘，踢开石块，脚片就会踏出路来。

是的，这个夜晚很黑，可人们还是在夜里呼吸，点起无数灯盏。我看见黑夜很黑，远方很远。一片树叶就是一支孤独，在霓虹之下、人群之中独自飘零。广场的露天台阶上坐满了孩子，一把吉他和一个长辫子青年唱着民谣。这些年轻的孩子像天边的星辰般安静，在听。他们把青春的迷茫和忧伤刻在这座城市的夜空。还有一些外乡人，或坐在台阶的角落，或站在远处观望。黑夜遮掩了他们的年龄和服饰，但却不能阻挡他们黑色的眼睛，不能替代他们内心的孤独。他们这个时候可以不去挤公交，不用扛水泥包，不用跑腿搞推销，不用在汗水和泪水中泡。就在黑夜里沉默，在沉默里孤独，在孤独里守望。我听到了掌声响亮，有人跑过去在吉他旁边放下钞票，那个长辫子就不停地鞠躬弯腰。我还看到了一盏灯发着昏黄的光亮，吱吱嘤嘤的二胡声像啜泣，三五个人在旁边听，是《二泉映月》，像阿炳。我想，他应该没地儿去，就把自己丢进了夜里的广场。他也应该是孤独的，这个曲子很心酸。他面前也应该有碗或者茶缸，钞票有时候会落下来。我不知道他拉二胡在给谁听，可我是听到了，不知道这座城市听到没有。

我坐在台阶上抽了几根烟，听了几支歌，淌了几行泪。站起来走的时候，他一个人在拉《满江红》，昏黄的光像鬼火在飘。我穿过了一个个地摊客，他们迷茫忧郁的眼神像森林。在这城市的黑夜，灵魂空舞，精神高冷，肉体麻木。钻进一辆公交车，在夜里奔跑。

我不知道它会把我带到什么地方去。

……不知道。

9

记得刚到这座城市的时候，因急着落脚就饿了肚子。等安顿停当，已是灯火辉煌。本想找个餐馆美美地吃一碗面条，可找了好多家终未见面，就把心一横，进了一店。饭后，一饼一粥一汤，结账七十八。出门后我张口直喊，强盗！阿峰却哧哧喷笑。我问何故？他又笑，拿着手机让我看内容，无奈，得活着。我无语。这时候，我更懂得这钱是愈来愈真地不好讨了，真是“挣”出来的。也更懂得了在这个城市，那些啃着干粮、饮着凉水、拼死拼活透支身体的人，到头只能谋个生计，何其艰难！我在想，生活如此简单，明天拿什么救赎？在物质世界日益膨胀的城市，我们却面对着生存环境的最坏状况，生活又一步步走向反面。在城市，要真的活着吃饭，你就得“撑”着。

在离开这座城市的最后一个夜晚，大家凑在一起进了馆子，上了菜，喝了老酒，说了很多话。最后都晕晕乎乎，出门就遇到细雨拂面，看见灯火斑斓。无归意，开车的哥哥就把大家拉到了一个叫曲江的水岸。下了车，细雨如丝，灯火若绸，五光十色，远近各异，如临仙境。大家都忘掉了所有，放下了一切，在雨中奔跑、欢呼……

站在这里，曲江一池碧波，从那个叫唐朝的遥远时空而来。在这阑珊夜，风是唐朝的，雨是唐朝的，金汤飞羽灵动，荡漾的水花都是唐诗。看水岸洒金，遍地霓裳羽衣，钟磬齐鸣，蓦然回首，人面桃花非昨，长袖舞晴空，谁在弄歌声？望江亭，临江仙子面红。大唐有爱，雕像相拥，扶栏拍烂亭台空，清雨闲风。满江水，楼宇其中，倾国倾城。看那灯火微亮处，长坡青草栅栏，该是田舍农家。将军已下马，糟粕缘，寒窑灯暖。

寒窑已到，不见宝钏。这是寒窑遗址公园。传说唐朝末年，宰相王允小女宝钏筑台招亲，绣球打中穷汉薛平贵，缘定三生。夫君西征，娇娘守窑。十八年后，薛平贵高节不忘糟糠，王宝钏苦尽甘来团聚。他们忠贞不渝的爱情佳话，世人广为传颂。秦腔名剧《五典坡》说的就是他们的故事。这个故事之所以千年传颂，是因为宰相之女能自主个人婚姻，执着追求人生幸福，于千年唐朝实属壮举，难能可贵。而薛平贵出身寒门到功成名就仍不忘初心，更是令人敬仰。其教化之效，意义深远。如今之寒窑，虽人去屋空，但爱情故事历久弥新，遗风犹存。寒窑，已成为中国第一个爱情主题文化公园，弘扬正气，传递力量，继续将爱情进行到底。

由此，我想说，你相信爱情吗？相信一见钟情吗？当一颗绣球抛在了你的怀中。中国历来不缺少忠贞不渝的爱情故事，你和她是否会成为其中的一个？思夫亭涩泪未干，饮马池琼浆甘甜，玉洁楼御赐牌匾，许愿池三生不变。当你踏上鹊桥，会不会遇到仙？莫彷徨，要坚信，执子之手就一定要到海枯石烂……

当大家都沉醉于现代科技与建筑艺术带来的愉悦时，我仍在寻找寒窑的足迹。在这个以爱情为主题的地方，我除了看到它的背影，还看到了爱情旅游、爱情消费。我在想，当爱情成为一种产业，这个爱是否还能爱得起？想想曾经的吃菜咽糠，看看如今的奢华排场，王宝钏和薛平贵会怎么看，爱情你会说什么？突然想起，偏远农村的青年要娶个媳妇，仅彩礼都过了五万，甚至更高。而在这城市的“寒窑”里结一次婚又该要多少？若真到这样的境地，这爱情还能剩下多少？当钱不再值钱的时候，所谓的爱情还能价值几何？

如今的城市，我们有太多的人挣多少钱也买不起房子，喝多少酒也找不到朋友，付出多少也找不到信任。永远都在寄生，寻不到归宿，看不到未来，找不到价值。至于爱情，谈何爱情？城市一切的规则和法则都在让你奔跑，拼命地奔跑，直到不会奔跑。如不奔跑，违背法则，你就只能苟且混世，恶性博弈，直到把自己埋葬。今夜，清雨若泪，打湿了堤边青灯、稀疏柳林。一条卧着的长石，寒窑遗址公园几个金黄大字格外耀眼。我不想谈爱情，你呢？

尽管夜深雨凉，但仍能见到人影两三。在思夫亭拍照时就见到了一对母女。母亲年逾 70，女儿 40 左右。娘儿俩边走边聊，心情愉悦。见到我们几个在拍照，女儿也拿出手机，让母亲站在亭下留影。因为相遇，所以互相拉话。原来大娘是湖北人，不远千里来探望儿子。这位大姐便是儿媳。大娘一口好声腔，尽管方言俚语听不大懂，但能看出你很快乐。我说，儿媳好贤惠，这么晚还能陪你出来散步，好难得的。大娘听后甚是欢喜，高兴地直夸赞。我本以为她儿子是什么挣大钱的，结果大姐心直口快。她男人是送水工，已来这个城市十多年了。前几年在建筑工地从架子上掉下来，摔坏了一条腿，落得残疾。现在换成了电摩送水，不用爬高处，走走路还是可以的。我说，挣的钱够用不？她笑笑说，还行吧。尽管工作很辛苦，日子很紧张，但他们很知足。大娘说她那个大孙子都上高中了。我说，你们好幸福！

沿着思夫亭，哥儿几个都跑里面去了。大姐拉着婆婆的手边走边聊。我看到一个人正从远处走来。他一瘸一拐，喊娘的声音一阵一阵……

我摸摸脸，不知道是泪水还是雨水，模糊了视线。向着他们远去的背影，我双手围在嘴边呐喊——祝你们幸福！寒窑回声盘旋。

我想，他们一定会幸福。

我也祝自己幸福。

10

不知道是如何与你道别的，我拥挤在人丛中，早上下着小雨。车内有豆浆包子味道，有人打着小盹。车外伞花朵朵，城市泪迹斑斑。

别了，城市！此时，我不知道应该与谁握手叮咛，挥手致意。你就这样陌生在我的视线里，成为一抹冰凉而又模糊的简笔画。我想问你，我的到来和离去你可否在意？进站的路漫长，我低着的脑袋一片空白，只管往前走。不知道为什么眼泪不听话，我又要留恋些什么？车窗玻璃被雨点击打得吧嗒吧嗒作响，窗外的世界开始遥远。为什么流泪？或许眼睛知道。

我听够了那些嘈杂的喧闹与谈笑。站在吸烟处抽烟，我在两节车厢纠缠厮打的巨浪中沉浮。哐哐作响的是轮子，呜呜作声的是疾风。眼睛闭上的瞬间，那些高楼大厦分崩离析，城市销声匿迹。想到那么多奔跑者，我知道，一切仍然在继续。在这座城市的日子就是一次短暂的旅行，而他们还要继续，还要重复磨砺与挑战，挣扎和忍受。我庆幸自己的离开，算是一种逃离和解脱。抹去了满头虚汗，我裹紧了身上的外套。

周围的旅客多在昏睡，我睁大的眼睛仍无倦意。雁园、城墙、小雁塔、城中村、书院门、寒窑，拥挤的早晨，孤独的夜晚，阿峰、C君和阿芳，义净法师、大娘和儿媳，老酒、老友和老柳树等等，一切都如放电影般一次次在脑海闪现，清晰而模糊，真实而缥缈。城市却如一位高深的智者不言不语，忽近忽远，忽大忽小，难以捉摸，无法言喻。城市的意义在哪里？生命的意义，活着的意义又是什么？我反复在想。

突然，一片叶子被风雨吹打，吸附在车窗玻璃上。玻璃雨水斑斑，叶片在窗外直勾勾看着我。我伸出手去抚摸它，却只有玻璃的冰凉。再靠近它仔细看时，它却一瞬间被风吹离，残留雨痕。我怅惘地想，这一定是叶子的清泪。

其实，我们每个人又何尝不是一片叶子呢？在哪儿都是一种人生，离开一座城，摧毁一座城，新的城依然会出现，你依然会无处可逃。现在就在列车上，我知道，这是开往故乡的列车，那里是故乡的城。我打开本子，拿出了笔。

窗外风景如昨，青山青，呼啸而来的风，在黑洞中穿行。铁龙苍山，烁金千里，田园牧歌。苹果树已套袋，麦子金黄，翻滚浪涛。碧绿成海，林木葱茏，一望无际，铺天盖地。迎面袭来的全是绿风，染绿了眼睛。过礼泉之后见到了山，平旷之地像绸缎被拉开又缝合。因为小雨的缘故，山峦更显青翠。我喜欢这清新的绿，有树叶的味道。阳光明媚，视线也变得分明，看惯了平坦麦田的眼睛湿润不少。进入山地，会遭遇隧道。这个时候，能呼吸到山风，热一阵凉一阵，还有土腥的味道。有冷风穿过脊背，在想长铁龙会将你带进无尽的深渊，是地心，下坠再下坠的压抑。只有黑暗和风声，像离开了土地、光明，在漆黑的空中漂浮。隧道的风撞击着车体，或山洞洞壁，似千军万马奔腾，巨瀑飞溅坠潭。我在黑暗中穿行，这铁色的神器，黑铁龙，到底要把我们带到什么地方去？这黑色的神秘，冷风侵袭身体，有湿土和汽油或者柴油味道，还有铁锈油漆。我想到了洪水，泥石流，有崩塌的声音——

哗——有了亮光，巨响从耳朵中逃遁，火车穿出了隧道，像脱了一层皮。这时看到了满山的雪松，绿就挤进了眼帘，有了青草香。看看蓝天，像是一场劫难。我在想，黑夜是轮回的，黑夜过去，白天一定会到来。即使黑暗可怕，但只要坚持，黑暗就会很快过去，就会看到光明。

坐在窗前看山，树木和村庄疾驰而过。这是一次难忘的旅途，而归途又充满了孤独。人生再繁华，总会是一个人的窗，和窗外那些瞬间就擦肩而过的世界。人生的旅途可以充满阳光、鲜花，有金黄麦田、美丽村庄。有时候，也会若这穿山的黑暗，压抑、惧怕、疑虑、寒冷。美丽和快乐总是这个世界的，而寒冷和孤独总是一个人的。但不管是快乐还是孤独，都得走下去，就像这火车一样要走过阳光，穿过黑暗，才会到达下一个站口。而最美的风景就在路上，最大的意义就是在路上。

看到了桥梁和高速公路，我知道我将在下一站留下。人就是这样，再长再曲折的路都会有到站的时候，只不过是迟早的问题。这一条路，会不知不觉的一个人睡着，没有人会理会你醒或者不醒。你也不会知道当你睡着的时候，是否会有人在帮你看着行李。但有一点是确定的，那就是最忠实的、一直陪着你的就是那些包裹，因为它要陪伴着你，你的衣服，手机充电器，水杯还有钱包，它们都在你身边，不离不弃。

写这些文字的时候，我的对面一直躺着的中年男子——我佩服这样的乘客，当然也谢谢他和我一路同行。突然，枕在脖子底下的鞋子突然掉地上了。他坐起来，把两个大包用脚往座位底下推了推，然后一直警惕地看着我。我捡起了掉在旁边的鞋子，他显得不好意思，急忙用双手来接。这时，我看到了他的右手没有手掌，只有淡红的一截手腕。我的心瞬间像被刀尖剜了一下剧痛。看着他满脸的皱纹，不知道说什么好。他眨动着黄褐色的眼睛，憨厚地说，谢谢，谢谢，今天回老家，昨夜一宿没睡，太累了，就睡着了，谢谢，谢谢……

看着他把手腕迅速缩回衣袖，我眼睛一热，说，没事，累了就好好睡，故乡不远了，就在前面。他满脸幸福，欣喜地向窗外望去。

合上本子，我看到了窗外青山绿水，小桥人家，牛羊飞鸟……

这是故乡，我回来了。

琴剑与诗酒

近日行路，见临街一店开张，名为“醉江湖武侠主题餐厅”。止步细观，见店门有左右楹联一对，皆为漆底金字，行草书之。此左联为“诗酒醉人生”，右联为“琴剑走江湖”，横批为“醉江湖”。每联下各蹲一盈米粗圆酒缸，酱花（双叶花），红绸盖塞。右侧木制架子上则插满了刀、枪、剑、戟、斧、钺、钩等十八般武器，谓为落兵台。左侧一架子则为各种花色和样式的练功服。旁卧锁子石三四，概有百八十斤。此类装备可谓一应俱全，若要说缺的话，就差几个耍家子了。观者倒生奇，心内摩拳擦掌，跃跃欲试。可仰头张望，斯为餐厅，专饱肚皮营生，却以此装点，是武馆还是饭馆，不由竟觉着有趣。突然就想，是否食客来者皆要餐前挑选中意练功服，举大瓷碗豪饮三五钵，舞锁子石耍弄两番，操十八般武器斗打一二百回合，然后呼噜呼噜用餐？抑或操十八般武器，边打边吃？这倒是要过关斩将才能吃饭的吧，是谓为“不打不吃饭”了？不由窃笑。

且不言食，先说说“醉江湖”吧。

琴剑。琴，弹拨之物，能发音之乐器，相传始于伏羲。历来概以琴棋书画辨人文化修养之高下。而琴为首技，可见琴之法度非一般人所能。而琴宫廷生，粉黛弄，歌舞伴，君臣溺，靡靡之音，多为风雅，非田舍人家。后广传，凡响民间，市井以谋食，风月以悦客，算作营生。而更有上者作君子器，以正品相德望。所以丝竹声声，高山流水，行吟江湖，闲淡人生。由此可见，执琴者，音律事，醉在指尖，天籁绝响，琴心流淌。若摄魂勾魄，神音如来，中散广陵以惑鬼怪，侠骨柔情，笑傲江湖。所以，莫谈琴。剑，兵之利器，克敌之物，始于黄帝。初为短物，随身佩带以饰，并习武自卫。因此，上至帝王侯爵，下至商贾庶民，皆有喜爱。后用军中以利刃抗强，成杀戮之器。就剑自身而言，冰冷而凶险，但因所持之人不同，故剑气各异。或沙场飞血，武林夺雄，或倚剑天下，行侠仗义，或道义法器，镇邪除妖之种种，而"一舞剑器动四方"让剑生发出霸气、怒气、杀气，侠气、义气、豪气和威严正气。然倘若无有人剑合一，而仅以饰做那自是少了剑之精气神的。所以，莫论剑。清人龚自珍有诗云，"怨去吹箫，狂来说剑，两样销魂味""一箫一剑平生意，负尽狂名十五年"，于很多人讲，我是看到了些许"疯狂"的。

诗酒。诗，咏叹之物，可追溯到上古时期。因得之自然，故人人张口皆能。而观诗史之长河，若谈法度，讲规矩，论格律，则非众人皆可为了。要赋诗非饱学，以文养心；非践行，以阅厚见；非辨考，以聪敏思；故能诗情画意天地，咏志抒怀古今，行走江湖野马长缰。诗有千龄，唐代页页华章，必谈李杜。以诗仙诗圣为代表，那些官宦僧士，文人墨客和烟尘佳丽们算是极诗词歌赋之穷尽，让诗之江湖波涛汹涌，浪花飞溅，瑰丽夺目。至宋词元曲，诗发极致而不衰。纵观凡善诗者、不朽传唱者无不明鉴，浅识不能作孕，愚鲁岂能发思，小足无以绝顶，短见只能观天，何以诗论？所以，莫言诗。酒，水浆之物，原为果谷之液，始于殷商。古来神品，祭祀宗教，座上以成礼，厚待宾朋。酒斯为水物，不拘饮者，但莫微视。既可为欢伯以解忧，亦可迷性以乱纲。小酌通经络，见情趣，豪饮能解渴，丢性命。而酒之千年不在酒，是文化是习俗更是性情。太白斗酒百篇诗，邀月对酌，酒与才气共唱；少陵畅饮喜欲狂，涕泪衣裳向洛阳；东坡把酒临风，豪放性情对长空。那"浊酒一杯家万里，燕然未勒归无计"是思乡的酒，"两地离愁，一尊芳酒，凄凉危栏倚遍"是愁怨的酒，"把酒花前欲问君，世间何计可留春。唯有，清歌一曲倒金樽"是怅惘的酒。这些酒无论清浊，不说喜忧，当遭遇了唐诗宋词的河流，才会碧波荡漾，韵味绵远。当然，酒是酒，可不同的是能生发出芬芳诗篇，也能生出乱子整出祸端。因此，饮醉在文化和性情，以德禁，以礼心，以风达，才会见真谛。所以，莫醉酒。

概琴剑诗酒，皆通风雅，文以载道。若谈江湖，尽在胸中一舟一波一荡漾。慎言江湖，浪得武侠虚名。

一日班后，有朋友约饭，在“醉江湖”。于是前往，也便探个究竟。远望斗字招牌，漆金闪闪。路边三五车辆，庭前七八人影，有熙攘之声飘忽。近前，见一肥胖先生正大汗淋漓套穿白色练功服。其面红耳赤，肚上衣衫纽扣实难接头。擦汗，一双胖手抓捏锁子石，石纹丝不动，人貌似雪球。哗然之，这功是看得却练不得，只能做做罢了，更别说侠骨，只见大肉。左边又一浓眉汉子，双手托一铁杵之物，曰青龙偃月刀。那汉子龇牙咧嘴，屡举不起，只管吃吃软笑。再看落兵台，各式兵器算是摆设。在想，那酱花酒坛，是否也空有水浆？

在肥胖男和浓眉汉“习武”时，现场有一瘦削长者，年五十开外，着青衫，蓄须，绾发，眼小而亮，貌似一道长。当肥胖男抓捏锁子石不起，他跨步上前合目闭气，沉腰伸臂，手似乎鹰爪，抓石离地，胯下晃悠。待听“呔”的一声巨吼，锁子石便跃至头顶，众人掌呼。但见举者牙关紧扣，面部狰狞，左右摆忽，众人皆退。忽又砰的一声闷响，石头落地，尘土飞扬，拱手粗喘。不由惊奇，道长单薄！在举刀汉望刀兴叹，憨笑揉腰时，青衫捻须道，上刀！便有俩闲人出，撸袖抬刀。待一碗酒饮，青衫亦合目闭气，左右脚踹地生尘，甩双手抓刀脖子，拎刀屁股，突发“呔”的一声巨吼，人在刀下。众人鼓掌。但见举刀踉跄俯仰，圆眼凸瞪，众人逃散。见状，俩闲人又出，左右抬刀落地，青衫得以出，抚胸抹汗，众人安。在想，那刀当是挥舞以有勇，力以斩，方得武者精神。而青衫貌似举重，有扫兴致，所以又惊奇，道长单薄！看来，“武侠”远矣！是为哗众取宠，耍耍而已，观者汗奔无语。若再找个缘由，都怪那个石家伙、铁家伙太重！

青衫长者卸演，坐椅调息，左右茶酒。又见俩闲人出，各抱拳请邀观者内坐。于是，众人皆进。刚入厅就遇二门应，但见衣袂飘飘，丹凤刘海，斗篷倚剑，原是俩“女侠”。以为穿越，不知今昨。观面容姣好，可猩红大口粉重。又突发洪亮声，齐整生脆：客官，里面请！惊诧间，不知何以答，闪进。

厅内宽敞，古色古香。方桌宽凳一二，闲客两两三三，酒坛四五，线装发黄菜谱。柜台算珠声，纤手拨弄。一彪汉台内抽烟，见客来抱拳护腕。几位？忽愣神，以为请教拳脚功夫，望左右食客谈笑从容，无相约宾朋。淡定说，一位，二楼有约。烟圈吐，彪汉伸头粗喊：

二楼客到，看茶伺候——

好嘞——长音细腔后，噔！噔！噔！一肩搭毛巾小伙楼上下来，笑迎请带上楼。刚上楼见到朋友，进厅，厅为光明顶。坐定观众友，以为明教，想到张无忌。桌上四五葫芦大小墨花酒坛，菜一二三四，瓷碗作樽。见此境不由情生，便起身抱拳戏谑道，各位大侠，幸会幸会！他们亦抱拳，哪里哪里，失迎失迎！然后大家皆仰头哈哈开怀大笑。待坐定，一友递书一本，竖题“武林秘籍”，翻阅为“九阳真经”。惊问，真为斗酒神僧所书之道家武学宝典？友人笑，请添菜！乃大悟——菜谱。于是添菜免了，抱拳道，大家皆文艺界朋友，今天“武林大会”，幸甚至哉，当对酒当歌，开怀畅饮，岂不快哉?！听之群情激奋，抱坛启封，上碗，盛满，举杯，咣——酒香盈鼻，刀光剑影，不问干将；清风明月，河山壮丽，莫问丹青，皆一饮而尽，豪情满怀。待请箸四色五味，咸淡适宜，皆言凉热菜肴下酒极品。一时间清酒泉涌三巡走，谈诗论画辩道，神游无间。待淋漓，但见伯牙抚琴，裴旻舞剑，云长弄刀，龟年赋歌，李白作诗，羲之挥毫，吴生泼墨，杜康抱坛添酒。兴致时，惜离情，“功名万里外，心事一杯中”“劝君更尽一杯酒，西出阳关无故人”；恨见晚，“酒逢知己饮，诗向会人吟”“暂凭杯酒长精神”；望故乡，“白日放歌须纵酒，青春做伴好还乡”；遇知音，“婴其鸣矣，求其友声”“相识满天下，知心能几人”；弃功名，“诗万首，酒千觞，几曾着眼看侯王”；叹人生，“醉卧沙场君莫笑，古来征战几人回?”再观杜康披发袍散，道子画里醉仙，羲之墨醉江山，太白诗舞长绢，龟年歌里缠绵，云长蛇飞赤脸，裴旻电光雷闪，伯牙抱琴辗转，问我子期何日见？我说高山流水远，君在面前，酒一盏，莫梦莫幻莫乱。伯牙复琴，我击犹唱。谈人生久亦短，聚少离多，可憾是“谁会山公意，登高醉始回”，怅然是“何人来此共携酒，可惜拒霜花一溪。”而更有“得鱼无卖处，沽酒入芦花”的郁闷和无奈。所以，今日聚，聚则畅怀。皆不必闷酒，只要有鱼，哪管他僧侣戒！待千杯尽，自会骏生翼，卷书万。如今最好！好在“绿纹新醅酒，红泥小火炉”，又适天公意，“晚来天欲雪，能饮一杯无?”莫去问“今宵酒醒何处，杨柳岸、晓风残月”，难得自在。

晚风凉，夜幕上。餐后十有八九酣，都言相聚欢。今日难得酒，醉亦醒，醒亦醉。叹人之生亦难，活亦难，自由更难。而今自由生，真性情，往日不比。故想到庄子《逍遥游》，能“不滞于物”，方有精神自由。而忽意冷，我辈皆俗物，混沌尘世间，每日求食以果腹，觅衣以蔽体，方得生命之花开花谢。滚滚红尘，为人子女以孝，做人父母以爱，与人为友以义，受命于事以责，怎能放下？知己知音，仪礼往来，岂能无有情礼短长？待累之基本，固之冷暖，衣食无忧，才可以小着大，以少成多而及它。此为规律难违，枉负今生！不由叹，“不滞于物”难，难于蜀道。莫奈何，知安身立命之维艰，可不谈琴，弦落尘，不论剑，残绣满，莫言诗，多惆怅，莫醉酒，梦易醒。琴剑天下远，诗酒人生短。人生有江湖，江湖即人生。醉醒若何，恩怨不了，是非难逃，何时能逍遥？所谓“武侠”，只作美梦。至于琴、剑、诗、酒则做梦中彩蝶，美丽动人世界。此梦有欢愉情，梦醒却倍生荒凉意。叹一声，尘世之纷纷扰扰！难怪乎太白直唤元丹丘，取衣牵马换，“将进酒，杯莫停”“但愿长醉不愿醒”。

因时不应运而饰以武侠名头，足见商家之用心良苦。此举也无不好，然就“武侠”而言，尚不若饭菜精细地道。若给力“琴、剑、诗、酒”四字，以实素养，名副其实，自会不枉“武侠”。也当以服务贡献为旨，切不可若青衫如此单薄，浪得虚名，唯利是图，做愚人之举，必是自断前程，只待时日。而至于“江湖”，得有人迹，便是江湖。若门可罗雀，此江湖就真是远逝了。

某天又闻两家食府启，若“醉江湖”，亦步亦趋，东施效颦。一店民国风情，中山巨像数米，尽处“天下为公”，客官咋舌！二者红色经典，红旗若云漫卷，“红军”端茶传菜，食客如何下咽？

此风厉矣，客官发乱。

又闻爆竹声，招牌换，歌舞伴——

人们开始为吃饭发愁了。

嗑麻籽者说

老陕人爱嗑麻籽，古豳州人更不用说。提起嗑麻籽，我的家乡虽不盛产麻籽，可男女老少皆善嗑，是其他地方的人均不能及的。

我有亲朋好友者久学不能。就说这小小一粒麻籽儿，莫过于半个米粒般大小，在口中瞎搅和，翻来覆去总嗑不出个所以然来。便胡咬乱嚼，一阵“屠杀”，满嘴残渣，一副“宁为玉碎不为瓦全”之相。这正符合不善嗑者的心态。

其实，嗑麻籽的道理多矣，堪称“麻籽文化”。且先看古豳州人一嗑：初嗑者一粒入口，上舌端，推至牙间，找准裂痕，试而探之，小心用力。终听嘣一声，便两半分开，仁儿出，嚼尽方嗖一声吐皮出，好一种成功感。善嗑者，抓数粒一扔入口，或填而塞之，满嘴粒粒皆有序“嘣、嘣”，仁儿一旁、皮皆推至“室外”，粘于宽大嘴唇之上。密集而无下落者。至完，满脸供不应求的自信。

大凡嗑麻籽者多为闲人。或独居一室，或久坐、闲聊，或散步均以嗑消时，皮皮壳壳从中得出些油水。此归纳为“嗑麻族”。看来此类君未必闲，反倒忙得不亦乐乎。

还有一类为“戒烟族”。可谓退“烟”还“麻”，便硬着头皮嗑，耐着性子嗑，走也嗑、坐也嗑、卧也嗑，爱也嗑、厌也嗑，无处不嗑，到处皮皮壳壳。但到头来，“自残”不成，反而得不偿失，倒得出一个道理来：这个世界谁又能代替谁。

这嗑麻籽贵在能“悟”。熟能生巧，功到自然成，久之可练就一张巧舌巧嘴来。难怪乎不善嗑者称古豳州人生就一张“巧嘴”。其实，道理在能悟，能协作上。麻籽入口，不单单凭靠嘴舌的推吐，牙唇配合，还得用脑，用心领会。

善嗑者大都具有一股子耐性、韧性，都有着不达目标不罢休的恒心和决心。同时，为求仁儿出，哪怕舌齿之苦？这正如我们干事创业，其中不乏急功近利、急于求成者。此类君缺乏的正是耐心、恒心。或急躁、粗心，或走马观花、浮而不实，或不谦、不慎、不竞、不廉。

这也正如嗑麻籽，欲速则不达，必落得满口渣滓，一塌糊涂。因此，无论干什么事情都要有耐心、恒心。而且，从嗑麻籽中嗑出人情世故，获得人生道理也是一件很好的事情。所以，愿君能嗑、善悟。也愿与君共嗑、共悟。把我们的工作做好，把我们的人生经营好。

（此文首发1999年《咸阳日报》）

见与不见之十四阙

我住长江头，君住长江尾。日日思君不见君，共饮长江水。此水几时休？此恨何时已？只愿君心似我心，定不负相思意。

——【宋】李之仪

1 冷眸之蝶

生来天地间，一声唤，破茧成蝶，翩翩问青天。春怨深深浅浅，夏花染江山，秋来冷了阑干，知是人间霜天，冷风锁月云漫散。罗衣重，北风凝，履痕秋江目在冬，梨花飞处泽无舟。望眼穿，茫复茫，重重关山眉冰锁，指尖寒，竹栅斜。枝有新绿，人无日长，斜了残阳，旧了时光。不尽霓裳，止在水中央，茧已破，蝶尤舞，纷飞飞。生于红尘，止于太虚，见与不见，聚散俱随。

2 乱红之舞

晨更起，啼破晓，光华推窗开，斯有鸟鸣啁啾，目滞干。昨今相连无间，不分昼夜，累了灯盏。须如檐上蔓，阶前寸草满，不知有春，桃花尽开，乱红不忍踩。风曳曳，枝上雀站，见与不见，知在其间，在我面前，经昼历夜，阅尽红燃绿娆，知是春秋？

3 亭台之恋

居室不敌困，午后出阁。晴若洗，云彻天蓝，湖荡波，舟船旅人多。

绿伞篷盖，荫锁亭台，群鸟林绕点点，乱鱼簇拥翩翩，鹅鸭两两三三，涟漪浮痕深深浅浅远远。止脚惑双眼，心神云影片片。纵是芳草一束，尤能绿了人间，长水一波，亦百堤荡漾，落红一瓣，也醉了红颜；群鸟有伍枝不孤，池鱼有伴尽鳞舞，鹅鸭闲游，合欢水知。而我可否？止余默默若树，慕飞鸟游鱼踪，不比鹅鸭。千里翠障，万里红妆，知是叶为谁绿，花为谁红，多少亭台为谁生？拾袖沾，我枝何栖？我池何游？长堤歌声越，举目徘徊，碧荷遮天，琴声咽。舟行健，莲复莲，远远近近，仙子花中央。见与不见，笑靥如花，知为我开，莲动裳舞来。

4 清秋之羽

塬上柿红，涧水清幽。丛林烧，坚果抛，残阳舞照，黄昏影飘飘。岗无草，树萧条，岭岭重重烧，绿尽红摇，我无藏，残香绕。鉴水岸，秋水淡，舟楫闲，蓑衣寒翁不见，清寡对眠。舷干冷，壶未燃，竹椅霜凉。怅望江，寥寥羽，浅浅痕，不尽长天默默，荒草岸，阶石路陌，人影只单，孤看江山遍。溪水静，青石瘦，栈桥残留，兰亭草飞，执手送还。昨日路迢水淼，今朝叶红还烧，泪抛长堤叶未干，挥手落叶尽。知是香丘荒冢，葬了山盟，来去来，无期有期。别复别，聚复聚，见与不见，山树成对对对伴。

5 瘦灯之雪

日尽暮，天眼合，帘遮幕阻，花失色。夜风瑟瑟袭面，只鸟啾啾寻巢，簌簌飞雪夜白。扑面寒，望灯火，星星点点，落声问大地，人间无言。移盏案前，挑灯线，推窗观雪，银屑遍，素裳舞，共翩跹，月羞掩面。念念千里雪飞，万家灯移，伊人阁亮，灯火可随？烟尽火生，水燃茶熟，桌上笺，毫上墨，字字清辉，月驻窗楣依偎。浅浅句，簌簌雪落，声声吟，托付银华飞鸿去，天晓福音。喜露颜，童稚蹈之，孤灯望眼，翩翩吟吟现，月影缠绵。寒逼透，风摇灯豆瘦，见与不见，雪舞江南，绮梦走翩跹。

6 孤盏之篱

天生肉，魂灵走，旦始夕终无。缥缈入世，何为求？斯是五月天，槐花墙篱断，溢香满院。晨起清茶伴，滴水亦念。细壶泉酿，杯两盏，椅孤单，对饮难咽，何人举樽语言？盏复盏，添万遍，杯杯咽，句句念，醉倒杯盏发乱。花无味，何故闹腾，香与谁享？茶相随，生如味，品在其中，共举杯，见与不见，盏不单，椅落繁花遍，笑靥篱间。

7　残香之墨

庭院深，春秋锁，不知夏味。桌上肴，菜蔬淡，米香散漫。嚼复嚼，可有人唤？柳无烟，竹叶片片，如在昨，心暮沉沉，摇曳恍惚散。亦是午时茶饭间，炊烟生香碟盘满。盈步缓，细声唤，书阁观墨邀还。盏满奉，碗送前，菜累添，如宾无间，和和美美暖暖，枝鸟慕无散，红颜驱远。见与不见，清墨香残。

8　起舞之鱼

晚来灯盏，石凳余暖，知是夕阳无意，落下残金点点。柴火燃，菜根捡，片鱼弄尾尝汤，馋了路行客。手扶残卷，闻香倦，竹床卧。炭火徐徐砂暖，食味袅袅弄香。非是星斗落树梢，火穿丛林欲烧。疑月华染裳，云走雨飘，湿了鬓毛。焉知天地别，烟火路上。探复探，问树知吴刚，玉兔何往？飒飒风，霓裳飘忽，伊人来否？枕落叶飞散，满地月光，竹简零零零，平仄无。一声唤，缘知邻舍喝汤时。帐落凳，察火明灭月无睛。望鱼情，我鱼无辨，该做何烹？见与不见，默默树，满院青枝华发生，疯长覆城。

9　二十四节之望

春寒晓渐，风冰破，暖凉无间，虫土走，昼不昼，思肠节节草漫城。茶生芽，畜下垄，雨落絮飘屏湿透，檐头燕忽。巢无檐上草，爪有半点泥，熙熙迎呼，聚首啾啾。对翅落尘衔羽，何时来回？孑然望喜，喜在孤独，独看空中筝独舞，知是春分清明。我如筝，何人放，独行走，柳絮飘扬冢独殇。天生雨，我生泪，落锄下地百谷生。春回人未归，见与不见，荒草成堆蝶双追，飞相随。

陌上花开，桑枣红垂，伶鸟绕枝围。青石翠，绿水随，瘦桥浅浅横，草香重重。深林人语响，细溪浣纱忙。小径鹅走，荒路我行，绿栅寸寸节节，牡丹亭亭，怅思节节寸寸。残荇浅浅深深，红莲闪闪躲躲。船角入碧水，鹭无闲，翘首塘边，忘还。稻尽茬无边，杏梅落满。知了倦眠，葵花熟遍。雁知冷暖，丹桂醉，蛙声尽，芦花满滩。见与不见，落叶问苍天，月华染千山。

菩提绽，等已千年。只是花尽塘凉，冷了指尖，秋雨不尽绵绵，遍地金甲，青丝霜染。风萧萧，百花杀，衣衫寒，江河飞白惜芙蓉，梅花灿若虹。冰湖封，长堤空，船失舟子我湿袖，一袭褴褛对江风。见与不见，鸿雁可言，争渡无眠。

10　一叠之花

端月梦里翘首，寒也目走。望月把酒，冰衣关山度。杏月问花初红，墙上浅草笑应。青涩满怀捧，一粒果子解愁。桃月枝下侯，嫣红看透。瓣若花容，千般媚秀，片片沉醉，点染心扉良久。槐月黄蝶飞，十里翠烟，曲池水荡。燕舞秋千荡，梅子黄落。竹笠雨斜，阴阴花若幕，惯看珠散江湖。见与不见，一袭春梦失廊檐，层层瓦暮，清雨长烟。

11　复叠之露

蒲月芳菲，艾叶争戴，菖蒲榴花众采。鼓喧棹飞舟赛，熙攘如海，执枝望云高，庭院复净扫，何时舟楫到？荷月暑高行酷，池鱼匿踪，柳软花失容，竹林风轻。高阁藏清凉，弦乐声慢，无心消，看塘采莲，亭亭青蓝层层染。钓无钩，只等蜻蜓，翩翩点点远远。清游无意，堤望渔，衫湿透，邀问鸿羽有无？瓜月看垄走，草生籽实，果谷香。日望晓天云淡，晚步湖塘醉无边，荷年荷月伴。闻天籁鱼虫奏，七夕鹊桥攀，银河星盏近，焚香还，有期无期？桂月银盘，对影中秋酒酣。对对排排生圆叶，遍地黄花淡清芬。彻空洗，练走无垠，月独依，圆了宫阙，残了人间，饼犹凉，宫广寒。见与不见，玉兔在，陈酿饮开。

12　三叠之絮

菊月青女约，雨无序，珠落三山秋，人间燃无声。晚来问柳，花下酿酒，一壶一凳一蓑翁可够？六弦琴，五瓣花，四面风唱，三只影，两袖风，一江鸥。穿林走月静，美溪黄花羞。已是满窗金甲绣，弦等故人霜露厚，曲已点，何日开弓？阳月闲，百草落水寒。择吉绒花戴，姑爷喜坏。隔屏闻乐起，风卷残墨寒。知是凝墨涩涩，笔无力，寒侵帏，蒙蒙眼角泪。辜月庭院净，风语瑟瑟，葭草绿生暖了残墙。窗棂对，格格碎，飞絮飞，门扉冰垂。小雪侵，望低云，回路谁陪？腊月冰河，虫藏车马稀。空巷语寂，落雪窥天际，屋舍飞蒿火熄。谁家炊烟风起，银屑裹味汤浓。童稚嬉，爆竹鸣，年愈近，路复远，不尽素岭望穿。布衣裁，腊肉干，竹酒满，梅花开遍。又是年，见与不见，雪融绿枝现，春山春水。

13 琴瑟之殇

天地生烟雨，人间有红尘。平水叠翠百里绵，若耶一脉千湖秀。苎萝有台闻水声，鉴镜一湖觅香骨。忘江湖，一叶扁舟且渡。崇岭巍峨，望千峰，杞梁裹尸泪摧城。阮郎仙游，尾生之信，九龙墟合蝶羽飞。琴代语，梦相随，孔雀东南五里悬。墨锁尘，玉作土，沈园焚情春依旧。游园梦，佳境走，亭留香冢寻柳生。复开土，觅丽踪，不枉奇缘付今生。易安清词，花间天成。士子不与过江东，金石春秋，香殒江南筑孤峰。冒君宛犹在，至今慕太白。侯郎香君还，栖霞磬声远。琴河月凉，惠山香消散，梅村语迟念长斋。见与不见，斯是秦淮落雨间，天上星盏，望河东，虞山影怜，倾城教看花灯遍。

14 梅竹之愿

日与月，山岳不移；生与死，天地轮回。人与事，落花流水。一生苦短，三生不长，有情成眷终遂愿。惯看春秋，且有“绿蚁新醅酒，红泥小火炉”，旅途“晚来天欲雪”，相邀“能饮一杯无”？四季手覆目闭，红尘太虚随缘去，登高阳春雪霁，虹已来……

（此文获中国好诗词大赛优秀创作奖）

第六辑

读书手记

江 堤：废墟上的绝唱

近些日子，每到晚上躺到床上，我都会翻开一本书去读。这本书叫《瓦片》，作者是江堤。这是一本很值得去读的文化散文集。或许是夜静的关系，每当打开书，我都会听到忽远忽近走路的声音，闻到山风卷着桂花的香味，看到雨滴打着瓦片在檐前织成了珠帘……在这些文字间行走，我就想到了碧绿成行的麦田。在昏黄的灯下读书，窗外雨声淅淅沥沥……种种美好。读《瓦片》，我像一支青黄的禾苗在汲取雨露，所以，深夜就一直下着雨……

江堤，湖南衡阳县人，1962 年 10 月出生，2003 年 7 月病逝，英年 41 岁。他是中国作协会员，诗人，散文作家，青年学者。1987 年发起中国新乡土诗歌运动，创立新乡土诗派。1990 年在岳麓书院从事古代书院遗址及相关文物研究。出版《新乡土诗派诗选》等流派选集 4 部，个人诗集 9 部。多年来从事文化散文写作，出版文化散文集《山间庭院》及文物文化随笔集《中国古代书院》《诗说岳麓书院》多种，获全国优秀畅销书奖。

评论者普遍认为江堤是一位才智型作家，具有诗人、作家、学者的三重秉性，拥有独立观察事物和思考事物的立场与方法，有性灵飘逸的创造性品格，他对文化的诉说来自灵魂深处，其作品对社会和时代有一种和风细雨的暗示作用。散文作家王剑冰先生说："江堤善于对历史、社会、人文与时代进行不同视角的探寻。他是一位学者型、也是智慧型作家；他的语言充满诗性特质，透彻而鲜活，哲理而生动。"著名作家唐浩明先生说，像江堤这样来写岳麓书院的，"古往今来怕是第一人""理性与诗性化的结合，在这本书里达到了完美的境地”。评论家龚旭东先生说：“有一种诗性与理性相契合、相交融的独特品质……深刻体现出作者的诗人本色，表现出作者灵魂栖居于兹，神魂萦绕于斯的痴醉状态。”而江堤自己说：“我在写《瓦片》的时候，反复强调的是灵魂有形。灵魂是可以烧制的，烧制成瓦片那样的形状。”

江堤因为疾病而英年早逝。这样年轻而又有思想的人过早辞世，令人惋惜。他在作品里表现出细腻、无伪、犀利、隽永和厚重、朴实的特性，每一个字里行间都发人深省。同时，在他的作品中，我感到了一个灵魂所承载的巨大孤独。我知道，在这个坚强而孤独的灵魂之上，他在挖掘和探寻人性与生命的本源，这也是他人格的真实陈白。这是需要怎样的勇气和坚强面对繁芜浮躁的人间万象？我似乎一直能听到他在跟病魔斗争、与时间赛跑中所发出的呐喊。我可以匍匐于这些文字的丛林，去探寻他的心路历程和他所建构起来的精神圣殿。我愿意和他一起唱，也算是对一颗英灵的拜谒和怀念吧！

这是一支凄美怒放的花朵。在深夜的陪伴下，我用心灵体悟了这些坚强而怒放的文字。我以为，它们就是一朵朵盛开的花，在书院的花园里散发着暗香。我静静地感悟和吟唱这些诗化的语言，冰冷的炽烫的或者鲜活的枯萎的都在这静静流淌的词句间，让心灵痉挛，让灵魂充盈。我一直在想，活着，或许真的很痛，但能真切地痛的活着总比麻木的浮生更有滋味，更有意义。因为有歌唱，让我们一起来唱：

（一）手指移植

乡村手指
在摩天楼群的黑暗中
移植到城市手上

茫茫黑夜城市在霓虹
深处呜咽听到有人说
痒！乡村手指伸过去
触到的是一只水泥跳蚤

瘙痒这并不是简单的症状
城市在世界的夜空叫喊
孤单的黑暗极度难耐
我乡村的手指伸过去
一个蝴蝶滑翔的动作
就将瘙痒的动作
就将瘙痒止住

这唯一的夜晚乡村玫瑰
通过手指插在摩天的楼上
城市孤独地向我撞来
身体像村妇一样柔软

（二）待归

真正的土地
凡人是听不见心跳的
土地的阴影刻在背上
黄昏不来
背部仿佛很寒冷

我们其实是一些植物
植根在屋檐下
流放在旅馆里
根须在土地的深层
游荡下去便是异乡
真正的季节凡人看不见它走动
那些美丽的歌
鸟雀藏在树枝上
浮动一个黄昏
往往一根羽毛击中手指溅起来的水花

我们不需要房子
安于淡泊
脚印睡在原野
一似墓穴灿烂如花
花盆放在桌上
风走过，落花萧萧
河流在掌心里流淌
与泥土的距离实在太远
整整一生我置身于空中
每一个黄昏
都等待落叶归根

这是江堤诗歌海洋中的两朵“浪花”。谁知道城市和乡村的距离有多远？是永远，永远有多远？只有手知道！“痒！”那些“一个蝴蝶滑翔的动作/就将瘙痒的动作/就将瘙痒止住。”痒，究竟在哪里？是城市之痛，还是诗人心灵之殇？“这唯一的夜晚乡村玫瑰/通过手指插在摩天的楼上/城市孤独地向我撞来/身体像村妇一样柔软。”面对这样的诗句，我们的手到底能做些什么？文化和文明有了精神的移植和转接，人与物之间谁又能够更坚强？我又在哪里？

当一个人栖息得像一只鸟的时候，欢乐便不是唯一的美餐，孤独就是最好的伙伴。“真正的土地/凡人是听不见心跳的/土地的阴影刻在背上/黄昏不来/背部仿佛很寒冷。”在孤独中会听到很多的声响，这些煎熬的孤独日子里，黄昏日落或许才是最好的风景。“我们其实是一些植物/植根在屋檐下/流放在旅馆里/根须在土地的深层/游荡下去便是异乡/真正的季节凡人看不见它走动。”像一棵植物般地存在或许是最好的状态，因为人生有着过多的流放和游荡，而谁又不是生活在旅馆样的人生里呢？“那些美丽的歌/鸟雀藏在树枝上/浮动一个黄昏/往往一根羽毛击中手指溅起来的水花。”

这样的日子，时光是静谧的，光洁般地停止着流淌，倒很是想做一只能在枝头上自由歌唱而击水高飞的鸟。“我们不需要房子/安于淡泊/脚印睡在原野/一似墓穴灿烂如花。”在这样的日子里，谁又知道我的需要，又能求得了什么？静静地，别无所求的，与孤独对歌，赤裸的灵魂，高洁地盛开在自己的心田，独赏芬芳。因为，安详就够了。“花盆放在桌上/风走过，落花萧萧/河流在掌心里流淌/与泥土的距离实在太远。”时光中有了四季，日子就不显得单调，而这些一去不复的光阴，却带走了花季，带走了容颜，让人怎么也扎不住根，让脚步慢下来，时光停下来。“整整一生我置身于空中/每一个黄昏/都等待落叶归根。”我似乎在人间滞留太久？那为什么那些韶华都离我而去？这是多么难以挽回的事啊！因为怎么活着只有自己最清楚，当空余躯壳身心交瘁的时候，清晨和黄昏只是时间概念，但或许黄昏更有风景，因为天黑了就可以歇歇了，像一片叶子悠然飘落，静美而又安详。我在想，归来，或许明天那扇靠梧桐树的窗就不用推开，推开了，春天也在外面。

这就是我所歌唱的，我像一片落叶，行走在诗行中间。我会对这条河说，我回来了。

血未冷，不舍昼夜。江堤是一个纯粹的文化学者，他总是在碧波荡漾的文化大河里迎风破浪，进行着一种苦旅，一种超越。而我始终能在他的字里行间触摸到柔软和伤痛，这些都那么倔强。“文化，总是在一条苍凉的路上前进。”在他的自序中，这句话一直烙在我心里，但又若鲠在喉。作为一个本来就独立的无所归属的人的个体来说，到这个世界，艰难和孤独在所难免。很多人都是这样，包括我，这么多的苍凉而无奈，这是怎样的滋味呢？这是让我感触最深又最纠结的地方。江堤说，他深切地感受到了“瓦片一样的文化物质”，他要亲近它。在很多的作品中，他诗性地解读了文化物质，在这条苍凉的路上，在寂寞中宣泄和张扬纯粹的思想文化，呈现出属于自我方式的对话和交流。然而，这种苍凉的苦旅，即使再艰难，江堤还有和江堤一样的人仍在不舍昼夜，因为血未冷，再苍凉也会风雨兼程。

独栖草堂，所以活着。江堤在作品中由牵念故乡的蒸水河、石船山，而引发了“故乡是灵魂中的钉子，是肉体里的根，没有谁可以将它拔掉”的慨叹。他的“灵魂在红尘的鞭笞中凄嚎”，他在寻找一个远逝的哲人，他想回家，想去追觅久违的仙踪。我依然听到了呐喊，这是多么疼痛的声音。曾想，往事如烟，不堪回首，时过境迁，人去楼空，留下的和沉淀的是永恒的不变，是精神的堡垒，是诗意的家园。

我在想湘西草堂。那就拜谒王夫子。这个王夫子，字而农，号姜斋，清代大思想家，湘西草堂主人。一个划时空的山头，一个超“酱缸文化”的苦行僧，谓为“保持健全人格，留住人性最后一点儿尊严”，而仅能求得“存的三四癞疮于私处，时呼热汤，关门澡之，不亦快哉!”大师是扛大旗的，是经受摧朽的一株刚强“枫马”。王夫子之时逢乱世，颠沛流离，闭门课徒著书，隐“败叶庐”，探讨哲学、历史、社会政治问题不辍，总结历代王朝覆灭思想教训，批玄学、佛学和宋明理学于毫端。康熙十三年自喻“顽石”，居“湘西草堂”，著述终老 。

与扛大旗的人对话，在草堂的日子里江堤生动鲜美地活着。看落日，与瓦片对话。“我躺在草堂前面的稻田里，水稻刚刚收割，背下的稻草散发出怡人的芳香。我的思想顺着一根遗留的稻穗向前伸展……”而大师将稻草晒干，将草堂屋顶的腐草卸下，然后静坐床前，一下子“文化生命从精神崩溃的边缘回到命运的舞台上来……”江堤心里的大师就是“坐在我家门口欣赏落日下山的那个老头。黄昏沿着山脊蜿蜒向前伸展，充满了淡淡的忧伤和惆怅，空中的云在落霞的风浪中颠簸得厉害，四周白浪滔滔……”

《绝途》让我不忍离开，我不知道太阳落山、雀鸟归巢，我还站在长亭做什么？这应该说是《绝途》的绝途之恋。我在想，只有深切的痛，才会迸发出对快乐的苦苦追觅。因为要活着，要快乐地活着，在湘西草堂的日子里，江堤不痛。所以，我们还有什么可以言痛的理由？江堤在《绝途》中说：“这个世界，除了绝途，谁能创造第二条道路?!”我觉得江堤是理性的，他一直向着自己丰腴的心灵密境挺进。他说：“一个人，来到世间，就像一片树叶挂在寒风里，独自构成一个空间……”诚然，一片树叶、一首诗、一幅画，终将都会被时光掳去，被新生替代，但这片树叶并没有仅仅就是落下，腐坏在泥土里，而是在将大地砸响的瞬间，它在秋风之挽歌中向着春天归来的方向倔强守望。这是一种皈依，是精神和物质的归一，是文化精髓和生命本位的归一，不是短暂和消亡，而是恒久与永生。我在想，这就是一块坚强的瓦片，将灵魂煅烧淬炼的瓦片。它即使斑斑驳驳，也会挺立在檐首墙头遮风挡雪。所以，所谓的绝途，只不过是一片树叶的落地，春天是阻挡不住的。

屈原算得上是永远牵挂的一束乡愁了。由此，我想到了屈子，所以怀念。不是因为他的成功，而是他的失败。若要找个理由，我想说，《绝途》并不落寞，有屈子，有贾谊，有司马迁，有灵魂的宣教场，有千百年来的茫茫尘沙。只要经狂风，就会苍茫，就会看到大雨瓢泼，历史荡涤泥垢之后的光芒。你就会看到那些塔城和沙路。突然想起去年的端阳节，很想去望水，可憾的是村口的大池塘不见了，那些小河大湖不知道去哪儿了。这还没有到秋天啊，咋就都瘦成了干涸的河床，还长满了大草。庆幸的是，那些包粽子的叶子竟然还能在闹市上买到，江米大枣锅里蒸煮，就有了粽子，没有断了孩子们的口福。那一天，孩子们只顾欣喜若狂地吃着粽子，可是管不得屈子不屈子的，而我想说的话却那么多。而今年的端阳节将至，我知道孩子们都在期待，而我倒生出难以名状的忧心。

翻开书，我其实一直处于严肃之中的，甚至有些沉重。可我只能凝望江堤。他的文字流畅、自然，寓情于景，虚实相间亲近空灵，思维浑然，呼之即出，使那些先哲们的智慧和自己的思想碰撞生花。所以，我以为他便是大师的弟子了。他像一股激流在大师的血脉里流淌，所以他在“希望中活着”。尽管有着难言的沉重，但这些作品始终也让我有着快感。不管是写景还是抒情，其娴熟的技法，细腻而传神，措辞练达，韵味悠然恰到好处，精神快慰。他说，“冬天漫长，思想在旅途”，大师逝去时“惜我往矣，杨柳依依”，冥冥中大师“坐草堂前柳树下，嘴里念叨着《诗经》，伸手去摘柳枝，手僵在空中。”“那天清晨，风是固体的。”大树倒矣，众鸟纷飞大师去矣……这真的是一个恣情洋溢、才思神来的丹青妙手正在挥毫泼墨……

现在我是在凭吊一位故人。从江堤去草堂也算是一种缅怀。所以在一个刮风的秋天最后一个日子，他便去凭吊。他望见了一副楹联。联为“清风有意难留我，明月无心自照人”，牌匾曰：“衡岳仰止”。然后，他说：“我从阁楼上爬下来的时候，发现无数的春天已经从楼梯上走过了。”……

我是在这个郁闷的仲夏陡然靠近江堤的，也算是贸然拜谒了先哲，神游草堂。那么多的深夜，能在《瓦片》中行走，我是幸运和荣幸的。所以，我要感谢《瓦片》，我深切地怀念您！夜深了，雨还在下——那些雨点坠落的巨响，就是我们在废墟上的绝唱。

李忠堂：灵魂的放歌

想写一些评论性的文字，对于一本书始终缺少勇气，比较胆怯。原因有两个，一个是自己几乎从来没写过什么评论性的文章；另一个是自己才疏学浅，藏书少读书也不多，平时写的都是些小方块，不敢谈质量，基本都没有什么用处。所以，先说说这个人吧。

上中学时从同学言谈中知道他，那时在大佛寺文管所，就想拜见谋面。我师范毕业后，在县教育电视台公办见过一面，因不知名姓就未曾搭言。大致印象是憨厚善颜，无有多语。几年后，知其在行政部门任职；再后来，成了我现在的领导。因此，我常想，这就是人生的一种机缘吧。我一直很庆幸拥有这样的机会和后来的经历。

因公务，便多了与忠堂先生的交往。但见都在伏案工作，认真敬业，不苟丝毫。特别是工作之余读书创作、舞文弄墨，勤奋忘餐。因自己亦好文墨，便更多了对其的尊崇，也对其盈尺藏书、厚重文字和俊逸书法的垂慕，更对先生旷达之人生态度和执着之精神坚守所敬仰。所以，我便幸而“楼台得月”了，无有了距离和生面，得到了良师益友，获益厚丰。先生无官架，无碎语闲言，不雕饰，不媚俗，不张扬，节俭从事，诚恳处世，秉性纯朴。换言之，既有庄稼汉人之志气骨气，亦有文人墨客之豪气雅气，又有从政为官之浩气正气。记得有朋友讲，忠堂先生面冷，似乎不好近乎。我说，先生其实面冷而心慈，谦虚真诚，耿直不伪，谨言慎行，平和的很呢。当然，出于敬仰，朋友这样的认识是正常的并可以理解的。

上面的话，是我对忠堂先生的认知。不切的地方，还请忠堂先生正之。下面说说一本书——《古豳放歌》，主要是通过阅读和学习，对忠堂先生的散文谈谈自己的粗浅认识，算是和大家交流共飨并记之。

《古豳放歌》是忠堂先生继《彬县大佛寺石窟研究与保护》《张舜民诗词辑注》《彬县文化旅游知识200问》等著作之后的第四本书。与前几本不同的是，这是一本散文集。是他在工作之余热爱文学、亲近文学、躬身写作的结晶。此书由太白文艺出版社出版，计20万言，共选录近年来创作的部分文学作品61篇，分9个部分。通读之后，我根据书中自然分块，大致作了题目，主要是为了自己阅读方便，以更接近作者的为文、编写意愿和旨意。这些题目不一定准确，但我在心底还是希望能更近地走进作者，靠近作者的心灵世界和精神领地。

中国古典文学作品常有着一种灯烛意象。就《全唐诗》共有1563次写到灯的意象，烛光意象也有986次之多。可见，这古人不仅仅是对灯烛的喜爱，更因为这些灯烛给了那些宦途流士和文人墨客颇多的温暖和慰藉。既擦亮了双眼，安妥了心灵，更明晰了前程，给予了希望、勇气和力量。所以，就有人说文学如灯烛，可以照亮心，可以通透灵魂，让灵魂更自由地舞蹈，更自由地歌唱。而每个人谁又不曾想让自己真正地舞蹈和歌唱呢?

读忠堂先生的散文，我是由衷地见到并感悟到这样的灯烛的。那些文字于个性的自由与绽放中，弘扬真善美，鞭挞假丑恶，爱憎分明。既有对逝去韶华的叹惋，更有对美好人生的希冀，感情真挚，情绪饱满。不乏哲理的思辨，通达自如的表现风格，饱含着感性的柔软和理性的睿智。每一篇都贴紧到灵魂最薄脆的境地，触及大脑最敏感的深处，无法推掉，无法放下。

我在想，这些文字如同中国历代优秀的文学作品一样，既若粮草，可以果腹止渴，可以添衣取暖；又若镜鉴，可以看到自己，知晓清浊，识得媚嗔；又若银钥，打开即可进得门来。忠堂先生的作品能结集出版，遇到读到，当是一件幸事，实为一本难得的书籍，文学的盛宴。因此一直想，这当是要付出多少的劳作和拥有多深的丰厚积淀。

第一节，印象地理。文学需要这样的土壤。文化是一种现象，文学就是这种现象分娩的一种果实，文字就是作者外部感知与内心世界灵魂舞蹈和歌唱、智慧与知识、技能与方法、毅力和悟性修成的正果。它需要土壤，如同庄稼需要生长。而那些生于斯长于斯，更获大地与天空间存生的山山水水、一草一木的地理印象，都成了文学发生和生成的土壤。

李忠堂《古豳放歌》中的散文作品亦不乏这样的土壤，其胸中拥有着无限丰满而美丽神奇的“地理印象”。

也许，就在岩间的窟穴里，曾有过高人隐几，推演《易》理；也许，就在这盘纡曲折的岩石褶皱里，野草山荆还掩藏着史前的天书岩画。而石峰里的每一滴水珠，也许就是一个湿漉漉的故事……

（李忠堂散文：《石龙窝游慨》）

这是充满智慧的句子，不乏敏锐的光芒。就是这些窟穴、褶皱和野草山荆、天书岩画等富含张力的物象，练达细腻的笔触，才有了晶亮若泉的文字的汩汩流淌。《豳州赋》从故国旧郡到《国风》《诗经》渊源，从公刘教稼、农耕立邦、历史浩繁、人物俊华、民风笃厚、人文丰茂、盛世神州、盛世华章等方面，以渊博深厚的知识储备、高度概括的凝练语词、激昂饱满的无限深情，写出了对家乡的热爱和独特感情。无疑这样的方式是最有力的。读着它，我们为自己是一个历史名城、文化名城、大美之邦的豳州人而自豪和骄傲！

中国历来包括现当代文学作品中都有着永恒不变的故乡精神结构。忠堂先生是深爱着这片土地的。在自序中他写道，生养自己的这块土地“实在是太美了”“ 文化底蕴太深厚了”“我深爱着这块土地和这块土地上的人”。这是一个彬县人最淳朴的情感道场，是一个写作者最传统的故乡情结和精神圣地。因此人们都这样说，英雄豪杰的故乡情结熔铸成历史，文人墨客的故乡情结吟诵成诗篇，普通百姓的故乡情结是望眼欲穿的泪水。忠堂先生的故乡情结始终贯穿了作者出生之后的全部历经，也贯穿到了他几乎所有的文学作品始终。这是一种摒弃功名利禄、物质享乐之名利场的出脱和不染，是心灵纯净和精神清明的一种皈依与大悟。在《古豳这块土》中，通过细致细腻的察悟表达了对这块“奇异的黄、深厚、干硬、坚强”的土地的挚爱。这种情绪是直白的，朴实的，不需要华丽辞藻和过多言语。在这块土地上，他能闻到谷子和麦子一般的清香；无论出去多远，时间多长，都能像燕子一样找到自己的家。这一土地厚实深沉，若同这里的人们一样憨诚耿直，坚强热情，如同这里的生活花繁幸福。

对于景物和情绪的关系阐述，王国维说，一切景语皆情语。这是一个境界。忠堂先生的散文熟稔地掌控并完成了这一论言。他的语言是诗化的，有着足够发散的敏锐的艺术世界。《高崖上这一片风景》中所展现的飞鸟走虫野花、断崖残壁红砂等景物再普通平常不过。可就是这些不易注目的风景却让作者不光看到了美、宁静，更看到了生命和自我。在风景的情境中得到了精神的顿悟和鼓舞。这一片风景正好诠释了自我生存环境与生命跃动的关系，更有力地催发了一种精神的创造和彰显了生命之美。他说，只要心中有一个奉献的目标，脚下有一条追求的脚印，生命无论在哪里都会成为一种美。我很感动这样的顿悟，这样的词句。我在想，这还是“一片风景”吗？这是一部大书，一部让生命灿烂生长的巨著。

忠堂先生的散文作品经常会让读者产生美的享受。这是个聪明的建构，我认为。因为不难看出，其作品无论如何表述，表述什么主体，总之在谋篇布局和语言表达、思想呈现以及精神架构上都离不开美学的思考。其中包含着他的诸多美学思想和审美经验，增强了作品美学价值的张力。《石龙窝游概》中石缝渗水，一穴清泉成石龙灵雨，非是景情，而是片片幽情，成历史画卷，成公刘故里之精灵。借游览胜，展现了美丽与神奇，更表达了寻古访古怀古之情。《走宜川》则通过描摹陕北的山石嶙峋峭拔之势，灌木、羊群、牧羊人和逼仄的谷道的点睛特写，展现了苍凉洪荒的大西北印象。从油画般的静到入峡谷，闻雷声，见壶口瀑布的动，生动活现了混沌黄水天上来的奇观。这种奇观，作者用了“大洗礼、大瑰丽、大痛、大寂寞”，强烈地从感官上、精神上、心灵上和美学的角度阐述了此景此情此感。他说，“走宜川，使我对生命有了新的感悟：生命也许只有在经受大苍凉之后，才会创造出惊天动地的大美。”这是对生命之美的最美阐释。《重庆的韵味》一文是要读出一定味道的，本身文题就点明了主旨。善于抓住景物的特点，特别是从文学的角度不仅仅是景物的特性，而更是一种文学事件了。文章正是始于印象，基于地理，抓住了重庆幽深博大的特点，从人文的、历史的、美学的角度看到了一本“微黄的线装书”，琢磨到了天府之国的韵味。在这里，吟哦到了《沁园春》《念奴娇》的古典诗词，感受到了豪迈和清丽，听到了历史的风语，触摸到了历史的落尘。

和《石龙窝游概》一样，《古豳苍凉》算是踏着秋天的风，沿着野菊花盛开的山路寻古探幽。在紫薇山上，在新平旧郡，仍可觅到古公亶父的影子，可触摸到那久远的彻骨苍凉。那是落满蓬草的土堆，那是半截乌黑的残碑，那是断箭坠落的美穴地。这样的城是阴冷的，那棵曾经的壮槐和摇曳的绳索，那个古城郭是苍凉的。访古怀古，感受这片苍凉大地和如今日上中天的现代文明，忠堂先生的散文算是极尽了其今昔变化之大和历史精深、远逝如昨的苍凉情怀。我想，怀古或许是对历史更好的表达，对时下亦有现实意义。

第二节，历史羽痕。中国的每一寸土地都不缺少历史，都写满着历史的符号和印迹。这是中国从上古以来凡有文字的记载起，便离不开历史在文学中的发生，这就是文学事件，也是历史事件，是可互相印证的。忠堂先生的散文亦是。随着他的游猎和诗意的挖掘，特别是在古豳这块土地上曾经的刀光剑影、爱恨情仇、忠忤强弱和生死明灭，都在其文字中得到了生动呈现和再现。这些历史事件，使我们在他的文字中感受到了迎面扑来的尘沙、狼烟、清泪，血腥、疼痛、冰冷、柔情。《狼性的天空》把读者带到了无垠的毛乌素沙漠和辽阔的鄂尔多斯大草原，用敏锐的笔触描绘出了苍凉雄浑的边塞之景和异域风情。他的思维充满了无限生机，他的文字如大漠金沙晓月银钩般美丽传情。沙蒿、驼队、牛羊、独狼，“统万城”“龙门客栈”战马嘶鸣和马奶子酒香，这些物象都在历史和现实之间复苏或者闪现，使人热血沸腾，让人情志激扬。一路向西，在横跨陕甘宁内蒙古四个省区中，西夏王、李闯王、王昭君、铁木真，以及更多的人，在历史的赛道和棋盘中不断涌现，展现了无穷的历史魅力和史学价值。这些人物，包括《感悟浅水塬大战》中的唐氏王朝斗夺权争，从时间的跨度到疆域的广度，深入浅出地阐述了铁骑与弯刀的剽悍，枭雄狼性与女人的柔情，强弱对峙与欲望张弛对民族存亡、江山破立、历史推进的决定作用。可见忠堂先生读史之丰，研史之深，通过文学的形式传达了博古鉴今的社会意义。这是思考着的立体化的历史，是文学意义上的思考，高度的思考，值得借鉴。

由此，我知道了历史能带给我们什么，站在历史的遗迹或废墟上我们又能捡起什么。这才是最真实的，杀戮或者泪水。在这几篇散文作品中，忠堂先生在历史面前的思维异常光亮。他说，一座城，只是一种象征，一种精神层面的象征。当遭遇战争，让女人离开，那是办不到的！生存，才是最大的政治。一个没有精神高地的民族，是没有原生力的。每一个人，都需要一个精神上的高度。我想，这就是脊梁和支柱。我也想，这些就是作者在大漠草原行走和奔跑，在浅水塬感悟和沉思之后，在回首的那一刻思维和心灵的碰撞之后绽放如花，灿烂若霞。

关于“城”的意象，在忠堂先生散文中一直占据着重要的位置。这个城在历史文化中是某个人从这里到达那里的一次跨越，也就意味着一座城的倒下和另一座城的崛起。从文学抽象意义的角度讲，一个人就是一座城，一座城就是一个世界，有死结亦有活路，通向灵魂和自由的精神城郭。《古城里的文脉史迹》就是作者在这座豳人生息的城里所捡拾到历史文化起伏跌宕的鲜活拓片，其仍留有着远古的天籁和弥散着微许的温凉。因此，历史将自己一半埋在了地下成为历史，一半成了废墟弃在了地上，沉淀下来的就是文化抑或精神。这篇文字是作者站在古城的废墟之上，从历史文化的角度对先周至清2000 多年以来文化生长与繁衍的捕捉和追溯。无论古城十二景还是残垣墓冢、官宦书生、清词丽句，这种文脉承连和遗迹斑斑都为古豳之城烙上了强印，赋予了精神，滋润而丰茂，博大而精深。生长于斯城，浸染教化之意义是深远而现实的。

第三节，故土印迹。这两篇是关于土匪的，民国历史的家族记忆，《北庄匪事》和《陕甘交界》。作品中被收编牺牲的土匪头子陈三扁、命运多舛的老东家、硬扎顽强的三婆，在特殊的历史事件中表现出鲜明的性格特征，揭示了土匪抢掠菅命、群众无有安生的迷乱世相。无疑，忠堂先生是语言文字运作的强手。文章表述是干练直接的，人物的语言是简短有力的，场面描写和心理刻画是真实细致的。这样的文字语体厚实而质感，情绪抒发外弱而内强，朴素而充满力量。通过对环境的大量细腻铺陈和撷取，个性化人物语言的表露，直接完成了思想的生成，完成了人物形象的复活，使读者如见其人，如闻其声，声态口吻，性情思想，活灵活现，过目难忘。

深入生命和骨肉相连的人或者事是作者心灵和精神世界里永远鲜活和光亮的影像。这些人和事再远也是最近的，再尘封也是清新可辨的。就像潜流，无论在冰层下或密草中一直在流淌，一直在荡漾。

父亲去世后，我常常想起他那根黑沉沉的槐木拐杖，也经常想起祖父

那条长长的粗布腰带，想起他们漫长的生前和死亡的瞬间，很平静的想，就像想起遥远的已经完结了的事情。有时甚至还会想到自己，想到死亡也不过如此，生命在某种情态下，也许需要死亡来证明。

（李忠堂散文：《死亡的追忆》）

这一组散文充满了亲情的味道和温暖的记忆。《古豳男人》从形到神，从乡音到处事处世，再到生活细节和理想追求，展示了古豳男人憨直、豁达、率性和执着向上的整体印象。而《家仇》《曾祖父的学堂》《捡婚》《祖父的保镖生涯》《祖父当过乡长》《父亲和农具》《死亡的追忆》《二嫂的死》《北庄里的最后一个庄稼佬》《我妈说话》一系列散文集中对曾祖父、曾祖母、祖父、祖母、伯父、父亲、母亲、叔父等家族上三代人八九个人物进行了亲切回忆和深情缅怀。人物刻画和性格凸显栩栩如生，音容笑貌若在眼前。这些人和事都在故居北庄生息、发生并逝去。这里有着作者无限的眷恋和牵念。字里行间潜隐着父辈长辈的教诲和祖训，流淌着血浓于水的亲情滋灌。那些形象是高大慈祥的，那些事情是生动真实的，那些时光和记忆是历久弥新无法释怀的。人的命运和经历，生和死都在过去和现在，不断地发生和逝去。尽管不能留住一切，但却实实在在地烙在了心底，每每翻出，都会思绪翩跹，热泪盈眶。

在《父亲和农具》中，镰刀、锄头、木锨表达了父亲和农具，庄稼人和庄稼，日子和生存的最朴素的情感、情绪、情结关系和意义。《我妈说话》以朴素平直的语言，自然闲散的结构，深情饱满的情感，平缓恬淡地展现了一位慈爱善良、贤惠勤实、谨言慎行的母亲形象。这样的母亲，没有文化可句句言辞至理至情至真。她在平凡的岁月里教子成人，持家处事，德行立世。她有自己的人生感悟，有她做人的标准道理。这些都是朴素的，纯洁的，干净的。这是最平常不过的文字，这也是关于父亲和母亲最好的文字，每读感动，温暖一生。

第四节，生命教义。如果说上面几篇散文是叙写亲情，缅怀记忆，再次触摸北庄容颜的话，那《高原秋日》《家乡的麦子》《割麦的午后》《偷青》《唢呐》和《冬忆》这几篇就是对这块故土黄天上的物象和事件的跪拜和祭奠。《高原的秋》中高原是凝重的，高原的秋是悲壮和苍凉的，冬天则是寒冷和无情的。寓情于景揭示了故土父老日出而作日落而息之岁月平凡，终了如落叶大地，人埋黄土的悲叹这样的规律。这些生命曾经鲜活和激情过，那是对生命和活着的一种渴望。这些生命也是平淡的，一个简单的过程。

在9月里的天空下，在薄雾升起的清晨，看着那一片片的麦子地，我们的心里就会隐隐地生出一种情愫，默默地叫着“麦子、麦子”，就像叫一个人的名字。……许多时候，我们行走于地头，抑或蹲伏在田间，心里都会不由自主地生出一种愿望，让我们深深地跪下去，双膝触地，感谢麦子。

（李忠堂散文：《家乡的麦子》）

只有深厚的情感，才会有如此深情的文字。麦子作为一种北方主要的农作物已不是概念上的概念。在这篇散文中它已上升为一种精神层面的意象和支撑生命的重要力量。它和土地一并成为一种人们精神追求的符号。这种符号就是对生活和命运的挚爱。因为它和人们朝夕相处，相濡以沫；它坚韧乐观，执着饱满。所以，在那个《割麦的午后》，作者说“土地，真好！”“麦子，真好！”是发自内心的，是激动深情的。《偷青》的日子是难忘的，那些韶华逝去的热闹和伤感；《唢呐》的声音是悦耳动听的，又是悲怆疼痛的。鼓动的腮帮，流动的乐声，洞房花烛，人去楼空都震撼着人的神经。这里面有着太多的滋味和言语。这是生与死的歌声，哭与笑的叹调，迎与送的轮回。

面对时光和生命人几乎是绝对的无奈的。这是这个世界最大的缺憾。就如同爱情、感情、希望和现实。人很复杂，世界更复杂，复杂得难以捉摸，复杂得如此无奈。《1962年的秋天》中的老疙瘩和王寡妇，一个胆小窝囊，一个可怜孤弱却因为世俗的羁绊和勇气缺失无法迈出折磨的怪圈，最终落得可悲结局，着实令人叹惋，让人无奈。《佛事》让我想到了生平迷离、极具才华的活佛，被誉为情僧的仓央嘉措。文中倒流寺八十岁高僧容静大师睹鸟生情，思飘佛外，念接红尘，想自己念《往生咒》超度祈福的丈夫，结婚只三天就离逝的他。一别永别六十年若一日身在佛门却饱受爱恋之煎，直至羽化。这篇散文语言诗质，摹景清丽，人情忠贞令人叹观。其中体现了忠堂先生精深的哲学思想、佛学理念和宗教意识，更揭示了深刻的人性观念。这里面有一处对话，值得琢磨。

佛典讲，怀让与马祖论道，马祖笑怀让磨砖做镜，怀让笑马祖打坐想成佛。怀让说："譬如一辆牛车，要走要停，你是打牛还是打车？"大师说不清自己是不是坐在一辆牛车上，而且一坐就是60年。这牛车究竟载着自己要走向哪里？

（李忠堂散文：《佛事》）

我在想，这马终有困乏之时，车亦有枯烂之日，人到哪儿去已经很清楚了。欲是人之本性，大师的60年不已是做了阐释的？何况仓央嘉措也不能单外，才有了《见与不见》那些动人动容的情歌。可见，人性的爱憎永不会泯灭，只会潜藏。佛祖也无法圆说，因为佛也是有爱有情的，人间至情，天地大爱。记得有句佛语，"缘为冰，我将冰拥在怀中。冰化了，我才发现缘没了。"我也想，或许这就是忠堂先生做此文的旨意所在。

第五节，温情岁月。这些文字是巧妙建构的，这些声音是温暖熟稔的，这些影像是鲜活灵动的。

《乡音的解读》和《方言的故事》让我们知道了故乡声音的丰富和实在。眼黑、瞎扎、种系、麻兮等这些透着泥土味道和大俗之气的方言乡音，在现时代日渐遗落，不及捡拾。作者通过丰富的解释和生动具体的故事，阐述了说方言亲切、纯正、地道、听着习惯，有乡音温暖的故乡情怀，体现了寻根守基不忘本土的思想意识。

每个地方都会记住那些曾经活跃深刻的人物影像。《北庄里的外乡人(三题)》中，会唱戏、遭命运捉弄的好人老周、会拉板胡为人低调的老刘、重情重义的干部老孟，他们都是那个时代造就的，带着时代的烙印，在北庄生活过他们的人生片段。尽管是个片段，但回想起来都教人眼睛发潮，教人几度惋惜，教人心生敬仰。这是一段历史，却留下了终生温情的记忆。作者的笔法是精到的，人物的形象是传情的，给读者的印象是深刻的。《女同学》是对少年时代的甜蜜怀念，更有对忆当年，想如今，往事如烟和岁月如歌的现实叹惋。在这篇文字中能读到恰同学少年的风发意气，热血年华，更能看到纯真友谊、美好情感的青葱记忆。《周老师》懂教书之道，文本以倒叙的结构刻画了周老师多才多艺、脾气和善、敬业投入、充满爱心的高大完美形象。这是对启蒙恩师充满敬意和爱的深切怀念。

第六节，人在旅途。我想主要将这几篇归在一块集中起来谈谈印象。它们是：《我在家乡的大致经历和影响》《走出苦难》《一瓶酱油》《三棵树》《乡村民师》《棋韵》和《梧桐风景》。

文学是行走着的科学，思考着的精神之旅。和每个人一样，生命不息思考不止精神不死。在这样的路上，文学始终是注重于人的，包括自己、身边人、和人相依存的季节物候与自然环境。忠堂先生的散文就体现了这一特点，他的缜密和思维编织总会令读者触目难忘。《我在家乡的大致经历和影响》是写自己的成长经历。这里面有父亲母亲，有很多儿时的同伴和自己天真烂漫、个性张扬的难忘经历。这些记忆是琐碎的，苦涩的，也是珍贵的。回看走过的路和发生过的事，这些都是值得反思的，幸福或者苦难。由此在这里，我想继续说一个词——苦难。其实纵观中国文学史，在某种意义上讲就是它精神的苦难史。文学的人文性、历史性决定着其苦难和悲悯特征的突出存在。于大是对人类和社会、国家和民族、人性和生命的终极关怀，于小是生命个体生活和生存意义的人性化向往。这种苦难是冰冷的，又蓄满勃发的力量。和《走出苦难》一样，这两篇散文，作者都在字里行间表达了这一愿望，重要的是对人生苦难的一种高度意识。这种苦难意识的苏醒无疑对个体生命是一个无法低估的驱动，肉体的，行动的，生命的和精神的；一时的，一个阶段的，一个时期的，更或是一生的。

你想，青春是你的，心情是你的，你得好好地珍重她。你“嗬嗬”地笑着，絮絮叨叨地对自己说：你看、你看，走出痛苦，并不艰难，有时只需擦一擦脸、换一身衣服。

（李忠堂散文：《走出苦难》）

在这篇散文中，表现出“你”在特殊的一段日子里精神的孤独和沉陷。全文用了三个“蜷缩”和苍老、脆弱、尴尬、无奈、潮霉、怠倦、疲惫和忧郁等词，极言生活和精神的苦难状态。而后的“换一种活法换一种爱”的意识苏醒，便理掉长发，刮掉胡须，穿上夏装，擦把脸，就走出了低迷、痛苦，获得了新生。这是一种深切的人生感悟，是挣脱自我的重生。因此，面对苦难需要的是勇气和意识。这是难能的，更是可贵的。

《一瓶酱油》始于旅途，是关于一个台湾老兵的故事。作者慧眼识珠，抓住了这一触及心灵的闪光素材。战争的无情，现实的残酷和命运的无奈，使一个小孩在为妈妈打酱油的途中被抓壮丁，便有了三十年分，满腔乡愁，三十年后聚，一把涩泪，但终究梦圆。在大主题上，表现了游子身在台湾、心系大陆的寻根意识与渴望祖国统一的强烈愿望。当然，从另一个角度讲，本文不乏对时事的讽刺和批判。《三棵树》则算是传统散文的一个典章了。从栽树、养树、爱树、卖树、护树、分树、砍树到最后念树，揭示了“三棵树”是风脉，是梦想，是家，是希望的象征意义。这些树给了作者太多奋发向上的东西，这是一种精神和力量。表达人与自然和精神层面之间的和谐统一，相互依存。而《乡村民师》《棋韵》和《梧桐风景》，则集中谈到了教师的“群像”。这些为人师者甘守清贫，在生活的苦与乐中把平凡的人生理想进行到底。无疑，他们的形象是崇高丰满的，他们的生活是平凡充实的，他们的人生是淡泊宁静的。令人叹惋的是那些逝去了的音容笑貌和生活片段，落寞的是风景依旧，生命苦短。

第七节，百味人生。对生活的感悟来之于对生活的细致观察和思考。忠堂先生的散文《‘戒’的闲话》《城市笔记》《水声》《梨园不问花》《机关写真（四题）》《动物五题》都从不同的方面和角度反映了自己对生活，对人生，人性和生命的深度感悟。他是一个喜欢思考的人，更是一个生活的勤奋者。

这些文字语言幽默风趣，凝练生动，寓意深刻，充满了调侃况味和处世哲学。《城市笔记》则以理性的态度，表达了对信仰坚持，精神传承、生态意识、忧乐观、价值体系建设和情感本位回归的思考。这样的思考是介于故乡和城市之间的，是精神荒芜和物欲充斥之间的。也是深度疼痛和无法释怀的。《‘戒’的闲话》通过戒烟、戒酒、戒诗和戒色的“漫谈”，揭示了戒与不戒的关系；《在斗室》写了读书写字的生活，表达了对坚持一种信仰，传承一种精神的思考。

第八节，沙海方舟。文字来之于心灵深处的淘洗，来之于精神高原的晾晒，代表着作者生活的热度、积淀的深度和思想的高度。

世界上，最难一下子就看清楚的是人。

因此，这个世界上的所有麻烦，都是人制造出来的。

婚姻其实不是什么鸟笼子，而是一堵猪圈墙，不管你吃得好不好、饱不饱，最好还是在里边拱，别把嘴伸到外面。

（李忠堂：《想到就说》）

这些文字或许不是至理名言，但绝对是精辟的论断，是对生活和世界的洞悉。

《中国书写》是作者躬身墨海是、孜孜不倦的真实写照，是诗意的体悟和表白。《校园三题》《鱼况（外一首）》《秋风唐朝（五题）》等文字都以散文诗独有的特质，在形象和抽象，情绪和情感，表述和表达等方面都表现得游刃有余。文字短小精悍，想象天马行空，感情饱满强烈，意境和谐自然，张弛有度，容量密集，具有极强的音乐美和节奏感，表现了最佳的美学特征，充满了哲理和思考。

第九节，书里春秋。读书与写作的关系是非常密切的。忠堂先生从小读武侠小说、《孙子兵法》，到后来广泛涉猎历史、哲学、美学、佛学等方面，可谓博览而饱读。这对于文学，对于写作是最好的知识积淀、文化积淀和思维积淀。《煮书斋文论》和《珍惜你的直觉》就是他在反复阅读和精心思考之后，关于读和写的片段心得和点滴体会，是感悟和凝结。由此，我想到了身边很多的藏书者，其书柜之大、数量之多令人惊羡。可实际是装点炫晒的多而读的倒少得很了，更无法谈及“煮书”和思考与研究了。

总之，忠堂先生的散文大致上是以展现故土情怀为主题的。集中表现了他对故乡的深情厚爱。著名作家冯积岐对其散文评价时写到，“朴实、忠诚，不矫情、不做作，散发着一缕泥土的清香。”在古豳这块永远散发着“泥土清香”的土地上，他以文学的名义让灵魂放歌，让灵魂舞蹈。在此，也衷心地希望能看到忠堂先生更多的文学作品。同时，若是你也喜欢文学，你也喜爱读书，请允许我在这里作以推介吧，读读这本书，你自会获益匪浅。

当合上书看到封面上几个深深的脚印时，突然想起了余秋雨和他的《夜航船》。那深夜传来的“笃笃声”是航船到了还是祖母说的木鱼声？我想，在这里我们是见到“夜航船”了。因为它不仅“笃笃”而来，还有摇曳的“灯火”和荡漾的碧波。

大漠：一只从《白土人》中破茧而出的蝶

——在大漠长篇小说《白土人》研讨会上的发言

大漠先生的长篇小说《白土人》于2012年1月出版。在县文联和县作协的积极筹备下，今天召开长篇小说《白土人》研讨会。尽管时隔两年才召开这个会议，但却未曾削减人们对这部小说的热读和争鸣。尽管自己未曾读完或精读这部小说，但今天借这个机会，还是想从两个大的方面谈谈自己的认识、感受，和大家分享、交流。

一、从“三个一”走进大漠和他的《白土人》世界

一叶一菩提，一花一世界。我想说，一个人就是一个世界。大漠也有他的世界。只有洞察这个人在他的世界所打开的每一扇窗，每一个门，你才会真正走进这个世界，并和这个世界的他一起忧伤，一起欢唱。这些门和窗在哪里？就在《白土人》的世界里。

1. 一个永远的梦。从高考落榜之后，大漠就带着人生的梦想离开故乡去外面的世界闯荡打拼。像很多20世纪80年代的城乡有志青年一样，想通过打工改变自己的命运，实现人生的理想。然而，改革开放的中国尽管机遇随处可见，但并不都像人们心中所想的那么一帆风顺。当理想被现实击得粉碎，他又回到百废待兴的家乡。然而，乡村和城市的落差之大又让他离乡而去，继续寻觅，继续奔跑。他在寻找什么？因为梦想，他在寻找精神的庄园和农场。其次是自我的生存与活着。可以说，这两种形态在现实意义上应予以互换。可对于一个心存梦想的热血青年，怎能从内心抗拒

灵魂和精神世界的道场，对一个拥有美好梦想的青年的支配？尽管在故乡和城市之间他经过反复的抉择，可他依然像候鸟迁徙南北而不计倦累，依然执着地在寻找属于自己的那片蓝天。

大漠就是这样，无论在哪儿，他的梦永远没有幻灭。我想说，有梦想就有了活着的目标，存在的意义，而且这个追梦的过程就是财富。正是这个带着梦想奔跑的过程和经历，才让他的思想深处和精神高地更加丰满。这就是一个追求文学梦想，向往缪斯殿堂的大漠所独有的财富。那些颠沛流离或者流言蜚语，冷漠的城市和荒芜的河滩（收废旧物品）之种种都为他建立了强大的精神世界，塑造了坚强的性格倾向和信念立场。如今，这些物象渐行渐远，向我们走近的，呈现给我们的除了一个坚强的大漠，还有这60万言的巨制。我想他的世界是精彩的。它更是沉甸甸的，充满着温度和力度的。作为一个文学爱好者，我永远感念并被其感染。

2. 一腔赤诚的爱。百善孝为先。了解大漠的人都知道他对母亲很孝顺。再忙，再大的事，都不能影响到他为母亲做饭、洗衣服，带着母亲散步。很多人不理解，或无法理解。我想，这可能就是所谓的做人的差异吧。显然，大漠在多数情况下是倔强的，他就是大漠。在他的世界，反哺母爱是一种回馈和传递，这样的爱也是倔强的，是值得颂扬的。其实于爱，可以是自私狭隘的，也可以爱得广阔博大。大漠在对《白土人》所展现的人群、事件和内容中都基于他的大爱，是坦荡无私的。正因为有着这样的爱，由小爱上升为对故土的赤诚深情，成为一种无私无伪的大爱。他的情感世界是丰富的，他的精神田园是葱茏的，他的《白土人》便是饱满的。无论生活中的喜与悲，人物命运的好与歹，失去和拥有，快乐与忧伤，繁华与败落，生活给予之种种都让他能开怀相拥，宠辱不惊。与喜者同乐，和悲者垂泪。

正是骨子里为人处世的真诚无私，使其更加热爱生命、热爱命运，更痴爱古豳这方热土，也就有了小说中关于白氏家族的生生不息，有了白桦林等人对生活和命运的顽强抗争和信念追求。也便有了这本厚重深情的《白土人》。显然，大漠先生是顽强的，他是热爱生活的。昨天的他，一个整日和垃圾与破烂为伍的拾荒者，经过汗水与尘埃的浸泡，灵魂得以铅洗，成为今天一个文学与文化的传道者，成为彬县文学青年队伍中的中坚力量。有这样一句话，如果你抛弃了生活，生活也会抛弃你。而大漠正是用自己满腔赤诚的爱，用《白土人》诠释了这句话的道理。他没有抛弃生活，所以他在生活中找到了自己，用爱谱写了一曲壮歌。

3. 一颗孤独的心。说狭隘点儿，于文学创作来讲，是一件苦差事，是自我惩罚或精神磨难。活在过去，挣扎在现实，把希望交给未知，一个人走路，逼自己舞蹈。因此，必然注定人是失去自由的，心是孤独的。大漠先生亦是。他有一颗孤独的心。正是这样，尽管外表清瘦，但其内心强大。这种强大来之于对外界环境的抵御，来之于对自我淬炼的升华，然后真正步入自己的世界，独享属于自己的盛宴，寻找属于自己的麦田，架构属于自己的文学殿堂。就像《白土人》，15 年构思，14 个月孤独煎熬，日夜疾书，没有超出一般人的心理承受力和自我抗争力是难以维系的，而且还要反复修改。60 万言如此，上百万言更是。市作协主席杨焕亭的《汉武大帝》更是。不仅仅是时间的叠加，从开始构思到真正“推开汉武大帝之门”，那种孤独与自我抗衡何其艰辛，何其不易！它包含和历经的东西太多太多。由此，我想到了蝶。当一根根一条条金丝银线用尽全力吐出，又一圈圈把自己缠裹，只留下自己的世界，只为有一天破茧而出，化蝶而飞，缔造属于自己的精彩人生。大漠就是一只蚕蛹，《白土人》就是他化蝶而出的精彩。因为他守住了寂寞，扛住了孤独，耐住了清寒，他就获得了精神的重生。更让我们一样追寻文学梦想的人心灵得到了苏醒。

大漠的空间昵称是“孤独的卡夫卡”。我想说他就是彬县的卡夫卡，将来会是陕西的或中国的卡夫卡。有句话说，孤独是最有含量的金属。康德是孤独的，黑格尔是孤独的，叔本华也是孤独的，他们在自我的天空是最自由的，在人生的天平中是最有分量的。大漠先生用《白土人》的问世，大写了孤独的分量。在这里我想说，孤独的人绝对不缺少世界和欢乐。因为他们就是自己的世界，一样有天空、流云和飞鸟。若真要找一个理由致孤独者的话，我想，只有一个，那就是这个世界太糟糕。在此，我想说，我也是孤独的，也是不孤独的。因为和大漠还有更多一样把文学往死里爱的人在一起，我们还孤独吗？我们在畅享孤独，那是盛宴。

以上三个方面是自己和大漠及其创作《白土人》的一次对话。下面，我想就这部小说具体谈三个方面的问题，和大家切磋交流。

二、关于长篇小说《白土人》的几个具体问题

1. 文学精神。《白土人》的出炉，历时数载，大漠先生极尽艰辛。特别在生存压力和精神考验的重荷下，依然坚持写作，竭力追梦，终成洋洋洒洒60万言，实属不易，令人敬仰。这是他的泣血之作，集中彰显了一种文学信仰和文学精神，对我们激励很大，十分值得学习。学习这种恒力，学习这种坚守。各位文学爱好者都应把这种矢志不渝的文学精神转化为创作的力量，多出精品力作，为文学强县建功立业。

2. 客观评价。《白土人》总体的创作特点是故事性和写实性强，情节曲折，内容宏大，原汁原味地向读者奉上了一份乡土气息浓郁、民俗情怀厚重的大餐。展现了新中国成立以来，豳地农村人民群众的奋斗史和改革开放以来城乡翻天覆地的变迁史。充分运用多种表现形式，刻画人物形象，揭示社会万象，表达丰富情感，直击内心世界，是集可读性、思想性和艺术性为一炉的精品力作，具有一定的社会历史意义和审美价值。特别是运用心理描写、细节描写等细腻传神的笔触，淋漓尽致地将人物形象刻画得很饱满，场面布设得很到位，情节推动得很紧凑，情绪渲染得很充分。画面感强，兼有油画和浮雕之质感，厚重而立体，是一部比较成熟和不可多得的小说。对于这部小说的阅读，在书刚出版后大家的交流中得知，大多数人感到过于平缓，矛盾冲突和高潮不足，读来单调、滞重，表述臃肿，行文啰唆，但从大局来讲，我个人觉得都不会绝对地影响这部小说读本的价值和重量。只有反复咀嚼，仔细品读，带着对本土崇高的历史认知，庄重地走近这部小说，就会感觉到它展现给人们史诗性的宏大，老酒般的醇香。我以为，这是近年来，抑或是彬县乃至咸阳当代文学大观园中一朵不可多得的“奇花”。应该正确评价，其当占据一席之地。

关于小说的节奏疾缓和情节的平曲，我想补充地说一点，那只是小说技巧的一些问题，涉及结构和表现，只是作者布局谋篇的写作需要，是视其需要而为之。依照读本的历史环境和背景，过多的技巧对于农村题材和质朴百姓的日常生活来说，可以巧妙表述和展现但强调不得。同时，这部小说在表现人性的大悲和大喜中并不乏技巧运用，反而充分地对社会的种种之现实性、荒诞性和戏剧性进行了无情批判，对人物励志中的坚强性格

进行了讴歌，对爱和真情的完美人性寄予了热切呼唤。不谈技巧，这就是一个作家真实的心底，也是责任与立场。还要说一点的是，大漠先生在这部小说中实现了对人物性格形象的深度挖掘，生活现实的真实积累和升华，集中通过改革开放30年来的时光变迁，再现了上一代人或现当代人的追求与梦想，欢乐和悲伤，紧紧地将个人命运与时代主题紧密结合，个人的小世界和社会大融合，才孕育出《白土人》这一个丰硕的果实。而他，就是从《白土人》中破茧而出的蝶。

3. 三个硬伤。当然，没有一部文学作品是绝对完美的。该肯定的就要充分肯定，存在的不足和瑕疵也是一定要讲出来的。这是作为读者应该表明的一个态度和应有的立场。所以，该肯定的已经说了，现在说说不足。我以为，这部小说有三个“硬伤”，或许是致命的，其他方面概不多讲，原因是没有读完这部小说，且没有精读，暂不发表其他意见。

第一个，过多铺陈与繁缛的表述、贪婪的描写是这部小说的一大硬伤。这个硬伤造成了前面所说的“读感”，即滞读、抑读，会削弱读者的阅读欲，甚至读不下去。当然想说一下，也许个别读者对语言文本掌控和驾驭能力不足这也是一个原因。但整体上说，给人以拖泥带水，穿着雨靴赛跑之嫌。同时，应知道面广便无点，点密就无物的道理。尽管费尽笔墨，但表现乏力，主象模糊。材料的堆积，贵在精当取舍，合理运用，找到发力点，才能控局自如。一点个见，愿商榷。

第二个，小说中的人物是重要的构成要素之一，其名姓不应成为一个问题的说事。《白土人》中的人物在姓名上我以为审慎不足，存在随意性和盲目性，这是又一硬伤。尽管小说中几十号人物都在里面承担着一定的信息和人物，都有着一定的历史和生活原型，或许那些人物是现实存在并血肉丰满的，有些事和人至今历历在目，但作为文学作品创作，来源于生活还要高于生活，应该尽量避免人物姓名和原型的同一性。这是一个基本的问题，不能照搬，或者简单地照搬和处理。我想，大漠先生在这个问题上是“偷懒”了的。这样的结果是，读者容易对号入座。加之情景、情境、情节的照搬还原，既是你的“记忆”，也是原型的记忆。好的情节自然无妨，不好的自然成了麻烦。这一点应该精心加工，赋予人物活动的新的生命。

第三个，文学作品中的语言应该力求与人物身份的一致性和文本需求的合理性。文学首先是语言的艺术，文学作品语言的质量直接决定着小说的生命。这是一个复杂的问题，与作者的素养和技能有关。《白土人》应该说语言的整体成效是这部小说的一个亮点。其语味特点鲜明，母语亲和，缩短了与本土读者的距离，很朴实而生动。然而，若过多地将固有的、交流和使用范围有限的方言俚语充斥其间，容易造成生涩、隐晦，理解和沟通不畅，影响文本表现和读者的阅读质量。在这一点上，这部小说是吃了个“亏”的。若真要走出彬县，上得“厅堂”，这个问题还得研究，让大家都能懂。

写作是辛苦的，出书是艰难的，出一本好书更是不易的。我个人希望大家有空多去“啃啃”这部小说，或许你会有更新的发现。在阅读中，取长补短，自会提高。

以上均为一己之见，难免粗浅，不对不当之处可探讨之，谢包涵。同时，自己诚恳地向大漠先生学习，并祝大漠先生百尺竿头更进一步，祝各位文朋诗友争创佳作，祝大家工作顺利，合家欢乐，万事如意！

汀白：时光和岁月的见证

汀白要举办个人摄影展，嘱我写一些文字。首先，我想说一下汀白。认识汀白是缘于文字，相识便缘于一场文艺年会。大家从未谋面，但因为这样的一次活动而走到了前台，算是一次集中相识，便都成了熟识的朋友。记得相见时须报到，然后就都激动地说久仰，今天算是得见，有着久违的感觉。所以，先要感谢一下文学，并感谢组织年会的朋友，再感谢一下缘分，在这样美好的聚首的日子。

汀白的文字在某论坛经常能见到，我自己也经常发一些小文字。因为汀白语言的细腻到位、理性干净而让我比较看好。所以，我的文字也得到了那些文字的矫正和促进。我感觉，这样的文字是美好的，温暖和隽永的。

和汀白在年会上是第一个见面互道名姓的，当时就觉得似曾相识。她黑边眼镜，短发，眉清目秀，文静优雅，拿一照相机。时而和大家互动言谈，时而拿起相机拍摄照片，更多的是安静于一旁不语。身边有一朋友被邀，为我们合影一张。现在看这个照片，还是感觉拍得最好了。从那时起，我知道汀白还有一个爱好就是摄影。

下来，说一下她的摄影作品。汀白关注和关心当下，并以一颗真诚、善良的心去窥视社会万象，是需要勇气、情怀和能力的，这更是一种品质。当这些照片呈现在我们面前的时候，我们就会共同见证和我们的生命、生活、生存所息息相关的这个世界。是关于孩子的我们的童年，青年的我们的爱情，中年的我们的无奈、责任与坚韧，老年的我们的失落和孤独。这些快乐的，忧伤的，灵动的，呆滞的，游弋的和安详的，都在一个个眼神里被风吹皱涟漪万千，在举手和投足里歌唱，哭泣，沉默或舞蹈。这就是我们，我们的现在和将来，像一颗籽实被剥离，在城市、在乡村、在理想的精神田园草长莺飞，在现实的十字街头灰飞烟灭，这就是我们的现实。在生活中，你会触摸到柔软的温暖，获取幸福和快乐，你也会撞击到坚硬的生冷，遭遇伤痕和泪水。而我们从来不会被生活所同情和怜悯，这就是生活，我们共同生老病死的土地。当汗水与青春浇筑的现代文明繁花似锦，大多数人便遭遇秋天而凋谢。这就是我们愿意不愿意都要接受的现在。

我们是要怎么去生活？看到这些照片之后或许你就会懂了。这形形色色的生活，或场景，或人物，或事件没有华丽色彩，没有矫揉造作，就这样真实自然，简洁明快，朴素具体而平淡无奇。这些尽管是边缘的，底层的，粗糙的，可以被忽视，可以被遗忘，但绝不可以不被尊重，因为你会在照片中找到自己的影子，你或许就是他们，你或许就是我。然而，只要你能直面，敢于直面，放下自己，俯下身子，伸出手臂拥抱，就一定会收获更多温暖和感动。这就是照片要告诉我们的话语。唤醒不再麻木，传递延续精神，通过照片透射，关注我们的当下，提升我们的意识，影响我们的行为，完善我们的人生。这样的作品令人回味，这样的摄影师让人敬畏。敬畏他们关怀人性，尊重生命的良知和强烈的社会责任与使命担当。这是强大的人道主义精神，丰厚的人文关怀和悲悯情怀，是敏锐的洞察力和直抵大脑的穿透力给予的力量。在此，向所有真诚、善良和奉献的摄影工作者致敬！

可以肯定的是这些照片在创造着一种真实的美，是关于批判性美学的杰作。无论个体与个体，个体与群体，还是人与自然、与环境、与社会活动、与人的关系，都不缺少地气，都充满张力，既相对独立存在又相互交织缠绕，实现了社会公共关系的深度融合。透过一幅幅照片，你会看到情境、情节和情绪，复杂与简单，虚无和真实，矛盾与合理，绽露和沉潜。这些照片黑白基调，对比鲜明，光影线面，流畅和谐，是一点儿都不单调的，淡化了艺术的真实的美学。尽管画感沉重压抑，沉默无语，但细心的你一定会看到沉重和压抑之外的东西，听到黄钟大吕之巨响，感受到美学价值、社会价值和历史价值。顾城说，黑夜给了我黑色的眼睛，我却用它来寻找光明。在这里，黑白之间能窥到亮光，更会给我们无限的思考空间和想象世界。审视，相信你的脚步会慢下来，你的目光会停下来，你也一定会寻找到什么。

这个世界是充满爱和理解的，当然也不缺少残酷和冷漠。我以我的方式存在，故我就在。这当是这些摄影作品产生的缘由，尽管不一定现在都是精品，但作为艺术来讲，已经到了一个可以让大家都能看得到、分享和见证的高地。

请看，她正在这条路上奔跑，让我们一起见证！

这就是一位摄影工作者最真诚，最善良，最朴素的情怀。

后记： 关于故乡

我其实一直是没有离开故乡的，到现在为止和将来。

从参加工作那年起，掐指头算整20年。这20年，我在故乡的时间是17年，经历了我的童年、少年，上了幼儿班、小学和初中。其后3年，是在县城西郊的师范学校读书。这个17年，故乡于我只是一个地名，代表着我的生息地。因年少无知，对它似乎没有特殊的情感，只是很朴素的认知，甚至因为它的贫穷和落后而自卑过。

这20年间，父母亲正年轻，家里的生活也最艰难。从记事起，父亲和母亲要去生产队上工挣工分。后来，父亲去煤矿背煤块，到乡办企业当工人。母亲则在家带我们，种地务农。那时候的故乡很闻名，大晋枣、彬州梨，枣树巷、水菜沟、漆溪河、苜蓿滩，一车车煤炭没白没黑地往出拉。乡亲们很勤劳，个个都善良，红白喜事全家起，全村上。人气旺，人情长，特别是八月十五九月九，腊八刚过往回走，磕头拜年过队伍。

一想起这些时光，心里就很美。可这些都是娃娃时候的记忆。那时盼放假、盼过年，吃好的，穿新的，好像天天都有耍不完的时光，野不完的疯劲。这时候的故乡是我们的天堂。后来我考上了师范学校，上学期间基本住校。学校离家里并不遥远，可以走5公里路回到故乡。现在想来，相比那些漂泊之人，我算是很幸福地生活在故乡。

再后来，父母亲渐渐有了皱纹和白发，我们慢慢长大。他们在家里种菜，种小麦、玉米，乡亲们搞一些小买卖，打一些长短工，基本都能吃饱饭了。当城镇化像暴雨后的河水泛滥，故乡在悄悄变化，那份宁静和闲适像镜子被摔碎。土地减少了，河床变窄了，河水混沌了。每次回到故乡，我都会站在长满蓬草的岸边发呆，抽一大堆纸烟。煤矿、工厂、储煤场使得大片的枣树、梨树和菜地消失。故乡浓缩成了一幅版画。每到瓜果月，人们都会念叨那些梨和枣，慕名而来的外地人都会惋惜哀叹。曾经的繁华覆城、瓜果飘香只能鲜活在记忆中。故乡的农民远走他乡，农具落满了煤灰，耕牛送进了屠宰场，故乡开始沦陷。曾经的袅袅炊烟，小桥流水，牧童笛声，夏收秋种，以及上山摘桃，下水摸鱼，河边洗衣，月下看瓜，等等，都离我们远去。

乡村远逝，像与亲人告别，那么无助和无奈。我活生生地看着这些静美亲切的风物、平凡时光和田园生活被剥离。这种剥离伤筋动骨，触痛着神经，掏空心房。这种伤痕是无法弥合的，失去故乡魂灵游荡人间。

故乡远逝，取而代之的是一座座新农村，一排排新楼房，一条条宽马路。这些尽管替代了曾经的矮房低墙、庄子窑洞和胡同小巷，但那遥远的温暖和记忆再也无法回来，成为一种烙印，永远在心中累存、萦绕，被每个人所坚守。从这个时候开始，乡愁，成了一种无限深远的情怀，像种子一样扎埋进心土，枝繁叶茂，郁郁葱葱。生产方式的转变拉动了人们生活状态的改变。这个改变是多么的不习惯，可故乡的父老依然坚强地生活。在这种不习惯中，人们经历着前所未有的生存压力和生活挑战。故乡消失了，大家都在奔跑，在奔跑中寻觅，在寻觅中承受。

从开始写作我就没有离开过故乡这样的主题。这是一种乡土情结。而对故乡的牵挂已是生活中最为习惯的部分。这样的情感是深入骨髓的。我热爱着故乡，更关注着中国农民的生存和生活现状。在这样的时代，不管你走得再远，飞得再高；无论你身在高堂还是僻壤，快乐着或忧伤，贫贱也或富有，故乡都像一条绳索牵扯着你内心深处的肉，成为永远的大手拉着你，成为永远的乡音呼唤你。

因为父母在故乡生活，没有自由的时间经常去看望。即使回去，也相聚短暂，来去匆匆。而每次回到故乡都难免伤怀。伤怀逝去的故居找不到影子，伤怀父母的容颜日益苍老，伤怀相伴的时光转瞬即逝，伤怀儿时的伙伴沧桑满脸。所以，每次的回去都充满回忆，倍感亲切，甜涩参半，难舍难离。在故乡的日子，看啥都温暖舒坦，吃啥都香甜可口，日子简单而幸福，生活平淡而美满。父母健在的日子，故乡是那么美好，乡情是那么浓郁。父母在，故乡就在，幸福就在。

曾经多少次感慨于孩子没有快乐的童年，也感慨孩子对故乡淡漠而倍生郁闷和失落。我们这些人迟早都是要离开的，剩下的人是要继续下去的。而这些人的故乡又在哪里？他们的乡愁是否和我们一样，成为精神的依托？我十分关注这种传承和坚守。我为现在的孩子而忧伤，一个失去故乡的孩子又该多么悲凉！我很羡慕每次回乡见到的那些“土”孩子，而我的孩子在钢筋水泥的格子里张望。他们的童年是快乐的，而他们的童年是缥缈的。想起这些我就焦灼而恐慌。我是认真地去思考的，这是我的态度。

写了很多文字，我感谢夜晚能将自己收留。这些在夜晚发生的文字一直很安静地表达。文字在笔下舞蹈，我的灵魂附在地上，粘满了泥土味道。我总能看见故乡的依稀模样，它的影像像野草疯长。在离开故乡的日子里，都市的繁华和美丽无法掩饰内心的空虚和浮躁。我像一片叶子在重复中坠落，我在想那生满绿树的山坡和村庄。尽管可以在菜市场买到碧绿的菠菜，在超市购得鱼虾大米，可我为什么还是那么没落，这样寂寥？我在想，人或许就是一颗种子，它要有属于它的快乐。而快乐呢？是我们不会快乐，还是愚昧之至？现代的我们为什么找不到快乐，总觉得缺失了什么？人们都在寻觅，奔跑，走向回家的路。故乡的那些泥土的怀抱。

故乡远逝，乡愁依在。这不是简单的问题和概念，也不是一个人的事情，而是一代人、几代人，我们每一个人的事情。当我们的精神世界荒草覆城，所谓灵魂的东西就会游荡人间。活着活着就明白了，人到底需要什么？怎么才能给灵魂找个家，安放它？

关于故乡，你可以不说话，不会影响吃饭、穿衣，也不影响睡觉和醒来，还有很多。但我还是要说，这是我的态度，也是这本集子所收录的每一篇文字的态度。它们都来自于我的故乡，来自于我对故乡的生命经历和精神苦难。故乡包含着我们每一个人从出生到成长的道路上，独有的最纯粹的情感记忆，亲情记忆，风俗记忆，民族记忆，它是我们精神世界的开始，也是我们精神世界的终结。而乡愁是隐形的，又是直观的。我们把对故乡的情感都化作无法释怀的乡愁融入血液，种进骨髓。故乡生育了我，我这棵歪脖子树上盛开了花朵，飘落了叶子，结出了几个果子。虽不能像花园一样百花斗艳，但有青草和野菊花的美丽；虽不能成为饥饿时的大鱼大肉，但有粗菜草根的泥土芳香。我愿意在这些文字中和你漫步乡间小路，与你在月下河边聆听蛙声，还愿意和你在被现代文明湮没的失却里寻找曾经。

或许是因为梦想，就爱了一辈子，也走了一辈子这样的路。从热爱文学开始，就一直傻傻地往下走。走了大半生还是个顽童。回头看来，净写了一些没用的东西，成了一个无能为力、碌碌无为的废人。如今，我仍在文学殿堂的墙外像一个农夫望着地里的野草发呆。所以，这个集子不算得是作品了，而是我用半生时光，和黑夜做伴，用岁月的镰刀割下的野草，野草捆成的草垛。可我想说，这些“草垛”，尽管不是最美的风景，但它却是最真的，是一束束剪不断理还乱的乡愁。它或许很粗糙，但却是我献给生我养我的故乡，献给亲爱的朋友们最好的礼物。别无所求。

人在世上，总会经历太多人、经过太多事，会记住很多人，很多事。这些人和事都在自己成长的路上给予了很多。在这本不成形的文字付梓成书中，我要感谢很多人。感谢领导同事的关心关注，文朋诗友的鼓励期待，感谢妻子的理解支持。也感谢在书稿编排、校对中，太白社的周瑄璞、耿英和康雅琼老师，彬鑫印务、建明印务的朋友们，他们都付出了艰辛的劳动。特别要感谢贾平凹主席为书题名，陈长吟老师为书作序。他们和李国平、方英文、丹飞等著名作家、出版人甘作嫁衣为读者倾心推荐。也特别感谢著名作家杨焕亭、高鸿、黄朴和文化学者史飞翔等老师的真诚推介。感谢乡贤与朋友，同学与学生，能得到大家的相助，深表谢忱，无限感激。因为你们的支持和帮助，这本集子才得以催生。感谢陕西这方厚土，感谢彬县这方幽地，感谢故乡的人，让《一个人的故乡》在故乡的土地上开花结果。

我的故乡在陕西，陕西的彬县，彬县的水帘村，一个漆溪河畔的美丽山村。

《一个人的故乡》谨献给我可亲可敬的故乡，也献给所有热爱故乡的你。

席平均

2016 年 9 月 20 日于泾水河畔望水轩